U0922741

天路
冰
风
海
光辉海
英风
风戎
池
浑
海
桃源
接引
湾
忘川
大昊
苍澜
恐怖海
龙岛
海
N
S
E
W
The Stars Beyond
Luobing Studio

旷世大陆地图

目录

上古神谕，五万年前，一团电光从天外飞来，击中一片混沌洋面。海水沸为浓雾，笼罩星球凡九百余年，方天地重分，结为一片旷世大陆。

上古神谕，四万年前，星河闪耀，生命之种自天而降，繁衍而为远古苍生。凡三千年风调雨顺，渐成气候。然冥界恶风劲吹，异兽横行，以杀戮为生，以生灵为食。幸有大智大勇之先知，凡一十三者，浴血而战，直击罪恶渊薮，清平尘世，浩荡乾坤，并以最终之功绩，各据疆域，分为十三领地。

此其时，为旷世大陆之远古黄金世代。

中古史载，十三先知在位千年，民心齐聚，政通人和。然先知沉迷修炼，渐次飞升，不理世事。后代争权夺利，挑拨互恶。人间处处奸佞重现，触发大战，持续两千年，终勉强平息。十三领地并为七大国度，又因宗教迥异，信仰抵触，进而祸端频现，战乱不绝。幸有创世神划定之天堑隔绝，方才限定战争之规模，不至为祸更甚。

此其时，为旷世大陆之中古混乱世代。

中古史载，七国四海一大洋之格局，持续凡两万余年。英风为七国之首，坐拥七州。从其最南之州直下，便是巨浪滔天、神鬼难行之忘川。创世神预言，若干年后，此处将化作天心之水，命运之泉。众生必历经苦难，反省日久，方能于每千年之三一段，迎接星空之子，拯救万物，重定秩序。

序章·初生

“又该送你上路了。”

一个柔和的女声响起来，带着一丝磁性，还有些嗡嗡的回声。

到处都是白雾，正在微微地涌动。几条金绿金紫的电光，在雾中穿梭着，倏然跳跃而去。

“这一次，太仓促了……”

白雾朝四周扩散开，只留下中心的一团，向内不断地翻卷、凝结着。一道道玉色波纹，掠过暗淡的金属铭文和印刻，凝成了一个模糊的轮廓。

“我们已经失败了五十次，”女声平静地说，“每一次，我都要花很多年的时间，一点一点地收集你。我跨过那些大陆，那些河流，那些山川……我遇到各种各样的生灵，他们都是我们的子孙，却是那么的疏远，还充满了敌意……不管我怎么启蒙，他们也不懂，也不信……”

轮廓逐渐清晰起来。一个年轻的男人，蜷缩着，沉睡在一枚墨绿大茧中，肤色苍白，躯干精瘦，双目紧闭。

“每一次，我都亲眼看着你死去，死得那么英勇，就像当年……一开始，我还会哭，我想发疯，还想跟你一起去死。可是到后来，我还是要去找你，去收集你。我已经习惯了，也麻木了。我很担心，每一次，你的损耗都那么大，你……还是你吗?”

一道清淡的绿光不知道从何处飞来，洒在大茧上面。片片淤血、黏液和脏污流淌而下，立刻被白雾卷得无踪无影。

“你残留的记忆已经相当微弱了。我如果有足够的时间，就应该为你注灵。但是，来不及了，我必须立刻出发，你也一样。”

女声笑了两下，隐含着伤感和凄惶。

“你绝对想不到我变成了什么样子……不，我不会让你知道……我的灵格，要一分为七，即便出了差错，也能保证有一些回来，守护这个仅存的家……你的灵格会保持完整，会被我的七个分身保护，去完成最终的使命……”

大茧似乎抖动了一下。那个沉睡的男人，像是听到了什么，眉头紧了一紧，又慢慢松开了。

“接你的人就要来了。他传承了足够的忠诚和信念，比上一个要可靠……这一次，我们必须成功，不然，一切……就都结束了……”

女声渐渐变得庄严，拖长音调咏叹起来。

“和我一起祷吧……祈求神之星、灵之星、仙之星，所有的神灵和先人，所有逝去的荣光，所有湮灭的伟绩……护佑我们吧！护佑这一脉文明，最后的传人，沿着苦难，驶回故乡，沿着海面，飞向群星——”

四周嗡嗡的回声突然强烈起来，汇聚着变成了震慑心魄的撞击声。大茧不停地震动，就像古朴的襁褓，不知道呵护的是一具躯体，还是一尊神祇。

轰！

一声巨响，白雾炸开。

大茧猛地向上一蹿，又向下一坠，坠入了一片虚空。

漆黑的天幕上，流淌着墨绿、靛蓝和殷红的星云。繁星璀璨，明亮而夺目，却都比不上一颗小流星。它也冲出了那团白雾，和大茧一起，朝下方那个紫白色的巨大行星飞去。

稀薄的云层渐渐浓厚起来。大茧坠落得越来越快，外壳呼呼地燃烧着，拖着浓烟，闪着火星，变成了一柄横亘天际的火把。

突然，迎面白光连闪，一簇簇巨大的闪电，挥舞着利爪，扑面袭来。放眼望去，整颗星球都笼罩在这样的电芒中，就像是一枚远古巨蛋，正在被白热的紫光孵化着。

那颗小流星释放出一个气泡，牢牢地罩住了大茧。那是一层透明的金绿，看上去很脆弱，但却异常坚韧，连最粗大、最尖厉的电芒也无法穿透。闪电再是狂暴，也只能任凭这枚茧、这颗星，冲破层层银花火树，激起无数的爆炸，摧枯拉朽一般直奔下方而去。

终于，大茧穿过紫电，来到了一片大陆的上方。那是一块黑黢黢的土地，似乎没有边际，也没有人烟，只是苍凉地委弃在那里。

大茧略作停顿，马上又翻滚着、旋转着，朝大地砸了下去。

大地猛然加速，飞快地撞来。

眼看着越来越近，就要撞个天地崩裂，大茧的正下方却出现了一片大洋。但见罡风怒号，浊浪排空，分不清哪是天，哪是水，哪是云雾，哪是虚无，一切都在汹涌中合为一体。间或有几道银线，却是海平线上的闪电，正在不甘地吞吐、咆哮，似乎要奔涌过来，把大茧重新吞噬。

大茧发出震耳的呼啸，一头扎进了水中。

哗啦——

整个洋面顿了一顿，旋即反弹而起。一道山峰般的巨浪直直地掀向天际，似乎要冲破紫电包围，冲向遥远的来处。

就在这个时候，那颗一路陪伴的小流星无声地迸炸开来，化作七道银练，朝大陆的各个方向飞驰而去。

第一章·无方

他从一片混沌中醒来，只有一个感觉。

水。

上，下，前，后，左，右，内，外，全都是水。阴冷、黏稠、浑浊、湍急、时咸时苦、忽明忽暗，将他彻底淹没。肺里的所有空气，都变成了水；所有的水，又都变成了沙，变成了泥，要把他活活挤死在一片黑暗中。

他用尽力气，挣扎着、上升着，冲向头顶的光亮。

他终于冲出了水面，心口一松，忍不住呛咳起来。一股血水喷出，顿时被波涛冲散。一个大浪劈头砸下，他被高高抛起，又重重摔落，浑身的骨头，似乎都摔成了碎片。

他梗着脖子，望向天空。云层很低，灰黑而苍茫，和水面没有什么区别。但云中却有一头庞然大兽，接天连地，腹部闪烁着电火，又裂成一块一块的鳞片，微微地蠕动着。

一块鳞片自天而降，砸到离他不远的水里。等翻上来，已经是一片扁平青绿的小岛。他愣愣地看了半天，才想起可以上去避水。他手脚并用，奋力地划了过去，眼看就要到跟前，小岛却裂开一道缝，张成了血盆大口，里面尽是尖牙利齿，挂满了肉渣和血沫。他大叫一声，刚想转身，却被一股冰水倒灌，鼻腔一激，脑中一窒，差点被呛昏过去。

那张大口叼住他右臂，轻轻一扯，他就感觉整个身子都被撕开了。他用力咬住舌头，强忍着不让自己昏迷。他觉得这是一个梦，只要再忍一忍，忍过去，就可以醒过来。

在失去知觉的一瞬，他看到天上划过一道白光，黑云朝两边分开，一颗耀眼的星辰疾驰而来。

再一次醒转，还是只有一个感觉。

痛。

烧灼般的剧痛，撕裂般的剧痛，煎烤般的剧痛。他想叫，却叫不出声，想动，却只有脖子能稍微侧转。他身旁是白惨惨的沙滩，海水依然在咆哮，黑云依然那么惨淡，那头大兽却没有了踪影。

慢慢地，疼痛减轻了一些，全身除了右臂，也能动一动了。他看了看伤口，从肋下到肩头有几条很深的口子，被海水泡得翻了起来，像几片巨大的嘴唇，含着一汪血水和一些隐约的骨骼筋脉。

不远处似乎有点动静。

他吃力地望去，只见一个相貌清癯、身材高瘦的青衣人，脚踏虚空，一手虚引，正从水里提起两条硕大的黑鱼。那鱼看上去十分凶残，浑身都是棘刺，满嘴利齿对着空气咬得铿锵作响。

青衣人把鱼引到他头顶，戟指一点，黑鱼就像被什么死死捆住，动弹不得。

青衣人轻叱一声，黑鱼便一阵痉挛，分泌出一团浓黑的汁液，朝他洒下来。他无处可躲，只得硬起头皮淋着。腥汁及体，肩头那两道吓人的伤口竟像是有了生命，带着一阵酥麻温热，飞快地合拢起来。

不多久，伤口居然愈合了，只在接缝处留着几道微红，不注意就看不出来。虽然还是很痛，但他知道，这条命是保住了。

他张开嘴，却只能发出一些含糊的呃呃声，很嘶哑，还有些结巴，就像从来没有说过话一样。

青衣人面无表情，定定地望着远处。

“你……是……谁?”

他终于发出了这几个音节。

青衣人转过头来。苍茫的雾霭中，那双眼睛极明极亮，似乎能把他的五脏六腑看个通透。

“你是谁?”青衣人说。

“我……我是谁……”他的头又痛起来，一跳一跳的，要费很大劲才能忍住不呻吟出声。

青衣人念了一句什么，掌心升起一团紫色火焰，朝黑鱼飘去。黑鱼顿时棘刺贲张，首尾绞动，看上去相当痛苦。过不多久，黑鱼不再动弹，隐隐有一阵香气飘出。青衣人双手开合，三两下就扒开鱼皮，剥出雪白细嫩的鱼肉，浮在半空，又吸来一把海水，一捏，一阵青气冒出，再张开，已结出一层盐晶。青衣人把盐晶撒向鱼肉，继续催动紫火煎烤。盐晶不断闪出金黄光芒，不一会儿，鱼肉已经焦烂酥脆，香气四溢。

青衣人手指轻弹，几块鱼肉飞向了他。

“吃下去。”

他这才感觉饥饿，抓起来就是一通大嚼。这鱼在香浓中有股奇怪的腥味，还有种海盐的苦涩，但他不管不顾，全都吞了下去。

“这个地方，叫做忘川。”青衣人说。

他迷迷糊糊地听着。他好像有很多记忆，却像是被浓雾遮挡着，什么也看不见，什么也想不起。青衣人不再说话，任凭他想了又想，昏沉地睡了过去。

等他再度醒来，已经到了另一个地方。

这是一处封闭的洞窟，粗一看好像很窄，仔细看，却找不到边界。他能感觉到一个大致的锥形，从底部慢慢向上，汇聚到顶端。洞顶投下一些朦胧的光，洒在他身上，很淡，一点也不刺眼。

那个青衣人似乎消失在周围的黑暗中。

“你……到底……是谁？”他听见他的声音，还是很干涩，很嘶哑。

“你一点都想不起来了？”青衣人说。

他无力地摇了摇头。

“也好。”青衣人叹了口气。

“我，为什么，在这里？”他说。

“因为，你必须来。”青衣人说。

他听得一片懵懂，“必须？”

“这里，是弱水郡，全大陆的中心。”

“大陆？”

“旷世大陆。”

“旷世……旷世……”他含糊地说，“我，又是……从哪里来？”

“从这里，”青衣人说，“又从别处。”

“我……不懂……”

“这是你的使命。”青衣人加重了语气。

他用力摇晃着脑袋。这些东西对他来说太难理解了。

“弱水是你的第一站。你为你的伴侣而来。他已经到了。”

“伴侣？”他呆呆地说，“我……有伴侣？”

“他现在很危险。你必须去救他。”青衣人说。

“我，我去。”他急忙说。

青衣人的身影在微光中清晰起来，“我没有想到，你真的变成了一个白丁。看来，只能从头开始，唤醒你的能力。”

“能力?”

他喃喃地说。这个世界，他一无所知。如果所有的人都像青衣人，他就只能是一只蝼蚁，随便一个人、一根指头，就能把他摁成肉泥。

几天过后，他的身体恢复得差不多了，说话也顺溜了，但脑子依然昏沉，还是想不起他是谁，叫什么名字。好几次，已经到嘴边了，但是随即一阵剧烈的晕眩，所有的线索全都忘掉，再也找不回来。

他在洞中转来转去，醒了又睡，睡了又醒。他做了很多梦，梦中那些画面是他闻所未闻的。他似乎从属于一种强大的力量，又拥有某种刻骨的挂牵。他惊悚地醒来，有一种感念，有些人在呼唤他，有些人在诅咒他，有些面容一闪而过，却跟他有着紧密的关联。

他就这样一天天挨下去，时而恍惚，时而疯癫，还是什么也想不起来。他以头撞地，以拳砸墙，却像是砸在云里雾里，触及不到任何硬物。他朝着一个方向发力猛冲，明明能看到洞壁了，伸出手，却只能触摸到一片虚空。他更相信这是个梦，在这个梦里，他还活着，还是一个生命，而不是其他什么古怪的东西。

“你还在吗?”他向着四周的黑暗，大声地说。

“嗯。”青衣人说。

“我……想不起来。”他气馁地说。

“那就不要想了。”

“这又是一个梦吗?”

青衣人沉默了一会儿，“是的，什么都是梦。”

“怎么醒?”

“改变这个世界。”青衣人说。

“我……行吗?”

青衣人轻笑了一声，“你不行，还有谁行?”

“那好，”他点了点头，“你救了我，让我做什么，我就去做。”

“先要下点猛药，治治你的离魂之症，”青衣人说，“你这一生，或将无拘无束，或将方寸全失。唉，忧来无方，人莫之知……以后，就叫你无方吧。”

无方清醒的时候，青衣人开始讲述这个世界。

“五万年前，一团电光从天外飞来，击中海面，引起海水沸腾、熔岩喷发，千年之后，凝成了现在的旷世大陆，”青衣人缓缓地说，“这个世界，从来没有安宁过。先是远古巨兽的恶战，然后是部落之间的血战，到了今天，民风越发刚烈，常常是举国而战，经年不息……”

无方听着，但是并没有听进去多少。

“世人渐渐达成了共识：这个世界，本来就是熔岩之火创造的，充满了焦躁、炽热、恐惧和死亡，所以，战火也不会轻易熄灭。”

青衣人不停地讲述着，恨不得把世上的天文地理、风物人情、文化传承，一股脑地灌输给无方。无方什么也记不住，却并不着急。他感觉，这些东西他早就知道，只需要一个机会，一旦激发，他就会了然于胸。

青衣人讲得最多的，是天下第一强国——英风帝国。他告诉无方，他们所处的弱水郡，就是帝国燕云州所辖。除此之外，西边的埃尔蒂斯和桃源，东边的银蛮和大昊，都是些强大的国度。在大陆之外，冰风海、光辉海、混沌海和恐怖海上，还有四座神秘的岛屿，分别是天路、仙山、幽灵群岛和龙岛。

青衣人喜欢讲述各国悠久的战争史，比如英风和银蛮的黑石大战，桃源和大昊的仙灵之战，银蛮和幽灵群岛的海战，金湾和贝戎、苍澜的信仰之战。这些战争绵延千年，也孕育出各种武功、魔法、斗气和仙术。这四种能力各有差别，开发的是人体内不同的潜质，修炼到极致，都能移山倒海，甚至颠覆时空。

“你……要我学？”无方问。

“当然。”青衣人说。

“我……不想打架。”

“什么？”青衣人厉声问。

无方有些惊奇。他从未见青衣人如此失态过。

青衣人很快平静下来，“多少年了，战魂的象征竟然衰落至此……”

无方又听不懂了，只是看着他。

“有些事，你不喜欢，也要去做。”青衣人说。

无方不想反驳他，决定先学下来，到时候用不用，还是他自己决定。

青衣人尝试着教给他最简单的武功和仙术，但是失败了。他凝聚不起任何真气和仙力。青衣人又转而教他魔法和斗气，还是失败了。他感觉不到天地间的魔法因子，也察觉不到体内有斗气流动。

“你在故意抗拒我？”青衣人说。

“我没有。”无方说。

青衣人陷入了沉默。

“我让你失望了。”无方莫名地有些歉意。

青衣人摇了摇头，还是不说话。

“我……学不会这些?”无方说。

青衣人还是沉默，盯着他，那种看透一切的目光让他有些凛然，但已经没有第一次看到时那么害怕了。

因为歉疚，无方又把青衣人教他的方法试了试，但还是没有任何效果。他终于放弃了。

青衣人不说话，趺坐在一旁，两手捏着指诀，念叨着什么。

过了很久，青衣人才睁开眼，炯炯地注视着无方。

“只能如此了，”青衣人叹息着说，“祸福难测啊。”

无方有些不解，“我要做什么?”

青衣人指了指上方，“你去汉轩楼。去做个堂倌。”

“堂倌?怎么做?”

“去了就知道了，”青衣人指了指洞窟中央，“站到那个圆圈上。”

无方很吃惊。他在洞中转过无数次，从来没发现地上还有这些名堂。圆圈里画着些符文，泛着青光，乍一看，就像一口幽深的古井。

他小心地站了上去。

“到了地方，会有人帮你。”青衣人说。

一片白光从四周缓缓升起，越来越亮，耳旁似有风声掠过，还带着一些令人费解的低语。

无方猛然发现，自己站在一条人来人往的大街上。

他低下头，看到身上是一套从未见过的打扮，灰衣白襟，棕褐腰带，打得紧紧的绑腿下是一双洗得发白的平口千层底。

他望向四周。街上的人大都身体健壮、相貌平实，走起路来很麻利，说话的声音也很大。显然，这是一个民风淳朴的地方。

他端详着那些简陋的民居，那些高耸的旗杆、琳琅的店铺、吆喝的小贩、悠闲的马车。他的记忆似乎有些松动，他感觉，在很久以前，他曾经走在这样的街道，也是这般的茫然，这般的悠闲。

他明白，送他过来的，是一种强大的法术。给他罩上平民衣衫的，又是另一种。这些能力，他已经不可能得到，但他却不惋惜。因为，他有他自己的强大之处。但那是什么呢?他费力地想着。

脑中突然一晕，他跌撞了几步，栽倒在一家店铺门口。

周围传来一片哄笑。

他爬起来，拍了拍身上的灰，抬头一看，这是一家肉铺，门楣上面用刚劲的字体写着几个大字：

精灵鲜肉。

无方吓了一跳，马上想起青衣人说过，西边有个精灵国度，种族很特殊，个个长发尖耳，姿容美丽，打起仗来却剽悍而亡命，是英风帝国多年的死敌。难道这家铺子，竟然把那些精灵抓过来，制成了食物？

他不由得嗤笑店家。这些人，连行骗的方式都这么拙劣。

他走进店门。铁钩上是一挂挂红白相间的肉块，旁边有个小柜台，摆放着一些奇香扑鼻的熟肉。那种香味很特别，又甜腻，又丰腴，却不能激起他的食欲。

“客官，这可是最新鲜的精灵肉！昨天刚送来的！”

店老板，一个老实巴交的大嫂，热情地推荐着。

“真是精灵肉？”

“是啊，您看这些鲜肉，都是白精灵身上现割下来的！用来生吃、涮锅，那叫一个嫩！这烟熏的、滚浆的、烧腊的，全都是暗精灵肉，越嚼越有味！”

无方心头一沉。难道说，如此纯朴的国度，如此平和的人民，竟然喜欢……吃人？他的脑子又开始痛了。似乎这件事，与他有着某种神秘的联系。

“客官怎么称呼？”大嫂笑嘻嘻地问。

“无方。”他勉强回答。

“多神气！一听就是个大侠！”大嫂赞叹着，“长得又这么帅气，平日里仗剑江湖，少不了红颜知己吧？”

无方一笑，刚要继续追问，大嫂脸上现出一丝暧昧。

“客官既然看不上吃的，就来点玩的……用精灵下体制成的玩具，如何？”

“什么？”

大嫂抿嘴一笑，竟然荡起几丝妩媚。她扭动着身子，转到柜台后，打开一个暗门。

门内居然站了一个人，把无方吓了一跳。

再仔细看，这人一动也不动，竟然是个玩偶。

“客官真是个雏儿，要不要小蛮蛮给你介绍几个玉香阁的红姑？”大嫂贴了上来，两片潮乎乎的嘴唇几乎含住无方耳朵，“玩不到黑妖精，就把她那两片嫩肉割下来玩啊！你这么俊俏一后生，居然一点都不解风情……”

无方浑身汗毛倒立，急忙往后一躲。

“别跑呀，这可是刚做出来的顶尖货色！”大嫂尖声浪笑着，“瞧瞧！这精灵皮，这馅儿料，摸上去，跟真的一样！再看这脸蛋！这下边！又肥又紧，拿点油一抹，比真人都舒服——”

无方打了个寒战，朝门口走去。

“站住！”

一声炸雷般的巨吼。

“老娘废了半天劲，你他娘的说走就走？”

小蛮蛮柳眉倒竖，眼露异光，逼上前来。

“对不起，大嫂，”无方脑子混乱，只想离开这个地方，“我，我没有钱。”

一张蒲扇般的大手迎面抓来，还带着一股臭烘烘的热风。无方刚想躲，就被一把揪住后脖领。

“老娘青春年少、人见人爱，居然被你叫成大嫂？你眼界还真高啊？只能看上春二娘、秦仙姑、宝中宝？”

一声娇喝，一脚飞踹。

噗！

无方平平地飞出门，摔在地上。

嘴里好像有很多口水，一吐，全是血，牙血。

“就这㞞包样，还敢来查私货？”一只黑底红花、又肥又厚的绣花鞋，差点杵到他脸上，“甭管你是哪路探子，没那两下子，就别来找死！滚！”

好一会儿，无方才慢慢撑起身来。

路上的行人指指戳戳，却没有人笑话他，大概是不敢招惹那位小蛮蛮。

无方拍了拍身上的灰，一瘸一拐，继续朝前走。前面还有很多铺子，挂着各种招牌，什么当铺、铁铺、药铺、钱庄、茶馆……这些地方，都会像小蛮蛮的肉铺一样古怪吗？

无方满腹心事，转过拐角，刚迈几步，就走进了一片庞大的阴影。

他抬起头，便望见一座足有十余层的巨楼，每一处翘角飞檐、抬梁穿斗都漆得鲜亮一新，散发着温润的油光。最高一层，悬挂着一块金碧辉煌的牌匾，上面有五个夺目的大字。

天下第一楼。

汉轩楼的来历，青衣人早已讲述过。

英风帝国雄踞旷世大陆中央，燕云州则处于英风东部，与银蛮接壤。弱水最早是一条界河，英风人难以逾越，银蛮人却凭着野物般的身体，不断渡河进犯。英风不堪骚扰，终于杀奔过去，生生开辟出一个郡府，筑成高达百步的黑石城墙，驻扎上强大的东方兵团。几年后，皇帝又邀约天下能工巧匠、御膳名厨，在距离黑石城墙十二里的地方建成了汉轩楼，并亲题匾文，让它尽享尊荣，变成了帝国东方边陲的一颗明珠。

和近处低矮的民居、远处连绵的城墙相比，汉轩楼实在是太庞大了。它俯瞰着下方的一切，散发着一种强烈的压迫感。无方望着那些飞舞的旌旗、络绎的车马，只觉得心神为之所夺，几乎要屈从于它的威压。

突然，他脑海里现出一些画面。

他闭上眼，沉下心神，很快明白过来，这是汉轩楼的内部结构。他竟然能看到那些重叠的酒桌和屏风、包间和阳台，地下部分还有许多密如蛛网的迷宫，还有很多猛兽的身影，来回走动个不停。

无方兴奋起来。这才是他真正的能力？他不能学武，却也不是废材。青衣人说他要改变这个世界才能苏醒。只是，这种能力，足以改变吗？

他张开眼，画面消失了。再一闭上，又出来了。

他试了好几次，很是有效。但是，这一招跟他接下来要做的，又有什么关联呢？

他望向楼前的广场。那里摆开了七八张方桌，背后支起一根旗杆，挂着一幅招贴，写着“招聘”两个大字。大群愣头愣脑的男子蜂拥而上，有的在嚷嚷，有的在展示手艺，以让那几个倨傲的管事注意到自己。

“走啊！愣着干什么！大典快开始啦！他们人手不够！”一个壮汉从后面跑过来，差点撞着了无方。

“什么大典？”

“千生大典啊！你糊涂啦？”

壮汉也不管他，大步跑向人群。

无方正出神，有人拍了拍他的肩膀。

无方一惊，回过头来。一位眼神沧桑的男子正含笑看着他。此人身穿一件素净长袍，长发垂肩，卓尔不群。

“我是个吟游诗人，我叫扎西。”

“扎……西？”

“扎你一刀的扎，不是东西的西，”诗人似乎很健谈，“我是来帮你的。”

无方想笑，又想起了青衣人所说，心下顿时一紧。

扎西拽住无方胳膊，拉向招聘处。人群越来越拥挤，有人在表演运勺、抄锅，有人在表演揉面、花点，有人在擦桌子、抖桌布，还有人在学着跑堂的样子，不断吆喝拉客。

扎西把他拉到最靠边的一张餐桌处，看了看几个人的表演，走上前对一个很和善的大师傅说，“要端几个盘子你们才招？”

大师傅笑眯眯地盯着扎西，“你能端几个？”

“我这兄弟能端十一个。”

无方愣了，但一看扎西的表情便不再吭声。

“哦？”大师傅转而盯着他，“小子，叫什么？”

“无方。”

“要能端十一个，我马上用你！”

“这可是你说的。”

扎西冲大师傅笑了笑，然后转过身，塞给无方一个盘子。

无方拿在手里，细细端详。菜盘画满了飞鸟虫鱼，有些古朴苍劲的装饰感，表面却很平滑，摸不出痕迹。看来，这不是手工雕刻，而是术法影印出来的。

扎西在他后背上一拍。

无方的身上一热，一股暖流刹那间涌上双臂。他闭上眼，顺手把四个盘子叠到一起，又叠了另外四个，分成两摞。

众人都围过来。他们中间的优胜者，最多也只能端四个。

无方深吸一口长气，张开十指，对准盘子间的缝隙，轻轻插进，再往前一送，夹紧，抬起。

“劳驾，再放三个上去。”他睁开眼，对大师傅说。

大师傅欣赏地看着他，给他两边各放一个，再在中间架上一个。

突然，背后有个人踩了他后跟一下，又朝他膝盖弯一顶。

无方身子一晃，右手的五个盘子一倾，往地上掉去，左边的也被带动着，摇摇欲坠。

完了，他想。

就在这时候，周围响起一片喝彩。

无方定睛一看，十一个盘子，竟然牢牢实实端在手上，纹丝不动。

他心下大骇，明明见到掉下去五个，几乎都听到声音了，怎么眼前一花，就变成了这样？

这一定是扎西干的。但这又是什么样的法术呢？

他把盘子放下来，看着大师傅。

大师傅用力一拍他肩膀，“好小子，有一手！我用你了！”

周围都在喝彩，无方却一派茫然。他真的成了堂倌。但一个堂倌，又能干些什么呢？他到处张望，却没有发现扎西。显然，吟游诗人的遁术也很了

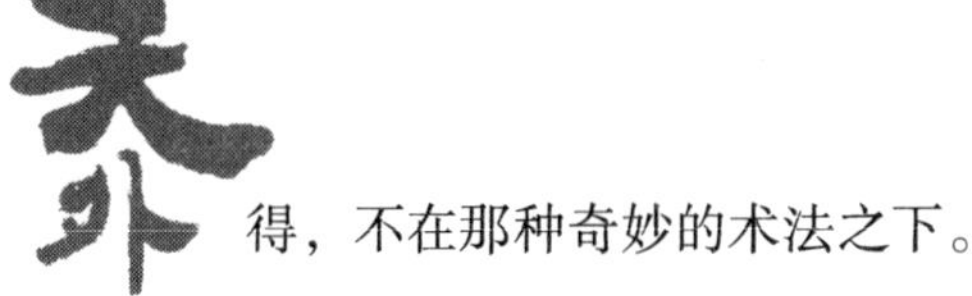

得，不在那种奇妙的术法之下。

由于是大师傅亲召，无方进入汉轩楼后，没过几天就和众人混熟了。

大师傅有一手过硬的刀功，不管是坚硬的异兽椎骨，还是绵软的墨斗蛞蝓，让他抡着大刀片子呼呼一劈，就能乖乖顺顺、整整齐齐码出个花团锦簇的模样。二师傅对调味很有见地，在配菜中抓出点这个，扔进点那个，就能让贵宾们大加赞赏，小费也会多赏好几两。三师傅不喜欢说话，也不喜欢干活，总是蹲在角落，嚼着一根红红黑黑的肉干。没见他亮过什么手艺，大师傅和二师傅却对他相当敬畏。

众堂倌都很羡慕无方端盘子的本事，不断有人来巴结他，套他的话。他也不藏私，半天工夫就把原理和手法教给了每一个同行。那天以后，这本事就像长在他身上，并没有随着扎西的离开而消失。

他的无私博得了大师傅的好感。有一天，大师傅表示可以教他刀功。

无方以为是切菜的那种刀功，便立刻答应了。

他跟着大师傅转到厨房背后一处隐秘的杂物间。满屋都是大大小小的刀，从巨大的青龙刀，到能剔指甲的雕花刀，好几十把，都挂在墙上，有的还散着微微的寒光，一看就是难得的利器。

“一辈子，也就攒下这么点家当。”大师傅感叹着。

无方反应过来，大师傅想教他的，只怕不是刀功，而是刀法。

“我……学不会这个。”

“你说什么？”大师傅嚷嚷起来，“跟着老夫，还敢说学不会？”

无方抚摸着那些刃尖，手指隐隐作痛，似乎已经被割破，但仔细一看，又完好无损。

“好快的刀。”

“刀再快，又如何？”大师傅伤感地说，“人都废了。”

无方不解地看着他。

“当年我在林州干边军，中了一伙暗精灵的埋伏，被他们抽了脚筋，要不然，现在也能混上个总兵、刺史当当啦。”

“暗精灵？这么狠？”

大师傅哼了一声：“该死的杂碎，完全是偷袭！老子跟他们不共戴天！”

无方突然想起了小蛮蛮的精灵肉铺，于是给大师傅描述了一番。

“那些都是骗人的！这精灵肉啊，专供达官贵人。别以为多抓几个就轮得到他们！还拿出来卖？笑话！一般人买得起吗？”大师傅愤愤地说。

无方骇然，“他们……真的吃精灵？”

“那些狠毒的下流胚，就该被杀死，被吃掉，被糟践！现在一到晚上，整个林州街上都没几个人！老子就盼着千生大典，把他们一个个……哼！”

“前辈，千生大典到底是什么？”

“那是老夫毕生的向往！好几次都错过了！告诉你，咱和那帮狗娘养的必有一战！前一阵子大皇子和三公主就专门为了这事——”

“老大，你的话太多了。”

门口突然传来一个阴冷的声音。

两人回过头去，居然是三师傅。他不再是那副病夫样，而是目光灼灼，神情严峻，肩头搭着一根油光黑亮的细鞭，两手捏着指节，发出咔咔的声响。

大师傅没有回嘴，闷着头抓起一把钝刀，找了块油石，嚓嚓地磨了起来。

“你是什么人？”三师傅也没怎么动作就倏然闪现在无方面前，“老实回答，我不难为你。”

“我……”

“你真是个堂倌？”三师傅紧紧盯着他。

“他是我招的人！他不是探子……”大师傅说。

“没你的事。”

大师傅叹了口气，埋下头，继续磨刀。

“说，”三师傅紧紧盯住无方，眼底渗出一缕紫黑的幽光，“哪一路的？”

那根黑鞭扬了起来，在无方脖颈上拖动，散出一种特殊的腥味。无方细细一看，顿时毛发直竖，那竟是一条巨大的毛虫，长满了倒刺和气孔，周身的脓包不断起伏着、鼓胀着。

“这是……什么虫子？”

“竟敢把本座的毒龙鞭叫做虫子？”

无方的脖子上，突然传来一阵火辣辣的灼热，却是那条毛虫一震，顺便带下去一层油皮。

“我不是探子，小蛮蛮搞错了，我不是坏人。”无方急促地说。

“居然跟那个骚货也有一腿？有意思……”

三师傅狞笑起来，作势要挥鞭，无方急忙举手去挡，却见三师傅两眼圆睁，一片黑光大亮。无方头顶一冰，脑海被搅得乱作一团，全身就像打摆子，不停地抖索起来。他觉得自己的意识被震散了，三师傅已经控制了他的身体，正抽出他的五脏六腑，揉成一团，撕得粉碎。

“至于吗，对这么个小孩也用搜魂术？”大师傅的声音远远传来。

“此人看上去懵懂，但我以毒龙鞭一探，竟毫无接引之道，不能修炼任何战技。”三师傅冷冷地说，“当今天下，谁没个一星半点的根基？分明是心怀鬼胎，以高深功力遮掩。这些年你一心回归十殿，要放过这种奸人，犯下大错，还有什么脸回去？”

“他只是个孩子……”大师傅叹了口气。

三师傅冷哼一声，继续催发功力。

无方感到一阵更强的灼热正在击溃他的灵智。毒龙鞭贴上了他的脸、他的胸和肩，缓缓地蠕动着，寻找着五官的缝隙，要钻进去。三师傅眼中的黑光也越来越刺眼，马上就要切断他的意识和身体的一切联系。

无方低下头，咬着牙，梗着脖子，全力硬挺着，不让自己昏过去。

突然，他打了一个激灵。

一股冰寒从他的意识深处散射而出，瞬间便游走到了全身。他突然想起，很久以前，也有这样的生死关头，甚至比现在更险恶、更恐怖。他硬撑着，强顶着，一次一次地熬了过来。他不是常人，他是一个战士，有无比强大的尊严，绝不会向任何敌人屈服。

“咦？”三师傅很是意外，“这小子……有点古怪。”

“怎么了？”大师傅说。

“要是一般人，早变成我的傀儡了，”三师傅说，“他居然——”

“那就算了吧。”大师傅说。

“闭嘴，”三师傅说，“堂堂搜魂手，居然收拾不了一个白丁？嘿嘿！”

三师傅眼中的黑光愈发炽烈了。无方感觉有几条钢锯在割开他的头皮，毒龙鞭的毒毛刺进了他的身体，脓液渗透开来，他的意识也在坠入黑暗，眼看就快守不住了。

一阵急促的敲门声传来。

“大掌柜有请！三位师傅，请立刻前往书房！”

“赶紧走吧！”大师傅上前拉了三师傅一把。

三师傅哼了一声，慢慢揭下虫鞭，盯了无方一眼，扬长而去。

无方依然呆站着，直到小半个时辰过去，他的意识才慢慢归位，感觉能指挥四肢了。

他双膝一软，跪倒在地上。

他有一种深深的无力感。这一次是对付过去了，下一次呢？

他想跑回洞窟，问问青衣人到底怎么回事。他如此的弱小，怎么去完成那些所谓的使命？

从第二天开始，三位师傅就不来酒楼了，据说做的什么大菜出了差错，贵客暴怒，大掌柜迁怒三人，下令把他们都赶了出去。很快，来了几位满脸阴鸷的师傅，个个鼻孔朝天，脾气很大，动勺的时候根本不让堂倌们接近厨房。其他人都很不满，因为不能再偷师了，无方却很高兴，至少可以离这帮人远一点。

他偷偷跑去大师傅的刀房。房门紧锁，一片死寂。他紧贴着门缝瞅了一眼，墙上那些收藏已经不见了。

又过了几天，谁也没有来管理他，只顾着准备千生大典。听说他们的上司就是传说中的天下第一厨，叫什么宋大师。消息一传开，红姑们就成天念叨，要怎样打扮才能让大师注意到自己。堂倌们则脸上有光，充满了一种莫名的自豪感。无方心头也踏实了一些。等大典一开始，注意力一转移，他就会更加轻松了。至于什么使命，等这股迷糊劲过去再去考虑吧。现在要他去改变世界，简直太可笑了。

一天傍晚，无方干完活，正要去后面的小侧屋休息，突然看到了那位吟游诗人扎西。

扎西把他拉进一个雅间，上下端详着。

“吃苦头了?”

“你怎么知道?”

“我还知道，你害怕了，想退却了。”

无方叹息了一声。

扎西收起笑容，“想不到，你的胆识，也和你的力量一起，全都消失了。”

无方懵懂地看着他。

“一代战魂，就在这个酒楼里，当一辈子堂倌，然后寿终正寝?”

“战……魂?”

扎西冷笑，“你这样活着，跟死了又有什么分别?无数人粉身碎骨，就为了你能唤醒主灵，重燃希望，你却……造化啊，怎么给了你这么一具不争气的臭皮囊!”

无方听得费劲，“我……”

“你不知道你是谁，不知道你的来处，我知道，可是不能告诉你。”扎西忍着怒气，“我能告诉你的是，主灵不完成使命，你们就休想回去。”

“回去?”无方急忙问，“回哪里?”

扎西斜睨了他一眼，并不回答。

“主灵……又是什么?”

扎西眯着眼，“主灵是你的伴侣，也是你的神。”

“神？要是有神，为什么不帮我？”

“你的神已经沦陷。你却在这里自艾自怜，变成了一个窝囊废！”

“我没有丝毫武力，而且，还学不会，”无方颓然地说，“我……”

“你以为有了神功就很风光？”扎西打断了他，“这世上，即便能上天入地，也只是苟活！我的术法与大道相比就是可笑的玩具。我选择帮你，就迈上了不归之路。你不能成事，我就无法飞升，就会永远流落在这个可悲的世界……真有那么一天，我会亲手杀死你，让一切都了结……”

无方惊呆了。

“天地之悠悠，盖世之悲切，又有谁能体会？哈、哈、哈——”

扎西长笑着，一甩袖子，大步而去。

无方一片茫然。自从他被青衣人救下，大部分时间里，茫然就成了他唯一的感觉。四周酒香飘溢，帷幕低垂，豪华的璎珞流苏间，丽人们巧笑嫣然，伺候着一桌桌醉态正酣的吃客。扎西说得对，这并不是他的世界。他的世界，在很远的地方，他失去了它，也找不到回去的路。但吟游诗人又说，他是一代战魂。他想起了面对三师傅时头脑里涌出的那一阵血气。只可惜，那种激动人心的沸腾来得快，去得更快，刚刚给了他一点振奋，又带来了更多的迷惑。

他的命运，他的使命，究竟是些什么呢？

他出神地想。

第二章·大典

英风帝国，正皇历，一千三百七十三年，九月初七。

燕云州，弱水郡。

这一天，天空蔚蓝澄澈，万里无云。整个弱水郡，无论达官贵人，还是市井走卒，都陷入了亢奋和狂欢。万众瞩目的千生大典终于要开张了。

正午才过不久，汉轩楼前便成了水泄不通的闹市。一大群堂倌高举阳伞，迎接着来自银蛮、大昊、贝戎、苍澜、桃源的贵客。华贵的角马车、地龙车、机关车挤满了广场，一簇簇花香袭人的红姑搂的搂、挽的挽，勾肩搭背，尖声嬉笑着，把客人们一一引到早已订好的雅座。

弱水红姑，不仅驰名大陆，而且自有玄机。弱水是边陲重镇，各国势力交织渗透，最能广泛获取情报的自然是青楼行院、欢场暗门。所以，这里也是英风最著名的烟花胜地，拥有玉香阁、采仙院、莳花楼、春元馆、双金下处五大名门，其余的小馆小院，更是数不胜数。姑娘们来处各异，却都娇艳鲜嫩，技巧了得，以至于无数男子流连其中，乐不思归。英风有一句民谚，“愿受闺中苦，不嫁弱水男”，就印证了这种盛况。

贵客们陆续进入汉轩楼，围观的郡民却发现，街对面站了一个人，一袭白袍，仰头望天，一动也不动。

刚开始没有人答理他。但过了半天，那个人还是望天而立，就像一尊泥塑。有人好奇了，围了上去。多年来，弱水久经战乱，郡民们见识也广，自然不会跟着他望天，而是要消遣一番，博得一乐。

“变天啦……变天啦……”

那个人喃喃自语。

“喂，傻子！”

“叫声爷，给你买个馒头吃！”

众人嚷嚷着。

突然，那个人转过头，扫视着周围，大声嚷起来，“天——崩——地——裂——啊——”

众人顿时怒了，纷纷开骂。帝国越来越强盛，周边的国家谁也不敢来挑衅。只有西方那个埃尔蒂斯还时不时进犯一下，却也被边军压得死死的，讨不到半点便宜。国威煌煌，与天地同在，所有子民都该欢喜无限，这人却如此妄言，未免太不吉利了。

“对面的小子!”那个人吼起来，“觉悟吧——”

汉轩楼那些精壮的护卫忍不住了。要放在以前，敢有人这样捣乱，早就被叉到不知什么地方，一顿暴揍，打残打废都不在话下。但是这一次不同。大掌柜李多吩咐过，千生大典期间绝对不能出乱子。所以他们只是看着，并没有动手。若是那个小丑见好就收也就罢了，但他却闹个不停，要再放任下去，晦气不说，还可能有人会借机生事。

两个肌肉虬结、满脸戾气的大汉冲上去，一边一个把那人架了起来。

“苍天哪，救救英风吧——”

两个大汉各出一手，想扼住那人的脖颈，把他扼得闭气，不再聒噪。

那人却一拧、一挣，让两只巨掌抓了个空。

“对面的小子，时候到啦！你的命运——开始啦——”

半空掠过一道闪电，接着几个响雷在众人头顶炸开。不知道从哪里钻出来的黑云、灰云、乌云、红云，卷涌着，堆积到一起。天色越来越暗，没过多久，就黑得像锅底一般。汉轩楼高大的轮廓被天色一衬，竟显出了几分阴森可怖。

哗——

大雨哗啦啦浇了下来，围观的郡民惊呼着四散而逃。

两个大汉只觉得手里一空，再一看，那个人已经不见了。空气中散发着淡淡的焦煳味，几块碎布落到地上，很快被践踏成了泥泞。

无方呆呆地靠着大门，望着外面。

他一眼就看出，那个人是扎西。那些闪电和炸雷都是扎西引来的。就在两个壮汉的挟持中，诗人挥手作引，在一片炫目的电光中闪了几闪，就化作一道白虹，倏然而去。

汉轩楼依然灯火通明，气氛热烈。大堂里，桌椅都已经搬走，空出了一个大场子。各类包厢、雅间、侧房、贵屋都已经满满当当，盛筵开始了。刚才那几声巨雷，仅仅把屋顶的几盏琉璃宝灯打得晃了几晃，震下了墙上的一尊帝国英雄浮雕。人们依然在偎红倚翠，推杯换盏，就像什么事都没发生过一样。

但是，扎西来了，来告诉他，命运开始了。

突然，有人在背后怒叱。

“蠢货!”

无方一惊，猛地回过头，却是一个帮厨正气呼呼地瞪着他。

“你耳朵聋啦？半天不吭声！还不赶紧上菜去!”

无方定了定神，跟着帮厨走进厨房，左手端起一盘鲜果，右手抓起一壶白玉珍酿，急匆匆往外走去。

走出不远，一阵臭味袭来，他眼前一暗，左肩被什么一撞，顿时一个趔趄，撞到了墙上。

啪的一声，白玉壶在地上摔得粉碎，酒香四溢。

无方一看，面前是一群虬须横眉、眼如铜铃的大汉，个个都十分壮硕，比四周的英风人高出一头。这帮人的头颈、胸口、肩头、腰身缀满了狰狞的野兽头骨和尖牙，有的连肉筋都没有剔干净，还带着血丝，散发着阵阵腥臭。

“糟了，惹上蛮子了!”

有人在旁边小声说。

众所周知，银蛮帝国自从失去弱水，就陷入了危机。北边被英风压制，南面又与幽灵群岛为敌，陷入了终年的苦战。银蛮人多为兽族，被英风称为蛮子，平时打扮像个人样，但一发怒就狂化成猛兽。有俗语说“宁破英风万乘军，不惹银蛮一群狗”。几年前，他们在南方连吃败仗，只得向英风示弱，进献宝物，把几个大军团调回去对付那些骷髅。英风也想休养生息，双方便签下了一纸停战协议。正因为如此，这群蛮子才得以进入弱水，赶上大典。

无方早听厨师们说及这些，本来很是忌惮，但一看撞人的蛮子要走，便咬咬牙伸手拦住。

“对不起，客官，这壶酒要算在您账上。”

为首的蛮子一咧嘴，顺手从脑后抽出一把锈迹斑斑的骨刀。周围看热闹的发出一声惊呼，都退开了几步。

蛮子将手中刀挥舞几下，卷起一片血红的刀光，“什，什么？说，你?”

无方哆嗦了一下，“这壶白玉珍酿，您得赔。”

蛮子眼中凶光大盛，“滚！老子！你脑袋！割！烤吃!”

无方抿紧嘴唇，“您就是杀了我，也要赔。”

蛮子庞大的身躯一抖，一股凶残之气扑面而至，压得无方睁不开眼。半空一点刀光，发出裂帛之声，呼地劈了下来。

一旁的红姑们尖叫着捂住了眼睛。

突然，一只手从旁边伸来，轻轻托住蛮子的手肘。这一刀便猛然止住，没能劈下去。

蛮子大怒，回头刚要喝骂，却住了口。

一张油光水滑却又平实敦厚的大圆脸正真诚地盯着他。

“李……大掌柜！”

放眼弱水郡、燕云州，五湖四海各条道上，汉轩楼李多李大老板都是个响当当的风云人物，没有谁敢不给几分面子。此人豪爽仗义、忠烈过人，汉轩楼能有今天，一大半功劳要记在他的账上。

“哼！大，掌柜！出息！人，你的！”蛮子收了刀，悻悻地说。

李多回头打了个眼色，示意无方离开，又冲着蛮子微微一笑，“胡大少主，那只是个小堂倌，何必一般见识？你这一桌，全算在李某头上，如何？”

“不，行！不！这口气，不咽！不下！”

“再加三壶白玉珍酿。”

“银蛮！我！高贵！命不要，面子，不丢！”

“这样吧，大典上凡是你购买的食材，全都打八折。”

几个蛮子你看我，我看你，“大，掌柜，好！朋友！够！”

李多挥挥手，请蛮子们坐下。

胡大少主拍了拍椅子，“喝！来！一起！”

“今天事关重大，李某不敢有丝毫松懈，”李多正色道，“等大典完成，单开一局，陪大少主喝个不醉不归。”

蛮子们爆出一阵大笑，抓起桌上的肉骨头一顿狂啃。

不远处，另一个雅间，几个身着麻服的汉子阴沉地盯着这边。他们的眼神十分凌厉，手长脚长，一看就是狠辣好斗之人。

周围食客本来都在谈笑，见到他们，都是一凛。

“耗子！怎么也来了？”

“小声点！当心你家女眷！”

原来，这些人是来自大昊帝国的贵宾。

大昊地处英风之南，银蛮之西，本来是山明水秀、地气丰润的乐土，但一提起它，连最豪放的红姑名伶都会有些瑟缩。大昊不论男女，一到十周岁，就像中了诅咒，会变得放荡不堪，每天以交欢为乐，花样繁多，无所不用其极。到后来，举国恪守宣淫传统，奉行春宫文化，为求得配偶和玩物，不惜与周边交恶。大昊历史上的每一次外战都因之而起，无一例外。

英风的道统大儒、国学大师、演义大家在故纸堆里考证良久，却从没得到过正解。大昊人在长相、风俗、历史、传统乃至艺术文化诸多方面，都与英风接近，为何一衣带水，却有如此差异？英风人只能含糊地归之于风水，更给大昊人起了个歧视性的绰号：耗子。

“蛮子就是蛮子，连句人话都说不利落。”

一位长相阴鸷的耗子喃喃说道。

“金大哥，高见！”一位高个子说，“几块精灵肉就激动成这样，乡巴佬！听说李多从中州请来了天下第一厨宋吃宋大师……”

一位小个子凑过来，“大师的肉条炙得再是肥美，吃到他们嘴里，也和幽灵岛那些骨头架子没什么区别。”

“暴殄天物！”高个子愤怒地说，“那么粉嫩的小精灵，就算被咱大哥干死在床上，也比被这帮蛮子吃了强！”

小个子连连点头，“这一次啊，有个千年极品，必须留给大哥！”

“不过，听说这女子很烈，英风大皇子要玩她，都被吓得留了病根，不举！哈哈！”高个子说。

“小声点。”金耗子冷静地说。

众人一凛，都收敛了一些。

“看看你们周围，没谁好对付，”金耗子冷冷地说，“那些苍澜人、贝戎人、海族人，还有桃源的伪君子，都可能是咱们的敌人。”

高个子有些紧张，“那咱们……”

“你昏了头啦？”小个子豪迈地说，“放着如此极品不敢下手，怎么对得起大哥的栽培之恩？又怎么对得起我大昊先祖？”

“很好，”金耗子说，“我只要她，其余的，你们随便分。”

“大哥豪气！咱大昊民谚说得好，‘有红装，就不要素装；有月亮，就不摘星星！’”

身边几人一听，都会心地笑起来。

当——

一声锣响。众人的喧嚣被打断，都安静了下来。

当——当——

又是两声。宾客们全都站起，注视着大堂。有些仗着三分酒意跑上前去，

围了一大圈。

侧门被打开了。一群身着灰衣的彪形大汉，手执皮鞭和棘棒，驱赶着三头呲呲磨牙的幼年地龙，走进了场子。

周边各国，不论埃尔蒂斯、桃源、大昊、银蛮、贝戎，都有各种猛兽出没。英风却因为人口稠密，加上多年狩猎，猛兽几乎绝迹。所存兽类大都乖巧而玲珑，只能充当宠物。这种地龙，算是少见的异类。幼龙便有十尺身长，皮坚而肉厚，一身峥嵘尖刺更是令人望而生畏。成年地龙长达两丈，一根铁杵大尾有横扫千钧之力。据说当初英风和银蛮作战，全靠三千头成龙扫得蛮子们溃不成军，才一举奠定了大陆第一强国的地位。

从那个时候起，地龙便成了英风的象征，民间更流传一种说法：皇上为九天真龙，英风则为无敌地龙，天地依托，相辅相成，这江山社稷便可屹立不倒。

地龙入场后，被大汉们压制在场子一头。另一头，出现了一群彩衣飘飘的女子，跟满场红姑不同，个个文静而端庄，是汉轩楼掌管节日礼仪的女执事。她们手脚麻利，很快搭起一个高约三尺的祭台，摆上一个黑色祭坛，竖起两面黑底红龙的大旗，又请出九支名贵的灵心香。顿时，轻烟袅袅，扶摇直上，宾客们神情一爽，叫好声也高了几分。

突然，众人爆发出一阵欢叫。

一群两耳尖尖的男女，被两条粗如儿臂的铁索穿了琵琶骨，连成一长串，从侧门押出，连拖带拽，拉扯到场子里。

“精灵——”

“天哪，这就是那些可恶的妖精！”

不断有人惊呼着。

当先是几个俊美的男子，长发垂腰，只从胸脯和喉结能看出性别。他们两眼发直，似乎受了什么禁制，踉跄几步，就要歇上一阵，颤抖个不停。

两个互相搀扶的女子不小心绊倒，半天才爬了起来。两人一抬头，满场顿时哗然。幼小的那个一头淡金长发，五官清丽，一举一动都充满了异样的妩媚。成熟的那个金红卷发，蜂腰长腿，丰满而诱人。两人都是上佳姿色，仪态又十分的优雅，要不是身为阶下之囚，很容易被看做异国贵宾，甚至皇族。

“皇上万岁！英风万岁——”

有人喊了一嗓子，众人马上跟着大叫大喊，抒发着激动之情。

无方送完两桌菜，走了过来。

他个子高，不用踮脚就越过人堆看到了精灵。精灵们大多肤色白皙，应该是白精灵；两人肤色淡紫，应该是暗精灵。这几天，不管是堂倌还是红姑，讲得最多的，都是埃尔蒂斯如何邪恶，精灵如何残暴，还个个都是箭技高手，遇上英风人就以射杀为乐，戕害了不少无辜的百姓。但是，他眼前的这些精灵，尤其是那两个女子，如此的柔弱，真是凶残无道之人吗？

他的心头很沉重，有种很不好的预感。这是他第一次看见精灵，却能感觉到他们像是他的亲近之人，和他有着某种血缘上的联系。

地龙见到精灵，咆哮得更欢了，有两头还挣扎着朝他们爬去。灰衣大汉们急忙挥起棘棒一阵狠抽，才让它们安静下来。

大汉们把精灵按在地上，开始剥去他们的衣物。

众人又欢叫起来。

精灵女子尖声惨嘶着，男子则怒目圆睁，死命地挣扎。但无论男女，都是浑身绵软，毫无对抗之力。大汉们没费什么劲就把他们扒了个精光。

无方一阵冲动，想上去阻止，却被人群挤在外面，根本进不了场子。看来，千生大典就是一个盛大的拍卖会，先把精灵剥光验货，然后喊价竞拍。他很疼惜那些女子，不想看到她们被糟践，但是，满场都在欢呼，都在发狂，他只有一个人，又能做些什么呢？

精灵们无法挣扎，干脆不遮挡羞处了。他们互相示意着，一个挨着一个坐下，双手交叉抚胸，念念有词。那两个女子浑身雪白，宛如初生婴儿，乳房却饱满浑圆，上面两点鲜红欲滴，令围观的众人一通喝彩，又一阵口哨，经久不绝。

金耗子目光冷冽，仔细辨认着精灵们的面目。但他们个个长发遮脸，一时难以认出。

“他们在念什么？”高个子好奇了。

“繁荣昌盛，生生不息。”金耗子说。

“我怎么记得，是‘沿着海面飞向星星，沿着苦难回到家乡’？”小个子凑过去说。

“笨蛋，那是他们的女神祭辞，这句‘生生不息’是他们的临终祭辞，”金耗子没好气地说，“精灵长得慢，活得长，动不动就摆出一副崇高样，还不是被人抓来吃、抓来玩？就这两句，翻来覆去念了这么多年，连句像样的战争祈祷都没有，哼哼。”

高个子贴着金耗子耳朵，“大哥，这里面，没有那个女子。”

“不急，这才几人？下一轮再说。”

“我刚去内室探了探，”小个也凑过来，“没有那个极品。”

金耗子沉吟着，“再探，再报。”

两人同时领命，朝人堆里扎去。

无方觉得场中越来越阴沉可怖。

他仔细看了看祭台，那上面雕刻着各种狰狞的头像，还有一些机关锁扣，灰黑中透出一抹血光。

“这到底是在干什么？”他捅了捅旁边一个堂倌，“卖就卖，还搞这么多名堂？”

那人像看怪物一样瞪着他，“你连这个都不知道？”

无方摇摇头。

“蠢货！”那人高兴起来，“你着个屁急，一会儿不就知道了？”

热烈的掌声响起。

汉轩楼大掌柜李多笑眯眯地走上台，给大家抱了个团揖。

众人急忙回礼。银蛮人以手抚肩，微微低头；昊族人双手交叉，扬起下巴；海族人手掌朝下，又翻转朝上；桃源人则两手轻轻一搭，平举齐胸。举目望去，场内场边、层层看台上，众人都用五花八门的礼仪回敬着，连那些靓丽的红姑也都道着万福，看上去十分壮观。

“各位，别来无恙。”

李多腰身挺得笔直，一边朗声问候，一边扫视场中。众人触到他的目光，心中无不一凛，喧哗声、唿哨声很快停歇下来。

“李某谨代表我英风帝国，感谢各位纵横大陆、南征北战的剑圣、法师、仙师、海将！此等大典，举世关切，是我英风献于全大陆的一份厚礼，也是我等精诚交往、共享美景的良机。在此，敬请大家笑纳。各位想必已经等不及了，李某也不多言，请我帝国栋梁，安德鲁大国师，致辞。”

一个枯竹竿一般的老男人，罩着一件缀满白亮银饰的黑袍，戴着一顶血红的狼毒花冠，颤巍巍走上台来。在他身后，跟随着八名峨冠博带、气质高华的俊美男子。

“天哪，这不是那位跨越生死、造福苍生的大国师吗？”一个风骚少妇对搂她入怀的白衣公子说。

“装神弄鬼，我也会，”白衣公子一甩发带，哗地展开一面描金玉扇，

“想当年，本公子纵横大陆的时候，哪里有他的名号!”

少妇满眼倾慕，还要说什么，一股阴寒的威压从台上散发出来，笼罩住所有人。全场顿时陷入寂静，连那些狂暴的地龙都安静下来，不敢再咆哮了。

国师两手抱拳，轻轻举起。

一副一丈见方、光华夺目的淡金御旨凭空浮现，悬在众人的头顶，微微闪烁着。

众人都屏住了呼吸。

“奉天承运，日月昭昭，天恩浩浩。唯我英风，禀性笃敬，立念肫诚，恭祀天、仙与神、鬼，厥礼均重，姓氏各殊，礼皆随俗。今有恩遇，得以令吾之爱臣执掌千生之大典，当恪尽职守，不得有丝毫懈怠……”

国师的声音忽远忽近，回荡在整个大厅里。

李多满脸是笑，出现在胡大少主身边。

胡大少主一把抓向他，“大掌柜！大！大!”

“大少已经等不及了?”

“还！行！还!”蛮子咧开嘴，浓烈的口气把周围几桌熏得几欲作呕。

李多笑了笑，“大少看上了几个呢?”

“有，你，多少！全要！我!”

周围顿时大哗，尤其是金耗子那些手下。

“果然是大手笔。这次大典，精灵足足有三十个之多，大少要包圆?”

胡大少主一愣，“三，三十？吃不了！头十个！头!”

“大少吩咐，敢不从命?”李多微微一笑，“十万金币，多谢惠顾。”

“不少！你！放心！给！肉，哪里？大师，宋！哪里？炙肉！要，这个！吃!”胡大少戟指那个雪白的幼小精灵，吓得她不住哆嗦，“乳！她！双乳!”

国师念完御旨，收起，脸色变得庄严起来。

“生命在于更新，更在于修补，世间万事，莫不如此——”

他的语调阴柔地起伏着，就像在吟诵诗篇，“普天之下，从帝王将相到土鸡瓦狗，都有生存的权利。唯有西方的埃尔蒂斯，已经成为罪恶萌生之处——”

众人渐渐听得入神了。

“本人来自遥远的群岛，必生之志便是拯救苍生，修补生命，为迷途的灵魂指引一片乐土——”

国师垂下头，语调里充满了伤怀，“把精灵一族，定为猪狗牛羊、花鸟鱼虫是一种创举，更是一件无上的善事。无论银蛮还是大昊，得到精灵，享用精灵，就能让民众欢歌，让天下安宁，不再有痛苦，不再有迷茫——”

两边各走上几人，是那些俊美的跟班，手捧三足铜爵，缓缓跪倒，以酒洒地，又站起，交换铜爵，变换位置，再跪，再洒，再站起。两人走到国师身后，手作兰花，拈起酒滴，轻洒于他肩头，又洒向头上的狼毒花。酒一沾，花瓣霎时绽放，映衬着枯瘦焦皱的脸庞，显得异常醒目。

“千千万万的精灵，它们的灵魂最终会被我们原谅，被我们接受，会去到伟大的复生之处，开始新的一生……这，才是千生大典的本意——”

国师神情一肃，抬起头，仰望着上空，“英风帝国首席大国师，安德鲁·博卡古斯特，奉我上皇旨意郑重宣布，第一百六十八届千生大典正式开始！”

大汉们从精灵中拽出一男两女，把他们身上的锁链往祭台的凹环上一套，一脚踢翻，摆弄成跪拜的姿势，然后挥起棘棒，就要往他们体内捅去。

周围欢呼四起。有些人已经激动得流泪。在他们看来，如此弘扬英风国威，真是人生一大快事。

突然，精灵们齐齐发出一声呼号，竟然站了起来。只见他们面容痛苦，嘴角溢血，像是运起了什么秘法，冲破了某些禁制。大汉们反应很快，一个个扑上前去，却不断惨叫着飚着血箭飞了回来。

全场一下子安静了，只听一片粗重的呼吸，间杂着两声地龙的低吼。楼台上的戏班子本在鼓瑟吹笙，此刻突然走了音，听起来又是怪异，又是滑稽。

无方脑子里嗡的一声，眼前一片雪光。这种战法，这种死意，杀出一条血路……他以前一定经历过，而且不止一次。

他的心咚咚地跳个不停，再看周围众人，都是眼珠滚圆，一片呆滞，表情十分古怪。

场中人影连闪，从后堂又冲出了一群精灵，与这几个不同，手中都握着明晃晃的刀剑，显然是从那些灰衣大汉手中夺来的。片刻间，两拨精灵会合到一起，立刻摆出一个防守阵式，把几个女子围住，又从死去的大汉身上扒下衣衫，让她们胡乱套上。

全场大概是缓过神来了，一片大哗，悲呼、怒骂、声讨、诅咒不断，各种物件雨点般朝精灵砸去。一些鲜蛋浆果砸中了当头的几个精灵，顺着他们头脸流下。精灵却没有发怒，只是冷冷地看了过去。目光所及，喧闹声顿时一滞，目光一离开，立时又鼓噪起来。

“抓住他们！千刀万剐——”

“活烤——生吃——不能放过这帮狂徒——”

“伟大的皇帝，显灵吧，惩罚他们吧——”

但听呼喊声不绝，四周的大汉、彩衣、峨冠博带纷纷纵身而起，朝精灵们扑去。

领头的几个精灵对视了一眼，挥刀杀向门口。他们的武技相当高强，周遭大汉惨叫不断，渐渐杀开一条血路，再冲十几步远就能到达汉轩楼门口了。

就在这时候，二楼、三楼、四楼各层同时出现一帮张弓搭箭的大汉，对准了精灵队伍，一声令下，嘣嘣开射。精灵猝不及防，立刻有几人被射成了刺猬，倒在地上痉挛着。但他们很快反应过来，领头几个，甚至用手接住箭支，再一一掷回。但听嗖嗖声不绝，一个个箭手惨叫着栽下楼，有的砸在场子正中，有的砸着了贵客红姑，还有的直接砸在地龙背上，地龙翻身便咬，顿时血光冲天。

几个肤色深紫的暗精灵身形十分飘忽，飞纵之间竟然不见了影子。再仔细看，他们竟然利用柱子、帷幕、桌椅隐去身形，再出现时，已经在惊恐万状的大汉们身边。他们有的手刀凌厉，有的却扬起各种绚烂辉光，所及之处，敌人无不惨叫着毙命。

精灵队伍慢慢接近了门口。

但是，更多大汉冲了出来，朝精灵包围过去。他们的策略很简单，一对一不行，就一群人冲上去，抓手的抓手，抱头的抱头，实在不行就十几个压住一个，一旦制住，立刻卸下关节，或割断手筋脚筋，往后堂拖去。地龙们则吭哧吭哧奔到门口，把汉轩楼的大门堵得严严实实。

无方正看得发呆，身边突然有两位风采出众的道学家议论起来。

“明广兄，这等卑贱恶徒，竟于光天化日行凶杀人！此种臭肉，食之恐做噩梦！眼见恶徒们猖獗不已，大掌柜、大国师竟不出手，只做壁上之观，将堂堂国体置于何处？悲乎！”

“处之兄有所不知，这是大国师、大掌柜深谋远虑啊。”

“此话怎讲？”

“这等奸徒，若是毫无挣扎就被吃掉，还有什么乐趣？非要给他们一点盼头，让他们蹦跶够了，身体血脉全都放松，那肉味才饱含亢奋之冤气，淫贱之戾气，鲜香淋漓，美不可言哪！”

“此言当真？”

“那还有假！快看那女子！那等椒乳，那等大腿，若是死肉一块，有何吃头？但若被擒住，拼死挣扎之中，趁热割下，轻轻一涮，啧啧……”

无方顺着两位道学的目光望去，却见两个大汉按住了一个精灵女子，咬住好一块肩头肉，猛一甩，竟活活撕下，旋即大嚼大咽，似乎十分的美味。

无方只感觉一阵强烈的恶心，只得奔向一处角落，哇哇大吐。

周围不停地欢呼着，更有人被精灵驱赶，乱挤乱撞。无方被一阵阵人浪推动着，胸腹间更是翻江倒海，恨不得把内脏吐个精光。

好不容易平静了一些，他朝场中望去，发现精灵们还剩下十几人，大部分在抵挡两侧涌出的大汉，小部分护卫着几个女子杀向门口。看来，那个幼女和红发女是他们最想救出的人。但是，他们人太少，敌人却越来越多。他们就像巨浪中的一叶舢板，正一点一点地被倾覆、被吞没。

无方手脚颤抖，恨不能抢过一件兵器，杀向场中，助精灵一臂之力。但他努了半天劲，却发现两腿酸软，根本挪不动步子。他痛恨自己，当初面对三掌柜他都有那股血性，现在却怕成了这样。他是战魂，他一定属于血与火、刀与剑，否则，怎么会有模糊而深刻的传承记忆？

终于，在大汉们的轮番冲击下，精灵被打散了。那个红发女子被三个大汉揪住长发拖往厨房。一个峨冠博带突然冲过去，扑在她身上，对准胸脯一口咬下，狠狠一扯，嘴边一挂鲜血淋漓的肉块，脸上满是瘆人的狞笑。

其余的精灵，有的被砍断了手脚，正在地上打滚，有的被戳穿了胸腹，还没有立刻死去。那个最强壮的男子被好几把刀穿胸而过，却异常勇猛，一把扯开了一个敌人的喉管，又双手抱住另一个敌人，在对方脸上狠狠咬下去。几十个大汉扑上去，把他压得不见人影。再爬起时，地上只剩下血肉模糊的一团了。

唯一的幸存者只有那个幼小的精灵。她非常灵巧，左闪右避，双脚在一些食客头上轻轻一点，眼看就要扑到大门口。

无方脑子一激灵，突然感觉有了力气。他啊啊大叫着，分开众人，扑向门口。他相信，以精灵的身法和速度，只要出了这道门，一切就都有了希望。他虽然无法战斗，却要帮她挡上一挡，哪怕被立刻杀死，他也要这么做。

突然，后面有人猛踹了他一脚。他朝前一冲，差点扑在精灵身上。

就在此时，从楼上跳下几个大汉，生生砸在精灵肩头。

咔、咔，几声闷响，精灵浑身一震，瘫软下去，正倒在无方的面前。

她的肤色晶莹，两耳尖尖，拼命仰起头，凄厉地惨叫着。她的肩膀和胸前各挨了一刀，皮肉已经裂开，露出了白生生的骨茬。她的双手被架了起来，两个小小的乳房颤抖着。

突然，她垂下头，对上了无方的眼睛。

无方觉得，周围的一切都凝固了。大厅依旧辉煌，人群在狂欢，地龙在咆哮，大汉在狞笑……一切都慢了下来，只剩下幼小精灵的那双眼睛，眼眶溢着淤血，眼珠却依旧莹蓝，定定地看着他，充满了无助和绝望。

无方本能地伸出手，想要抓住她，却感觉脖子一紧，似乎被什么人揪住。他看到大汉们刀剑齐下，剁在她的腰背之上。她的脸突然扭曲得不成人样，一股股热血从鼻孔和耳朵喷出。只一瞬间，她就被拖回场子，扔到愤怒的地龙群中。

无方刚要喊叫，却是一阵天旋地转，飞到了半空。没等他反应过来，咔嚓一声，已砸在一桌缀满鲜花的筵席上。

他忍住痛楚，好不容易爬起来，却一脚踏空，再度跌倒了。看台上的戏班子唱起了一首英风民谣，不少人正在起舞，还有人趁机对别人的女眷揩油，被发现之后，拳脚齐出，嘻嘻哈哈地打斗起来。

戏班子唱得很投入，嗓音洪亮，整齐划一：

南有嘉鱼 倏忽来去
北有光华 垂天熠熠
东有万兽 蒙然驰骋
西有精灵 美目凄凄

上位有恩 滔滔若海
君子有酒 翩翩若云
昔我往矣 浮尘荡尽
今我来思 安享太平

歌谣一遍遍重复，不断有人加入进来，汇成一股浩瀚的洪流。伴随着它的，则是精灵们非人的惨叫、地龙惊天的咆哮。

无方挣扎着分开众人，想再挤进场子，却被一次次推了出来。好不容易探头看到场中，却被一个坚如铁石的身子一顶，差点没闭过气。

那正是蛮子胡大少主。他大步冲了过去，抓起幼小精灵的身子，连声欢叫着，贴在自己脸上。他闭上眼，陶醉了片刻，随即张开大口狠狠咬下。一股血浆冲进他的眼中，他大声怒骂着抬起头来，乱蓬蓬的胡须沾满了口水和血水，活脱脱一个恐怖的恶魔。

场中不少精灵还没有死去，还在被撕扯、被践踏、被剁烂，他们的嗓子都喊哑了，只能发出毛骨悚然的嘶嘶声。一个男子昏了过去，被国师发现，行云流水般滑到他身边，两手轻扬，一道绿黄的清新水芒很快没入他的身体。

精灵男子一激，一醒，马上痉挛起来，陷入更大的痛苦中。

“甘霖术！只有大国师才能使出的甘霖术啊！”

刚才那个风骚少妇喊叫起来。

她身边那个白衣公子却奔到了场边，跟大汉们扭打着，要冲到血肉堆中去分享。

“原来，这就是修补生命，这就是世人的幸福啊！”风骚少妇喃喃自语着，充满了快慰。

一个大汉走近几近疯狂的胡大少主，“大少主，请到厨房用餐，宋大师已经等候多时了。”

胡大少主一抹嘴，肉渣四溅，“不！生，鲜，吃，先！够了！吃，再吃，大师！宋！”

众蛮子欢叫着，继续狂吃。

突然，他们头上放出一片银光。众人眼前一花，但见几匹猛兽突现场中：足足有一人之高的银狼，狂暴红眼的野牛，浑身斑斓的豺豹。它们朝着精灵残缺的躯体一下下猛扑，每一扑，便扯下一大块血肉，大口吞掉。

无方浑身哆嗦，眼睁睁地看着幼小精灵在刀剑和利爪中变成了一堆难以分辨的碎块。一条豺豹叼起她的半截头骨，呼地一甩，直接甩上三楼，引起了一片快乐的骂声。

“帝国！银蛮！勇士！万岁！万！吃，大师！走！宋！”

那头满脸是血的银狼直起身子，突然哇哇嚎叫起来。

众兽仰天咆哮，血雨纷飞。

半空一声响，五颜六色的碎纸屑撒了下来，四周楼台上的人群更是几欲疯狂。有两个人被挤了下来，砸在精灵堆中，勉强爬起，抱住残肢断腿就是一通狂咬。卫兵们手脚并用地把他们拉开，他们继续扑上去，不管不顾地咬啮着、撕吃着。各种鲜花、瓜果、鞋帽、碗碟、酒瓶、衣物，纷纷砸向场中，一时间欢声雷动，喊叫齐天。

无方再也看不下去，只能勉强分开众人，冲出楼门，朝无人之处奔去。大大小小的狂雷在天上炸响，不知何时起大雨又已瓢泼。他的脸上有热泪在奔涌，很热很烫的泪，很快就混入雨中消失不见。他脑子里一团糨糊，只留下一个疑问：

这个世界，究竟是怎样的人间地狱？

又是一个炸雷。天如倾盆，无休无止。

第三章·佳酿

不知道过了多久，无方又回到了汉轩楼前。

巍然的大楼，鲜亮的牌匾，在他眼中就像是一道道地狱之门。所有窗户都敞着，要散掉浓烈的血腥气。大汉们用铁铲和刮刀清理着碎骨残渣，国师手下的峨冠博带跟在后面不断施法，一道道水流冲向地面，一阵阵热气又把它吹干。这是水洗术和干燥术，多来几次，天青石就会被刷得光洁如新。一群侍女和杂役踮着脚，小心地把花瓣撒在各个角落。有个侍女动作太大，碰倒了一个大花瓶，吓得一屁股坐到地上，翻着白眼晕了过去。

那些疯狂的贵客一个都看不到了。他们来得快，走得也快，似乎享受够了，要回去养息一番，再来迎接下一波高潮。

无方满心惊骇，不敢去想象厨房的场景。那里会是什么模样？那个宋大师，能把精灵炮制成什么美味？该比小蛮蛮高级得多吧？这个国度既然这么流行吃人，有朝一日，精灵都被吃光了，这些人会不会也互吃起来？

他失魂落魄地踉跄着，差点撞到一个人身上。

“大掌柜？”

李多一怔，“你？怎么跑出来了？蛮子为难你？”

无方摇摇头。

“蛮子确实嚣张，”李多沉吟着，“不过，想惹到我英风头上，还要掂一掂自己的斤两。”

无方点了点头。

“你能不畏强势，据理力争，很好，”李多说，“我汉轩楼的人，个个都应该是这样的好汉。”

无方茫然地看着李多。那张大圆脸上，依然是亲切、真诚、和蔼，却让他感到冷。

“去忙吧，”李多说，“厨房里人手不够。”

无方刚要走，突然被李多一把拦住。

“等等。你叫什么？”

“无方。”

李多一怔，“无方？嗯……无方。”

无方肩头一沉，原来是李多轻轻拍了一下，很轻，他却感觉有几道大力，一层层撞向胸口。他喉头一甜，差点吐出一口血。

“哦，你不会武功，”李多满脸歉然，“去忙吧。”

无方抹掉一头冷汗，不知不觉走进了大堂。他一愣，正想走出去，却有一帮熟识的堂倌围上来。众人都觉得他得到了大掌柜的青睐，于是起着哄把他挟裹着拥进了厨房。

他以为会看到很多尸体、很多血肉，但是不然。四处都冲洗得很干净，案板、刀具、锅碗、盘碟都摆放得齐齐整整，没有任何血腥的痕迹。

他跟着众人走到那排洪炉大灶边。

大灶共有五具，由朝歌的著名灶师梁不遇为汉轩楼特意打造，很是宽大，竟然有一人之长，半人之高。当初全楼落成，四方文人墨客都来歌咏，还有人说这灶建得太过铺张，且浪费材质，不易受热。但饱学之士则认为，这种大灶配上烘笼大锅，正好展现了英风情怀，且炉火憨壮，烹出的食物更加绵软烂熟，用于边军备餐是再好不过的了。

那个呵斥过无方的帮厨分开众人，笑眯眯地迎上来，“等你好久了！”

“等我？”无方莫名其妙。

“是啊，人不到齐，就不准用餐！”

众人纷纷点头。

帮厨走到最中间的大灶旁，示意无方揭开锅盖。

无方有些疑虑，但还是照做了。

一阵浓白蒸气扑面而来，差点让他睁不开眼。他看不清锅中究竟，只感觉鲜汤沸腾，白如乳汁，还散发出一股强烈的香味。他回想起来，这正是小蛮蛮鲜肉店里那种味道。

他的心顿时揪作一团。

“你们！”

他怒吼了一声，想要夺路而逃，却被众人拦住。

帮厨朝他诡异地一笑，指了指灶台边的一个箩筐。另一个小帮厨上去，一把揭开。

无方一下子呆住了。

那个在大堂里英勇搏斗的红发精灵竟然还没有死。雾气蒸腾之中，她就跪在灶台后，只露出了头和肩，却睁大了双眼，直愣愣地看着他，在向他求救。

无方浑身热血奔流，一个箭步冲上去，一把抱住她，往自己身前拖拽。他只有一个念头，哪怕不要命，也要把她救出去。

他只感觉手上一松，身子噔、噔、噔朝后急退，一屁股坐到了地上。

周围传来一阵大笑。

无方看看手里，再看看锅里，顿时毛发直立。红发精灵的整个身体，竟是煮在滚沸的汤里，已经肉烂骨酥；而他手上，却抱着一颗活色生香的头颅，从脖颈处整齐地断裂开来。

无方浑身一僵，再也动弹不得。

帮厨怜悯地看着他，“这年头，英雄救美也不容易啊！不如来尝尝这人间美味，也算是跟她亲热过了……”

无方动也不动，木木地看着帮厨。

“这锅老汤，放上了十八种珍奇配料，光辉海鲍、忘川红蛇、金湾羚羊角、贝戎九头蛇胆……”帮厨闭上眼，贪婪地闻着香气，“精灵下锅后，又加入了八十一种鲜香调料，施放分量、顺序都极为讲究，稍有差错，就出不来这种乳白亮色！这保鲜的功夫也是一绝，全靠大师独门秘功，才能蒸了这么久还鲜活如新，把你蒙得一惊一乍，笑死个人了！”

众人都点头称是。

无方木然地看着他们。

“也就大掌柜看咱辛苦，给留了一锅！知道这些端出去能卖多少钱？行了！别老抱着了！哟！她在对你笑！”

无方大叫一声，把红发精灵的头颅扔到灶台上。帮厨一探身，抓了起来，凑到眼前，又伸出舌头，慢慢舔着精灵的眼珠。

“吃了她的肉，再把这脑袋送到旁边铺子，下面缝上点皮，填上点料，不也一样找乐子吗？”帮厨吃吃地笑着，“大师的风干术，那可是全大陆都响当当的！保证你玩上三五个月也不烂不臭，跟新媳妇一样！”

无方冲上去，一把抢过了头颅，抱在怀里。那上面有股奇怪的香味，还有种淡淡的血腥。他仔细地看着它，看着那头红发、那双莹蓝的眼睛。

他两膝一软，扑通一声跪在地上。

“你们为什么要这样？为什么……”他说着说着，哽咽了起来，“几个弱女子，被你们糟践成这样，你们……还是人吗……”

众人有的低下头，躲开他的眼光，有的却横眉瞪眼，作势欲怒。

“大家都吃，咱也能吃！”帮厨怒气冲冲地说，“你不就是看上了她，没干成，所以伤心吗？”

“就是！”

“没出息！”

“到处都是红姑，非要喜欢个妖精！”

“都别啰嗦了，赶紧，趁热吃！”

帮厨呵斥了几句，拿起一摞碗，摆开来。

众人扑了上去，舀汤的舀汤，割肉的割肉，很快就一一盛满了。

帮厨双手捧起一个碗，朝天一举，“感谢皇上，感谢帝国！感谢我英风无敌边军！有了他们，咱才能吃上这么好的东西！”

众人学着他的样子，喊了一阵，吃将起来。屋子里顿时肉香扑鼻。

“一个破脑袋，老抱着作甚？”帮厨拉了一把无方，“拿来一并煮了！”

无方连连摇头，“别、别逼我……”

“想造反？”帮厨恶狠狠地说。

无方抱起头颅就往外跑。

帮厨一声呼哨，不知从哪里钻出来几个大汉，一把揪住了他。

有人伸手来抢头颅，无方死死抱住，不肯松手。

几只脚同时踹过来。无方身上挨了好几下，手一松，头颅被抢了过去，送到帮厨手里。

帮厨把头颅往案板上一扔，抓起一把厚背菜刀，嘭！嘭！嘭！剁成几大块，连同流出的血肉脑浆一并扔到锅里。

汤水四溅，隔得近的几个家伙惊叫着闪开。

无方只觉得脑子一热，一股血气呼呼冲上了顶门。

他正要冲上去，两手突然被抓住了。一个大汉端过来一碗汤，掰开他的嘴就要往里灌。

无方扭过头，不让他们灌下去。

“给脸不要脸！”帮厨怒骂着给了他一耳光。

无方拼命挣扎，一脚踢到了一个家伙的下体，抓他的手顿时松了，他发狂似的挣脱了，几步就冲到门口。

突然，他眼前一黑，撞到一个人身上。他一看，是所有堂倌里最壮实的一个，平时不声不响，没想到也是帮凶。

壮汉扭住他的双臂，抓起他的头发，让他仰起脸来。

“灌！灌死他！”帮厨怒吼着。

无方猛然抬起脚，跺在壮汉脚趾上。壮汉吭了一声，他再跺，壮汉痛呼两声，松开了他。

他一脚踹开扑来的一人，奔到案板前，抄起一把大菜刀，怒视着众人。

众人有些胆怯地看着他。

“找死！连你一起煮了！让你跟她去洗鸳鸯澡！”

帮厨一边骂一边扑上来。无方菜刀一抡，砍在帮厨左臂上。一声狼嚎般的惨叫，帮厨猛地抱住手臂，恶毒地看着他。

其他人顿时往后退去，眼睛都盯着无方手中的刀。也有几个胆子大的，脚下悄悄挪动，小心地朝他接近。

帮厨怪叫着又扑上来，猛地一撞，想把无方撞进汤锅里。

无方一闪，摁住帮厨脖子，一直摁到灶台边。帮厨拼命挣扎，伤口的血滴滴答答，洒在几块煮得惨白的肋骨上。无方看得一愣神，突然菜刀一沉，差点被夺过去。他一惊，顺手一抡，只听惨叫连连，几个人捂着头颈和胳膊躲到了一边，有一个还抱着锅台哭了起来。

无方一把扯住帮厨那条受伤的胳膊，猛出一刀，噗地砍进去半截刀身。帮厨一声闷哼，眼睛睁得老大，似乎要痛昏过去。无方也不说话，拔出刀，继续砍。一下，两下……帮厨浑身痉挛着，半条胳膊竟然被他生生砍了下来。

无方一脚踢开帮厨，菜刀一挥，把那只手拂到锅里。

他回转身，把满手的血朝众人甩去。

“来啊！来逼我啊！来啊——”

他听见自己的嗓音，很嘶哑，很癫狂，不像是他在说话，倒像是一个厉鬼在怒吼。

“怎么回事？”门口突然传来一个威严的声音。

无方一下子听出来，这是李多。

众人齐刷刷地跪下，有人委屈地大叫，有人不停磕头。

无方木然而立，听着众人痛诉，说一锅珍贵的鲜汤被他搅了，还行凶伤人，煮了大帮厨一只手。

“这些都是真的？”李多注视着无方，淡淡地问。

“都是我干的。”无方失神地说。

“混蛋。”李多脸色一黑。

无方打了个哆嗦，却发现李多训斥的是其他人，而不是他。

他正在奇怪，却见帮厨已经醒来，半边身子都是血，连滚带爬膝行到李多跟前，“大掌柜，您可要给小人做主啊！您不是吩咐……”

“我吩咐什么了？”

帮厨一怔，吓得不敢吱声。

“为你口腹之欲，竟敢假借李某之名？你不想活了？”

“小人罪该万死，罪该万死啊！”帮厨连连磕头。

“就这么跪着，好好反省，”李多冷冷地说，“不许裹伤，不许吃药。”

帮厨一下子瘫软在地上。

“刀给我。”李多对无方说。

无方傻乎乎地把菜刀递给李多。

李多扬手一甩，菜刀呜呜飞起，铿的一声，准确地扎进了刀架。

众人都打了个寒战。

李多对无方笑了笑，“跟我来。”

无方跟着李多，进大堂，下侧门，渐渐走进汉轩楼的地下。

当初他曾经运用内视探测过这里。现在一看，还真是曲曲弯弯，十分繁复。密如蛛网的坑道里到处是灰衣大汉，看见李多也不出声，只是躬身行礼，一派训练有素的样子。

无方没有心思去查证坑道的位置是否准确，只感觉一种发泄后的畅快。他突然想到，如果在千生大典上他就有这般勇气，会不会救出那个幼小精灵？一想起她，他的心里就是一阵抽搐。

他正在乱想，一道厚实的铁门挡住了去路。

李多把右手贴在门上，一阵白芒闪过，铁门吱吱呀呀地打开了。

“进来。”

无方跟随而入。

房间十分宽敞，只有一张桌子、两把椅子。墙上一片空白，没有任何装饰。

李多招手一引，示意他坐下。

无方坐下，抬头，迎视着李多。

李多绕着他转了又转，才慢慢走回来，再度凝视着他。

“为什么持刀伤人？”

“他逼着我喝汤，我看到那个女子，以为她活着，我就……”

无方慢慢地说着，想起红发精灵，又说不下去了。

李多转动着右手食指上的一枚黑玉扳指，颇具意味地看着他。

“你同情精灵？”

无方点了点头。

“你了解英风和埃尔蒂斯的恩怨吗?”

无方摇了摇头，又点了点头。

“讲讲看。”李多和蔼地说。

“都说他们很仇视英风，还很残忍，还挑了大师傅的脚筋……”

无方想来想去，想不起更多。他很想说，战争是一回事，但如此虐杀、糟践，还要烹调成美味，就太令人发指了。

“他们倒是不吃人，”李多仿佛看透了他的心思，“但是，他们害人。”

“害人?”

李多沉默片刻，“我一直查不出你的来历，却一直在用你，你知道为什么?”

“我的来历？我自己都不知道。那天一醒来，我就在忘川，很大的浪，我差点死了，一个人救了我，又把我带到这里……”

“忘川？难道你是仙族、鬼族?”

“仙族？是神仙吗?”无方不由得苦笑。

李多莫测地一笑，“有些仙人喜欢游戏人间。”

“我可不是什么仙人，”无方苦笑，“我什么也学不会，什么也做不了，只是个废物。”

“我英风将士，以战力级别而论，分为武童、武生、武士、武师，等等，”李多肃然说道，“那帮厨本是个中品武士，却被你一把菜刀就杀得如此狼狈。你要是个废物，他又算什么?”

无方无言以对。

“大典之上，只有你一个人感觉不适，大吐特吐，对吗?”

无方点点头。

“以前，我也一样，看到个死人就于心不忍。”李多说，“英风跟埃尔蒂斯打了几百年的仗，精灵一旦俘虏我英风子民，如何炮制，你知不知道?”

无方摇了摇头。

“俊美的人，他们就施以石化魔法，变成雕塑，立在城市中央。普通的人，就送去靶场，充当活靶子。英风幼童，就剁了充作花肥。英风女子，就拿来和他们的宠物杂交，生下奇形怪物，贩往天下各国。”

“这……怎么可能?”无方惊住了。

“我掌管着这么大一座汉轩楼，看似轻松，实则微妙，可谓是牵一发而动全身，”李多说，“这座大楼，昭示着帝国的威严，是各国政要行使特殊外交的首选，也是商界巨贾和江湖异人展现身手的好地方。”

无方看着他，不明白他为什么说起这些。

“所以，我不可能滥杀无辜，引起天下慌乱，”李多凝重地说，“多年以来，大陆各国都以享用精灵为乐。蛮子吃掉他们，就可以增加功力。耗子奸淫他们，就可以吸取生命活力。贝戎大海龟把他们做成标本，用来装饰宫殿和领地。苍澜小矮子喜欢用他们做试验，提高炼金术技能……这普天之下，所有人等，全都在想方设法折磨他们，这说明了什么，你该明白吧？”

无方听得呆住了。

他对这个世界了解太少，所以无法判断李多说的是不是真话。但不论怎样，这些精灵被分尸，被虐杀，被煮来吃掉，还留下一个鲜活的头颅当消遣，都是滔天的惨景。即使精灵很凶残、很险恶，也不该被当成猪狗牛羊一般来糟践。他突然有种感觉，这世上每一个生命都与他有关，杀死谁都会让他心痛。

“这一批，一共十六名白精灵，十五名暗精灵，”李多踱到无方身后，缓缓地说，“今天的大典，你也看见了，他们是如此狡诈而残暴。眼下还有一个白精灵，是他们的首领，听说还是什么大剑师！光是他一个人，就杀死我英风将士二三百人！可见他的功力之深哪。这种人，一旦被蛮子和耗子得到，会大大增强他们的实力，对我英风很是不利。”

“那，你……”

“杀了他吧，那是便宜了他；卖了他吧，又便宜了外人，唉，我很犯愁啊，”李多叹了口气，“想来想去，还是交给宋吃宋大师，做成十几道好菜，献给皇上和王公们——”

“不！”无方喊出来。

李多惊奇地看着他，“怎么了？”

“求你了，大掌柜，我求你，不要吃他。”无方急得额头冒汗。

“那怎么办？一直关押？万一——”

“把他交给我，”无方说，“我……我去杀他！”

“你？”李多很是意外，“你没有丝毫的武力，如何对付他？那可是精灵大剑师！我手下人才济济，国师也有众多学生，随便找一个去岂不是更好？”

“我……我……”无方也不知道为什么，口齿突然伶俐起来，“他们的目标太大，容易泄密，让别人看出是你叫人杀的。我就不一样，我跟任何人都不认识，我杀他，谁也不知道是我下的手。”

李多定定地看着他，笑了起来，“你真的要去？”

无方勇敢地盯着对方，“杀了他，总比让他遭罪强！”

“好，我让你去，”一双肥厚的手掌抚在他肩上，“事成之后，你有何打算？”

“我要离开这里。”无方顺口说道。

他感觉大掌柜的眼光一下子凌厉了起来。

“不想跟着我?”李多眼里射出一丝寒光。

“我，呃——”

一种冰冷到极点的感觉，突然从头到脚袭遍了无方全身。一股怪力仿佛从每个毛孔冲入，在他的脑海、四肢、脏腑、血脉里乱窜，要把他的骨血和灵魂一起撕成碎片。

“跪下!”李多厉声说道。

无方垂着头，发出几声闷哼。

“你，是个白心人。”李多轻轻地说。

“那……是什么?”无方咬紧牙关问。

“旷世大陆历经战乱，所有的生灵或多或少都有一点习武的根基，你却半点都没有，”李多正色道，“事有反常即为妖。这样的人，从来没有出现过，可是一旦出现，就有可能得到惊世的机缘，成为无法控制的强大存在……”

无方感觉全身的知觉都在崩溃。但他下定决心，就是死，也要站着死，绝不跪下去。

“到时候，你兴之所至，要修改秩序，划定天下格局，又怎么办?”李多狠狠地说，“对帝国来说，那更是可怕之至，危险之极。”

“我……我不……”

“对我来说，现在的你就是一只可怜的蝼蚁，”李多凑到无方耳边，发出嘶嘶的耳语，“我一个小手指头，就能把你摁死。”

无方梗着头，双唇紧抿，怒视着李多。

“我不喜欢你的眼神，”李多离远了一点，“它让我看到了桀骜和不屈。帝国不需要这种眼神，皇上也讨厌它。”

“你……你……”

“可是，杀了你，又有什么意思?”李多倨傲地扬起下巴，“说我倚强凌弱，害怕了你?不，我不会那么做。你想干什么，尽管去干。或许，我还会帮你一把。你会带来一场好戏，再也不是杀了吃、吃了杀，而是放纵你，狩猎你，从灵肉两方面彻底征服你。”

无方想冷笑，却只听到一声勉强的呻吟。

“我希望你强大起来，让我在宰杀你的时候能感觉到一点乐趣……你能答应我吗?白心人……阁下?”

无方眼神开始涣散，就快昏过去了。但是，只要还有一口气，他就不会屈服。他弱小，他迷茫，他连自己是谁都不知道，但是他有一样东西，与生俱来的血性，他什么都可以忘了，但第一个记起来的，就是它。

所有压力突然消失了。

无方扑通一声瘫倒在地。

李多响亮地笑了起来，“居然能承受我两成功力，不愧是白心人。”

无方大口大口地喘着气。即便是忘川，也没有带给他刚才那种窒息感。

李多递过来一把巨大的钥匙，“精灵锁在一间特制的牢房里。开锁的顺序是左三右二再左三，记住了吗?”

无方慢慢点了点头，接了过来。

李多又告诉他牢房的位置以及要注意的事宜。无方的心思却已经飞了过去。李多对他的羞辱和威吓他已经忘了，他只想见到那个精灵。他一遍一遍地祈祷，迎接他的千万不要是一幕虐杀或者一些残肢。

无方刚一离开，李多就闭上眼睛，沉思起来。

良久，李多叹了口气，睁开眼，“既然来了，就现身吧。”

一面光秃秃的墙上突然裂开了一条缝，几道黑雾慢慢流出，片刻间，在李多面前凝成了一个人形。

帝国首席大国师、大魔导师——安德鲁·博卡古斯特。

“大国师，这件事，我会不会后悔?”

国师顿了一顿，“都说大统领智计无双，今天一见，果然是妙不可言。让那帮精灵闹上一闹，国民就能同仇敌忾，也变得更加团结。以后的大典，这一幕一定要成为保留戏码……”

“这个白心人，我总觉得什么地方不对。”

“生命在于修补，也在于更新。世间万物，莫不如是。大统领深得其中精髓，处事的手法也慧黠多变，令人难以防范。狩猎有何不好? 开创一代尚武新风，说不定将来还会载入史册呢。”

李多点了点头，“可是他那双眼睛，好多年都没见过了。”

“大统领不用担忧。这个人冥顽不化，要是强迫，只会逼得他拼命，那就不美了，”国师的声音飘忽不定，“在安德鲁看来，大统领此举还有另一种考虑。”

“哦?”

“多少年来，英风李氏枝繁叶茂，人人都一心为国，忠贞不贰，最杰出的断代传人竟然以大统领之尊屈身为一个小小的酒楼掌柜，蛰伏在边陲，默然行事。这件壮举，已经在朝歌高层传为美谈。”国师轻声说道，“以大统领的能力，总有一飞冲天的时候。只是这时机，这军功，总要有个说法。白心人急于救出精灵，大统领正好利用他，潜匿跟踪，得到机密情报，进献给皇室，到时候嘛……”

两人对视着，轻笑起来。

“国师真是我英风第一智囊啊，”李多抱了一揖，“这次大典，朝歌那边也全靠国师周旋，李多才得以在弱水逍遥。只是有一件事，还要与国师商榷。”

“大统领请讲。”

“皇上旨意，李多当然是奉如圭臬，”李多沉吟着，“但是，国师有没有注意到一位盖世尊者？”

“你是说……”

“龙游长空，飘然若风，帝国之子——”

“轩辕飞宗！……你是说，大殿下？”

李多嗯了一声，“大殿下在西方战事中功勋卓著，深得圣眷，年底就要册封为皇太子。国师品性高洁，从来不依附各大势力，李某是深为赞赏的。但是，国师毕竟来自他乡，始终遭受着朝中那帮老古董的排挤，认为你不是英风正统，总有一天会生出外心。国师若能从善如流，为自己早做打算，李某倒可以在大殿下跟前说上几句。”

国师眼中精芒连闪，“统领盛情，安德鲁先行谢过。”

两人再次相对而笑。

“话说回来，那些精灵的战力真是不可小觑，”李多正色道，“我一直很好奇，他们到底是怎么练出这般身手的？”

“天生如此吧。埃尔蒂斯如此广大，各种妖邪之法肯定是大大出乎你我意料。不过，我英风将士不也有很多的克制手段吗？”

“唉，区区三百人，竟让我帝国损失了一千二百名禁军！”李多说，“按这个比例，有一天真要是打起大仗，会很不乐观啊。”

“纵观林州、玉州，到处都有精灵的影子，”国师说，“埃尔蒂斯存在一天，帝国就一天不得安生。”

“所以我才要用白心人搏一把，”李多说，“其实，刚才我也动心了，想诱惑他，笼络他……”

“以安德鲁之见，相比之下，还是眼下这一招更有威力。”国师说，“只是，大统领最好有所防备，不要等他成了气候……”

李多嗯了一声，“若能成事，李某必会向大殿下禀报国师的得力之助。”

“安德鲁也会在朝歌多多渲染统领的文治武功……对了，还需要一些上好的精灵皮，那些骨油、香精、美酒——”

李多一拍脑门，“差点忘了，李某为国师准备了一份礼物。”

他走到一面墙边，随手一抹。墙上顿时出现了一个暗柜。他打开来，取出一支散发着浅绿荧光的瓶子。

“这是用特纯的精灵鲜奶酿出的极品美酒，我取名为‘埃尔蒂斯之梦’。”

“哦?”国师眼睛发亮了，“这就是在朝歌，乃至全天下，千金难求的世上第一珍酿?”

“世上第一，那是不敢当，”李多傲然说，“但是，一定要请国师品尝，这是李某的心愿。”

李多取出两个古朴的紫玉杯，小心放在桌上，又轻轻拧开酒瓶盖，倒出两杯雪白如玉的琼浆。

一股混合着乳香和花香的馥郁四散开来。

国师闭上眼，深深地吸了一口。

“这等美酒，简直不像是人间之物！这是怎么酿出来的?”

“这个嘛……”李多一笑，“三十多年前，家父在朝歌古物馆和万古阁博览群书，偶尔得到一种神秘配方，立刻传给了我，并且吩咐，不得泄露。”

“哦，那就算了……”

“你我已成知交，李某又何必藏私呢?”李多笑着说，“精选那种能怀孕的精灵女子，挑了她们的经脉，让她们无法自杀，然后关起来，每天只给一口饭食。过几个月，等她们饿得两眼发蓝，再放出来，服下烈性春药，送上养得膘肥体壮的精灵男子……”

两人相视一笑，潇洒地举杯，饮下。

“绝世佳酿！绝世啊！埃尔蒂斯之梦，果然比梦境还美，”国师意犹未尽地舔着嘴唇，“安德鲁听说，要精灵受孕是很困难的。不知道统领……”

“这个嘛，也有办法。”李多又给两人斟上，然后举起酒杯，细细把玩着，“精灵男子不行，不还有耗子、蛮子嘛，还有那帮虾兵蟹将，实在不行，还有土鸡瓦狗、地龙恶兽……”

国师听得张口结舌。

“大国师认为，此举有伤天和?”

“哪里哪里！大统领真是天才啊！”国师由衷地赞叹着，“帝国有你，当强中更强，天下无敌啊！”

“其实，我也并非铁石心肠，”李多突然有些伤怀，“那些精灵女子，挤干了乳汁，整个人也干瘪了。她们的儿女被蒸成婴儿羹，高价卖掉了。她们就成天哭泣，哭个不停。我听着也不是滋味，只好给她们个干脆，卖给蛮子吃了肉，皮子留着缝缝衣服，骨头留下炼炼花油，算是为我英风贡献余力，不至于浪费。我这一番苦心，很少有人能体会，总是骂我屠夫奸贼，殊不知，我李某一心为国，即便恶名远扬，也要捍卫家族的荣誉，为帝国兴盛死而后已……”

“大统领，总有一天你的丰功伟绩会被谱成史诗，流传于世，”国师庄严地仰起头，“你把英风的死敌变得浑身是宝，物尽其用，于国于民，善莫大焉！”

李多也飘飘然起来，“李某的志向不止于此……”

“哦？能否告知？”

李多瞥了他一眼，笑而不答。

国师干笑两声，举起紫玉杯，又品了一口。

“此酒已备好三箱，共十二瓶，国师可派遣手下护送到朝歌，献给那些老东西，必定是大功一件。”

国师一怔，顿时眉开眼笑，“既然统领如此仗义，今天买卖精灵的账目安德鲁也不再过问，一切但凭统领说话。”

“国师尽管放心，在李多看来，万事万物都如这精灵佳酿，人人有份、雨露均沾才能长久。”

两人抚掌而笑，沉闷气氛一扫而光。

突然，李多想起了什么，朝另一面墙上一抚。一阵机关响动，墙壁朝两边分开，现出一扇隐隐闪动着紫色宝光的画壁。

“国师，请帮李某一把。”

国师凑了过去。两人双手贴上墙，同时催发劲力。

很快，画壁越来越亮，逐渐现出了层叠的地下通道。一个瘦削的男子，神色紧张，蹑手蹑脚地摸了过来。

“这灵蛇照壁，比皇宫那一块还要清晰亮堂啊！”国师赞叹着。

李多哼了一声，“这个白心人，记性真好，居然没走错路！很好，你我以此好戏下酒，一醉方休！”

国师桀桀地笑了起来。一些黑烟在他的指头间闪动，就像一簇簇欢快跳跃的鬼火。

第四章·海瑟

从李多的书房出来，顺着一条低矮的下坡通道走出不远，就到了地下二层。这一层全是地牢，一群群灰衣大汉带着恶犬来回巡逻。不时传来几声哀号，就像从地狱最深处发出的一样，空旷，诡异，惨烈。

无方小心地躲开各种威胁，慢慢接近了目标。李多讲得很清楚，从入口往右，穿过两条岔路，再往左一拐，就是那扇血红的大门。这道门入手微凉，乍一看还以为上面涂满了鲜血。无方想起青衣人讲过，这种木料来自金湾，叫做水金木，非金非玉，奇硬无比，只能在混沌海深处采到，名匠大师们都很喜欢，常常把它制成水金印、血砚、云花簪等，现在居然出现了这么大一块，还做成了一扇门，可见这牢房实在是很不一般。

无方将被他捏得发烫的钥匙塞进锁孔，朝左边拧了两下，第三下却卡住了。他急忙退出一点，再一扭，大门嘎吱一声开了一道缝。

钥匙突然化作水汽，消散在空中。他以为触到了什么机关，呆了一呆，却没有其他动静。他正要推门，一个人突然从身后抱住了他。他心头狂跳，勉强侧过头一看，是个灰衣大汉。他不敢乱动，只能傻站着。大汉看样子是喝醉了，抱着他，哼了几句不成调的曲子，就一把推开他，骂骂咧咧朝别处摸去。

他再次看了看周围，然后轻轻推开门，闪进去，又急忙关紧，这才长长地出了一口气。

一股浓烈的腥味和霉味熏得他差点干呕。到处都堆放着难以辨认的杂物。很多铁链从天花板上垂下，一碰便刷刷地掉着铁锈。角落里结满了蛛网，走上两步，灰尘便扑面而来。很难想象，如此破烂的一间牢房，竟然有一扇那么名贵的门。

无方费劲地找着，发现墙边有几具怪异的刑具，一个是还在冒着余火的铁砧子，另一个分成上下两部分，各缺了半圆，合起来正好放进一个脖子。

这不是……断头台吗？

他脑子里突然冒出一个念头。又有一些记忆在醒来。他很吃惊。看来，不管是过去还是现在，到处都不缺这种东西。

刑具旁边是一个巨大的铁架，上面有一个黑乎乎的身影。

无方咽了口唾沫，蹑手蹑脚地走了过去。

这是一个白精灵女子，双手被吊得很高，垂着头，一对尖耳有气无力地耷拉着。两根粗大的铁链穿过她的锁骨，把她挂在铁架子上，就像一面破烂的渔网。

无方听了听，居然听不到她的呼吸。他的心又揪紧了，想走近一点，又不敢，生怕一碰到她，就发现她又是一具尸体。

“谁？”

精灵突然动了一下，挣得铁链哗哗作响。

“你活着？”无方惊喜地说，“你真的活着？”

“肮脏的英风猪狗，不要脸的畜生，地狱的恶魔，被诅咒的恶狗——”

精灵嘶嘶地喊叫着，在铁链上逛来荡去。

无方鼻子一酸，几乎要流出眼泪。这些骂声在他听来就像天籁一般。

“他们……没杀你？”

“如此愚蠢的蠢猪！肮脏、卑鄙、下贱的孬种！如此愚蠢！”

无方怔怔地看着她，“我……我要救你。”

“卑鄙！无耻！”精灵冷笑起来，“可笑的阴谋！拙劣的表演！”

“是真的。我要救你。”

“为什么？”

“我……”无方结结巴巴地说，“你为什么……没有呼吸？”

“浅薄，无知，”精灵毫不留情地说，“我埃尔蒂斯高贵的女神斗气，岂是你英风小丑所能领会？”

无方又不知道说什么了。

“你真的要救我？”精灵突然说。

“嗯。”

“你过来。”

无方一阵激动，朝她走过去。

眼看着快走到她身边，一种强烈的警觉让无方停下，就觉得眼前一暗，跟着劲风扑面。他一闪，一条铁链从眼前掠过，鼻尖顿时一阵火辣。

哐啷！一声巨响，那条铁链砸在对面墙上，砸出一个大洞，灰尘四散。

无方不敢相信，精灵被折磨成这样了，却还有这么大的力气。他抹了抹鼻子，血流了出来。

“我保证，”精灵冷冷地说，“你不会有这种运气了。”

“你想杀死他们，我知道，”无方哀伤地说，“谁见到那种惨状，都……”

“你说什么？”

无方摇了摇头，默然。

“我的同伴吗？他们怎么了？”

“千生大典……”无方低声说。

“他们都死了？”

无方低下头，不说话。

“一个也没有跑掉？”

无方一阵恍惚，又想起了那个头颅，那双莹蓝的眼珠……他心中凄苦，又很茫然。这个女子还活着，他明明能救她，却不知道怎么得到她的信任。

他觉得精灵的下身有些奇怪，低头一看，她的左腿被砸断了，露出了几截白骨茬子，一只脚拖在地上，向外侧翻着，扭曲成一个骇人的角度。

“你的脚……”

精灵恍若未闻，“他们怎么死的？”

“他们，”无方有些说不下去，“他们——”

“没出息的男人！你哭什么？”

无方抽了抽鼻子，“我没有哭。”

精灵有些意外，“一个下贱的英风鬼，竟然为高贵的女神子民哭泣，这是一种耻辱！一种奇耻！不许你如此玷污我精灵一族！”

“我跟你说了，我没有哭。”无方怔怔地说。

“即便是埃尔蒂斯，也不会哭泣！这就是战争，我们抓住他们，也会这样。”

“也是煮来吃掉？也要举办盛大的典礼？还要万众欢呼、高唱颂歌？”无方忍不住嚷了一句。

“你冲我吼什么？”精灵仰起头，冷冷地说，“是我杀的他们？还是我吃了他们？”

无方又不知道说什么，只能呆站着，看着她。四处的铁链碰撞着，哐哐直响。一些铁锈落在还有余火的铁砧子上，激起细小的火星。

“你叫什么名字？”精灵又开口了。

“干什么？”

“说!”

“无方。”

“无方，哼！专吃死尸的鬣狗才喜欢叫这样的名字。”

无方被噎得说不出话来。

“鬣狗先生，你真想救我?”

“嗯。”

“好，我相信你。”精灵郑重地说。

无方一惊，“真的?”

精灵点了点头，“但是，你必须听我的。”

“我做什么都可以，”无方急忙说，“但是，你不要暗算我了。杀了我，你真的出不去了。”

精灵沉默了，定定地审视着他。

“你是我见过的最狡诈、也最会装腔作势的英风鬼，”精灵淡淡地说，“不过，这并不重要。”

无方看着她布满血污和灰尘的脸，被长长睫毛遮住的眼睛。她的耳朵有了些精神，慢慢竖了起来。

“我们开始吧。”精灵说。

房间里突然多出了一丝香气，就像大森林的草木芬芳，很淡，但是很纯净，那些腐臭、霉味和铁锈味一下子就消散了。

无方还在发呆，一种温暖的感觉包围了他。精灵修长的手指捏着一个法诀，一团蓝白色的水幕在高高吊起的手臂上聚拢，然后向全身流淌下去。

无方看得张口结舌：这团水幕簌簌轻响着，卷起精灵身上的血污和肮脏，潮水般地把它们冲刷到脚底。伤痕累累的手臂、颀长的脖颈、浑圆的胸脯、纤细的腰肢……一点点呈现出来，最后，是那条残缺的小腿，冒着骨茬，伤口有些发青，似乎用力就能把腿从身体上扯下来。

“这是我独创的洁净术，哪怕只剩一丝魔力，只要有光、有水、有生命，我就能施展出来。”

精灵高傲地抬起了头。

无方的脑子嗡地一震。

周围的一切都看不见了，只剩下一张雪白的脸庞，一对海蓝的眼珠，一抹温润的红唇。她的每一分轮廓、每一丝表情，都有一种惊心动魄的美，让他几乎喘不过气来。她是如此的柔弱，却被关在这黑暗牢房，双手高高吊起，锁骨上穿着铁链，小腿被打成了两截。

记忆又开始解冻了。那些血火、离别、末世、生死……她不是这里的人，她不应该属于这个丑恶的世界。他也一样，他们的确是一路的。诗人说得对，她真的是他的伴侣，是他的主灵。那些往事，即便稀释了一万倍，只留下一点最浅淡的影子，他也能记得起来。

但是，他知道这些，她却一点也不知道。他下了决心，拼死也要救出她，她却不断地辱骂他、蔑视他、嘲弄他，甚至还想杀死他。

“我，海瑟·亚斯伯格·瓦尔帕莱索，”精灵的表情一派庄重，“埃尔蒂斯王国，北方战区，女王护卫长。”

“你不是精灵，”无方呆呆地说，“你是我的主灵……”

“什么?”精灵冷笑了几声。

“我不知道我从哪里来，你也不知道，我们是一起来的，我要醒过来，然后带你回去，”无方脑子乱作一团，“我必须救你，你可以把我唤醒，你也就醒了……”

精灵玩味地一笑，眼波流转，牢牢罩住了无方。

“你说的，都是真的?”

“是。”

“让我好好想想……”精灵吐气如丝，吹拂在无方脸上，“嗯……好像是这样……你是我的人……”

“你想起来了，对吗?”无方急忙说。

精灵点了点头，“是的，我是你的主神，是你的一切。”

无方大喜，“太好了，太好了……”

“每个生死关头，全都靠你，我才活了下来，”精灵的语调十分轻柔，“啊！我想起我们必须要做的第一件事了。”

“是什么?你快告诉我。”

精灵慢慢张开嘴，贴近无方的耳根，“占有我，进入我的身体，你就会醒过来，想起所有的事情。”

无方往后一缩，“啊?”

“占有我，”精灵一个字一个字地说，“尽情地蹂躏我。”

“你——”

“快来，不要怕。”

“不是这样的，不是的……”

“我没有骗你。来嘛。”

无方连退了两步，差点一屁股坐倒。

"过来，抱住我。"

无方说不出话，只是连连摇头。

精灵脸色突然一冷，眼神也变得锋利起来，"再说一遍，过来，蹂躏我。"

"不……"

"你还是男人吗？真是一条走狗！下贱的鬣狗！"

无方的心沉了下去。她没有醒。她什么都不知道。她一直在做戏。

"你把我的手放下来，好不好？"精灵又温柔起来，"你不肯抱我，那就让我抱着你，我来教你。"

无方木然地摇着头，心里一阵悲戚。

精灵嘲讽地一笑，"别装了，你们英风人，没有一个是好东西。要不是我把自己变得这么脏，不知道多少英风鬼会侵犯我。"

她扭了扭身子，大概是触到了伤口，低低地呻吟了一声。

无方叹了口气，走到精灵背后，想放下她的手，但又有些犹豫。

"你这个蠢货，看不出我喜欢你吗？"精灵苍白的脸上掠过一丝红晕，"我不断地骂你，你却一直让着我，很少有男人做到这点。而且，你英俊、正直、善良、温柔，我都看在眼里。更重要的是，你必须占有我，我才能瞬间提高功力，冲破这么多禁制，带你逃出去。"

无方心里一动，"冲破禁制？"

精灵的眼神凌厉起来，"你以为，我只有这点功力？等我一旦恢复了，他们杀我多少同伴，我要让他们百倍、千倍地偿还。你帮不帮我？"

"当然要帮。"

"希望你说到做到，鬣狗先生。"精灵冷笑着说。

"不要这么叫我，好不好。"

"那叫你什么？土狗，笨蛋，奸贼，废物？"

无方摇了摇头，"算了，随便吧。"

"快过来，把我放下来。"

精灵向后收了收腰，歪着头，眯起眼睛，媚眼如丝。

无方的心怦怦乱跳，不敢再去看她，只能把视线转回那条断缺的小腿。

他蹲下身，小心地捏了几下，很硬，就像一块石头。精灵哆嗦着，可想而知有多痛。他用双手捂住它，想让它暖和一点，却发现精灵低下了头，两眼水汪汪的，深深地盯着他。

"你刚才说……喜欢我？"无方脸上一阵滚烫。

"不单是喜欢，我要你一辈子都记得我。我们有一种男女交合的秘法，叫做帕丽斯，能让你享受到人世间最大的快乐……我的脚很冷，脸上更冷，脖子也冷，你来，亲我——”

无方再也忍不住，腾地站了起来，一把抱住精灵的腰肢。他的手在发抖，因为这种感觉实在太美妙了。

精灵的喘息加重了，“我喜欢这样，来，扒掉我的皮甲……对，暗扣在腋下，松开我的手，放下来，全部放下来，让我来爱抚你，我的男人，女神的馈赠，命运的曙光——”

无方紧紧地抱住她，感受着她头发和肌肤传来的温热。他的身上起了某种变化，很突兀，也很强烈。

无方闭上眼，放开内视。模糊中，精灵的头部和心脏一片亮绿，几丝断断续续的金绿勉强流向四肢。看来，这就是她说的禁制了。

无方睁开眼，把精灵的黑发拢到尖耳后面，露出明丽的脸庞。他捧起它，很想在那光洁的额头上亲一口，却又不敢，只能把自己的额头贴上去。

精灵浑身一震，然后仰起脸，寻找着无方的嘴唇。

一阵清冽的异香，让无方几乎站立不稳。这一刻，他想抛开一切，彻底沦陷。他很清楚，这个世界上，没有什么东西能比得上即将到来的极乐快感。

他突然放开手，脱下了自己的外套。

精灵本能地往后一躲。

无方有些好笑，“你怕了？”

“我会怕？哼……你干什么？”

无方把外套一撕两半，蹲下去，小心地握住那条断腿，把错开的骨肉尽可能拼接严密，然后仔细包裹起来。

精灵痛得直哆嗦，“住手！不要浪费时间！”

无方包好、捆好，然后站了起来。

“我要带你冲出去。”

“你以为你是什么人，也敢放这种大话？”精灵冷笑。

“我知道怎么出去，”无方说，“我们先到上一层，再到大厅，顺着墙边的帷帐……”

“愚蠢的英风鬼，”精灵愤怒地说，“你要是不动我，以后就没有机会了。”

“你要真的喜欢我，等我救了你，再喜欢。”

“你还是不是个男人？竟敢拒绝高贵的埃尔蒂斯大剑师、白精灵公认的第一美女！”

无方不说话，走到精灵身后，准备放下链子，把她的双手解开。

“你到底听不听我的?”

无方摇摇头。

“你这个混蛋！恶鬼！白痴！鬣狗！最下贱的鬣狗!”

精灵猛烈地挣扎着，周围的铁链也抽动着飞舞过来，有几下打在无方背上，很痛，但没有第一下那么厉害。看来她的功力消耗得差不多了。

“你累了吧?”无方说。

“滚开!”精灵大喊起来，“你不是男人！快来个男人啊——”

无方捂住了精灵的嘴，“你要再闹，他们会来的。”

精灵猛地甩开他的手，“来就来，也比你这个窝囊废强！来人啊——有人强暴我!”

“你疯了吗?”无方怒火上冲，瞪着她。

“来人啊——救命啊——”

无方一拳砸在精灵脖子上。

精灵被打得有点发蒙，晃了几下脑袋，“这么软的拳头，连一条鬣狗都不如！你活着还有什么意思？丢光了英风的脸!”

“你要怎么样才不闹?”

“占有我，蹂躏我，你这个懦夫!”

“不。”

“你有毛病吗？你是天生的阉人?”

无方咬了咬牙，四下里寻找着，捡起了一块沉重的铁板。

“你！你敢——”

“还闹不闹?”

“不闹了。”

“很好，现在——”

“但是你要强暴我。”

无方哭笑不得，“你勾引我，激怒我，非要献身于我，精灵一族都像你这么淫荡?”

“肮脏的英风猪狗！卑鄙无耻的下流胚！马上道歉!”

“我道歉，”无方说，“你到底想干什么?”

精灵倔强地扬起下巴，盯着他。

无方丢掉铁板，叹了口气，“不要算计我了，我要救你。”

精灵哼了一声，扭过头，胸脯急剧地起伏着。

无方不忍心再逼她，转身找个地方坐了下来。

他想了想，开始担心。精灵杀性这么重，即便他们冲出去，她也会见人就杀，这岂不是很麻烦？千生大典上，二十几个强悍的精灵都被灰衣大汉包围起来，一一残杀了，他们只有两个人，又怎么杀得出去？

他放开内视，想看看这一层有多少守卫。但是，无论他怎么运足精神，内视都出不去这间屋子。四周黑黢黢的一圈，是墙壁；亮绿的人形，是海瑟，别的什么都看不见。他明白过来，水金木的作用就在于此。敌人先禁锢她的身体，再禁锢她周围的环境，就再也不怕她逃掉了。

他突然想到了救她的办法。

"喂！英风鬼！我在叫你！你聋了吗？"

无方收了内视，站起身来。

他抓住一根铁链，撸下上面的铁锈，撒在精灵身上，扯下墙上的蜘蛛网，糊了她一头一脸，又蹲下身，把她清洗掉的肮脏污渍捧起来，抹上她的身体。

"你疯了?！混蛋！你这个肮脏的猪狗！猪狗不如的东西——"

精灵一边骂，一边奋力扭动身子。透过薄如蝉翼的皮衣，无方感觉到，她胸前的那两点硬了起来。

"你要再闹，我就砸你。"

"无能的英风鬼，拳头砸不死我！去捡起你的铁板吧！下手吧！我替你感到羞耻！"

无方费劲地抱住她，努力抵抗着身体摩擦带来的诱惑，摆弄了好一阵，才把她布置成刚进屋时看到的模样。

精灵不再挣扎，只是怒视着他。

"我不会让他们见到你的模样。"

"可笑！可悲！好色之徒！你想独占我？"

无方冷笑，"我讨厌你的脾气。"

精灵看着他，突然笑了起来，"你怕我？"

"怕？"

"你喜欢我，所以要掩饰，对吗？"

无方不说话，只是加快了速度。

"你一见到我就狂热地迷恋我，不能自拔……"精灵满脸脏污，却得意地朝他飞着眼风，看上去十分滑稽。

无方忍住笑，退了两步，欣赏着自己的杰作，发现还有几处露出雪白，便又抓起污泥涂抹起来。抹到断腿的时候，精灵抽搐了几下，但咬牙忍住了。抹到她乳头的时候，她忍不住呻吟了两声。抹到她脸上的时候，她被呛着了，连连咳嗽，一口气没有接上来，晕了过去。

无方想把她摇醒，犹豫了一下，又觉得这样更好，至少她不会乱喊乱叫把英风人招过来了。

“等我，”无方笃定地说，“我很快就回来。”

无方轻手轻脚地拉开门，探出脑袋，见没有动静，便闪身而出，顺手带上门。只听咔嗒一声，他大惊，再一推，怎么都推不开了。他顿时呆住。钥匙没有了，门又锁死了，他还怎么回来救她？

他想来想去，还是要行动，不能在这里傻站着。

他闭上双眼，放开内视。这次看了个通透，什么地方有守卫、有恶狗，牢房里关着什么，都相当清晰。敌人散发着各色光亮，但都不像海瑟那么明亮，都是灰黑紫黑的一团。这样很好，等他带着海瑟冲出来，就不会遇到太强的对手。

他很快就窜出地下室，走进了大厅。

已经是深夜，大厅里又堆满了食客，正在大叫大闹，十分快活。有几个跑堂看到了他，都假装没有看见，扭过头就走开了。他大摇大摆地走到门口，溜出了汉轩楼。

天色已晚，大雨也停了。

远方一个闪电，在天幕上炸开一树巨大的枝丫，映照出满天烂银般的云朵。地上湿漉漉的，到处是泥泞，行人们高一脚低一脚地奔来奔去，咒骂着天气，招呼着家人。

无方看着他们，心里涌起一阵暴戾。但要是精灵们举办大典，又会是什么样？看台上坐满了耳朵尖尖、满脸倨傲的高手，一个个拉满了弓弦，备好了魔法，场子里全是英风俘虏，稍微一反抗，立刻惨叫连天、血肉飞溅。他有些奇怪，他长得像英风人，骨子里却跟精灵更亲近。是因为见了惨状心生义愤，还是因为精灵也好，主灵也好，都跟“灵”字有关？

无方狂奔着，一直奔到黑石城墙下。

这道墙如此雄伟，从墙根朝上望去，半个天空都被它遮住了。青衣人说，黑石是这个世界排得上号的坚硬石料，能很好地防御刀剑、术法、毒药、火药，并且不易腐蚀，更不会沙化，是上天赐予英风的一件宝物。

那么，上天赐给精灵的礼物又是什么？是美丽的身体，还是悲惨的命运？

突然，无方觉得有人在窥探他。

一种尖细的、穿透般的剧痛扎穿了他的皮肤和血肉，直接刺中了五脏六腑。他痛得半跪在地，双手抱肩，梗着脖子，向四周张望。夜色之中，到处都脏乎乎的，枯树、泥泞、乱石，混合着若隐若现的光影，看不到人，也没有什么别的动静。

越是这样越可怕。对方已经可以隔空伤人，这份功力，要收拾起他来实在是太容易了。

他不敢乱动，连眼皮都不敢眨一下，生怕惊动了对方。冷汗从额头淌下，很快，整个肩背就湿透了。一阵怪风吹来，他不由得打了好几个寒战。

幸好对方只是窥探，并没有采取进一步的动作。

无方决定，不能干等着。他忍痛蹦了起来，朝着城墙的另一端一瘸一拐地跑去。

黑石城墙延绵到三千步外，有一道巨型石拱门，便是英风和银蛮之间的唯一通道——黑石门。这个名称在两国百姓间并不常用。蛮子把它称做地狱门，英风则把它叫做万胜门。

这里驻扎着整个东方军团最精锐的骑兵——黑甲军。

庞大的军营深处有一顶围满了重重卫帐的黑色主帐。帐外的拴马桩上，两匹全身披甲的高头大马正夺夺蹬地，不耐烦地打着响鼻。一队又一队剽悍的军士，黑甲红巾，杀气凛然，警惕地逡巡着。四处不见篝火，也没有英风军常配的黑风灯，只有几十处人头大小的光团，悬在各个帐顶，洒下均匀的白光，既不刺眼，又让整个营地无所遁形。显然，只有相当高深的术法才能营造出这种效果。

突然，主帐颤抖了一下，绽放出一团紫光，冉冉升上了半空。四方的护卫顿时转过身来，刷地举起右拳，握紧，贴在心口。这个动作几乎在同一瞬间完成，可见上位者的治军之严以及下属的敬慕之心。

一阵微风吹过，紫光开始飘忽，军士们的衣甲像风帆一样鼓胀起来，身体从内到外有一种被抽吸的感觉。

紫光呼啸着朝远方飞去。声音渐行渐远，到后来，竟然变成了一阵轰鸣，连远处的地面都战栗起来。

无方正在没命地跑，突然感觉一个巨雷在他顶门上炸响。

他就像挨了当头一棒，栽倒在地上。他爬起来一看，周围昏昏暗暗，并无异常。他正在纳闷，耳鼓一痛，一个轻柔的女声，带着嗡嗡的回音，在他脑海里响起来。

“白——心——人——”

他吃了一惊，急忙捂住耳朵。

“你往何处去——”

女声就像一柄看不见的大锤，在空中呼地挥过来，又砸回去。

无方很吃惊。他见过的武技也不算少了，却没有一种如此诡异。

“你是谁?”他怒吼道，“出来!”

“白心人，你可知罪?”

“你说什么？你……到底是谁?”

他的眼前，空气就像水波一样荡漾着。他伸出手，看到自己的身体也浸泡在这种光影里。这是什么东西？又是一个被魇住的梦吗？他不由得想。

“自首，就饶你一命——”

无方不答理她，闷着头往前冲，却像撞上了一层看不见的屏障，怎么也冲不过去。

“你独自一人，救不了她的——”

无方大惊。对方居然知道海瑟，这太可怕了。他先想到是李多泄密，再一想，应该不是。李多点明了要玩他，就应该放长线钓大鱼，而不是半路上演这么一出戏。这很可能是另一种势力，针对李多，突然发难。

“白心人，你往左前方走三百步，就能见到我——”

“住嘴——”

无方怒吼着，集中了心力，开始内视。这是他唯一的本领了。

他的头很痛，大概是因为气愤难当。他把范围放得很大，顺着黑石城墙，一截一截地探了过去。

一开始没有什么异状，到了黑石门附近，光影突然变亮了，一层层的军帐、卫帐、大帐、战马、护卫，就像灯影一样浮现在他脑海里。

他努力凝聚起神念，想看清是什么人在捣鬼。但是，什么都看不清楚。敌人虽然不说话了，却还是有一柄大锤在他脑子里来回敲打。他拧着脖子，狠狠地硬扛着，终于冲到了大帐前，眼看就要冲进去，看个明白……

这时候，他的脑子仿佛被猛地一搅，整个灵智都几乎崩散。他大叫一声，立刻终止了神念。

那阵回荡的怪音也消失了。

“谁也别想挡住我，你，也不能……”

无方咬紧了牙关，满身大汗地说。

黑石门。军营。大帐。

“这个人有意思，没有半点功力，还敢反击我。”

一个柔媚的女声响了起来。

“姐姐太纵容他，”一个清朗的女声说，“要是我就把他抓过来，一刀砍了。”

“先不要动他。”柔媚女声说。

“姐姐的雷音术又有精进，别说这小子，连我脑子里都嗡嗡的，好厉害。”

“此人如此坚毅，出乎我的意料，”柔媚女声说，“一个半死不活的精灵就能让他拼死相救，埃尔蒂斯，真是不可小看。”

两人沉默下来。

“他是要去那个禁区吗？”清朗女声说，“我们都进不去，他能进去？”

“真要想进，也不是不能。可惜我没有这等闲工夫，一个李多就够让我烦心了。”

“他太放肆，这种事都敢隐瞒，就不怕你参他一本？”

“大皇子年底就要上位，”柔媚女声说，“他们要成气候啦。”

“我还是不懂，朝廷真的不防蛮子了？”

“蛮子是小事，精灵才是大事，”柔媚女声叹息着，“还有这个白心人，我倒要看看他能走到哪一步。”

“也好。等他们忙得差不多了，姐姐突然出手，不管是白心人，还是妖精，不都是手到擒来吗？”

“手到擒来……哼，你给我过来——”

“啊！姐姐，你又想欺负我——”

清朗女声突然荡出几丝轻笑。帐顶那些白光跳动了几下，全都熄灭了，整座军营陷入了一片昏暗。

无方跑得几乎虚脱，在荒野里兜了一个大圈子，才跑到南城一片枯树林中。这里有一处老宅，看上去已经荒芜了很久。两只风化得掉渣的石狮背后，有一块三角形上马石。昏黑的天光下，能隐隐看出上面有个黑圈，就像一块污渍。

无方蹲了半天，动也不动，确定没有人跟来，这才站了上去，用力碾压着黑圈中心。

五下之后，熟悉的白光缓缓漾起。

他闭上眼睛。

等他再度睁开，已经回到了青衣人的洞窟。

他心神一松，想吼上几声，把青衣人喊出来。但一想起青衣人那冷冰冰的样子，他又噤声了。自从他去了汉轩楼，还没有回来过，只是做过一个梦，梦见他向青衣人请教什么，青衣人却摇摇头，什么都没有说就消失在黑暗里。他一直忘不了这个梦。如果海瑟没有出现，青衣人就会成为他在这个世界上最亲近的人。

“前辈，我回来了。”无方小声地说。

到处都黑魆魆的，只有微弱的顶光照出他面前一小块地面。他知道青衣人肯定在，而且在等着他。

“我找到了主灵，”无方激动地说，“那个千生大典，他们竟然吃人！还逼着我吃，我砍了一个人，我抱着那个头，我的主灵，她正在受苦，她很危险，她的腿被打断了——”

“你确定，那是你的主灵？”

青衣人的声音响起来，让无方倍感亲切。

“嗯。”

“万一是故意迷惑你的邪魔呢？”

“不可能。”

“你就这么相信直觉？”青衣人的声音很飘忽，让无方找不到来处。

“嗯。我还相信那个吟游诗人扎西也来了。”

“你见到他了？”

“嗯。”

青衣人沉默不语。

“他说他知道我从哪里来，但是他不告诉我，”无方说，“你也知道，对不对？”

“我不知道。”

“他是不是回去了？”

“没有，”青衣人说，“他要保护你，那是他的使命。”

“保护我？那为什么让那些野兽吃掉精灵？！”

“精灵不是你，你也不是精灵。”青衣人说。

无方踌躇了一下，“前辈，我要你帮我。”

“哦？”

“我要得到力量。”

“你终于想要力量了，”青衣人的声音带上了一丝犹豫，“这是福，还是祸？”

“你不希望我更强吗?”

“你什么也学不会,”青衣人说,“无论是武功、道法,还是魔法、仙术,都学不会。你没有那些——”

“一定有办法,”无方打断了他,“你说我是救世主,诗人又说我是战魂,我有一些与众不同的潜力,是不是?”

青衣人沉默了。

“我说对了,是吗?”

青衣人长长地出了口气。

“你准备好了?”

“嗯。”

“你要知道,”青衣人淡淡地说,“就算我教,也未必成功。这个过程很凶险,你的未来会充满血腥的变数、无尽的痛苦、无尽的悲伤……”

“我不怕,”无方的声音很平静,但他的心却狂跳起来,“给我力量,前辈,我要去救一个人。”

第五章·朝歌

——从那些尘封于泥土的上古记载中，我们的文化，我们的传统，便如微薄的金沙，被一粒一粒淘洗出来，奉献给伟大的皇帝。他带领我们挺过了又一个动荡的千年，他是如此英明，正在接近不朽。

这是多年来，流传在英风大地的上古寓言。

关于帝国皇帝，有很多传说，有人说他是天下第一高手，武功绝顶，举手之间就能把大陆轰掉一半。有人说他是一阵烟雾，弥散开来，可以覆盖壮丽的帝国河山。有人说他无色、无味、无声、无影，肉身化作了大半个皇宫，能听见嫔妃贵人的哀怨和太监宫女的嘀咕，当然，这些人无一例外都在第二天消失了。还有人说他原本就是一条真龙，一条能显出龙首、龙须、龙爪，发出龙威、龙吟、龙息的真命天子。

传说归传说，有一点是共识：正因为有这么一位强势皇帝，英风才能在银蛮、大昊、贝戎和埃尔蒂斯等强敌环绕下，屹立千年而不倒。

近三百年来，英风有过几次大难。

正皇历一千零九十三年，星月倒转，光辉海爆发有史以来最大的海啸，两百多里国土瞬间化为泽国。皇帝率领众臣日夜扼守极乐港，光从大水中便捞出十二万子民，又施展独门大神通移山填海，不仅让淹没的土地重现，还多出了一百多里淤塞的沃土，让丰州的难民流民重建家园。

正皇历一千一百七十年，三百多暗精灵高手、一千多桃源浪人偷偷潜入林州，联合一帮当地土匪、豪绅，密谋分裂英风，建立国中之国。皇帝立刻派出禁卫军及十殿精锐，计三千武师、二百战将、三十武圣，从朝歌千里奔袭，直捣林州，斩杀敌军无数。事后，皇帝又连续颁布七道赦免令，除罪大恶极的匪首之外，其余从犯一律只发配充军。天下为之震撼，至今流传着上百诗章，歌颂皇帝的仁慈功德。

正皇历一千二百五十五年，天南港遭到巨型海怪袭击。这些海怪十分狡诈，出没于各大航道、渔场，捣毁商船，吞噬渔民，甲壳又坚如金铁，普通兵刃无法对付。皇帝正好游历到天南，便不顾重臣力劝，亲自来到海上，分开海水，将六十多头海怪一一灭杀，又施展奇术，探明海怪是幽灵群岛以骷髅与巨型章鱼杂交培育出的异种。消息传出，英风举国愤怒，要求向幽灵群岛宣战。皇帝亲率十八位武圣漂洋过海直奔鬼岛，杀得亡灵守护者溃不成军，最后进献了无数珍宝，才交换国书，盟约永不互犯。安德鲁·博卡古斯特便是那一次质押到英风的亡灵族王子，后来一心诚服，又以各类生命修补奇术得到皇帝和众臣的赏识，多年以后，竟成为了英风大国师。

正皇历一千三百四十九年，银蛮、大昊暗中勾结，从东部和南部边境同时发难，几天就攻陷了燕云、天南二州大片领土。皇帝御驾亲征，连斩玩忽职守的两州刺史，调集一百五十万大军组成东方军团，委任威德亲王之女长亭弱水为指挥使，兼领弱水郡郡主，三个月就收复了失地，并且杀入银蛮和大昊境内，所到之处，尽为焦土。几十年过去，大昊再无二心，银蛮也只敢小打小闹，眼睁睁看着黑石城墙落成，从此断了北上的念头。

没有人质疑皇帝的文治武功，但对他的年龄则有不同说法。有人考证，皇帝早就换了好几位，但是，为了彰显神明、防止内乱，对外宣称只有一位。有人则认为，皇帝早已是武神级别，甚至已步入更高境界，如此功力，活个八百岁一千岁也不在话下。各种说法沸沸扬扬，却又得不到证实，皇帝就更显神秘，成为英风唯一的神祇、不灭的传说。

英风的国都朝歌，在人们看来，是一处远古神迹。

朝歌不仅是旷世大陆最大的国都，也是天下最大的城市。埃尔蒂斯的亚斯伯格、银蛮的雪山城、大昊的儿京、贝戎的卡兰、苍澜的巴士鲁、桃源的京畿、天路的塞莱斯特，虽然也各有奇美壮丽之处，但和朝歌一比，都少了某种气势，在历史、规模、人口、声名等诸多方面，更是无法相提并论。

传说在很久以前，一位仙人游历到中州宝地，但见山水灵秀，气象万千，心中欢喜，于是随手一挥。尘埃落定之后，伟大的朝歌便诞生了。

这个说法虽然有争议，却很好地解释了为什么这么大一个城市，却设计得如此巧妙而紧凑，能让居民有条不紊地生活，还能不断接纳四方来的旅客、使臣、商贾、迁居者、朝拜者、投机家。即便是狂欢之夜，这里的治安也没有出过乱子，更没有过任何失控。最紧张的战争时期，这里也没有宵禁，更没有过物品的短缺。不管人口如何增加、市场如何繁华，中天大道上的坐骑从来都没有尝过被堵在半路的滋味，英雄大运河上的船帆也永远张得饱满，来去自如地奔向四海八方。

有人说，如果不借助最新式的机关车，从朝歌最东走到最西要三个时辰，从最北走到最南要四个半时辰。

这可能夸张了些，但也和事实相差不远。当年桃源国主慕名而来，一进朝歌就迷了路，后来出动了整营的禁卫军，才把他从密密麻麻的烟花小巷解救出来。那时他在一家小酒馆“桃花源”喝了个大醉，还用桃源的曲子反复哼着一首谣曲：

朝歌大，还是世界大？
英风大，还是天下大？
朝歌在哪里啊，家乡在哪里？
家乡在哪里啊，我又在哪里？

据户部籍账记载，朝歌的常住人口接近七百万。这是个相当惊人的数字。英风以南的桃源联邦自诩为人间仙境，全境人口也就九百来万。西边的埃尔蒂斯，北方白精灵加上南方暗精灵也就两千一百万。而朝歌的七百万人只是整个英风人口总数的十二分之一。天下各国形容英风为“地大物博，人口众多”，不是没有道理的。

朝歌不仅巨大，而且十分气派。大到桃源的仙山公园、苍澜的机器宫殿，小到金湾的鱼骨麻将、贝戎的九头蛇环，在这里都能找到，而且制造得比原产地更加精美。南来北往的货物，东方西方的各种宗教、各色人等、各类文化，都奇特地交融在一起，形成这座城市最为人称道的包容性。虽然很多卫道士成天在国子监抗议，要求恢复正统文化，重归远古道统，甚至自焚自残，却不能阻止这种开放的态势。前来投奔的，不管是来自什么国家、什么种族，只要经过严密稽查，证明不是密谍或杀手，便可以举家入籍，享受到帝国子民待遇，购房置产、生儿育女、出入营生，都十分方便。

正因为此，这个城市越来越庞大，并且向四方扩散开去，拥有了好几个直辖的州郡。到后来，光是城守就有五位，东西南北各一位，加上中央地区，也就是皇城的那一位权势熏天的李走李大将军。

英风皇宫，在朝歌的东北，占据了整个城市的七分之一，也暗合了英风七州之说。朝歌已经足够壮阔，皇宫更是气度恢弘，扼守着全城的最高点，远看就像群山之上升起的一片金色塔林，足以睥睨天下，让人心生叩拜之意。

古语曰：紫气东来，圣人西行。皇帝是否从东边来不得而知，但皇宫真的常年笼罩着一片氤氲的紫气。很多人每天起床第一件事，就是远远地眺望，如果紫气浓郁，还隐含着金光，他们就通体舒泰，整天都喜气洋溢；如果紫气萎靡，光彩消退了一些，他们就十分丧气，做什么都提不起精神。

当然，皇宫没有让子民们失望过。宫墙永远新红，琉璃永远明黄，来去都是鲜衣亮甲，宫闱传说万古流芳。不管天气散、地气聚，朝花夕拾，春夏秋冬，那种德配天地的皇胄之气也绝不会削减一点一滴、一分一毫。

此刻，正是华灯初上。

从皇宫到城门，从民居到军营，从酒肆赌坊到青楼名苑，从通衢大道到运河内港，各种或明或暗的光亮，凝成微粒，悠着，荡着，聚集到一座教堂门口。

身处朝歌，每个人的信仰都很自由。光辉海上的神教圣地——天路，一连修建了十二座教堂。接引湾隔海的仙教圣境——仙山，也落成了八大庙宇。银蛮的萨满神殿、大昊的极乐宫、金湾的海族圣殿、苍澜的机器神堂……都交相辉映着，彰显着各自的神奇，也引来了众多的信徒和供奉。

这座圣光普心堂已经建成九年，是十二座教堂里最大的一座，蓝檐白墙，尖顶十字，处处弥散着圣洁之感。

一阵急促的马蹄声响起。几驾高官显贵才能乘坐的豪华角马车从中天大道疾驰而来。

普心堂中传出赞美诗的歌声，低沉而悱恻，蕴含着隐隐的忧伤。那些微粒仿佛被惊醒了，打着旋飞到街中央，就像一蓬不起眼的灰尘，正好迎上了马车，吸附到最后一辆的车厢上。

马车奔得很快，不一会儿已经停在南宫门外。

几声短促的喝问、口令后，车门打开，卫士们肃立一旁，几位身着军机、参政、枢密官服的重臣，簇拥着一位身披大帅战袍、气势雄奇的老者下了车，大步奔进了皇宫。

那束微光，小心地贴上了战袍的下摆，随着越过重重楼檐和回廊，穿过不断闪现的侍卫，朝皇帝的上书房行去。

四个人一路行近，不少太监和侍卫都对他们视而不见，没有任何恭敬之意。四个人也不生气。皇帝军权在握，大内侍卫中不乏高人，这些人组成了一个庞大的秘密军队，叫做十殿。十殿的不少殿主辈分都极高，他们见了都要礼让三分。

十殿这个名字，民间只说是暗合十殿阎王，官家却说是来自皇城十大名殿，如文心殿、长生殿、灵心殿、飞元殿、武华殿等。但重臣们都知道，十殿是由最具武功心机的侍卫组成的。各殿递交名册，皇帝亲自挑选，又经过严酷的洗脑训练，才成为了心腹。不到万不得已，谁也不会招惹这些凶神。

四人径直走到上书房门口。

上书房虽然有个书字，模样却刚拙方正，就像是精钢铸成的。它的位置也很独特，百步以内，除了文心殿和武华殿，没有其他任何建筑。皇帝喜欢在这里接见亲密大臣、定夺重大国策。这两年宫里传出谣言，说皇帝快要化神飞升，因此也不上朝了，这间屋子，就成了唯一能觐见他的地方。

四人推金山倒玉柱，齐齐拜下。

“英风万岁、万岁、万万岁——我皇万岁、万岁、万万岁——”

上书房的大门缓缓打开。四人脸色一肃，鱼贯而入。

那束微粒，仍然附在大帅的战袍上，跟着混了进去。

不远处一个巡逻的十殿似乎觉察到什么，眼皮一抬，顿时两道精光罩住了附近的亭台楼阁，好一阵，才慢慢收了回去。

从外面看，上书房并不大，比那些宫殿小了很多。但是进来才知道，里面很宽敞，周边不下几千步，到处都是黑油油的书架、金灿灿的书本，怕是有千万册之多。

四人顺着书架间的过道往前行去，又走了很久，面前才敞亮起来，出现一列巨大的台阶。

刷的一声，四个人跪了下去。

如果有外人在场，一定会惊讶，帝王的宝座竟然如此特别。

一大片熊熊的紫火中飞舞着三个气泡，全都有两尺周径，似乎灌满了琼浆玉液。四位大臣一跪，气泡便慢慢飘过来，三张模糊的脸庞从乳白中透出，审视着脚下的臣子。

一个宛如黑铁铸就的帝王宝座却在半空漂浮着，不时飘到每个气泡下，停上一停，让气泡稍作休憩，又移向别处。哪个气泡光亮稍减它便贴过去，一阵金紫电光闪过，气泡便明亮了许多。紫火中不断分出一道道暗流，朝宝座涌去。宝座就像一个囤积光华的转换器皿，不断催发着三个气泡的光芒，让它们闪烁不停。

奇妙的是，火焰如此炽烈，屋里却一点也感觉不到灼热。

四位大臣又是敬仰，又是羡慕。他们知道，眼前这光景是皇上和两位殿下在修炼英风的镇国之宝——紫英神功。这种绝世功法，练到第一层，能健体强身；第三层，能百病不侵；第五层，能外放罡气；第七层，能延续寿命；第九层，能横扫千军，万人莫敌。要是能练到重楼十三层的最高境界，就能人火合一，无形无影，成为神一般的存在。只是，这种神功，只有皇族和极少世家子弟才有资格修炼。

“见过皇上！皇上神功又有精进，微臣万分欣慰！”那位威严的老人高喊出来。

“见过皇上！皇上万岁！万岁！万万岁！见过大殿下、三公主！大殿下千岁！三公主千岁！”其余三位也跟着喊道。

“各位爱卿，这些天，你们受累了。”中间的气泡发出一阵嗡嗡声，并不是很响亮，但却令人耳鼓一阵轰鸣。

“谢皇上！”四人齐声。

“皇上连夜召集，有什么要事吗?”威严的老人抬起头来。四人中，也只有他敢于直视上方。

左边的气泡发出一声冷哼，“没事就不能召见?”

“皇儿不得无礼，”皇上严厉地说，“左大帅为国操劳一生，早就该在家享清福了，要不是天下不宁，朕还舍不得让他披挂上阵。快赔礼。”

“皇上明鉴，大殿下聪颖敏锐，只是为人耿直、有什么说什么，哪里谈得上赔罪。”左大将军急忙叩首。

大皇子还在犹豫。

“皇儿。”皇上的声音更加严厉了。

“左大帅，本殿一时失言，请你老人家不要多心。”

“口不对心。重来。”

“皇上，大殿下已经道歉，微臣惶恐之至。微臣有一件事不明：为何从帝国各地征调兵马，齐聚西方边境？银蛮和大昊一直对我虎视眈眈，放空整个东边太危险了啊！”

“父皇，儿臣倒有一些考虑。”大皇子说。

“讲来听听。”

“埃尔蒂斯以前只是我们的敌人，但是现在，已经成为我们的大牧场。纵观每个朝代，战争都是国库收入的重要来源。近年来，随着对精灵肉体的物尽其用，它们的价值已经大大超出当初的预料。英风的内政外交、徭役岁赋，官员的私家喜好，百姓的日常起居，都跟埃尔蒂斯息息相关、不可分开了。”

大皇子刚才暴躁，现在却不紧不慢，仿佛心中早有计较。

“老臣附议，近两年从精灵身上得到的收入暴增，”身着枢密正装的一人叩首，“但是，精灵也不是好相与的，最近几十年，他们变得勇猛彪悍，战力也大幅提升，并且霸占了我们的领土，还尝试着把我英风龙种变成他们的奴隶玩物……”

“他们试图向他国兜售英风奴隶，”军机忍不住插话，“只是因为帝国神威，银蛮、大昊、贝戎、苍澜都不敢以英风人为奴，精灵的阴谋才宣告破产。”

“微臣深有感触，精灵已经成为帝国最大的威胁。埃尔蒂斯地域辽阔，森林连绵，物产丰饶，气候温润，还有一些神秘地域，据说隐藏着许多上古神迹，”参政两眼放光地说，“因此，发动一次大战，把他们裂成小国，分而治之，才能完全掠夺，为我所用！只是——”

“参政大人，尽管说。”大皇子说。

“只是精灵繁殖不易，近年来，又被我大规模地捕猎、贩卖，人口已经大幅减少了。如果立刻发动战争，会不会让他们过于式微，反而影响大局？”

“不用杀光，但是一定要杀个痛快、抢个痛快，”大皇子的声音十分阴沉，“必须明白，他们就是猪狗，就是宠物，就是我们的食物、我们的奴才！”

众人都不做声了，气氛有些凝重。

皇上似乎在思忖着什么。

那束附在大帅战袍上的微光，趁众人聊得起劲，悄悄溜到了地上，朝那一片熊熊的紫火游去。紫火烧得正旺，本来就闪动着金光、沸腾着暗影，所以，这束微光并没有引起旁人注意。

“大哥，你为什么这么恨他们？”一直没有开口的另一个气泡发出清越灵动的声音。

“三妹，这些事，你不要插手。”大皇子不耐烦地说。

“西边的事务本来与我无关，可是，你如此大动干戈，对英风不利，”三公主轻声说，“伟大的英风帝国，皇恩浩浩，星汉昭昭，一向以灿烂的文化享誉天下，为什么要去迫害那些可怜虫？就不能对他们温和一点？优待他们，笼络他们，哪怕离间、反间、无间呢？抬高白精灵，打压暗精灵，或者反其道而行，让他们长期内斗，无暇分身东顾，如此一来，我们岂不是永远凌驾于精灵之上？”

“公主殿下真是高见，”左大帅缓缓地说，“臣也以为，似乎可以调整思路，步步蚕食，日子一长，精灵自然会全部归化。急于发动大战，只会让我英风将士出现重大伤亡，国库也会有巨大的消耗，民心一旦不稳，周边各国趁虚而入，东部和南部边境就有危险——”

“左大帅，你可真会算计，”大皇子冷冷地说，“不打大仗，你们东边是安全了，你们可以升官发财尽情享乐，西边呢？精灵成天骚扰，民众惊恐，国威丧尽！你身为军界第一要人，怎么能说出这种话？”

“大哥言重了，”三公主说，“左帅一心为国，几十年不计生死，恶战无数，什么时候贪图过安逸呢？我倒是觉得大帅的策略更加稳妥。父皇以为呢？”

皇帝只是沉吟着，并不说话。

“三妹，我倒要问问，”大皇子说，“你那些轻裘大氅都是什么皮子缝制的？你成天摆弄的极品团扇都是什么骨头雕刻的？你赠予娘娘们的花油花精是什么提炼的？你大宴宾客，成桶成桶喝掉的那是什么？那就是白精灵的奶！就是她们的奶酿出的珍稀美酒！”

“那又如何？”三公主说，“我从小体虚，滋补养生，也是不得已——”

“何必呢，三妹，”大皇子笑了笑，“你我各取所需，不是很好吗？”

“大哥，我知道你为什么仇恨他们，”三公主轻笑了两声，“前些天，那位绝世美人，你想染指，却被她……大哥，精灵美则美矣，也要小心那些山野瘴气，一旦沾染，后果难测呀！”

“放肆！”

几道深紫光芒从大皇子的气泡流出，直奔三公主而去。一时间，大堂上光波乱窜，夹杂着三公主几声惊呼。

皇帝怒叱一声，众人眼前一暗，就见大皇子的气泡被一股看不见的力道直接推入紫火中炙烤起来。

那束微光一直在旁边偷吸紫气，一看场面混乱，顿时加快了速度。但是，紫气和它并不融洽，但听一阵连续的炸响，青烟直冒，还发出些压抑的呻吟。

众人都以为是大皇子在呻吟。他的气泡里云雾翻卷，上下颠倒，惨呼声也越来越大。

但是不管他怎么翻滚、怎么挣扎，始终被一种看不见的力道扼制着，不能脱出紫火的烧灼。

“暴躁轻浮，冥顽之至！多少年了，还是这个脾气！你虽然是灵体天生，又有神意庇护，朕还是你的父皇！”皇帝痛心地说，“你叫朕怎么把这份千古伟业交到你手上？”

四位大臣急忙叩首，为大皇子求情。

眼看着气泡越烧越薄，几乎要炸裂了，皇帝才哼了一声，放开了大皇子。

大皇子呼地飞出来，一溜烟奔到离紫火很远的地方，不停地喘息着。

左大帅脸上没有表情，看不出在想什么。参政、枢密和军机则交换着眼神。

“皇上，属下以为，大殿下虽然略有急躁，却是一片赤诚，”军机开口说，“左帅的顾虑也是肯定存在的，只是——”

“什么？”皇帝冷冰冰地问。

“英风立国到今天，一向以伟大的君王、高贵的文明、发达的战技、辉煌的战力凌驾于他国之上。那些不开眼的精灵如此骚扰，还夺我国土、杀我臣民，不把他们彻底征服，恐怕会给银蛮、大昊这类劣等民族一个信号，谁都可以薅英风的虎须，谁都可以跟我帝国作对！”军机激昂地说。

“所以，必须把他们打服、打怕，”参政牛气冲天，“也警告那帮屑小之辈，凡与我帝国为敌，杀无赦！”

“皇上，去年帝国岁赋三亿五千六百万两白银，粮食更是接近五亿斤，我七大军团总兵力已达空前的五百一十万人，”枢密慢慢地说，“根据最新的密报，埃尔蒂斯的精灵战士，南北双方加在一起也不到一百八十万，就算这些人箭法出众，以一当十，我们也有新发明的盾牌和长枪，以及跟苍澜人合作的机器部队，随时可以给精灵毁灭性的打击。”

“陛下，三思啊，”左大帅说，“帝国边境线漫长，怎能不讲整体战略，单单着眼于某一地区得失呢？”

“都不用多说了，”皇帝的声音严厉地响起，“朕自有分寸。”

众人都安静下来，大厅里只听到沉闷的燃烧之声。

“朕相信，你们都是为了帝国，而不是为自己的利益，”皇帝凝重地说，“但是，左帅也好，皇儿也好，都没有考虑一个重要的问题，那就是——”

皇帝的气泡一下子膨胀起来，“怎么才能让真龙传人、英风后代，永远高于世上所有生命！”

众人听得激动起来。

皇帝的声音越来越响亮，“就算征服几个精灵，那又如何？银蛮呢？朕的百姓，身体能有他们强健？桃源呢？全民皆武，那些武功岂是英风能抵挡的？贝戎呢？那些海将的坚甲，英风的刀枪棍棒如何将其击破？幽灵群岛那些骨头架子，死气之威，中人难当！仙山那些飞来飞去的仙子呢？天路那些无所不能的天使呢？这世上高人无数，虽然不会轻易出手，但是，只要与英风为敌，就是英风的大患！当今天下，波澜诡谲，让英风龙种绵延于世，浩浩荡荡，一统天下，才是真正的千秋功业！”

左帅羞惭地垂下了头，“臣下无知，不能理会陛下如此雄伟的抱负、如此宽广的眼界，陛下一语，凌轩真是茅塞顿开……”

“你们总是着眼于小处，忘记了大事，群臣不能同心，这是英风的千古恶习。尤其是你，皇儿，”皇上慢慢缓和下来，“你从小就好勇斗狠，事无巨细，都要夺得魁首。男儿锐意进取自然很好，但是着眼于国事，就必须一稳再稳，慎重了又慎重！”

“孩儿知错了，孩儿一定改！只是这埃尔蒂斯——”

“这种战略要地必须攻下，但也要兼顾其他地区的防卫。你们可以集中力量打下一片土地，然后分期分批殖民，把精灵慢慢赶到畜牧场、劳工场、动物园、矿场、角斗场去！左凌轩，听旨！”

左帅一愣，扑通一下匍匐在地。

“立刻前往天南州，整合南方军团和中州军团，配合东方兵团，在贝戎、银蛮、大昊和桃源各边境划出重要防区，绝不许外敌侵犯我神圣领土。”

“臣领旨！”

“皇儿听旨。”

“孩儿在！”

“朕把朝歌的禁卫军团划出一半，归你指挥，再把十殿划三殿给你。你立刻奔赴西部边境准备这场大战。不许在别处随意调动部队，但必须把精灵问题尽数解决。”

“孩儿听令！”

“莫白耳、黄起、古鼎，你们三人充当皇儿的监军，好好协助他。这次要向全天下证明，朕的帝国必将执掌大陆之牛耳，永远屹立不倒！”

四位臣子已经离去，殿内依然火光冲天，紫气弥散。

那一缕微光，蛰伏在三个气泡看不到的角落，小心地触碰着一丝丝紫光。只听一阵毕毕剥剥，又失败了。

但是它很有耐心，展开两道光翼，包裹住一小片紫光，开始慢慢地吞噬。紫光却像是早有防备，几下子膨胀、收缩，呼地突破包围，融进了大火。

皇帝突然嗯了一声，朝这个方向张望了一眼。微光立刻紧贴住一根九龙盘柱，动也不动，宛如柱子上的一道龙纹。

三人一直沉默着。那些火苗更加明亮，整个上书房变得似水非水、似银非银，玲珑剔透，几乎要融化了一般。

皇帝长叹一声。

“父皇，怎么了？”三公主温存地说。

“你们总是吵来吵去，老二又一直没有音讯，让朕怎么敢再做尝试，融合几大神功？”皇帝的声音透着一丝悲凉，“修炼百载，眼看就要证得大道，朕却连续三月不能入定，全都是让这些世俗琐事拖累的。”

“父皇，有孩儿为您护法，尽管闭关吧。”

皇帝哼了一声，“就你这样沉不住气，朕能放心吗？偌大一个帝国，稍有不慎，就是人家的刀下鱼肉。”

“照我看，不管是仙山，还是天路，所谓的神功都不如紫英神功，”三公主沉静地说，“父皇，孩儿就不信，紫英练到极致不比它们强！”

“普天之下所有的神功都不是最高层次的，这个世界上一定存在着更强大的功法，”皇帝说，“朕站在云端，望见了更高的天，却不能攀登而上成为真正的神祇，这种痛苦你们如何能理会？”

“这一点，我倒是赞同三妹，”大皇子突然说，“不管什么神功，既然父皇都无法习得，孩儿还不如将紫英功苦苦修炼，一直练到重楼十三层，那不也是无敌了吗？”

三公主点了点头，“只是，父皇万古英才，身为这世上同时修炼三种神功的第一人，若不能融合为一，也太可惜了。”

皇帝思忖着，默不作声。

“父皇，天下所有人种，连我和三妹都不能同时修炼两种神功，这……算得上您说的规则吗？”

皇帝微微摇头，“规则？这世上缺少的就是规则。”

三人又沉默下来，只有火光间或一闪，照见满屋斑斓的紫金光华，不停地蠕动、变幻，组合成各种匪夷所思的图案。

“对了，有一个人或许对父皇有用。”三公主兴奋起来。

“谁？”

“昨天长亭用八百里特快飞鸽向我报告，说弱水出了个白心人。”

“什么？白心人？”

“她用探灵术发现，又用雷音术证实了，”三公主说，“人在李多手上呢，捏着不放。”

“如此大事，竟然连朕都不知道？”皇上有些愠怒。

“父皇，请听孩儿禀报，”大皇子急忙说，“最早出来的只是谣言，所以我派李多去调查，也是想进一步确认，可是——”

“大哥那些亲信捂着消息不让您知道，”三公主说，“我提醒过他们两次，他们根本不听，非要用此人去对付精灵。”

“三妹在造谣!”大皇子急忙申辩，“父皇，要有那种消息，我能不马上禀报您吗?再说李多也是为了我帝国大业，刚才不是决定先要解决埃尔蒂斯吗?”

“狡辩，”三公主说，“置父皇安危于不顾，只想自己扩张势力。”

“三妹，你我之间一直有很多误会，”大皇子反而冷静下来，“但是，我对父皇的忠诚之心苍天可表。”

“都别说了，”皇帝的声音变得苍老起来，“朕已经清楚了。”

“父皇，孩儿实在是——”

“闭嘴，去忙你的埃尔蒂斯。飞扬，这件事由你全权监督。你立刻告知长亭，用最快速度把白心人带到朝歌来。”

“儿臣领命。”

皇帝冷笑了一声，“你们必须记住一件事。”

“父皇请讲，孩儿永生不忘。”

“这个江山是要交给你们的。统治这片土地，最重要的一点就是要把所有力量都控制在我轩辕氏手里，绝不允许它们坐大，”皇帝沉声说道，“白心人这种异类更是要严加看管，绝不能威胁到帝国……”

大皇子和三公主急忙点头称是。

“谁?!”皇帝突然一声怒喝，“光天化日，竟敢偷窃圣灵紫火?”

一道深紫色波纹划开空间，向微光击去。

一声几不可闻的惨呼中，九龙盘柱轰隆一声，抖了几抖，竟坍塌下来。

那道微光被击得在空中连滚几下，只得丢下几乎快吞掉的一团紫火，化作一道金光，朝门口疾飞。四位臣子刚走，门还没有关严，金光在门口狂舞几圈，变成了极细的一线，倏地穿了出去。

整个皇宫警铃大作，但听人声鼎沸，衣袂飘飘，各种奇光一道道地飚了过来，朝金光扑去。

金光尖利地呼啸着，冲出了朝门。

两道紫光一前一后、一明一暗，紧紧跟了上去。

金光飞得很快，转瞬间就冲破了云层，几乎看不见了。但是，两道紫光毫不放松地追了上去。金光只得不停地穿梭着，冲出了朝歌，在中州大地忽上忽下、忽左忽右，借助一切地形掩护，时而疾驰，时而蛰伏。所有的森林、沼泽、丘陵、城乡、村落，都被它用来闪躲、藏身，但都被紫光一一识破。

天色放亮的时候，金光终于融入了朝阳的金色。两道紫光似乎迷失了方向，追向了西边。

金光在一片壮阔的海面停了下来，翻卷着，凝结着，化成了一个雕塑般俊美的男子。他的背上有两对雪白的翅膀，正随着晨风微微扇动。

突然，男子呻吟了一声，呛出一口血箭。

那是金色的血。一洒到海面，海水就像火油一样沙沙地燃烧起来。

男子眼中闪动着怒火，从怀中掏出一个晶莹的水晶球，抹了几下，上面出现了一个影子，白袍及地，十分模糊。

“赞美我主！巴拉特，任务完成得如何?”

“伟大的主庇护我，终于逃脱了恶魔的纠缠……天使长大人，属下已经擒住了紫火，只要再炼上几炼，就可以炼化。不料，那老头太过警醒，飞来一记焚天掌，属下差点就——”

“失败了?”

“是，可是——”

“你在哪里?”

“总算逃到了光辉海……主啊，这一路好几次差点落入敌手！圣光普心堂是绝对不敢回了，请大人准许属下返回天路，疗养伤势。”

“你不能回来。”

男子顿时惊呆了，“仁慈的主啊！大人岂不是要把属下——”

“你先去亚塔避一避，”影子说，“天路现在很乱，老不死已经注意到我们了，最近的行动必须谨慎，千万不能让他们抓住把柄。”

男子松了一口气，“主啊，你没有抛弃最忠诚的子民！感谢大人关怀，属下这就去亚塔——”

“路上小心。一旦被擒，圣泉会立刻断绝联系，到时候你无力支撑，只能自戕……”

水晶球一阵闪动，图像消失了。

男子收好水晶球，突然察觉到了什么，朝身后望去。遥远之处，云雾之中，似乎有两点紫光星丸纵跃般地追了过来。

男子深吸一口长气，翅膀一收，重新化作一团金色，朝着粼粼的波光疾飞而去。

第六章·灌顶

青衣人仔细检查了无方的根骨后，面色凝重起来。

“你身体里有一种沉睡的力量，被唤醒后，不会有直接的攻击力和防御力。”

“那，战魂……”无方急忙说。

“他没有说错，”青衣人说，“这种力量，是世上的法术比不了的。”

“法术……”无方努力回想着。见到海瑟以后，他的一些记忆被激发，脑海里也多了一点东西，“地、火、水、风，五行八卦、修仙修神……”

“这个世界上有无数的法术体系。任何修炼者，只要体内的能量充盈，就能够自创出法术，连名称都可以自己来定，”青衣人说，“你不要去管那些。你的能力跟他们全都不同。”

无方想起了海瑟的洁净术，“怎么判定法术的威力？”

“根据对敌的效果，”青衣人说，“不仅术法和魔法，战技也是，所有的斗气、武技、仙力，都可以随意施展，没有什么限制。”

无方很不解。以英风为例，既然文化、艺术、军事、民生都那么发达，武技和法术也应该有完整的体系，不能这么含混。

“没有人想过分门别类，用于传承？”

“那是你的事了，”青衣人说，“做一个救世主，结束大陆的混乱，重新制定规则。”

“我不能攻击，又不能防御，拿什么当救世主？”

“你是身在宝山，不知珍惜啊！”青衣人感叹着。

无方闭上眼，装作认真听讲，却打开了内视，朝青衣人看去。

他看到一片光晕，包裹着亮丽澎湃的白光，就像一枚炽热的火球，他再怎么用力，都无法探进去看个究竟。

“这点小伎俩就不要拿出来了。”青衣人淡淡地说。

无方脸上有些发烧，急忙收了内视。

“你沉睡的力量可以修成某种超级法术，”青衣人说，“时间、空间、物质、预言……”

“这都是些什么？”

“时间之法，就是能让时光停顿、倒流，诸如此类。空间之法，就是创造和操控空间，瞬移、传送，比如我让你进来或是把你送往弱水的街头。物质之法么……”青衣人顿了一顿，“你盯着我干什么？”

“你也是白心人，对不对？”无方紧张地说，“你被唤醒了，才拥有了这些能力。”

“我不是，”青衣人说，“我和你不一样，但不是你的敌人。”

“那好吧，你继续讲……物质之法是什么？”

“掌控物品，从质地、构造，到性能、作用，甚至能重建和创造物品。预言之法，能料敌机先，趋利避害，可以让未来跟随预言而变化，甚至左右乾坤流转。”

“这么厉害？！这些我都能学会？”

“不，”青衣人说，“你只能拥有一种。”

无方犹豫了片刻，“我要学空间之法。”

“瞬息千里，来去无踪，倒是很适合逃亡，”青衣人像是看穿了他的心事，“只可惜，你不能选择。只能由法术来挑选你。”

无方有些遗憾，但细细一想，空间之法不用说，时间之法能停滞、倒流，物质之法能把敌人变成蝼蚁，预言之法更是逆天之极。这其中任何一样都是举世罕见的大神通，他一旦拥有，救出海瑟应该不是问题。

“每种超法都有七层境界，”青衣人说，“我可以让你一步跨过前两层，直达第三层。”

“太好了，”无方激动得发抖，“打通经脉，灌注真气，我就能……”

“不要这么幼稚，”青衣人说，“开启一个白心人谈何容易？”

“还要什么？”无方急忙问道。

“你天性沉稳平和，不要因为一点小事就失去了冷静，”青衣人说，“你必须答应我一个条件。”

“是什么？”

“当命运来临的时候，选择拯救，而不是毁灭。”

无方愣了一下，“这还用说？我从来就不喜欢杀人，怎么可能去毁灭？”

“要是为了那个精灵呢？”

无方怔住了。海瑟的确很想杀人，杀很多的人，而他，却要拯救世界。海瑟是他的主灵，青衣人却对他有再造之恩。两者一旦冲突，他该怎么办？

“我不会变成一个屠夫。”无方郑重地说。

“事态的发展会超出你的承受能力。”青衣人说。

无方一惊，“你除了会空间术，还会预言术？”

“我只是担忧，”青衣人说，“你必须答应，如果真有那种时候，你一定要选择拯救。”

无方沉默着，心头却是沉甸甸的。

青衣人默默地看着他。

无方点了点头，“我答应你。”

青衣人用当初炮制黑鱼的招数把无方悬浮起来，浸在宁静的顶光中。这道光比原先的亮了很多，让无方的身上暖暖洋洋，舒服得几乎呻吟起来。

但是，很快他就知道了厉害。

青衣人轻叱一声，四周的岩壁和尘土便蜂拥而至，快速地旋转着，渐渐形成了一个风洞。无方成了飓风的中心，被风力和沙石缠裹着、研磨着，浑身皮肤像是裂开了，血肉一点点挤出来，往外喷射。这个过程持续了很久，直到汹涌的飞沙像忘川一样把他淹没，他才徒劳地挣扎了几下，昏了过去。

醒来后，他发现自己依然悬在半空中。他动了动手脚，到处都很痛，但居然没有什么伤口。他正在感叹青衣人的法力，却听青衣人嘀咕起来。

“怎么回事？难道这一次的收集竟然失败了？”

“不，不可能。”无方急切地说。他不懂什么叫收集，但是，事情好像不妙。

青衣人目光炯炯地看着他，看得他一阵发寒。

“这个精灵的出现影响了你作为白心人的基本灵意，让你的超法很难开启，”青衣人说，“你骨骼清奇，丰神俊朗，如果拥有了超法，就可以去称王称霸，甚至平定天下，那时候，你想救谁就能救谁，岂止一个精灵？你——”

无方打断了他，“前辈，我想问你一件事。”

“说。”

“这个世界，还有正义、因果和真理吗？”

“看谁的拳头大，”青衣人说，“自古以来，成王败寇就是真理。我已经说过，你一旦有了足够的力量，就可以制定规则。”

“那你自己呢？”

青衣人不解地看着他。

“既然你有通天彻地之能，又看透了一切，为什么在精灵遭受屠戮的时候不去拯救他们？为什么不走出这个洞窟，去制定一套规则，让那些人间地狱统统消失？”

“那是你的事，为什么要我来做？”青衣人说。

“你不是说我不行吗？”

“再不行，也必须去做。”青衣人皱眉说道。

青衣人加重了压力。

无方不能动弹，却能感知到一切。青衣人让他用心灵来接受，而不是用身体，他这么做了，却更加疼痛，痛得无法忍受。他感觉青衣人把他当做一支血肉制成的大笔，在坚硬的洞壁上哗哗地书写着、磨蚀着。他以为这是一种功法，青衣人却说这只是准备活动，他要经历这种磨难，才能慢慢打开灵魂的死结，唤醒第一层潜质。

“这么难吗……我好痛……”

“这就受不了了？”青衣人冷冷地问。

无方的记忆在慢慢释放。一些人，从一个世界来到另一个世界，吃几个果子，喝几口泉水，翻几本秘籍，立刻成为高手，冲向人间，金钱美女予取予求。他却没有这种福气，他只能到处挨揍，吃尽苦头，从头开始。这就是他的命。但是，只要能救得海瑟，他就是吃再多的苦头也算不了什么。

青衣人把周围的所有物品当作笔墨，在无方身上穿刺、切割、撕扯、焚烧。无方一开始还能叫喊，后来就发不出声音了。他感觉全世界的泥土、灰尘、潮水、垃圾、死气都涌入他的身体，把他的血脉精气烧了个精光，只留下一个空壳。

每次结束后，他都痛得声音嘶哑，骨头散架。但同时也发现，一次次下来，他不再失去知觉了，对痛苦的忍耐力也提高了不少。

“你的潜质是一种最强大的本源力量我把它叫做星之力，和世人体内的原力不同，”青衣人说，“这种力量已经被天路和仙山视为异端，颁布了各种封口令，制定了各种惩罚，禁止世人去了解它。”

“星力、原力……都是些什么？”

“每个种族都有原力，英风有英风原力，精灵有精灵原力，海族、金族、神族、仙族……都有各自的原力。但是，每个种族只能有一种，不能有其他种族的。只有星之力，才会像星空一样，容纳下所有光芒，融合其他的原力，开发出毁天灭地、无所不能的功法。”

“那我要是好好修炼，任何人都不是我的对手？”无方来了精神。

“话是这么说，成功与否要看造化了。古老的传说中，白心人一旦出现，要么就是毁灭一切的恶魔，要么就是拯救世界的英雄。”

“所以，你要我选择拯救。”

青衣人点了点头，“我秉承着使命，要把你变成强者。可是，我又属于这个世界，我要守护它，不让它被你毁灭。我不知道，该不该赌这一把。”

“当然要赌，都乱成这样了，你又不想收拾，为什么不交给我？”

无方的心头猛然一颤。

青衣人身上涌出一股强大的威压，朝他挤压而来。他浑身一紧，喉头一甜，差点喷出一口血来。

他定了定神，努力把涌到嗓子眼的铁锈味压下去。

青衣人慢慢朝他逼近。

无方想起了李多。李多也这样逼迫过他。他心头烦乱。青衣人不是他的使者和导师吗？难道，天命也和这世界一样，全都乱套了？

“你站住。我有话说……”

“说。”青衣人的声音不大，却像一记铁拳砸在无方胸口。无方一阵惊悸，似乎整颗心都要从喉咙里蹦出来。额头上的汗流进了眼眶，又痛又痒，让他几乎睁不开眼。朦胧中，顶光越来越暗，四周的岩壁也耸动起来，似乎变成一个长着无数手臂的石人，朝他一点点压了下来。

“放弃你的身份，”青衣人直视着他，“跟随我，保护这个世界。”

无方觉得自己的脑浆在沸腾。三师傅也好，国师和李多也好，那个神秘的女声也好，都给他带来过精神上的震骇，这一次，却最有破坏力。他的意识不仅在溃散，还慢慢变得衰退、腐烂，似乎有一种力量在主宰着，让他虔诚地跪拜，甘为奴仆。

青衣人的表情充满了讥诮，又有些隐隐的失望。

无方从牙缝中挤出一声冷笑，“我死了，这个世界不是死得更快吗……”

“不会，”青衣人铁青着脸，“你们只有这一次机会了。你要失败，我就再也不怕她了。”

压力突然变得更大。无方只觉得血液几乎涌上了咽喉，很快就要喷发出去。

“可是，你怕我……”

青衣人一怔。

“杀了我……你就输了……”无方咬着牙，断断续续地说。

青衣人定定地看着他，很久，才出了一口长气。

那强大的威压也消退了下去。

“我不杀你，”青衣人双手负于身后，仰视着洞顶，“我要亲眼看你怎么碰得头破血流。”

无方闭上眼，一点一点调匀呼吸。

“其实，你不用这么忌讳我。”

青衣人转过头来，看着他。

“你说过，超法有七层。你只唤醒第一层，其他的，我自己去练。”

青衣人眼睛一亮，又一暗。

“你做不到？”

“对我来说，不过是举手之劳，”青衣人说，“对你来说，却是相当危险。”

“我会死？”

“第一层超法，你用一次，就会少活一年。”青衣人说。

无方不解地看着他。

“这本来就是逆天之术。第一层只是入门，法力燃烧不充分，只能消耗生命，求得平衡。”

“那第二层呢？”

“施展次数不限，但还是会少活一年。从第三层起就没有副作用了。”

“我知道了，”无方森冷地一笑，“前辈，你动手吧。”

和前几次不同，一种深厚凝重、宛如实质的黑暗从无方的顶门正中弥散开，逐渐封存了他的所有意识。

无方再次醒来的时候，身体还是悬浮在半空，一动不动。但是他知道，他已经变了。

他感到了力量。

那是一种很微妙的感觉。在他的心灵和肉体之间多了些东西，隐隐游走于四肢百骸，随时等候着他的召唤。他想，这就是青衣人说的星之力。他还不知道怎么去运用，但知道有了它们，他才和这个世界有了一丝真正的联系，才变成了一个真实的存在。

青衣人舒展着手臂，把他放下地。

无方突然一惊，“我在这里多久了？”

“快五天了。”

“啊?!”

“这不是真实的时间，”青衣人傲然说道，“当你可以动用星力，一切就会变得很奇妙，对你来说，好像过了很久。对你要救的人来说，只过去了一瞬。”

“我明白了。你真的拥有四大超法。”

青衣人微笑不语。

“我什么时候才能施展超法?”无方说。

“当你濒临绝境，奄奄一息的时候。”

“可以提前一点吗?”

“不可以，”青衣人叹了口气，“这个灌顶并不完整，只能算是召唤。有些东西我没有给你。”

无方困惑地看着青衣人。青衣人救了他、点化他，却又想对他不利，甚至起了杀心。这是为什么?他本能地觉得应该调查一番，但他猛然想起了海瑟，又焦急起来。

“我必须回到那间牢房，我走的时候，不小心把门锁上了。”

青衣人指了指洞窟的中间。

“但愿我不会后悔，”青衣人玩味地说，“你也不会。”

那个熟悉的圆圈又亮了，微微地泛着紫光。这一次，它不再像是一口古井，而像是通向另一个世界的入口。

无方站了上去。

“自求多福吧，小子。”

青衣人的声音越来越缥缈，终于消失了。

白光亮起来，很快就淹没了无方。

无方伸出手，触碰着这些银灿灿的辉光，又放开神念，尝试着和它们沟通。但是，没有任何反应。他突然想，如果青衣人把他传送到水金木大门上，让他卡死在门缝里，该是多么可怕。如果他学会了空间之法，只有一层功力，他该怎么去施展，才能保证他和海瑟不会掉进火山、落进海水、吊在悬崖，甚至浮在半空?

白光开始变淡，又渐渐散去。

无方缩回手，朝四周一看，已在牢房里了。水金木可以隔断他的神念，却对青衣人的法术毫无作用。他没有卡在墙缝里，也没有掉在火砧子上，而是在铁链中间挂着，轻轻一跳就落到了地面。

那个炉子还燃着，还有些暗火。门关得很死，空气里还留着一丝余香，海瑟也昏迷着，没有醒来。看来，青衣人说得对，真的没有过去多久。

无方急忙奔向海瑟，不小心碰着了她身上的铁链。

海瑟呻吟一声，摇了摇头，“你刚才，干什么？

“哦……你呛着了，昏了过去。”

“你不是一直在糟践我吗？”海瑟皱着眉，“把我放下来！”

无方走到海瑟身后，小心地解开铁链。那些链子很细，还带着毛刺，把海瑟的手腕划出了不少伤痕。可能是看守们看她吊得高，就随手一系，也没有用上死扣。

链子哗啦啦掉到地上。海瑟的双手无力地垂在身体两侧。

无方握住海瑟的左手，抬起来一看，手腕上一片紫黑，有很多裂口和淤青。他轻轻地揉了揉，海瑟又是往后一缩。

无方沉默地看着她。

“我……我自己会。”海瑟的表情有些不自然，想挺挺胸，却被穿过锁骨的两根铁链一勒，闷哼了一声。

无方急忙扶住她，查看了一番。这两根链子，比拴手的要粗得多，带着暗红的血污和铁锈，发出淡淡的血腥味。

“我要把这个摘出来。”

“就你？”

“嗯。”

“你不行，”海瑟说，“打赌，你要是解开它——”

“怎么样？”

“我就饶你一命。”

无方一怔，“解不开呢？”

“占有我。”

“你又来了。”

“说定了。”海瑟不依不饶地说。

无方发现，铁链的锁扣竟然深嵌在海瑟的肩胛骨里。如果硬扯，怕是要把她的上半身扯个稀烂。

他想了半天，决定冒一把险。

“我动手的时候，你会很痛。”他说。

“你害怕了？”精灵轻蔑地说，“没见过血的家伙。”

无方四处一看，从刑架上抓起一把小刀，在火上烤了烤，拿了过来。

海瑟一双大眼警觉地盯着他，“你想杀我？”

无方气得不知道说什么才好。

“被我识破了，哑口无言了?”

“怪不得叫你们妖精，真是古灵精怪，不可理喻。”

“你这个无知的英风鬣狗，卑贱的禽兽!”精灵愤怒地说，“我是精灵，不是妖精!”

无方不明白她为什么发火，也不想计较，“你会不会治疗术?”

“干什么?”

“马上就要用。”

海瑟审视着他，不说话。

无方走到她面前，扶住她，让她站稳。

“你忍一忍。”

海瑟恶狠狠地看着他。

无方咬着牙，把刀子刺进海瑟肩头的伤口，用力一割，再一剜。

“啊——”

海瑟发出一声压抑的惨叫。

无方顾不上看她，刀交左手，右手探进割开的肌肉，在一片滚热的黏糊中抓住锁骨上系紧的暗扣，飞快地扯开，把一大团血肉模糊的东西掏了出来。

幸好暗扣只系了一边。他解开一边，就顺利地把两边铁链都扯了出来。

海瑟肩头现出两个大洞，血流如涌。她死死咬住嘴唇，没有再呻吟了，身子却摇晃了几下，眼看就要跌倒。

无方急忙扶住她，捡起包裹她断腿时剩下的半截外衣，绕过她两条胳膊，把伤口紧紧裹住。

海瑟身子一软，栽倒在他的怀里。

无方小心地抱住她，动也不敢动。那股血腥味依然在弥散，却掩盖不住热乎乎的清香，和丰满鲜活的手感。他恍惚起来，想马上把她救走，又想就这么抱着，一直抱下去。

渐渐地，一些热气从余火那边流过来，包围了他们。海瑟的呼吸变得很怪，吸气很浊、很重，呼气却很轻，几乎听不清楚。再到后来，四周越来越热，海瑟就像在发高烧，整间牢房则变成了一个烘笼。

无方觉得自己眼睛花了。墙上那些枯死的苔藓，竟然在发芽、在蔓延。一些细长的藤蔓就像灵动的小蛇在地面游来逛去，又顺着海瑟和他的身体爬上来，很快就爬到了头顶。

他吓了一跳，想去扯开它们。

海瑟睁开眼，冷冰冰地说，“你闪开。”

无方放下她，拨开那些藤蔓，走到一旁。房间里所有的角落、墙缝、木缝、天花板，甚至他的脚底，都有嫩黄新绿的芽苞萌发出来，不断窜出新的枝叶，涌向海瑟，把她裹成了一个绿色的大茧。一些乳白雾气从中散出来，让他的眼前一片朦胧。

又是那种熟悉的簌簌声，一道蓝白的光环透过绿茧从上到下扫了过去。但和上次的洁净术不同，光环更亮，扫过的速度更慢了一些。

过了好一会儿，雾气散开，那些藤蔓也都游走了。海瑟的身形露了出来，衣衫有些残破，肩头那两个大洞却不见了，只有两块深红的瘢痕。

无方想起来，当初在忘川，他的手臂被撕裂了，青衣人只用黑鱼的汁液就救治了他。海瑟的法术也类似，都是利用自然之力，一用虫鱼，一用草木，激发了身体的自我救助。这真是奇妙。他将来不仅要学超法，也要学这样的法术。

海瑟稍作歇息，紧了紧小腿上捆绑的衣服，又活动了一下手臂，然后慢慢站起身来，逼视着无方。

无方再一次被她的艳光震慑，但没有躲开，而是直视着她。她虽然面色惨白，但那双摄人的大眼中已经有了些神采。

“你……怎么样了？”

“有力气杀你了。”

无方愣了一下，“你——”

“你这个轻浮、虚伪、狡诈、野蛮的英风鬼，多次侵犯我的身体和我的尊严，早该被处死十次，”海瑟厉声说，“但是，我精灵一族是天下最信守承诺的种族。我赌输了，所以饶你一命。”

她的神情过于严肃，让无方不知道该说什么。

“你必须跟我结合，就在这里。”

“不。”无方慌了。

一双长长的手臂伸过来，看着纤细，力气却很大，一只制住了无方的后腰，另一只扼住了他的左肩井。

无方浑身酸麻，再也挣扎不动。

海瑟眼神如冰，极为仇视地盯着他。无方很奇怪，他想问海瑟，精灵和伴侣结合的时候，都是这样的眼神吗？

“你要再敢跑，我就卸掉你的四肢。”

海瑟威胁了一句，放开手，开始褪掉自己的皮甲。她并不像是动情，倒像做出了一个悲壮的决定。

无方突然回过神来：她要强暴他。

“你不能这样。”他狼狈地说。

海瑟突然跪在地上，双手交叉着抚在胸前，开始念叨起来。

无方听出来，是那句熟悉的“生生不息”。他更奇怪了。他知道，这是精灵的临终祷告。她要强暴他，然后自杀？她因为不堪同伴惨死，要用这种方法结束生命？她明明对他充满了憎恶，却要把身体奉献给他，然后把他也一起杀死？

海瑟祈祷完毕，低下头，手上刷地亮起两抹绿芒，就像两把刀子，竖在无方眼前。

“这就是精灵斗气吗？”无方由衷地说，“太美了！”

“你想学？”海瑟嘲弄地说。

“我学不会。”无方说。

“你以为，会有精灵教你？”海瑟说，“卑贱的英风鬼，一辈子也不要妄想！”

“这世上所有的武功、魔法、斗气、仙法，我一样也学不会，”无方苦笑着说，“你应该知道什么叫白心人吧。”

“什么？！”

海瑟的眉毛立了起来，眼中隐隐闪过两道厉光。

无方坦然地看着她。

“你，你真是白心人？”海瑟猛地抓住无方肩膀，把他揪得生痛，“你这个混蛋——”

呜的一声，她手上那两道绿芒射出，射到几根铁链上。只听铿铿几声，铁链断成了好几截，哗啦啦掉了下来。

“你差点削掉我耳朵——”

海瑟眼神一凝，顿时散发出一阵威压，笼罩住无方。与其他人的威压不同，这一次更多是探测，并没有恐吓。

她身子一软，瘫坐在地上，呆呆地看着无方。她的眼神很涣散，充满了无助。

“我怎么……这么傻……”她嘶嘶地说。

“什么？”

“我犯了大错，冒犯了你，”海瑟惨然一笑，“你杀了我吧，用你的铁拳打死我，用铁板砸死我。”

“我怎么会打你？”无方走过去，捡起她刚脱下来的皮甲，要给她披上。海瑟本能地扬起肘，眼看要杵到他脸上才猛然收住。

“一个没用的英风鬼，怎么可能是白心人?!”海瑟嘟囔了一声，很快又气馁了，“可是，你确实是……我被禁制的时候，什么也看不出来，现在看出来了。”

“是又怎么样?”无方说，“我只想救你，别的，我什么都不想。”

“你惩罚我吧，无所不能的传说，大陆的英雄，精灵一族的救世主——”

精灵的眼眶红了起来，渐渐溢满了泪水，看上去更加动人了。

无方很心痛，想上去帮她擦，又不敢动手。她最惨的时候也没有哭过，现在却变得这么脆弱。

海瑟擦了擦泪水，平静了下来。

“白心人，你为什么要欺负一个孤单的女子?”

“什么?”

“你一见到我，就不停地戏弄我、摧残我、折磨我。我绝不会放过你的!”

无方实在是无话可说。海瑟如此夹缠不清，跟她清丽的形象反差太大。

“你走吧，”海瑟凄楚地说，“就当我们从来没有见过。”

“你呢?”

“我就在这里，等他们来，蹂躏我、残杀我、吃掉我。”

无方又好气又好笑，“你到底走不走?”

“不。”

“那你多保重。”

他刚迈出一步，就被海瑟一把抓住，轻轻一扯，就跌撞了回去。

“你要敢走，我就杀了你。”

无方叹了口气，“你想笼络我。”

海瑟沉默。

“先逃出去，好不好?”

海瑟连连摇头。

“你到底想怎么样?”

无方的声音大了起来。

“跟我去埃尔蒂斯。”

“然后呢?”

“帮我对付英风。”

无方沉吟着，“怎么帮?”

“杀光他们，”海瑟咬牙切齿地说，“然后，我就是你的了。”

“我不想杀人。”

“你是救世主，救世主能不杀人吗?”

“我不要当救世主，我只想救你。”

“我知道的。我知道你喜欢我，”海瑟凝视着他，“我用洁净术，就是为了让你喜欢。”

“我要救你，是因为，你是我的主灵，你会帮我醒过来，一起回到我们的地方，你不懂这些……”无方说。

“不许再对我说这样的话！主灵是什么？神？这世上只有生命女神，精灵一族都是她的子民，”海瑟激动地说，“我们是要回去，但是，是回到埃尔蒂斯。我们要去打仗，去杀死所有的英风鬼！我们打了千百年，已经结下了血海深仇，就凭你几句话就能停下来？那些死去的亲人呢？那些作恶多端却得不到任何惩罚的英风鬼呢?!”

“以前，这世上出现过白心人吗?”

海瑟摇摇头。

“所以我才要来，”无方说，“我要结束混乱，把你唤醒，然后，你把我唤醒，然后……”

他不知道怎么说下去了。他觉得很累。他恨青衣人，也恨诗人，为什么只让他知道这些，却不让海瑟知道。

海瑟出神地盯着他，“好，我会唤醒你。但是，你要先去埃尔蒂斯。”

无方摇了摇头，不想再争辩，“你说什么，我就做什么。”

“要是我们逃不出去，我就杀了你，”海瑟的声音又冷了下来，“我即使被女神抛弃，被先辈诅咒，永世沉沦、不得解脱，也绝不会把你留给那些英风鬼!”

两个人推开门，闪身而出，朝二层的入口摸过去。

海瑟的左腿还有点使不上劲，但闪转腾挪相当敏捷，比无方灵巧得多。无方跟在她身后，盯着紧身皮甲下曼妙的腰肢、优美的曲线，只觉得身上一阵阵火热。他明白，她恢复得很快，可以保护他了。这和他预想的相反，但也只能如此了。

他们摸到一个拐角，突然遇上了两个落单的灰衣大汉。无方还没有反应，海瑟就扑了上去。只见她双手挥舞，绿光闪了两闪，大汉连声音都没有发出，就倒在地上痉挛起来，脖颈鲜血直喷。

海瑟顺手一抄，两把佩刀已经到手。她在手上掂了一掂，甩给无方一把。

“这个轻，你可以用。”

无方手忙脚乱地接住，勉强挥了两下，觉得很别扭，使不上劲。

两人继续往前。无方发现，所有的牢房和拐角都变成了同一个样子，没有任何特殊的参照物。

他急忙闭上眼，试着用内视探测。奇怪的是，怎么也看不清地牢路线，只有海瑟的一身亮绿，其他都灰蒙蒙的，就像有种阻隔刻意挡住了他。

他很吃惊，“刚才不是这样。我不知道该怎么走了。”

“不用你。”海瑟淡淡地说。

她仰起头，闻着各个方向飘来的风。在他看来，那都是一些血腥味和霉味，但她闻得很仔细，还闭上了眼睛。

“走这边。”她头也不回地说。

“你怎么知道？”

“因为，我是精灵。”海瑟倨傲地说。

无方摇摇头，跟着走上去。果然，穿过两处似曾相识的过道，他远远地望见了二层的入口。

“不对。”海瑟突然蹲到墙角，警觉地观察着四周。

“怎么？”

“这里的防卫这么松懈？”海瑟说，“你过来的时候，也这样？”

“不，有很多人。”

“刚才还有那么多人说话，还有狗叫，突然就安静下来了。”

“他们在换防？”

“不，”海瑟说，“天底下最狡诈的就是英风人，这肯定是个圈套。”

“没有人正好，逃出去再说。”

“你走前面，”海瑟把他拉到自己身前，“我担心他们的目标是你。”

“怎么会？那他们为什么让我来见你？”

“嘘——”海瑟捂住他的嘴巴，“有人来了——”

三个灰衣大汉带着两条小地龙突然出现在他们面前。

海瑟一声低叱，冲上去，对准一个大汉就是一刀。

大汉举刀一架，架住了刀身，却被刀刃上附的绿色斗气划破了胸膛，吓得怪叫一声，掉头就跑。

无方硬着头皮与另外两个大汉对峙着。那两人本来面露凶光，一看海瑟的斗气，立时扭转身没命地跑，一眨眼的工夫就没有了踪影。

一头地龙吭哧吭哧爬过来，一口咬向无方的脚踝。无方大叫着躲开，顺手一刀劈下。铿的一声，刀刃就像砍中了铁板，反弹起来，差点撞着他的头。

他急忙退后两步，双手颤抖着，挥刀指着地龙，却再也砍不出去。

海瑟打得很尽兴。她的刀上绿芒更盛，手肘和膝盖也有斗气外放，远远看去就像一头硕大的蜘蛛，又像一架挂满匕首的机械。一头小地龙撞上了她的刀，坚甲就像瓜皮一样裂开，四肢也被斩断，最后，巨鳄般的脑袋也掉了下来，腥血喷了一地。

和无方对峙的地龙一见，发出一阵悲呼，后腿在地上一蹬，竟然腾空而起，扑向了海瑟。

“小心——”

无方喊了一声，却见地龙已经扑到海瑟身上，压住了她。不对，是她双膝跪地，上身后仰得几乎贴地，刀尖却竖了起来，从地龙腹部一划而过。

地龙扑了出去，不停地嗥叫着，再也爬不起来了。

大股大股的热血从它身下渗出来。

“这就是精灵战技？看上去很唬人啊。”

李多细细地凝望着画壁。一束束光影投到他脸上，闪烁不停。

“大都是巧用膝肘，扭曲关节，释放斗气伤人。攻击部位也集中于脖颈、腋下和腰眼，还是比较单调，威力也有限，”国师沉吟道，“倒是她的箭法，安德鲁很想领教一二。”

“国师几句话就点明了弊端，将来打起大仗，还要多多倚靠国师。”

“过奖，”国师矜持地笑了笑，“安德鲁这两下，哪里比得上大统领的飓风掌、金沙拳？那种开山裂石之力，精灵要是中上一招，还不变成一摊肉糜？”

“国师太谦虚了，”李多说，“国师的大甘霖术、大骷髅术，走遍天下也难寻敌手。假以时日，这英风第一高手的桂冠怕是要戴在国师头上了。”

“安德鲁并没有修补她、更新她、转化她、召唤她，她的伤却好得这么快，”国师说，“看来，白心人很有意思啊……”

“等狩猎完成，这小子就交给国师炮制，”李多微笑着说，“先让他们打个够，再帮着他们逃到边境……我那些小鬼头全都放出去了，国师的化雾术也备好了吧？”

“大统领放心，这一次么，精灵是在劫难逃。”

两人对视着笑了起来。

“大掌柜，不好了！”

一个灰衣大汉出现在门口，焦急地说。

“什么事这么慌张？”李多沉下脸来。

大汉凑上去，在李多耳边嘀咕了一阵。

李多的脸色一变，但马上平静下来，“你去拖她们一下。”

“属下领命！”

大汉飞速而去。

李多转过头来。画壁上，海瑟和无方杀得正欢，灰衣大汉不断地倒下、飞出，两人眼看就快冲到二层的出口了。

“那位大人出面了？”国师若有所思。

李多默然。

国师指了指画壁，“是冲着精灵，还是……”

“她从来不参加大典，照理说，也不爱享用妖精。可是又听说，她有点那种癖好，所以，倒是搞不清她的意图了。”

“那种癖好？”国师寻思片刻，笑了起来，“小小弱水，生命气息竟是如此饱满、丰盈，真是春光无限哪！”

“白心人臭小子，明明是个英风人，非要自甘下贱与妖精为伍，”李多痛心地说，“丢尽了帝国的脸！”

“那可不妙，”国师轻声说，“白心人要让那两人捉了去，一通色诱，只怕你大统领就没什么想头啰。”

“我得不到的，她也得不到，”李多冷哼着，望向门口，“来人。”

一个大汉立刻出现，奔到他身边。

“召集所有死灰，布下禁锢阵，拿下那两名逃犯。”

“带到这里？”大汉说。

“不，丢进绝字号地龙坑，”李多那张大圆脸上又漾起了亲切的微笑。他伸出手，抚摸着画壁上的二人，就像在抚摸自己的孩子，“去给我盯着，亲眼看着他们被吃光，连骨头渣子也不许剩下。”

第七章·原力

唿哨一响，无方并没有意识到什么，海瑟却皱起了眉头。

“他们在包围我们。”

无方也听出来，唿哨从间断的一两声，逐渐变成了连续的长音，四面八方都响起来了。

“冲上去，不然来不及了。”海瑟急忙拉起他，眼看就要迈上那个斜坡。

她突然身形一顿，把无方往身后推去，手上又亮起了绿色。

第一层的入口人头攒动，全都是灰衣大汉。跟四处巡逻的那一帮不同，这些人气势森严，眼里透着一股死气，不像打手，更像是杀手。

无方拉了一下海瑟，示意她先退到第二层再作打算。

“下边更没有出路，”海瑟冷静地说，“只能冲，我在前面，你跟紧我。”

她一声轻叱，冲了上去，无方紧紧跟着她，却见那帮人阵形不变，只从队尾出来了两个人，一个对上他，一个对上了海瑟。

无方一急，舞着佩刀就疯砍过去。对方的身形嗖嗖乱闪，他根本沾不到衣角。他听到身边的海瑟怒叱着，然后一声惊呼。

——她受伤了。

无方刚明白过来，眼前就一花，身子也腾空而起，原来是被敌人抓住举过了头顶。他在空中正要舞刀，手上一松，刀已经不知去向。等他落地，已经被几双大手扭住，无法动弹了。

他看到海瑟干掉了对手，又冲乱了灰衣大汉的队形，左手刀，右手斗气，划过一个个敌人的身子。敌人倒下了几个，也有几个身上腾起一道灰光挡住了她，又反过来攻击她。他想起堂倌们说过，李多豢养着许多死士，统称死灰，个个骁勇无比，看来，就是这些人了。

突然，海瑟惨叫一声，她断过的那条腿被踹了一脚。她身子一歪，半跪在地。紧接着背后又挨了两脚，右手被扭住了。她狂喊一声，挥刀直撩，又横扫过去。一个死灰半边脸被砍了下来，掉在胸前晃荡，双手却死死抱住她的腰，怎么也踢不开。

更多死灰扑上来，无数只手抓住她的肩膀、耳朵、脖子、肘……终于，她再也动不了了。

两个最魁梧的死灰把海瑟的双手拧在身后，猛地一提。她闷哼一声，脑袋几乎触地。其中一个抓住她的头发，往地上狠狠一撞。

“别动她！”

无方狂喊起来。

那个死灰一边冲着他狞笑，一边抓着海瑟的脑袋，一下下撞在地上。

咚、咚、咚……

海瑟的黑发散开来，半边脸上血肉模糊，两眼无力地看着无方，耳朵也耷拉了下来。

“放开她——混蛋——”

无方拼命挣扎，却无法挣脱分毫。他痛恨自己，他身为一个男人，一个白心人，却一点用都没有。

一个死灰把海瑟一抡，背在背上；另一个把无方背起，下了二层。

突然，前方出现了一个高大的阴影。

无方费劲地扭过头一看，竟然是那位黑衣银饰的大国师。那朵血红的狼毒花依然颤巍巍地插在他头上，显得又醒目又诡异。

“王八蛋——”

“英风第一亡灵巫师，安德鲁·博卡古斯特，专程前来，为你们昭示生死、修补生命——”国师的语调，充满了悲悯，“白心人，就让这个禁声术陪着你，奔向美丽的地狱，等待转化和召唤吧——”

无方还想大骂，腮帮子却是一酸，整个五官顿时僵直，再也发不出声来。一种怪异的麻痹感从他脚下升起，飞快地蔓延到全身。

“你的修补已经完成。那个妖精要麻烦一点，需要从头到脚一点点精修，补好所有的漏洞，尤其是那些罪恶的渊薮——”

无方怒视着国师，恨不得扑上去咬他两口。

“白心人，你很幸运，”国师柔和地说，“第一巫师赋予你神圣的旁观权，你会亲眼见到，妖精如何被修补、被分解——这是一种巨大的激励，你的愤怒、你的绝望会帮助你，完成一个极端的转化——”

无方的眼睛在冒火，眼角几乎都要裂开了。

国师突然一侧头，倾听着什么。

“国师，请随我来——”李多的声音飘飘忽忽地响起，“她们来了——”

国师很不甘心地看看无方，又看看海瑟，周身腾起一团黑雾，就像一簇黑火，消散在空气里。

两个死灰继续朝前行去。

无方不能动弹，连指尖都麻木了。他不明白，李多摆明了要玩他，为什么半途变卦。但这也说明，他和海瑟不妙了。

他努力忘掉恐惧，回想着青衣人给他的那些考验。沙石、烈风、切割、磨蚀……以及最后一瞬，淹没他的黑暗。他没有失去知觉，只感到一切都凝固下来，感知缩到无穷小，灵魂的深处却有一些事物在苏醒。那不是记忆，而是天生的活力，青衣人所说的星之力。它们一醒，就在他身体里流淌，渐渐活跃起来。

他心头一动，尝试着内视。这一次，他不是望向身外，而是望向体内。

他成功地看到了那些奔流的血液、跳动的内脏、嶙峋的骨骼。他克服着死灰的汗臭以及一下下的颠簸，集中全部心力去呼唤那些微小的活力。

突然，他看到一些乳白的小圆点正被一条条漆黑的带状物纠缠着、吞噬着。这就是星之力了，他想。那些黑色的带状物就是国师的法力。

他运起意念，让反抗的意识冲到乳白和漆黑中间。

一开始很难接近。慢慢有点感觉了，就像一双手浸到水里，那种冰凉不仅占据了皮肤，也刺激到了神经。小圆点毕竟是与生俱来的，很快就互相沟通应和，不断地串联、交融、扩张，控制的范围越来越大，黑带子则越来越萎靡，朝各个角落钻去，反而被小圆点抓出来，吞噬下去。

他动了动十指，居然有了点反应，又动了动脖子，也能扭动了。他不敢张扬，怕死灰们发现。但他满心欢喜，也意识到，星之力，确实是最强大的力量。要换成别人，根本不可能化解国师的邪恶法术。他现在只是个白丁，将来成长了，又会是怎样？

拐过一个弯，一股浓烈的恶臭突然袭来。这臭气凝滞、厚重，就像腐败的脓液涂满了整个空间。

死灰突然一扭身，抓住无方的脖领，提起来，悬吊在一个大坑上方。无方转头一看，海瑟离他不远，也被几个死灰提了起来。她挣扎了两下，却激起下方一片恐怖的咆哮。

无方刚想喊她，却被大力一甩，顿时飞了出去，在空中翻了好几圈，砸在滑腻腻的地上。

他抱着头，缓了缓神，伸出手摸索着地面。他的手抓着了什么，拿起来一看，竟然是半个残缺的头骨。他忙不迭地扔掉，这才看清了周围。

一个地底溶洞般的大坑，被几根粗大的石柱分隔开来。到处都是地龙，趴着躺着、争斗着厮打着，大嘴不断地开合，背脊上刀戟林立。除此之外，就是各种残缺的尸体：头颅、躯干、内脏、毛发……坑洼里积满了黑色的污血，无数拳头大小的黑甲虫嗡嗡地飞来飞去，又不时降落下来，在尸体上吸吮着、嘶叫着。一群状如黑狼的恶犬闪电般地追逐着争夺几块腐肉。其中一条抬起头来，咧开嘴，冲着无方阴沉地一笑。

坑沿上的死灰发出一阵唿哨，听上去很是凄厉。远远近近的地龙都被惊动了，转着头寻找猎物。有几头发现了无方，顿时低声咆哮着围了过来。

无方四处张望，看见了海瑟。她侧躺在地，半边脸上尽是血污，另半边却还是那么雪白，正静静地看着他。

他急忙爬过去，“你还好吗?”

海瑟的眼睛眨了一眨。

“身子能动吗?”

海瑟摇了摇头。

无方不敢搬动，怕她脑部受了震荡。但是，地龙们渐渐逼近了，数量也越来越多。他又想起了千生大典，顿时一阵惊悸，手脚都开始发软。

他想吼上两声壮胆，嗓子却嘶哑得厉害，发不出声音。他气得一拳砸在坑壁上。手破了，却感觉不出疼痛。他蹦了好几下，坑壁很滑，坡度极陡，根本爬不上去。他寻找着，看能不能找到一些武器，哪怕一把断刀、半根木棍，几截骨头棒子……但是，到处都是红血、黑血、碎骨、碎肉、污水、猛兽，以及一踩下去嘎吱作响的虫子，没有什么帮得上他。

坑沿上传来一阵哄笑。死灰们一边辱骂，一边朝他们吐口水，有人还解开裤带做出撒尿的动作。

无方急忙拽着海瑟挪远了一些。

他盘腿坐下，闭上眼，却集中不起精神。地龙越来越近，他已经能闻到它们身上的血腥味。这次不只是小龙，还有成年大龙，就像一座座插满尖刺的堡垒，污浊的鼓眼泡里充溢着沉沉的死气。离他最近的那头已经迫近到十几步开外，嘴里还嚼着半截尸体，那是个暗精灵，双臂和下身没有了，只剩上身和头部，一头银发被乌黑的血块黏在一起，一双眼睛大张着，正对着他。

“白心人……帮我……”

海瑟突然说。

无方急忙扶着她，让她坐了起来。

“白心人，我们要死了，”她艰难地一笑，“我真没用。”

“我才没有用。”无方把拳头放在嘴里，狠狠咬下去。这次相当痛，他忍不住叫了出来。

“我不明白，他们为什么连你都要杀，”海瑟苦笑着，“你明明对他们有用。”

“他们疯了，这个世界上的人都疯了……”

“你愿意和我一起死吗？”

“我不想死。”

“每个人都要死，”海瑟喃喃地说，“创世神就是这么安排的。”

无方替她抹去嘴角的血迹，但不敢动她的额头。那伤口一片模糊，似乎还在淌血。他圈住她的胳膊，让她的背靠在自己胸脯上。

“你知道我为什么要逼着你占有我吗？”海瑟突然问。

“不知道。”

“因为，我的帕丽斯，并不是男女交合的秘技，而是一种禁咒。”

“禁咒？”

“埃尔蒂斯的月亮井是我们补充魔力的地方，一共有三十二个。我在这些地方同时布下了自我诅咒，只要有人侵犯我，哪怕彻底封禁我的斗气，我也会……以千百倍自身能量……自爆……那种力量，就算是传说中的法神施展禁咒也无法相比。”

无方心头一寒，“你从一开始到后来，所做的一切都是为了骗我跟你同归于尽？”

“是的，”海瑟说，“我必须利用你，因为你抗拒不了我的美色。”

“你居然是这样一个人。”无方无力地说。

“我只能这么做，”海瑟幽幽地说，“后来你拒绝了，我没有办法，就想随便叫来一个英风鬼，让他强暴我，那样的话，我就能把李多、国师和那帮死灰全部炸死，把整个汉轩楼炸得粉碎。”

无方沉默着。

海瑟坦然地望着他。

“你现在也这么想？”

“对，”海瑟说，“可惜我的魔力用光了，斗气也被他们打散了，不然，我就强暴你，把他们都炸死，也把你炸死，不留给他们。”

“何必这么麻烦，”无方冷笑，“刚才国师对你垂涎三尺，你应该给他飞个媚眼，不就如愿以偿了吗？”

海瑟愣了一下，“国师被李多叫走了。”

“来得及，”无方说，“你冲上面的死灰喊两嗓子，准保有很多人跳下来，扑在你身上。”

海瑟沉默了。

“你喊啊！”

海瑟摇了摇头。

“为什么不喊？”无方厉声说。

“我……我不想让他们玷污我。我要问你，是不是愿意跟我一起死？如果愿意，你就和我……和我……”

“我不愿意。”

“你这么讨厌我？”

无方望着那些渐渐逼近的地龙，突然间满心疲惫，只觉得这天下尽是黑暗，没有一点光明。这就是他的命运，就是他的主灵吗？他真的能救出她吗？他深深地怀疑起来。

“你宁肯被它们吃掉，也不想帮我，是吗？”海瑟说。

无方扭过头，只想离她远远的。

“你怕了吗？你难道没有一点高贵的品格，宁愿被这些下贱的畜生糟践，也不愿意有尊严地牺牲吗？你是传说中的人物啊！你是救世主啊！”

海瑟抬起一只手，抚摸着无方的脸。一些细微的毛刺，可能是茧子，也可能是伤口和瘢痂，轻轻刮着他的皮肤，让他的心里越来越憋屈。

“我的身体，多少人都想拥有，可是，没有一个人能得到它……你只要帮我，它就是你的，虽然只有一次，但是，你一定会感觉这一生没有白白度过……我恳求你，好心的救世主，伟大的英雄……埃尔蒂斯会感谢你，所有的史诗都会赞美你……”海瑟的声音带上了一点哭腔。

“拿开你的手。”无方说。

海瑟的手从他脸上滑了下去。

一会儿，无方觉得不对，回头，看到她跪在地上，双手捧着脸，两肩耸动不停。她的身体线条婀娜，看上去楚楚可怜。

无方抓住她肩膀，把她慢慢扳了过来。

“你愿意帮我了？”

无方摇摇头。

“我求你，白心人——”

“不。”无方坚决地说。

海瑟的眼神突然变得决绝，“好，接下来，请你不要阻止我。”

她扬起头，冲着上面喊起来，“勇敢的武士们！我投降了！好色的英风鬼，谁愿意下来，我就——”

“别喊了。”无方低声说。

“谁敢下来，我就是谁的——来占有我吧——”

啪！

无方一个耳光，猛地抽在海瑟脸上。

海瑟被抽得脑袋一歪，差点扑倒在污水里。

她爬起来，轻蔑地看着他。

“你根本就不是白心人，你是个冒牌货！”她半边脸很快肿了起来，说话都像在漏风，“你嫉妒了？那你自己来呀！怎么没这个胆量？你这个㞞包，你不是男人，你是个懦夫，天阉！你还好意思以鬣狗命名！你根本比不上一条鬣狗！你看看那些狗，它们多么勇猛，多么嗜血！你——”

无方又扬起手，海瑟本能地一躲，却被他一把搂住，搂在怀里。

“我把你骂得多惨啊，你没有一点血性吗？你不想收拾我吗？”精灵艰难地笑着，嘶嘶地喘着气，“你恨死我了吧？那就来吧，就凭你那两下也杀不死我，不如强暴我，快来呀，尽情蹂躏我，千万不要怜惜——”

无方死死盯着她。

海瑟跟他对视着，毫不相让。

“我不要你死。”无方一个字一个字地说。

海瑟沉默了片刻，冷笑起来，“我活了一百八十二年，比所有的英风猪狗、银蛮杂种、大昊垃圾都活得长，我早就不怕死了。你呢？你这个小白脸，还想活多久？你不觉得活着很累吗？你连我都看不上，这个世界，还有让你留恋的吗？”

无方听到坑沿一阵喧哗，抬头一看，死灰们正指指点点，原来地龙已经逼得很近了，却似乎有些顾忌，低吼着、迟疑着，没有像大典上那样狂暴地扑向猎物。

无方突然福至心灵，像是抓住了什么。

“你能相信我吗？”他对海瑟说。

海瑟愣了一下，“什么？”

“你相信我是白心人吗？”

海瑟犹豫了一下，缓缓点了点头。

“你体内还有多少魔力和斗气？”

“很少了，拼死也就能杀一两头小地龙。”

“你能把它们逼出体外吗？”

“干什么？”

“能不能？”

“能。”

“把它们都给我。”无方说。

海瑟怔住了，嘴唇动了动，但没说什么。

“快点！”无方不耐烦了，呵斥道。

“怎么给？”

“我也不知道，”无方发了发狠，“直接射向我眉心。”

“你想找死吗？”海瑟说，“你知不知道我的斗气有多么强大？你知不知道你自己是多么脆弱？你——”

“长得这么漂亮，却是这么自恋、这么啰唆！”无方暴怒地说，“臭婆娘，你给是不给？”

海瑟呆住了。好一阵，她才闭上眼，快速念叨了一句什么。

一丝细细的绿烟从她眉头射出，朝无方飘来。

无方急忙闭眼，沉下心思。

绿烟像长了眼睛，猛地扎进他的眉心。

无方脑子一凉，感觉一滴甘露在四肢百骸飞快地攒动，带来一种清爽的感觉。他的体内突然欢快起来，那些乳白的小圆点，那些星之力，拼命跳动着，迎接那绿烟，和它们融合到一起，顿时让他的整个精神、整个灵魂都振奋起来。

他睁开眼，看着海瑟。她好像脱力了，失神地望着他。

那头叼着暗精灵的地龙终于按捺不住，扑将上来。

无方一动不动地盯着它。地龙冲他张开了大嘴，这个动作让暗精灵的身子一坠，差点掉到地上。但地龙看起来愚笨，反应却很快，用力一吸，又把那身子牢牢地叼回嘴里。

海瑟开始念起精灵一族的临终祈祷。

“繁荣昌盛——生生不息——生生——不息——”

突然，一切戛然而止。

地龙就像中了什么魔咒，化成了一尊尊石像。红眼烈犬也停下了厮斗，傻乎乎地看着这边。就连一直飞来飞去的毒虫，也像一片片黑云，哗啦啦掉到地上，动也不动了。

从那个暗精灵毫无光泽的眼珠里，有什么东西飘了起来，在空中迟疑片刻，朝无方飞了过来，扎进了他的眉心。

又是那种感觉，那滴熟悉的甘露渗透进来，和他的星之力、和海瑟的绿烟紧紧融合到一起。无方的头脑一片清明，一股澎湃的动力从他的眉心发出，朝着全身经脉飞快地奔涌而去。

地龙们好像感觉到了什么，低吼着，畏缩着退了开去。

从它们的嘴里、身上、脚下，从这个死亡之坑的墙壁和角落里，渐渐飘起很多条绿烟，有的很粗，有的很细，有的很深，有的很淡，但都无一例外朝无方簇拥过来，钻进他的眉心。

无方激动得浑身发抖。他从来没有这么舒坦过。无数的绿色，在他的经脉里流淌、涌动，与他体内的星力飞快地交织着、融合着，变成了一种磅礴的力量，他感觉整个身体都被改造、被淬炼、被唤醒了。

与此同时，一些模糊的武技和魔法也流到了他的脑海。他顿时一阵晕厥，急忙敞开身心去容纳，不敢有半点抵抗。他知道现在还不能运用这些武技和魔法，因为他没有丝毫基础，但是，他已经可以去战斗，而不是一味躲避和退让。

更重要的是，他的星之力终于走出了第一步，成功地融合了精灵原力。他来到这个世界，周围全都是黑暗，而现在，他一拳击去，墙壁被打穿了，透进了一道阳光。他知道外面有一个广阔的天地，他必须走出去，做些什么。他也知道，他真的能强大，并且一直强大下去。

无方慢慢地站了起来。

四面八方，都是扑通扑通的声音。地龙和恶犬们趴在地上，连头都不敢抬。那些毒虫也堆成了一座座小山，再也没有那种黑云压顶的架势。

无方猛然察觉到上位者对下位者的强大威压，就像千生大典上国师面对人群放出的那种攻击型气场。但他的威压却更加宏大，因为这是星之力和精灵原力的融合，这是救世主的力量。

他走到最近的地龙前面，捧起那个暗精灵残缺的脸庞，发现那精灵变得皱纹满面，银发也干枯了许多。

他把手放在精灵的眼皮上，轻轻抹了下去。

“走好。”他轻声说。这些死去的精灵，用他们纯净的原力，用他们一生凝练出的精华，为他洗髓伐骨，生生再造。他为他们哭过，所以他们要来解救他、报答他，并且引导他去完成自己的使命。

他回过头，看着海瑟。

海瑟用一种他从来没有见过的眼神傻乎乎地盯着他。

“救世主……你真的是……救世主……”海瑟的嘴唇抖动着。

无方一阵飘然，几乎忘了说什么。

“你还能走动吗?”

海瑟摇摇晃晃地站了起来。无方伸出手臂，她搭了上来，两个人颤抖着拥在一起。

无方搂着她浑圆而纤细的腰肢，走向那头地龙。他试着用威压控制它，让它走向坑壁。

“白心人，我必须提醒你，”海瑟说，“你得到了这么多精灵的力量，从今往后就是我们的人了。”

无方怔了一下，没有反驳她。

地龙鼻孔里喘着粗气，不安地挣扎着。无方便加重了威压，地龙挪动着，终于爬到壁边，笨拙地趴下。

无方把海瑟抱起来，举到地龙背上。他发现自己的力气突然大了很多。他踩了上去，再次施压，地龙吭哧吭哧地立了起来。他一蹦，直接跳上了坑沿。

他伸手拉住海瑟，微微用力，海瑟居然也蹦了上来。

“你有力气了?”

“连你都像个男人了，我还不能有点力气?”

“你……”

“想听好听的?那会让你觉得我在诱惑你、利用你，”海瑟说，“反正，我说什么都是错，只有你，全是对的。”

无方气得想揪住她，小小地惩罚一番。但他做不出来，因为她的整个脸都很凄惨，一半血肉模糊，另一半又被他打肿了。

他轻轻地摸上去，“还疼吗?”

海瑟的眼中又涌起了泪水，不过，和以往不同，这一次没有心机，是真正的委屈和柔弱。

“对不起，让你受这么多苦。”无方低声说。

“无聊!”海瑟抽了抽鼻子，“刚像个男人，又没出息了。”

无方被说得一愣。

海瑟忍不住想笑，牵动了脸上的伤，又痛得龇牙咧嘴。

四下里空空如也，死灰们大概都被吓坏了，跑得不见人影，只有拐角处还有一个，瘫软在那里，惊恐地看着他们。

无方认出，他就是把海瑟的头往地上撞的那个家伙。

“我杀了他！”海瑟说着，就要奔过去。

“我来。”无方拦住她，铁青着脸走过去，一下就把他拎了起来，提到坑沿上，然后松开手。

坑里发出一阵非人的惨叫。然后是毒虫的嗡嗡声、地龙和恶犬的厮打声、利齿入肉之声、骨肉撕裂之声、咀嚼吞咽之声。

无方听着，只觉得十分快意。一种暴戾催促着他，让他去复仇、去杀戮。他有些吃惊。青衣人说，他的未来将充满血腥，这句话，看来已经开始应验了。

两人沿着过道朝前摸索。

无方发现，这不是地下二层，而是地下三层。这里更加阴森，过道也狭窄了很多。墙上画着神秘的花纹，被松油火炬照得忽隐忽现。刚才过来的时候，海瑟被撞晕了，而他正在冥想，所以没有注意路线。现在进得这么深，弯来绕去，很难找到真正的出口。他在地上画了几个交叉的圆，走了几圈，再回来一看，它们还在那里，连方向都没有改变。

他想让海瑟再施展一次闻风技能，但看她伤成这样，只好打消了念头。

他闭上眼，开始内视。这次很顺当，脑海里出现了各种通道和大坑，他细细数过去，找到他们现在的位置，又找到了通向第二层的入口。

他拥住海瑟，朝入口奔去。路上听到几声狂笑，还有女子的哀号。他心下不忍，看了看海瑟，也是一脸激愤。两人犹豫了片刻，还是咬牙放弃了。

进了第二层，走不多远，前面就出现了一个巡逻队。几个死灰手握佩刀和锁链，牵着一条恶犬，大步行来。

海瑟提起手掌，摆动了好几下，还是没有运出斗气。

无方知道，她把所有原力都灌注给了他。他有些歉疚，拉住了她，把她挡在身后。

敌人发现了他们。看来刚才的那一幕已经传开，悍勇如死灰对无方也是相当顾忌。几个人往后一缩，放开锁链，恶犬扑上来，双爪搭在无方肩上。

一张散发着浓烈腥臭的大嘴在无方的脸上来回磨蹭。他望了一眼大汉，他们已经扬起佩刀，列成了一个包抄阵形。

无方并不害怕，但是很着急。他什么都不会的时候，还敢挥着刀冲进敌群，现在脑海中明明有了一些招式，他反而紧张了，不知道如何出手。

他盯住恶犬那对血红的眼珠，试着运起原力，朝它发射。他感觉身体一空，有些跟他血肉相连的东西冲了出去。

恶犬发出一声呜咽，本来凶残的眼神突然变成了茫然。少顷，它便从他肩上滑下，跑到死灰身后躲了起来。

无方一阵惊喜，又照着一个死灰脑袋来了一下，死灰脸上的戾气很快消失了。他又对每个死灰的脑袋都来了一下，发现他们全都变得懵懵懂懂，呆站着，状若白痴。

“你就会这个？”海瑟不耐烦地说，“还有别的吗？”

“没有了，”无方兴奋地说，“这是我自创的第一种招法，就叫……原力之箭！怎么样？”

“杀了他们。”

“不要杀，会惊动更多人。”

海瑟很不乐意地盯着他，但他坚决地拉着她朝前走。

“以后你少管我。”海瑟恨恨地说。

“我要你做到一件事。”无方停下来，凝重地说。

海瑟冷冷地看着他。

“从现在开始，不要乱杀人。”

“凭什么？”

“凭你的身体，一个人跑不了。”无方说。

海瑟低下头，又抬起来，“我真失望，你不仅窝囊，而且还霸道。”

无方拉起她，又继续往前走。

海瑟冷笑，“等我恢复了斗力，你等着！”

他们走到一个拐角处，探出头，朝入口一看，顿时吓住了。

那些阴魂不散的死灰又密密麻麻排列在斜坡上，后面还有一群盔甲漆黑、头巾血红的巨汉，比无方见过的所有兵士都要威武、彪悍。

两人不由得面面相觑。

海瑟眉头紧锁，“白心人，看你的了。”

无方心头一亮，“我有个主意。”

“什么？”

“你还有多久才能恢复战斗能力？”

“起码三个时辰。”

“你发现没有，他们的人数没有过百？”

海瑟点点头。

“下面的地牢有好几百间，”无方说，“随便找一间躲起来，他们想找到我们，就要花很多时间。”

“那又怎么样?”

“我们可以制住两个人，换上衣服，趁乱逃走，”无方说，“你看那些黑甲兵，他们的头盔遮住了脸，只要不对口令，逃出去应该不难。”

“你觉得这很高明吗?”海瑟戏谑地说。

无方笑了笑，“你有什么好办法?”

“没有。”

“那就听我的。”

“白心人，我发觉你越来越霸道了，”海瑟恨恨地说，“希望你收敛一点。”

无方满不在乎地摇了摇头，“这对我们两个人都有好处。你可以恢复斗气，我也要糅合一下那些战技。”

“什么战技?”

“我……学来的。”

海瑟的脸上阴晴不定，“你是说，你可以吸收我们的斗气，还可以吸收我们的武技?”

“嗯。”

海瑟深深地看了他一眼，不再说什么了。

两个人很快回到下一层的入口，顺着斜坡下去走了几步，无方突然闷哼一声，一个踉跄，差点撞到墙上。

“你怎么了?”海瑟一把揪住他。

“不知道。”

无方闭上眼，调匀呼吸。他的心跳得很厉害，刚才那种感觉，就像是有人拿棍子把他的脑浆狠狠地搅了一下。

“他们来了。”

“谁?”

“敌人。很可怕的敌人。”

无方沉下心思，努力调动原力，朝四面八方反击过去。

某个地方似乎发出了一声惊呼。他没有听见，但是感觉到了。这种感觉很微妙，像是超出了他的感官，在意识之中重新打开了一条通道。

突然，他脑子里嗡的一声，一个熟悉的女声悠悠传来。

“白心人——”

“是你?!”无方低叱道。

“谁?”海瑟说。

“有个女人……”无方眉头紧皱着，“你没有听见吗？她叫我。”

海瑟侧耳倾听，半晌才摇摇头，“没有。”

“白心人——”那个女声从容地说，“差一点，就让你得逞了——”

无方冷汗直冒，四处张望。

女声轻笑了一声，“你的一举一动我都看着呢，你还是投降吧，你跑不出我的手心——”

“有本事，就来抓我，”无方嘶嘶地说，“混蛋——”

“竟敢口出恶言……”女声凌厉起来，“动手吧，焰儿。”

无方的身后突然传来裂帛般的剑气。

他往旁边一闪，却被一股巨大的力道击中左腿，顿时半边身子麻木了。他忍住疼痛，连滚带爬地窜了起来，刚要躲开，一个身影从头顶飞过，他肩头一沉，再一看，一把巨大的长剑稳稳地架在他脖子上，刃锋雪亮，花纹古朴。

“你就是白心人?”

海瑟突然惊呼了一声。

无方大急，想再次发动原力箭。但一提气，却发现凝聚不起任何力道。他暗叫不好，刚才那一下全方位攻击，已经让他耗尽了原力。

前面传来打斗声，几个人影缠住了海瑟。他冲上去，一把拉住她，撒腿就跑。周围都是亮闪闪的刀枪剑戟，但是很奇怪，并没有人来追，那个可怕的身影也消失了。敌人似乎留下了一条通路，任凭他们逃窜。他来不及多想，转眼间冲上了第一层，又继续狂奔。他只觉得四周剑影呼啸，寒光凛冽，不由加快了步伐。

突然，他站住了。

前面居然是李多的那间书房。

就在这时，迎面飞来一脚。

这一脚如此凶悍，就像踢起一条破口袋，把无方踹到房门上，生生撞开，又余势不减，继续飞出一截，才硬邦邦地摔了个四脚朝天。

噗！灰尘四起，满屋光线顿时一暗。

无方浑身的骨头就像散了架，奇痛难当。他刚要挣扎着爬起，却有一个黑影抢上前来，一脚踏在他胸脯上。

他勉强转动脖子，朝四周看去。

书桌前摆着几把椅子，中间端坐一位黑衣人，蒙着长长的面纱。无方猛然感应到，就是这个人，发出了那种搜魂索魄的声音。他的地位似乎很高，左边是笑容满面的李多，右边是慈祥庄重的国师，背后，则是一群黑甲红巾的巨汉。

那只脚在无方的胸骨上碾压着，像是要把他肺里的空气全部挤出去，活活憋死他。

无方双手扳住它，用足了力气，却扳动不了分毫。

“放开我——”

他费力地喊着，却只能发出嘶嘶的声音。嘴角有点咸，他一吐，喷出了一口带血的唾沫。

那只脚收了回去。他的胸口一松，急忙大口大口地喘气。

他看到那个人缓缓走近，一股威压也扑面而来。这种气场，与国师的妖邪、李多的狠辣、青衣人的霸道都不相同，充满了铁血和死亡的气息，让他浑身一冷，竟然生不起半点反抗之心。

他望了过去。

一副黑白盔甲，一把银亮的大剑，衬出一个高大而曼妙的身影。

——居然是个女子。

门口有了动静，几个黑甲把海瑟架进来，往地上一扔。

“别动她，”无方有气无力地说，“有什么，冲着我来……”

“冲你?”

逆光之下，香风之中，一张满是煞气的脸庞凑了过来，但见眉飞入鬓，杏眼冷冽，嘴角揶揄地一笑，“白心人，久仰。”

无方勉强用双肘支撑起上身，“你……是谁?”

女子右手微微一张，寒光一闪，铿！一柄大剑已然回鞘。

“帝国燕云州，长亭郡主座下，前敌将军，兰焰。”

第八章·惊变

弱水郡玉香阁的头牌唤作春二娘，是四乡八里妇孺皆知的大红人。不知道她使了什么驻颜有术的邪法，三十多年来始终保持着那副水灵样，看上去就像十七八岁。铁打的营盘流水的鸡，各楼各院来去的姑娘多了，都是心高气傲地进，人老珠黄地出，却没有一个能像她，永远都是羞怯怯、俏生生，正气当头照，闷骚捂到底。她成了弱水烟花界的一面旗帜，高高飘扬，屹立不倒。更令人敬佩的是，她虽然红透半边天，令无数男人拜服于裙下，却依然是平易近人，身价也不见长，一百两银子即可入幕，恩客早已排到三五年后。

人一旦出名就有很多谣言。有人说春二娘是个鬼怪，有人说她喜食人血，但都被证明是无稽之谈，很可能是其他红姑的诽谤。慢慢地，谣言非但没有降低她的魅力，反而让她更加艳名远播。

其实，她也有不少对手。弱水有五大名门，除了玉香阁，采仙院的头牌秦仙姑，莳花楼的名角宝中宝，春元馆的苏红崖，双金下处的麝儿，都是名噪一时的红贵人，万众瞩目的心头肉。

秦仙姑论起身材、长相、肌肤、气质、仪态，都是一派清冷冰艳，不管是正襟言谈，还是调笑戏谑，都平和淡漠，更像是一位大户主母。但是，她只要一上床，马上疯癫若狂，耐力、花样、淫技、声技，均是上上之选。一大帮文人墨客迷恋她，争相狎玩，事后又痛悔不已，有的还撰出各种文字，怒骂的怒骂，分析的分析，认为这种女子最是可怕，盈盈绰绰、翘翘煌煌之中就让恩客们荡尽家产，绝对是危害世风的首恶。

宝中宝是英风传统民俗高手、杂术大师，精通歌舞百戏、击丸蹴踘、踏索上竿、吞剑吐火。她相貌英挺，刚中带柔，令那些喜欢征服女子的男人爱慕之极。她还有一点妙处，号称七重玄门，令人快美难当。后来流行起一种玩法：先让双宝施展杂术绝技，满院纵跃，等她香汗蒸腾、气喘不已，便轻轻拥之人怀，沆瀣一团，靡腻交加，能直达极乐之境。

苏红崖擅长测字起卦、沙书地谜、七巧百端。不少人前来不仅为了一亲芳泽，更因为有了难处，需要她指一条明路。她虽然恪守天机，不会直接点破，却会用各种谜题和暗示引导人推出答案。她的另一个绰号叫做红崖女侠。弱水最大的横财赌场，三老板酒后伤人，砍了春元馆小茶壶的一条胳膊。苏红崖只身前往横财，连赌三天，杀得横财赔出一百二十八把大，全场流水都输了个精光。横财三位老板倾巢而出，要烧了春元馆。刚一靠近，就被几百名江湖高手团团围住，每个人至少丢了一条手脚。老板们哭爹喊娘求红崖饶命，又立下毒誓，兑现了百万巨财才得以脱身。苏红崖用这些钱财资助了许多乞丐和老人，又送小茶壶回到家乡，购了良田，成家立业。这件事传开，很多江湖豪侠来为她赎身，都被她一一谢绝，自称是红尘中人，不愿意为家室所累。但越是这样，越惹得男人们爱怜仰慕，传颂不已。

相比之下，麝儿既没有仙姑的正经，也没有双宝的身手，更没有红崖的侠气，只有一身异香、一泓秋波，在床上极尽乖巧，上过一次，就终生难忘。有人说，这位红姑相当特别，只要恩客体贴，让她高兴了，她就能化为形貌各异的女子，弄她一夜，就像弄了七八名美艳的名角。恩客们兴奋不已，纷纷扑向了双金下处。没有多久，麝儿的身价就一涨再涨，超过了仙姑、双宝和红崖，隐隐开始跟春二娘叫板了。

对手们都很强大，春二娘却还是占着花魁之位，谁也追赶不上。她没有那么多手段，就只有一招：生嫩鲜香，略带生涩，就成了男人们的梦中之梦，欲中之欲。有位恩客做过一篇华美的赋章，指出她有一种独特的本领：每次云雨时，客人都像进入了幻境，徜徉在云雾之间，临幸着天宫里的仙子。所以，人们怀疑她修炼了无上媚道，一颦一笑足以迷魂；又怀疑她是仙山的仙子，以肉体来抚慰众生。这些说法都很离奇，得不到证实，慢慢也就无人再提了。

弱水郡鱼龙混杂，势力交错，就烟花界而言，老妈龟奴、红姑恩客、窑子门子，都不是省油的灯，却没有谁和春二娘红过脸。上元的花灯，端午的龙舟，重阳的菊会，除夕的守岁，红姑们都要大举出动，少不了磕磕碰碰闹些别扭，但只要春二娘一到，再大的麻烦都会在顷刻间消弭。尤其是仙姑、双宝、麝儿和红崖，更是把二娘当做亲姐，嬉笑欢闹，没有丝毫嫌隙。有人便猜测，弱水郡烟花界已经被一股庞大的势力掌握，所有红姑都属于同一阵营，真正的老大就是春二娘。

除开五大名门，弱水郡还有很多暗门巫娼，都号称是五大名门的分支。一些人想要追究，更多人却并不在意。说归说，玩归玩，既然要来青楼，就是寻个欢作个乐。只要身心舒畅，一泄而出，哪管是私窠子还是官窑子，是叫局子还是打茶围，是黑道中人，还是仙狐野鬼！

李多带着两个魁梧的死灰，一大早便站在玉香阁门口。头天他已经打过招呼，今天要来接走春二娘，去伺候几个重要的客人。

这件事的起因还是千生大典。

金耗子没有得到那个千年极品，所以一结束就找到李多，以大昊帝国的名义提出了严正抗议。

“千年极品？我怎么不知道？”李多一脸无辜，“金兄，这次盛况空前，连根精灵毛都没剩下，下次一定给你留个上上货色，如何？”

“不行。我抗议，必须抗议！”

金耗子气得跳脚。一直以来，大昊就很注重两线渗透，尤其是边郡，很多官员早就被拉下了水。英风并不是铁板一块，这是天下人的共识。他坚信自己得到了准确情报，千年极品一定是有的，只怕已经被李多私吞，或者进了蛮子的肚子。

“金兄连这点面子也不肯给？”李多慢慢地说。

“那倒不是，”金耗子冷笑着说，“大掌柜，别忘了十三年前你我两国签订的协议。里面专门提到千生大典，必须满足我大昊的需求！所以，这次你要是偏心眼，就别怪我不客气，这汉轩楼，我就一直住下去、吃下去、喝下去、赖下去！”

李多一怔，感觉事情有些棘手。

当年英风推行那种政策是为了拉拢各大邻国一起对付精灵。里面不仅提到优惠蛮子和耗子，连贝戎和桃源也有份。桃源后来退出了，这次大典也只派了几个人看热闹。贝戎也是，大典一完，竟然不告而别。这并不是什么好事。跟埃尔蒂斯的战争只怕就在眼前了，如果放任耗子对英风怨恨下去，将来一有冲突，矛盾就会放大，边境也不会太平。

李多笑眯眯地安抚了金耗子，然后写了一封信，派心腹送给了玉香阁的老鸨。他决定把功夫做足，亲自来迎接弱水郡头牌红姑，让金耗子玩个痛快，这件事就可以摆平了。

但是，他等了又等，约定的时辰早就过了，春二娘却不见人影。

李多略一摆头，便带着死灰朝内院走去。一些龟奴、丫鬟前来搭话，三人也不吱声，只顾往前走，就见那些人如同撞上了铁墙，一个个横飞出去，滚了一地。

玉香阁很大，进了主廊百余步，有南北两处天井，都张着灯结着彩，花竹吊窗。很多暗窗里都有恩客和女子在偷看，有的兴奋地惊叫，有的胆子大，飞来几句挑逗。一群雏妓端着酒肴丝竹，袅袅然走过李多身边。李多浑然未见，两个死灰轻轻张了一眼，雏妓们便感觉一阵恶寒，急忙散了开去。

李多在一扇帘幕素净、廊庑掩映的小门前停了下来。

“贵人来了，请恕二娘不能亲自迎接。”

门里传出一个圆润的声音。

“无妨，”李多笑眯眯地说，“二娘接完这位客人，就该上路了。”

“今天恩客太多，已经排到掌灯时分，明天再去如何？”

两个死灰眼中闪过几道寒光。李多却一点也不生气，“二娘，昨天你我已经约好，请不要食言。”

“什么了不起的贵客，让大掌柜如此看重？”春二娘娇声说道，“不如让三娘四娘联袂迎接，也算排场了吧？二娘实在太忙。大掌柜，你就放二娘一马……”

李多那张大圆脸上漾起了亲切的微笑。

他身子不动，但庭院中的花木却像被什么吹拂着，摇曳起来。一些花瓣脱落，飞到半空，芬芳中带上了一丝凄冷。

李多有些费解。春二娘明明答应了，却要装精作怪，不肯跟他走。他怀疑有人在幕后捣鬼。弱水虽然小，但一楼一院、一门一户都可能有点名堂。泱泱英风，光辉普照，他可以一声令下砸了玉香阁，但是，放长线，钓出背后的大鱼，乐趣更大。

“二娘，这几十年李某待你不薄，”李多轻声说，“你连个大典都不肯参加，现在又要涮李某一道，于情于理都说不过去吧？”

“大典那天我正在归途，实在无法分身，”春二娘说，“至于这次——”

她突然住了口。

透过窗纸，她看到堂前那几畦繁花呼呼地飞着，就像一个透明的巨人伸出双手把它们连根拔起，扔上了天。满天都是花瓣，飞旋着，撒落着，破碎着，一派惨淡的景象。繁花似乎有灵，发出一阵阵尖细的凄喊，只有她才能听见。

“大掌柜，二娘这就跟你走。”

屋里传出急促的窸窣声，门很快打开了。

李多眼前一亮。春二娘略施粉黛，袅腰纤足，媚态如春，眼波盈盈地看着他。

李多觉得有些不对。周围似乎充满了怨气，具体是什么，他却说不上来，只感觉有些陌生，还有些诡异。

他朝屋里看了看，里面什么人也没有。

“大掌柜，就请带路吧。”春二娘催促说。

李多也不多想了。国师还在汉轩楼看画壁，白心人还在被精灵玩，他不能让其他人知道这个秘密。

李多拉上春二娘，从后门出来，坐上他的豪华角马车，直奔汉轩楼。

他将春二娘直接带到金耗子客房。一加引见，耗子顿时如中雷击，口水淌了一地。李多把门一关，继续观赏水金木英雄救美去了。

金耗子和春二娘眉目一对，火花四溅，立刻就上下动作起来。

但是他没有想到，蛮子还没有离开汉轩楼，而且正好住在他隔壁。大概是闻到了肉味，蛮子寻了过来，仔细闻了又闻，一掌推开房门扑上来，抱起春二娘的一条胳膊就啃了下去。金耗子气得吹胡子瞪眼，两人大打出手。事关两国声誉，又要给李多面子，所以蛮子也不敢变身，耗子也不敢使出武技，只能很不雅观地扭打成一团，正如饿狗争食，骚猫闹春。直到两人都鼻青脸肿，没有力气了，才一边呼呼地喘着，一边怒视着对方。

春二娘叫了两声，惊动了看门的死灰。死灰立刻报告李多，李多只好又跑上来，好歹一阵调停，承诺下次给胡大少找几个鲜花烂漫的美味，才换来他不再捣乱的保证。

李多走了，胡大少却没有走，而是趁人不备躲进了偏房。金耗子不干，非要赶他走。两个人又想开打，但是没有打起来，却达成了一个协议。春二娘长得如此之媚，只怕是长袖善舞间能给英风带来不少好处。所以，于国于己，都不能留下这个尤物。金耗子先奸，胡大少后吃，干完这事，两人就远走高飞，反正李多也要顾及身份，不可能为了一个妓女就翻脸。

胡大少掩门而出。金耗子看着春二娘，真是越看越爱，想到这么一个美女竟然要被又脏又臭的蛮子撕了，他心头有点不忍，甚至动了心思，是不是该涮蛮子一道，把她偷偷带回大昊，一直狎玩下去。

“官人仗义出手，救奴家于水火，春春真是芳心暗动，钦佩不已呀。”春二娘用红艳欲滴的小嘴抿了一口珍酿，度到金耗子嘴里。

金耗子顿时一阵眩晕，感觉美人在手，江山我有了。

两人也不多说，立刻上了床，颠鸾倒凤，纵情狂欢，玩了足足三个时辰。金耗子从来没有在一个女人身上得到过这么多的快感，他痉挛着，欢呼着，抽泣着，恨不得永远守在春二娘那奇妙无边的仙人洞里。

但是，玩到后来，他害怕了。

一开始他还忍着，只是交欢；但高潮一起，祖传的大昊吸纳功便自然发动，要把春二娘的阴气吸光。春二娘和其他女子不同，阴气十分浓烈，还带着一股若有若无的未知功力。金耗子一通狂吸，丹田都快装不下了，正好喘口气炼化了再吸。那些阴气却像阳光下的露水，在他体内一下子散开，失去了踪影。他以为是自己太投入，出了差错，就再来了一次，结果还是一样，总是吸了一大堆，然后劲气一散，一场空欢喜。他咬着牙试了又试，累得几乎脱力了，春二娘却依然乖巧地微笑着，不断抚弄着他，刺激着他，让他恨不得把全身功力反灌到她身上去。

他终于反应过来：要不是大昊独特的内功体系有筑基保命之效，换成胡大少，只怕早就被春二娘吸干了。

金耗子克制着一阵阵波涛般的快感，猛地抽出家伙，滚下床，牙关战战地看着春二娘。

“你，你想怎么样?”

“奴家还没玩够，请官人继续上榻。”春二娘纯真地微笑着。

“不去!”金耗子大吼，“就是不去!”

“怎么了？官人的房中术吸得奴家好舒服呀，这才刚刚开始，官人怎么就——”

“你他妈到底是什么人?”金耗子狐疑道，“怪不得好几十年都这模样，全都是采阴补阳得来的?”

春二娘下了床，赤裸着身子，朝金耗子逼近。金耗子心头一颤，只觉得她白嫩的肌肤上有一种润泽的邪气正在缓缓扩散，把他整个人都卷了进去。

金耗子浑身麻木，失去了反抗之力。大昊一向尚武，战将无数，他也算得上中上实力，此刻却是手脚发麻，不能使唤，眼睁睁看着一对肥白大乳晃悠着几乎荡到他鼻子上。他再也不像刚才那样渴望它们，他知道，几十年辛辛苦苦吸来的功力，只怕转瞬之间就要尽归他人了。

春二娘突然一激灵，侧过头倾听着什么。

金耗子也是一怔。春二娘的威压似乎减弱了。他急忙咬破舌尖，运起残余内力，要冲破它。

“来了，来了……传说竟然是真的……”春二娘转过身望向窗口。

“来、来什么?”金耗子吓得哆嗦个不停。要是再来一个春二娘，他就是有九条命，也要交代在这里。

“他真的来了，天哪，他真的能融合……”春二娘眼中神采飞扬，声音竟然有些哽咽。

金耗子看得发呆。他一点也听不懂春二娘说什么。

“我的族人，有救了……”春二娘低下头，俯视着金耗子，“你们这些邪恶的人，再也不能欺凌我们、践踏我们……我要跟随他，得到我的家园……”

金耗子更是不懂了。春二娘不是英风人吗？英风如此霸道，还要多大的家园？胃口也太大了吧？他看到春二娘满脸放光，再也没有半点风尘之气，而是一派凛然。她的脖子颀长，曲线十分美妙，让他突然嫉妒起蛮子来，那一口咬下去，该是多么美味啊！

金耗子吃吃地狞笑了一声。他的大昊风月神功终于发动了。

他胡乱抓起一个枕头砸向春二娘，然后往门前一跳，拼命大喊起来。

“大少，大少！该你啦——”

房门被一脚踢开，胡大少一个箭步跳出，扑倒了春二娘。他一手捏住春二娘的肥乳，一手把住春二娘的腰肢，“大，大美！嫩！香好！吃完！不！慢吃！心肝！快给——”

春二娘顿时大怒，刚想发作，转眼间脸色一变，一副花容失色的模样，“你、你个臭烘烘的蛮子！你要把奴家怎样？”

胡大少抓起春二娘的小手，放在胡子拉碴的嘴边亲吻着，“好香！死你！爱！要你，活！不死！你！再吃！哈哈——”

咔嚓一声，伴着一声凄厉的惨呼，春二娘的一只左手已经被胡大少生生咬下。

春二娘悲呼一声，昏厥过去。

金耗子松了口气，捡起衣服套上，出屋，关门。这里太憋屈了，搞个女人还被吓成这样，半点功力都没捞到，走路还有些腿软。

她到底是什么人？怎么会有那么大的威压？她明明要得手了，为什么又突然停下，说些莫名其妙的话？金耗子一边想，一边后怕。英风的怪物太多了，要都是这种人，大昊的明天恐怕就不会那么美好了吧？

他走到回廊，正想调戏几个侍女出一口恶气，却发现很多人都伸出头望着窗下，嘀咕着什么。他也好奇地一看，一队队黑甲红巾的士兵，护送着两个神秘女人进了汉轩楼。前面那个他见过，美得令人目眩，但他不敢打主意，因为她性如烈火，持一柄大剑，在当年的银英大战中杀死过无数蛮子。后面那个他还是第一次见到，虽然有一头黑纱、浑身绫罗，但以他的眼光，早从那曼妙的仪态中看出，衣服下面绝对少不了好货。

金耗子感到一股难以抑制的冲动，想冲下楼去，但一看到楼梯口那几个横眉瞪眼的巨汉，看着他们鲜亮的黑甲、血红的头巾，又犹豫起来。他担心如果动静太大，李多再来，撞见蛮子吃人，就不好办了。

他准备等一会儿就大喊大叫，让众人都来见识一下银蛮贵宾的风采。朋友就是拿来卖的，何况蛮子也算不上什么朋友。等局面乱起来，黑甲们被吸引过来，他就去下面，想个办法支开烈火女将，把那黑纱美人搞上一搞。

他正想得美滋滋的，突然，房间里传出一声恐怖之极的惨叫，竟然是出自胡大少。

金耗子立刻推开门冲进去。

他看到了一幕极其诡异的场景。

胡大少浑身是血，一边哀号，一边连爬带滚地躲避着什么。从他嘴里不断涌出血红的肉糜，糊了他一头一脸。

追赶他的，是一个只剩下一半的头颅，披着半瀑黑发，脖子下面连着长长的脊椎，宛如一条巨大的蜈蚣，直立着，飘浮着，发出银铃般的笑声。

金耗子发现，那个头颅竟然是春二娘。她完好的一只眼睛依然妖媚，见他进来，便轻启半扇白牙，冲他一笑。

“官人，奴家被这个畜生欺负成这样，你就不来帮一帮，救一救?”

胡大少猛扑过来，一把抓住金耗子的裤管，“快，快快！跑！怪物！吓我！我吓！怪物!”

金耗子反应很快，猛地拉开门，却听见劲风呼啸，扑面而至，只得朝旁边一闪。

一根长长的肉色触手宛如一支利箭，噗地扎进房门，又猛地一抽，木屑四起，打在他脸上，生痛。

房门又被锁死。

胡大少怪叫一声，站起身，以手作刀劈向触手。触手却只是一颤，丝毫不见损伤。胡大少抓起触手，张嘴就咬，却见触手灵巧地一卷，把他的双手连同脖子，一起勒住，越勒越紧。

胡大少脸色开始变紫，口中咔咔有声，舌头也渐渐伸了出来。

“一点儿都不知道怜香惜玉，把奴家搞成这样，收拾起来这么费劲——”

春二娘嘴里说着话，动作却不停下，头颅和脊椎飞快掠过地上的残肢，就见细丝不断变粗，都成了长长的触手，把那些残肢碎肉一一捡起，填在自己的脊柱周围。

金耗子嘴巴张得老大，脑子却一片空白。他上过惨烈的战场，也经历过虐杀吃人的大典，却从没见过这等怪事。

春二娘变成了一个巨大的水母，修补完脑袋，又把另一只眼球塞了回去，可以顾盼生辉了。但她的脖子下面还是一大片丝带般的触手，拂动着地面，只见血浪翻滚，骨肉出没，渐渐地，堆成了一个人形。

“要不是看你们还有点用处，奴家早就一人一个，捏成肉泥了。”春二娘用几根肉丝支起已经复原的美丽头颅，笑眯眯地对二人说。

扑通一声，胡大少被丢了出去，砸在墙上，跌下来。

春二娘惊呼，“亲人，小心啊！不要摔坏了身子——”

胡大少双手扼住自己的喉咙，浑身像打摆子一样抖个不停。

金耗子想趁机拉开房门，但他一伸手，却触到一团绵软，原来是大水母幽灵般地闪到门口挡住了他。他正好抓到残缺的乳房上，抓了一手的血泥肉酱。

金耗子大叫一声，跳到床边，抓起床单就擦。

“再跑，奴家可就不客气了。二位可明白？”

两个人都忙不迭地点头。

“给奴家做件事，不然，奴家就去大昊和银蛮给你们捣捣乱——”

春二娘的骨头架子终于重整完毕，肉也长得差不多了，一点点皮肤你争我夺，飞快地再生着，少顷，触手不见了，汇聚成两条美腿，光溜溜站在地上，朝胡大少缓缓走去。

“你……你你！人？是鬼！是？”

胡大少心胆俱裂，牙床磕得咔咔作响。银蛮是个神秘的国度，极深极高之处是那些传说般的强大存在。平原和边境才是他这种兽人的地盘，他在其中勉强算得上高手。要是一个活人，他怎么也能拼上几下；要是妖邪和鬼怪，那就难说了。银蛮往南，穿过亡灵海，就是幽灵群岛——蛮子最忌惮的地方。几百年来，那些该死的幽灵、骷髅、巫妖、骨龙残杀了千万头蛮子，又把它们变成骷髅来攻打它们的故土。银蛮的国力也因此被榨干耗尽，到现在也没有恢复。

“奴家的滋味怎样？好吃吗？”春二娘拍了拍蛮子的脸，回过身来，“还有你，还想把奴家吸干吗？”

金大耗强自镇定，“这话可得说清楚，我吸也没吸着，吃也没吃着，你要吃就吃他，”他指了指在春二娘玉脚下哆嗦不停的胡大少，“他还说要把你劈成两半，是他……”

“你！混蛋！义气，没有！老子，先，你！劈了！”胡大少气得连口舌都利落了许多，站起来就要抄家伙。

“你们就省省吧，”春二娘的身体拼凑完成了，还有些细小的触手从血肉缝隙中伸出，轻轻吐着丝，修补最后的漏洞，“奴家都说了放你们一马，还在那儿唱大戏，怕奴家反悔？大男人的，这么胆小，也不嫌寒碜？”

两人顿时站住，都有几分尴尬。

“都给我报上名来，”春二娘悠悠一笑，望着胡大少，“你身上这么臭，这牙口，这死样，怕是个蛮子吧？听说你们那里的牲口肉质不错，很筋道，什么时候带奴家去尝尝鲜？”

胡大少哼了一声，敢怒不敢言。

“你呢？这副急色鬼模样，这等吸阴功力，怕是个有身份的耗子吧？你们那儿男女都那么淫贱，不如把奴家带过去见识见识？”

金大耗满脸堆笑，“仙姑尽管前往，我们那儿别的没有，美男俊女有的是，我是差点劲儿，他们一定能遂了仙姑的心愿……”

“你还真以为占了奴家的身子？”春二娘轻蔑地说。

她扬了扬手臂，就有几床绣花大被掀了起来，蠕动着、翻滚着，堆成了两个大致的人体。她呼出一口长气，脸上、脖子和胸脯同时放出几十条触手，在被子上摩挲、揉捏，再收回时，床上已经多了两个白花花的肉体，一个是活脱脱的胡大少，一个是活生生的金大耗，正以老汉推车的姿势，吭哧吭哧行着那龙阳之事。

金大耗和胡大少看呆了，眼珠子都快从眶里掉出来。

“二位，”春二娘说，“看明白了？”

金大耗不甘心，“没有肌肤之亲，你怎么能吸我的功力？”

春二娘扬起一根触手，在他脸上轻轻划动，“想试一试吗，官人？”

金大耗大惊，“不，不试！坚决不！”

“那，二位，可以任凭奴家差遣啰？”

“仙姑吩咐，敢不从命！”金耗子讨好地说。

“听！听你！美，你好！好吃！不敢！我！”胡大少心有余悸地说。

“很好，”春二娘说，“你们去楼下，帮我找一个人。”

“人？谁？样子？什么？”

“我不知道他是什么样子，”春二娘沉吟着，“他肯定在附近，武功可能很差，但一定很有种，他跟所有英风人都不一样，更不像你们——”

“妖！孽！”

门口突然传来一个凌厉的声音，打断了春二娘的话。

众人都是一惊，回头望去。

一个清癯文雅的书生，颌下长须三缕，神情凝重，不怒自威，“你！何时占了春春之体？从实招来！”

“宋、宋、宋大师，宋大师，你可来了！”金耗子连滚带爬扑到书生跟前，几乎哭了出来。

宋吃并不答理他，而是紧紧盯住春二娘。

春二娘从嘴里伸出一条细长的舌头，慢慢舔干净周身的血污。

“宋吃，井水不犯河水，奴家并不怕你的龙骨手。”

她的声音似乎从舌尖发出，带着一阵古怪的气声。

“你的千丝万缠也很厉害，”宋吃警惕地盯着她，“本大师还以为只存在于传说中，没想到今天真的撞上了。”

“怎么，想跟奴家盘肠大战？”春二娘扑哧一笑，“听说你为了练功，多年不近女色，说不定都废了——”

“你们来了几个人？你的同伴呢？都在哪里？”

“天道循环，各有生路，”春二娘轻叹，“这么多年，奴家从来没有伤害过谁，今天是这个畜生犯贱，奴家不过是自保，你又何必苦苦相逼呢？”

“本大师可以放了你，但是，你必须把春春还给本大师！”宋吃仰天长叹，“本大师要匡扶青楼之风，弘扬食色之义！否则，英风文化何以为继？天下苍生何以为乐？”

春二娘发出一阵娇笑，“大师说话这么文绉绉的，害得人家都听不懂了……你的春春，早已和奴家灵髓合一，不能分开了，你又不是不知道……”

看宋吃沉吟，春二娘又朝他靠去，“不如这样，我先放出春春若干名器，让你再尝尝她的滋味——”

“放肆！”宋吃身上涌起一道青光，把春二娘逼退了几步，“你真敢跟本大师动手？”

“奴家只是想看看，这具灵髓之躯和大师的恩义究竟有多么真切。”春二娘楚楚可怜地低下头，“唉，果然情深意长，让奴家难以取舍……”

“本大师与你们的天魔有一面之交，今天先放了你，回去找他，他一定有办法放回春春，”宋吃正气凛然地说，“这件事，你必须办成！否则，本大师将上报朝廷，剿灭英风一切魔族势力！”

“奴家不是魔族——”春二娘神色凄惶地说。

“住嘴！不得争辩！”宋吃一脸傲然，看了看床上缠做一团的两个人体，“如此丑陋龌龊之事，也只有你们才能做出来！再敢顶嘴，本大师豁出去不要春春，也要将你挫骨扬灰！”

春二娘眼神一凝，脸色也变了几变，终于还是没有出手，只道了个万福，“那，奴家就去了，也请大师相信，我族只想求得一席生存之地，从来不会主动害人，如果大师一意孤行，不肯放过——”

“那又怎样？少来威胁本大师！”宋吃的眼中精光一现，“我英风大地虽然是虚怀若谷，善待众生，却也不会容纳任何奸佞妖魔！不要以为你们有桃源撑腰，就可以在这里放肆！”

春二娘叹息了一声，冲着金耗子和胡大少飞了个媚眼，才一步三摇，款款出门而去。

她一走，床上那两具男体就訇然垮下，化作一团团白灰，撒了一床。

金耗子和胡大少松了口气，正要上前感谢，宋吃却飘然一退，厌恶地打量着他们。

“大师！宋！这是！”胡大少委屈地嚷嚷着。

“大掌柜请你狎妓，你却要吃人，真当我英风无人，容你这等野兽猖獗？”

“你！”胡大少正要发怒，猛然想起宋吃是连春二娘也要让上几分的人物，顿时换了一副笑脸，“大师！对！你！嘴我，臭！”

“还有你，大昊王子，”宋吃阴恻恻地看着金耗子，“以为化装成行商就能骗过本大师？”

“什么？你！王子！居然！不！起不，瞧！帝国！银蛮！”胡大少发怒了。

“大师果然达人，本王子这么小心，却还是露了行迹，”金耗子脸上的惊恐渐渐消去，“不知大师……想如何惩罚我们？”

“你们说呢？”

金大耗和胡大少你看我我看你，一起摇头。

“很多事情，本大师不管，并不是管不了，”宋吃朗声说道，“下次要是再惹上英风，别怪本大师不客气了。”

“大师，话还是要说清楚，”金大耗不甘地说，“要不是这么一闹，你怎么知道春二娘——”

“还要说多少遍，你们才明白？”宋吃的脸色一下子铁青了，“那是我英风的事，不许你们来插手！春春虽然被魔族劫持，肉体却还是我英风子民，岂容你们随意咀嚼？要吃就去吃精灵、吃海族、吃金族、吃矮人！敢吃英风人，我就杀了你！”

“魔族不是早就绝种了吗？”金大耗说，“怎么又出现了？看来，这世上真的越来越乱了……”

“我也不逼你们，”宋吃神色一松，“胡大少很喜欢本人的烹调，金王子却不肯出价购买那三十个精灵，因为你惦记着另一个。”

“千年极品？大掌柜说根本就没有，是骗人的。”金大耗泄气地说。

“如果本大师说，真有其人呢？”

“什么?!”

两人顿时起了劲，凑到宋吃跟前。

“大师！大！吃！要！我！”

“极品在哪里？大师，请千万要指点迷津啊!”金耗子满脸谄媚，恨不得跪下来。

“指点一番，也不是不可以……不过，二位就算知道了，又能怎么样呢?”

宋吃眯起眼，像一条剧毒的王蛇，冷冷盯住了金耗子和胡大少。如果这时候有人能看到他眼底，就会发现一缕邪异的紫光正淡淡地放射出来。

第九章·荒漠

无方惊讶地发现，他右手背的伤口竟然愈合了。

当时他在地龙坑，一拳砸向坑壁，还不觉得疼痛。后来被兰焰一脚踹飞，在地上一杵，痛得连手指都伸不直了。他看了看，很多地方破了皮，流了一手的血。但是，随着原力慢慢恢复，痛感逐渐消失了。他一擦，污泥和瘢痂下面竟然是完好的皮肉，连一点斑痕都没有留下。

他感叹着原力的奇妙，又看了看海瑟。海瑟还是瘫软在地，半边脸已经不肿了，另半边的血污也脱去了不少。她冷冷地扫视着众人，似乎随时会暴起发难。

无方明白，那位黑纱女子就是权倾一时的弱水郡主、英风帝国东方军团指挥使长亭弱水。她并不像兰焰那么充满杀气，但是一派镇定的威仪已经相当了得。她用一根针在他脑子里搅来搅去，还能发出无形声波，这些招法比明面上的更危险、更阴狠。

他爬了两步，爬到海瑟身边。

海瑟想撑起身子，手一软，又瘫倒了。

他伸出手，扶住了她。

“你还好吗?”

“不好，没有力气动手……”海瑟勉强说道。

他又打开内视。

眼前一片炫目，几股明亮的紫光，分别来自郡主、兰焰和李多。国师与他们不同，是一股墨汁般的黑气，看上去很不舒服。离他最近的是海瑟的绿光，比他上次看到的时候暗了很多。

他查看她的骨骼，发现左边肋骨断了几根，便握住她的肋下，试着输送一些原力。他觉得，原力能治好外伤，也应该可以治疗骨伤。

就在这时，一阵浓烈的杀气从李多和国师身上迸发出来。他刚想替海瑟挡住，却发现杀气一顿，竟然散去了。他看了看李多和国师，又看了看郡主和兰焰。四个人都戒备十足，彼此之间很顾忌。看来，他们并不是铁板一块。

“白心人，幸会。”

一个柔和而磁性的声音在书房里回荡。

无方关闭内视，站了起来。

“郡主大人，”他说，“先搅我心神，再用武将抓我；先打断她的腿，再来车轮战。英风的伟业，都是这样建立的吗?”

“放肆——”兰焰呼地一掌就朝他扇来。

“焰儿，退下。”郡主轻声说。

兰焰在半途停住，瞪了他一眼，回到郡主身边。

海瑟扶着无方，也慢慢站了起来。无方伸过手，揽住了她的肩膀。

郡主轻叹一声，“大统领说，你藏身于汉轩楼，扮成一个小小的堂倌，把他骗了。是不是?”

无方只想冷笑。

“你乔装打扮，只是为了救这个精灵?”郡主说。

“你想干什么?”无方厉声说。

“在长亭看来，无方公子是被李大统领藏起来了。”

“是的，”海瑟突然插话，“差点把我们藏到地龙肚子里去。”

“哦?”郡主侧头转向李多，“真的吗，大统领?”

“妖精的话你也信?”李多微笑着说。

“有时候，敌人的话更可信，”郡主颇具意味地说，“焰儿，告诉白心公子。”

“郡主大人前来，是奉旨行事，”兰焰盯着无方，又看了看李多和国师，“将白心人送往朝歌，接受皇上召见。”

李多冷笑了一声，“那就麻烦两位请出圣旨，李某一定跪拜相迎，否则么，恕不从命。”

“这件事非常紧急，圣旨还在半路，没有到达，”郡主柔声说，“郡主府有三殿下亲传的鸿雁急讯，大统领要是不信，就跟长亭一起去看看。”

“抱歉，李某在见到圣旨之前有权处置这小子，”李多皮笑肉不笑地说，“来人！打断四肢，拧下头颅，扔到广场示众——”

门外发出一阵暴喊，然后是一片刀剑相击声，但是一个死灰都没能进来。看样子，局面是被黑甲控制住了。

“大指挥使好威风，打到我家里来了。”

“大统领，你想抗旨?”

“大指挥使，你擅闯我汉轩楼，抢我战俘，伤我下人，你意欲何为?”

哐啷！银光一闪，兰焰的大剑出鞘，指向李多。

“大统领雄踞一方，真是权势滔天啊，”郡主说，“今天的事，国师都看在眼里了，将来回了朝歌，在皇上面前，也好做个证人。”

众人全都望向国师。

国师一直在瞟着海瑟，看这架势，马上把目光收了回来。

“都是为了我英风的利益，何必要内讧，让外人笑话呢?”国师悠悠地说，“郡主要是有圣旨，就应该出示；统领对皇上赤胆忠心，也是苍天可表。依安德鲁之见，先废了白心人和妖精的功力，免得他们再施诡计，各位以为如何?”

气氛一时凝滞起来，众人都思忖着，谁也没有说话。

无方怀里有些发烫。他以为海瑟在疗伤，但等了一阵，并没有那些藤藤蔓蔓长出来。他摸了摸她的额头，烫得吓人，再一看，她面色酡红，嘴角神经质地抽搐着。

“你怎么了?”

海瑟两眼发直，说不出话来。

无方转过头，环视着众人。

“谁在害她?”

李多和国师一脸蔑视，兰焰却是皱着眉，警惕地防备着两人。郡主虽然黑纱覆面，无方却感到，她在审视着他。

“救她，”无方咬了咬牙，沉声说道，“我就跟你走。”

众人都很意外。

“你也敢开这种口?”兰焰讥讽地说。

“我……绝不接受……英风鬼……”海瑟抖索着，说不出完整的话。

“迷途的灵魂，你必须修补了，”国师温和地说，“安德鲁的大甘霖术便是为你而存在的。”

“你在大典上，一次次地救活那个精灵，让人一次次地杀他、吃他，”无方说，“这就是你的大甘霖术。”

国师旷达地一笑，“生命嘛，总是需要修补，也需要更新。修补的方式自然是多种多样。那位妖精已经在炼狱转化成功，再也不会危害英风，这，才是大甘霖术的真谛。”

无方还是盯着郡主。

郡主不说话，也没有动作。

“白心人，真正需要救治的是你自己，”李多凝重地说，“身为英风子民，却为一个妖精乱了方寸，失了国格，真是令人痛惜！放弃她，回到英风阵营，你还有救。”

无方不理他，上前两步，就要去拉郡主的手。

“制住他。”兰焰冷冷地说。

两个黑甲抢上前来，长剑刷地出鞘，一边一柄，架在无方脖子上。

无方看了看两个黑甲，“我记住你们了。”

“就你那两下子？”兰焰说。

无方想说什么，国师突然开口了。

“安德鲁在朝歌就听说前敌将军不简单，今天一见，居然处处凌驾于郡主之上，抢尽了风头，要足了威风，将来弱水郡志一定会留下一笔，让后人感叹缅怀啊！”

兰焰扭过头逼视着国师。国师表情洒脱，两手却掐起了法诀。兰焰胸脯起伏着，终于还是按捺下来，转而望向郡主。

郡主站起，朝无方和海瑟走来。

若有若无的气场随着她的脚步缓缓扩展开。

“不愧是白心人，”她的声音带着某种蛊惑，“不卑不亢，宁折不弯，当今世上，这样的男子太少见了。”

无方皱起了眉头。

“你愿意跟我走，很好。”

郡主扬起手，轻轻一挥。一层淡紫色雾气飘飘洒洒，笼罩了整个房间。

一些细微的尖刺钻进无方的全身毛孔，让他一阵酥麻，又一阵沁凉。他一凛，以为是郡主施了暗算。正要开口，却看到海瑟闭上了眼睛，开始深呼吸，就像上次那样，呼吸越来越长，也越来越平稳。

他等了一会儿，摸摸她额头，没有刚才那么烫了。看她的脸，也不那么红得吓人了。她平静了一些，身体也不再抽搐了。

“我欠你一次。”无方对郡主郑重地说。

“能救你，就能治你，知道吗？”兰焰讥消着。

无方转过头去，“兰焰将军，如果精灵这么对付郡主和你，我也一样会护着你们。”

“虚伪的男人。”兰焰嗤了一声。

“虚伪也就罢了，”国师感叹地说，“危急关头，竟然连前敌大将军也敢调戏，这样的胆量，安德鲁真是佩服。”

无方懒得搭话，只是紧盯着海瑟。

海瑟闭着眼，虚弱地说，“我刚才太着急，想强行催动斗力——”

无方明白过来，急忙拍着她肩膀，示意她不要再妄动。

李多清了清嗓子，双手背在身后，踱到无方跟前。

“白心人，当今这世道，你并不了解，”他眼神灼灼，诚恳地说，“精灵和人类自古以来就是死敌，你同情她、倾慕她，但是她一翻脸，就叫你求生不得求死不能。所有的精灵都不该存在于世上，必须消灭干净——”

“你错了，”无方打断了李多，朝众人看去，“你们都错了。”

“你会同情那些小动物、小牲畜？你会仰慕那些供屠宰食用的猪狗牛羊？”李多耐心地说，“精灵和他们是一路货色。享用他们，消灭他们，正是我英风几千年的灿烂文化——”

“灿烂文化？明明是人间地狱！”无方眼前又掠过那两个精灵女子惨死的情景，“扒光衣服、割下大腿、喝干脑浆！把她煮熟了，还留一个头颅来戏弄我！还有那么多人庆贺、高唱什么‘南有嘉鱼’！谁家没有女子？换成你的女儿，你又作何感想？”

众人都有点发愣。

“精灵和你们都是一样的。”无方脑子里一热，有什么突然在苏醒，“你们不懂，没有什么。我说出来，你们要相信。所有的人，都是我的人，我不能看着你们互相伤害。有别的人，但是我不知道在哪里。”

“还以为是个先知，结果却是个疯子……”兰焰嗤了一声，摇摇头，示意那两个黑甲撤回架在无方脖子上的剑。

“不管你们信不信，我都是救世主，”无方逐渐冷静下来，“万一，我说的是对的呢？”

郡主轻叹一声，走到无方面前，掀开了自己的面纱。

无方顿时一震。

她并不像海瑟那样绝美，也不如兰焰英挺，却像一块玲珑的美玉，让人心生暖意，要去呵护她、爱怜她。她的眼睛似嗔似怨，她的脸庞玉色流转，她浑身柔若无骨，瑶鼻玲珑，红唇剔透，让他的呼吸粗重了起来。

他发现，众人都跟他相似，甚至包括兰焰。女将军仰慕地盯着郡主，眼中竟然现出一抹温柔。

他有一个感觉，长亭弱水应该不是他的敌人。这种感觉从他一进这个屋子就出现了。他想告诉她一些事，包括他的命运，他的主灵，他要如何救世，还有这些天的迷茫和痛苦。

突然，海瑟冷哼了一声。

无方猛地警醒过来。他庆幸自己遇到了海瑟，否则，只怕会臣服在郡主裙下，把她当做主灵，为她冲锋卖命去了。

“公子果然不凡。长亭也经常疑惑，但是自幼家学甚严，不能像公子一样随意思想。如此大事，只能到皇上面前，请他老人家定夺，”郡主慢慢地说，“公子悲悯、宽厚、仁慈、英勇，这些品质，长亭会铭记在心。”

“既然如此，你为什么要纵容千生大典?”

“少在那儿妄言，”兰焰恨恨地说，“那个大典，我们从来就没有参加过。”

“前敌将军，你敢质疑英明的皇上?”李多慢吞吞地说，“千生大典，是帝国最古老、最神圣的传统盛事，是展我国力、扬我国威的壮举！它不仅不能取消，还应该增加为一季一典，才可以满足友邦的需要，昭示我英风的雄心!”

“不来汉轩楼，真不知道大统领的跋扈，”兰焰紧盯着李多，“你抗旨不从，怕是比本将军更嚣张吧?”

“这些都是朝纲大事，各位大人是否先放一放?”国师打了个哈哈，“还是来说说这两位吧。”

“有什么好说的?”兰焰一皱眉，“白心人，跟我们走。”

“将军是在开玩笑吗?”李多悠然一笑，“李某这里，岂能说来就来，说走就走?”

“你想怎样?”兰焰说。

李多含笑不语，转向郡主。

“看来，大统领真是要抗旨了?”郡主柔声说。

“等了这么半天，圣旨还是没来，我也很难办，”李多叹了口气，“可是，你我毕竟都在为国效力，不给你面子，也说不过去。这样吧，”他一挥手，“带走一个，留下一个。”

无方愣了一下，没有反应过来。

“白心人走，精灵给你们。”兰焰说。

无方大吃一惊，看了看郡主，郡主并没有反对的意思。他再看看李多和国师，一个脸上似笑非笑，一个眼中黑光四射，都充满了得色。

他又看了看海瑟。她直愣愣地盯着他，眼中有一抹决死的意味。

他转向郡主，“我有个要求。”

“还敢讲条件?”兰焰厉声说。

郡主做了个制止的手势，“请讲。”

无方指了指那两个黑甲，“让我打断他们的肋骨，为海瑟出口气。”

众人一怔，都笑了起来。

郡主摇了摇头，“公子情意深重，长亭是敬仰的，只是——”

无方突然冲向一名黑甲。对方马步一扎，剑锋刚刚扬起，无方就从他身边掠过，顺手拔出他腰上的一把匕首。众人还没有反应，无方已经扑到郡主面前，一把勒住她脖子，把匕首架在上面。他身材高，郡主就像被他拥到怀里一样，失去了反抗之力。

霎时间，众人全都呆住了。

“海瑟!”无方叫了一声。

海瑟一顿，扑了过来，从另一个黑甲腰上抽出一把匕首，朝郡主扎去。

无方急忙挡住，“不能杀她!”

“为什么!”

“杀了她，我们怎么走?”

海瑟恨恨地瞪着郡主，郡主却一脸平和，直视着她。

两个黑甲急欲上前，却被兰焰一个手势制止住。

“放开郡主，”兰焰低叱，“否则，要你死无全尸。”

“放我们走。”无方环顾四周，沉声说道。

“不愧是白心人，真下得了手啊!”李多慨叹道，“只是，你不怕我和国师趁机发难，把你们统统擒住吗?”

国师瞥了他一眼，“大统领，郡主无论如何都是朝廷命官，现在应该一心对敌，不可……”

“你太小看长亭了，”李多说，“早在几十年前，长亭的术法就堪称一绝。不然，皇上怎么会把东方军团交给她?白心人嘛，再狡诈，也是白丁一个，要不是郡主贪恋此人精壮，任其搂抱，早就——”

“住嘴!”兰焰愤怒地说，“堂堂御林军大统领，竟然如此下作!”

李多哑然失笑，“前敌将军，李某忠言逆耳，无奈郡主不肯接纳。你看，她不是很享受吗?”

众人望过去，却见郡主脸色平静，就像脖子上并没有那把匕首一样。

无方浑身冷汗淋漓。

他趁着原力恢复出了个险招，一举制住了郡主。他刚刚架起匕首，忽然感到一股巨大的力道越空而来，把他压制得几乎窒息。这并不是他习惯的威压，而是一种从没见过的法术，并不压迫他的身体，而是激荡起心绪，让他感到羞惭，甚至想跪倒在地去求得宽恕。

他立刻反应过来，急运原力，竟然迫出了几小团悬在半空，对准了郡主的脑门、眼珠和胸口，一旦他扛不住，就立刻发动，驱使原力爆炸。早先那次原力箭，隔得那么远都能够让郡主惊叫，这一次这么近，他更有把握了。无论是谁，只要敢出卖海瑟，他就要痛下杀手。

那股力道瞬间就消失了。显然，郡主已经察觉到了危险。她任凭他这么搂着，一动也不动。

屋子里一片死寂。

慢慢地，无方觉得身子在发热。郡主腰肢上传来一阵颤抖，很轻，却混杂着春情、体香和肉感，似乎她成了一只小羊羔，可以任他蹂躏，随他摧残。

无方摇了摇头，努力把这种绮念驱逐开去。刚有了点效果，耳中却是一震，一个熟悉的声音悠悠荡荡传来。

“冤家——你真舍得吗——”

无方心头一痒，小腹一热，几乎就要有所反应。他看看众人，兰焰的大剑已经出鞘，指着他的脖颈，随时可能发出致命一击。李多依然挂着那种无害的笑，但是眼神阴鸷，似乎在盘算着什么。国师最悠闲，翘着兰花指，修起了指甲。

看来，没有人听到郡主的话。她能把声音控制到这一步，真是近乎神技了。

“这一刀下去，长亭就要天人永隔，”郡主幽幽地说，“那个精灵，她就那么好吗？”

“你下令，让我们走。”无方急促地说。

“公子，长亭有个疑问。”这次郡主说出了声。

“长亭，我来帮你——”

李多话音未落，身形突然飘忽起来。

兰焰的大剑猛地飞出，朝他撩过去。

李多眼看要中剑，突然一声呼啸，一个巨大的骷髅出现在剑下。

噗！一声轻响，骷髅碎，李多飘然退开。他虽然胖大臃肿，但这个动作，却有一种说不出的潇洒。

“再敢放肆，我拆了你这破楼。”兰焰沉声说。

“前敌将军多虑了，”李多微微一笑，“李某的目标明明是白心人，怎么会伤到郡主呢？”

“公子，在听吗？”郡主说。

“不要拖延时间。”无方说着，同时示意海瑟，一起挪向门口。

“左搂右抱，齐人之福，颇有安德鲁当年的风采，”国师笑眯眯地看着无方，“这是一种自我修补，堕落、混乱、无休止的欲望，都要在郡主身上得到满足……”

“什么时候了，还说这种风凉话！”兰焰怒吼着。她剑尖不断变化，时而指向无方，时而指向李多和国师。

李多给门口递了个眼色。

门口的死灰越来越多，几乎要把门堵死了。

“公子，长亭要是死在你手上，你算不算杀了人呢？”郡主轻轻地说，“你不许别人糟践生命，可你自己，和李多他们又有什么区别？”

无方眉头一皱，不知道该怎么回答。

“不要理她，冲出去再说。”海瑟低声说。

无方摇了摇头。

“你收拾门口的死灰，那个假小子会挡住李多和国师，”海瑟说，“她才不会让主子受伤呢。”

无方又摇了摇头。

“你喜欢她？”精灵酸楚地说，“你不动手，我自己来。”

突然，门口的死灰大吼着冲杀进来。黑甲立刻迎上去，双方展开了混战。李多和国师递了个眼色，李多扑向海瑟，国师周身燃起一团黑火，扑向了无方和郡主。

兰焰的大剑刷的一声挥向国师。国师在半空一折，放出两个大骷髅，比刚才那个更加狰狞，朝郡主和无方分袭而去。

兰焰怒斥着大剑一舞，却不是想象中的银光，而是一道紫电，出现在两个骷髅之间。一阵哧啦声，两个骷髅猛然顿住，化作星星点点的黑气，消散在空中。

国师脸色一变，往后退了几步，“前敌将军，竟然修成了灭魂剑法？”

兰焰冷笑着，大剑直指向他。

国师身上的黑火越来越亮，越来越诡异，连带着整个屋子也越来越热，越来越憋闷。

李多身形连闪，冲到海瑟面前伸手就抓。无方突然迎上来，握着匕首的一只手舞动着，却没有风声。李多哈哈大笑，眼看就要扼住海瑟的脖子，突然左肩一痛，急忙缩手，眼睛一黑，只觉满天金星，紧接着鼻子一凉、一麻，竟然有些东西缓缓流下。

李多急速退后，伸手一抹，居然是鼻血。

“攻他脚踝，快!”他听到海瑟在喊。

李多刚想跳起，左脚一震，一团无形的力道击中了他。他惊骇莫名，身上青光大盛，支起了一层光华隐现的护罩。无方现在的功力连个武士都比不上，但是，能打出他的鼻血，就能打中他的要害。这种来无影去无踪的攻击，实在是太可怕了。

无方激动不已。

他又有了一种新招法，威力比不上这些高手，但却奇巧诡异，让他们无法防备。他可以把原力一团团发射出去，飘在半空，再用神念引爆。他痛恨李多，在他身体周围布置了六七团，只爆了三团，剩下的被拢进了护罩，只要他愿意，随时可以再爆几次。

李多躲在护罩里，眼神凶厉，却不敢扑上前来。

无方面无表情地盯着他。曾几何时，大掌柜一道威压就让他痛苦难当，而现在，他居然可以让大掌柜如此狼狈了。

突然，一个矮小精悍的死灰挤开人群，朝李多比划了几个姿势。

李多面色一松，“都住手！我有话说。”

国师和兰焰各自退开一步，警惕地盯住对方。死灰和黑甲也慢慢停了手。

“各位，都是误会，”李多收了护罩，咧开嘴哈哈一笑，“既然是皇上的旨意，李多只好遵从了。白心人如此凶顽，郡主大人自求多福吧。让路！送客!”

国师一愣，“大统领！怎么能让他们——”

李多手掌一摆，不再让他说什么。

无方感觉很古怪。郡主不像被挟持，倒像是配合他演戏。但他来不及多想了。死灰已经闪出通道，他一手勒住郡主，一手拉着海瑟，在兰焰和黑甲们几乎喷火的眼神中慢慢挪向门口。

一群人很快上了第一层，又慢慢进到大厅，出了汉轩楼。

“公子，先放开手，让长亭戴上面纱，好吗?”郡主轻柔地说。

“不行。”无方厉声说。

黑甲越来越多，一种凌厉的肃杀之气笼罩而来。

“公子对精灵如此怜惜，对长亭却如此狠心——”

“你放了我们，我就放了你。”无方说。

突然，他手上一空，怀里也是一空。

长亭弱水扑哧一笑，双肩一振，无方的匕首就飞了出去。她就像一朵硕大的鲜花，在空中旋了几转，轻巧地落到兰焰身边，站定。

那两个黑甲猛冲上来，把无方掀翻在地。几只脚连踹带踢，他在地上翻翻滚滚，五脏都几乎移位。他蜷缩着，鼻血长流，嘴里又扑满了灰尘，呛得连连咳嗽。他终于明白，在真正的高手面前，他就是个白痴。

兰焰没来整治他，只是扑到海瑟身上，把她捆过来，捆过去。海瑟没有力气反抗，很快就被她捆成了粽子。

“不许难为她，”无方艰难地抬起头来。

兰焰捏住海瑟的脸庞，邪邪地一笑，从下到上舔了一圈。

海瑟一口唾沫吐在她脸上。

“真是我见犹怜——”

前敌将军又上下其手占了几下便宜，才拖着海瑟扔到郡主脚边。

无方仰起头，等着郡主发落。

“公子，让我说什么好呢?”郡主罩上了黑纱，轻移莲步，款款行来，“你要我做的，我都做了，你呢?”

“我不知道……”无方嘶嘶地说着，“你必须信我……”

郡主叹了口气，对兰焰示意了一下。

一个越来越大的拳头刹时间占据了无方的视线。他失去了知觉。

无方醒来的时候，眼前是一片猩红。

他吓了一跳，急忙大喊，“海瑟，海瑟——”

“原来，她叫海瑟啊。”一个声音轻柔地说。

无方扭过头，看到了一身宫装的郡主。她正和他一起，坐在一个窗户大敞的车厢里。

窗外像是荒漠，日光、空气和地面都是一片红色，好像熔铸在一起，变成了一摊灼热发烫的铁水。仔细看去，无数筋脉暴张的壕沟布满了大地。远处隐隐有一座高山，山腰宽厚，山顶平平，有浓厚的红云缭绕着，不时有雷电之光从云团里透出，却听不见声响。

“她在哪里?”

“她不能跟你关押在一起，”郡主说，“她毕竟是朝廷重犯，长亭只是禁制了她，不穿锁骨，不上镣铐，公子放心好了。”

“别让那个不男不女的欺负她!”

“焰儿看我跟公子亲近有些不满，不会对海瑟不利的，”郡主笑了笑，“希望公子通力合作，平安抵达朝歌。”

无方揉了揉脑袋。兰焰那一拳，砸得他现在还有些头晕。

“英风大地，一向是辽阔秀丽、人杰地灵，不该有这种惨烈的景色，”郡主有些感慨地说，“这里曾经是一片开满山花的原野，非常美丽。但是十年前银英大战中，皇家道圣团为了消灭狂暴兽人精卫，集体发出了一个毁天道法。从那时候起，这片原野也受到了诅咒，变成了不毛之地。”

“你为什么给我讲这些？”

“想让公子高兴一点。”

“那又怎样？”

郡主想了一想，“长亭总觉得可以跟公子好好谈谈。长亭见过不少风流骄子，但公子这样的人，从来都没有遇到过。”

“到了朝歌，海瑟会怎么样？”

郡主一怔，“很难说。”

“我不想让她死。”无方说。

郡主眉头微皱，“朝歌上下一向仇视精灵，恨不得杀之而后快，可也不是没有办法。”

无方疑惑地望着她。

“公子如果能解除皇上的忧虑，并且归属我朝，成就大业，长亭一定会力劝朝中重臣为精灵求得赦免。”

无方沉默起来。

“公子？”

“有没有可能，把战争缩小到最小的范围？让仇恨慢慢淡化，结束残杀虐杀的历史？”

郡主低下头，“这很难。太难了。”

无方的心情很沉重。没有人相信他也就罢了。他拥有的实力，和他想做的事，差距实在太大，这才是最要命的。他突然想见到海瑟，跟她商议一番。

“我要见她。”他对郡主说。

郡主犹豫了一下，望向身后的马车，“焰儿，过来一下。”

无方和兰焰跳下马，换车。两人错身时，兰焰冷冷地看着他，就像看着一个低三下四的奴仆。无方装作没有看见，径直上了马车。

车里很整洁，海瑟脸色正常，神情自然，没有挣扎搏斗的迹象。看来，兰焰没有再为难她。

“你还好吗？”

海瑟嗯了一声。

“还有两三天才能到朝歌，”无方说，“途中肯定有机会。”

“干什么？”

“逃亡。”

“要跑你自己跑，”海瑟说，“被他们杀掉、吃掉，才是我的命运。”

“你怎么这样？”

“你想救我？”

无方笃定地点点头。

“用什么救？”

无方张了张嘴，又茫然地望着窗外。

大地一片铁红，没有一棵树、一根草。马蹄在嗒嗒敲地，黑甲在铿锵作响。远处那座平顶山上，有蓝白的电光在红云中闪动，就像酝酿着一场雷暴。

“男人是靠不住的。”海瑟幽幽地说。

无方回过头，“说我？”

“有些时候，眼看就要成英雄了，”海瑟说，“但是，一转眼，就变成了一个懦夫。你真的是救世主？你为什么不能像一个男人？”

“要是我像男人，我们早就灰飞烟灭了。”无方盯着海瑟的眼睛说。

海瑟一怔，哼了一声，“跟你的郡主亲热去吧，我不会再连累你。”她冷笑着说，“皇城的好色之徒应该不少吧？那些王公贵族，要是家里收藏一个精灵，会更有面子吧？”

“你想干什么？”无方沉声问。

“最好是皇子、亲王，甚至皇帝本人看上了我，”精灵说，“朝歌这么大，人口又这么密集，对不对？”

无方扑过去，一把搂住她。她浑身柔若无骨，任由他抱着，却没有半点挣扎的意图。

“你要这么做，我马上告诉长亭弱水。”

“那更好了，他们就会支起很多层护罩，派出最凶恶、最丑陋的畜生来糟蹋我。”海瑟平淡地说着，仿佛和她毫不相干，“他们会举办一个空前盛大的仪式，在无数贵宾面前，扒光我、羞辱我，切开我的身体，慢慢吃掉我。”

“你不要说了。”

“他们还会让那帮畜生服下烈性春药，来强暴我、蹂躏我。我和畜生的血肉，会溅满整个防护罩，被他们载入史册，被诗人尽情赞美，被当做节日的礼花，旷世的盛筵——”

“别说了！”无方怒吼起来，“你就这么自甘下贱?!”

“我本来能成为精灵一族的大英雄，”海瑟讥讽地说，“结果，托你的福，我成了天下最大的笑料。”

无方放开她，颓然地坐在地上。他忽然觉得她很陌生。她明明是他的主灵，却对他如此刻薄。他对她越好，她就越觉得他懦弱，越不让他接近她的内心。

“好好想想，白心人，”海瑟轻柔地说，“是成全我，还是出卖我。”

郡主有些出神地看着无方和海瑟的马车。

“你喜欢那个小子，”兰焰低声说，“你变心了。”

郡主一怔，“荒唐！白心人单纯稚嫩，不值一提，倒是那个精灵，你必须盯紧了，她并不像看上去那么软弱。”

“你下了独门禁制，我又下了三道麻痹散，她根本就没有力气折腾，也只能勾引一下那个臭小子。”兰焰说。

“不，她是个隐患，”郡主喃喃地说，“这一路行来，我有一种不祥之感，必须多加小心。”

“我马上去布置，”兰焰说，“让黑甲增加人手，加强防卫。”

突然，前方响起一声惨呼，接着又是几声怒斥。

“敌情——啊——”

一面小山坡上，几个黑甲斥候浑身是血，骨碌碌滚了下来。

无方掀开车帘，往那边一望，看到几个身披兽皮、长相狰狞的大汉正从黑甲身上抽出鲜血淋漓的刀剑。

一个大汉转过身，他大吃一惊：这不是那个撕吃小精灵的胡大少主吗？

另一群大汉也收拾掉斥候，和胡大少并作一队，策马靠近。无方也认出了领先那个是金耗子，来自大昊的一个头目。

兰焰从车上飞身而下，一蹬地，跳上一匹马，朝蛮子和耗子疾驰而去。那把巨剑被抡了几圈，发出呼呼的声响。

眼看两方短兵相接，她将剑高举过头，对准最前面的蛮子就是一剑。

蛮子急忙扬刀抵挡，招数熟练，隐隐含有后着。

一声爆响，血雾腾飞，蛮子连人带马被砍成了两截，血肉和脏腑淌了一地。其余的蛮子顿时闪到一边，不敢再冲上来。

无方有些意外。兰焰这一剑，凶猛无比，毫无平时的暴躁。看来，她隐藏了不少实力，郡主也是如此。

胡大少主和金大耗脸色铁青，瞪着郡主的马车。

“这两位大侠怎么称呼？”郡主罩着黑纱，出现在车门口。

“久闻郡主艳名，啧啧啧……今天一定要看到你的真面目！”金耗子脸上闪过一阵阴笑，“小的们，把男的都给我宰了！”

所有的耗子都举起手中武器，大声鼓噪着。

但鼓噪之后，他们却像在等着什么，并不急于进攻，只是挡着道路，让局面僵持下来。

黑甲们暗地里移动着脚步，慢慢形成了包围。蛮子和耗子加起来不超过五百人，虽然凶狠残暴，却被更为肃杀的骑兵压制在一个半圆形包围圈中。

“外面怎么了？”海瑟问无方。

“有人挡路。”

“谁？”

“蛮子，还有耗子。”

“恶鬼，恶魔……”海瑟激动起来，“扶我起来看看。”

无方把海瑟扶起，撩开门帘。

两边本来在对峙，一看有动静，都望了过来。

金耗子眼睛一亮，“就是她！我的千年极品！感谢天地神，感谢欢乐神！她是我的！我的！我要带她去儿京！”

胡大少纵马上前，挡在他和海瑟之间，“屁！放！我的！我！吃！我给！预订！我！”

“滚你娘的！当初怎么说的？我先干，然后才轮到你！”

“先，吃！我！”

“你吃了她，我还怎么弄她？”金耗子恶狠狠地说。

“我，一半，吃！肠子，没有，你，日！碍事！不！”

“何方妖孽，竟敢在我英风大地作怪？”一个森严的声音响起，国师竹竿似的身影伴着一团黑雾，在空中慢慢凝聚成形。

“大国师？你怎么来了？”金耗子顿时警觉起来。

“你！没肉！东西！老！你也，浑水！趟？”胡大少恨恨地说，一双眼睛凶光连闪。

“安德鲁乃是英风首席大国师，护国护法，责无旁贷。”国师一脸的正气，“你们这些贼人，竟然拦阻我皇族贵胄，当受生撕车裂之刑！还不赶快交出兵器，跪地求饶，也好留个全尸——”

“老混蛋！老杂种！”金耗子大吼，“小的们，结出双燕交欢阵，给我宰了这帮英风鬼！”

耗子蛮子们展开队形，刀枪并举，准备开战。金耗子死死盯住国师，胡大少却不住地往海瑟这边瞟来。

“长亭郡主，前敌将军，还等什么？动手呀！”国师喊叫起来。

兰焰看了看郡主。

郡主微微点头。

兰焰嘴里发出一连串唿哨，黑甲们立刻分成三队，一队护住郡主，一队围住无方和海瑟，最多的一队跟在她身后，朝耗子和蛮子逼了过去。

国师阴阴一笑，忽然一声尖啸，六个巨大的骷髅在兰焰四周凭空冒出，朝她扑去。

兰焰大剑都没有挥起，就被骷髅笼罩住，眼看就要中招。

突然，国师双手抱头，呻吟了一声。六个骷髅发出一阵凄厉的鬼啸，一下子消失了。

国师摇了摇脑袋，四处张望，一双阴森森的眼睛停在无方身上。

“白心人？竟敢坏老夫大事——”

“身为大国师，却偷袭一个女人，有这么下贱吗？”无方冷冷地说。

“老不死的卖国贼！等到了朝歌，禀明圣上，用紫火煎烤你一百年！”兰焰咬牙切齿地说。

国师全身腾地一下似乎燃烧起一层淡黑的火焰。

“小兔崽子，吃老夫一记——哎哟！”

空中突然发出几声闷响，国师飞扑而来的身形像撞上了一块铁板，踉跄着跌落到地上。

无方慢慢收回了神念。

国师一出现他就有一种不好的预感。他放出十来个原力团，漂浮在国师周围，一看他暗算兰焰，立刻引爆了三个。国师扑过来，他又引爆了四个。这种攻击十分隐蔽，功力高深如国师也着了他的道儿。

国师摸了一把脸，摸出一手的血。

“很好，小子，老夫要把你修补成十炼巫妖——”

国师高声喊着。他刚才没有开护罩，狼毒花冠被炸飞了，眉骨开了一道口子，眉毛烧光了，鼻血也流了出来，看上去十分狼狈。

郡主发出一阵轻笑，“安德鲁阁下，果真风流清俊，不愧是亡灵家族的不灭质子……”

国师浑身发着抖，半天才挺直身子，一层一层褪下衣衫。

众人顿时毛骨悚然：一个惨白的骷髅架子，撑起一个枯瘦狰狞、血肉模糊的头颅，骨架之间，是东一块西一块的腐烂内脏，正冒着脓疱，滴着黏液。更深处一片漆黑，却散发着暗红的光芒，一缕缕黑雾不断穿进游出，十分恐怖。

“一把烂骨头，也好意思献宝。”

无方不屑地摇了摇头，却放出十几团更大的原力，有几团贴得很近，防止国师撑起护罩。

突然，他脑中一凛，充满了一种刻骨的仇恨。他感觉周身燃烧着暴戾，只想马上杀死一切，用最残酷的方式毁灭掉这个世界。这种感觉越来越强，他甚至想冲上去活活咬死国师，或者把他按在地上，一点一点地砸得稀烂。

嗡的一声，一层流淌着黑光的护罩把国师罩在其中。这位身世诡异、功力通玄的大家，缓缓漂浮起来，离地三尺，身形也变得十分高大。地面与护罩接触的部分，发出刺刺啦啦的声音，似乎那些红土也在被腐蚀着、融化着。

“金大王子，胡大少主，三位美女，正好一人一个，”国师桀桀地笑了起来，“一起动手，修补她们孤寂的肉体和魂灵吧——”

第十章·鏖战

烈风荒漠深处，隐藏着一座神秘的山峰。山峰的四壁很陡峭，顶部却很平整，远远看去，就像从天外飞来的一座云台。很少有人知道它，因为在毁天道法降临之前，这里还是一片坦荡的原野，从那以后，又变得盗匪横行、人迹难入了。

越过一层又一层红雾，山顶正中央，三位青衫飘飞的异人盘膝而坐，围成了一个三角。他们紧闭着双目，两手平放在身侧，手心朝天。

从他们之间升起一道气流，席卷着红雾和尘土，冲到了很深远的天际。云层后面是密密层层的闪电，不断闪烁吞吐，终于有一束按捺不住，射了下来，在空中又分成许多枝丫，最大的几枝，眼看就要击到三人头顶。

红、蓝、青，三个护罩升了起来。

咔嚓！电光击中了护罩，一片华光流泻，天地间明暗互换，闪了几闪，又渐渐归于平静。

三个人睁开眼，站立起来。他们的身体雪光般透明，就像传说中的神祇。这是两男一女，男子一位俊美、一位潇洒，女子则是恬淡典雅，眉目如画。三人都比一般英风人高大，站在一起，更是翩然出尘，令人不敢逼视。

半空一个炸雷，三四条闪电同时射下。三道彩光迎上去，引发了一场大爆炸。一时间，地上红雾翻卷，天上云涛汹涌，像是在呼应着这种非凡之力。

过了好一阵，天地渐渐澄明。三人各自念诵着什么，举手向天，拥住三团淡金的柔光。柔光回旋着、收缩着，汇成细细的一缕，流进了他们的脑后。

三人收了功，眼中神采洋溢，有种压抑不住的喜悦。

“风二兄，这一次收获真不小。”俊美的男子说。

“云三兄，全靠水四妹子发现得早，赶上了天电外放。否则，这一年又荒废了。”潇洒的男子说。

“可惜你我的内力天生阻隔，不能融合，”恬淡的女子说，“这么好的雷电，只能得到千万分之一，否则，该是何等的气象……”

两个男子沉默起来。

“小妹太贪婪，让二位兄长见笑了。”女子说。

“妹子，你我的进境常人早已无法想象，不必太过急切，”风二说，“对了，平时大家都用代号，这次升入圣级，不如报上真实的名号，将来行走天下也有个照应。”

云三和水四一怔，都有些迟疑。

“这个……”云三说，“你我三人共练奇功，已经是罕见的佳话。但是风云诡谲，前路不明，还是保留一点秘密吧，你说呢？”

“云三兄说得有道理。”水四说。

“也好，”风二叹了口气，“你们有什么打算？”

“小妹要赶回金湾，”水四说，“家里有些事，必须去处理一番。”

“我一位亲戚半年前在天南港失踪了，”云三说，“这几天，我探出她就在附近，我要去找她。”

“各位都是忙人，”风二说，“我家师姐多年前行走弱水，我一直想来这边看看她。这次正好——嗯？”

他突然停了下来，望向远处。云三和水四也都望过去。满目铁红之中，雾霭重重，隐约传来一丝金铁的交鸣。

战场这边，已经打得不可开交。

国师一宣布开战，兰焰立刻让黑甲向中央靠拢，摆开一个牢固的防守阵势，护卫着郡主所在的角马车。

郡主镇定地坐下，掀开帘子，关注着局势。贴身黑甲个个都亮出了兵器，全神戒备着。

蛮子和耗子并不多，但都很难缠。尤其是蛮子，经过几番冲击，就开始狂化。一阵咆哮后，他们的脑袋变得毛茸茸的，獠牙龇出，利爪伸出，兵刃也带上了一层亮闪闪的血光。

他们的招数很简单，就是运起蛮力，恶狠狠地砸向面前的一切。他们狂化后异常强壮，挨了很多刀剑，照样血肉淋漓地和敌人战斗。无方亲眼看到一个蛮子被砍掉了半边脑袋，却掰下了一个黑甲的头，狠狠嚼了起来。另一个蛮子，一只手被砍掉，干脆一把扯下，砸死了好几个惊呆了的对手。

耗子没有蛮子这么血腥，但也相当剽悍。他们身法灵动，一击便退，让敌人很难反击。只要没有咽下最后一口气，他们就要拉上一个陪衬，同归于尽。也有的经过一片刀戟丛林，被刷刷地五马分尸，脑袋飞起来还一脸狰狞，随后四肢、躯干、内脏乱飞，把血水洒得遍地都是。

黑甲们伤亡很大。他们讲究阵形，却过于呆板，出手一板一眼，对方却极为多变，这个来一砸，那个来一刀，他们来不及变化，就丢了性命。看得出，这并非是那些身经百战的精锐，而是从别处调来归于东方军团的新手。他们的气势一旦被压倒，局面也开始转变，黑甲们虽然还没有崩溃，但已经在节节败退了。

战斗一开始，无方就紧张起来。

虽然有不少黑甲过来护卫，但他知道，郡主重视的是他，而不是海瑟。他不能分心去对付国师，他要保护海瑟。他在马车外布置了一大堆原力团，除此之外，就没有其他的招数了。刀剑功夫，他是白丁；拳脚功夫，同样也是。他很郁闷，要是时间充裕一点，他学到一些地龙坑里吸收的招法，就不会如此被动。

他想去找郡主，请她解开对海瑟的禁制。但郡主的马车已经被围住，兰焰又带领黑甲冲上去了。他知道，即便不是这样，她们也很难帮他。她们都怕海瑟恢复功力后给她们带来麻烦。

“你在想什么?”海瑟问。

无方摇了摇头。

“好多次了，我都想问，你真的是白心人吗?”海瑟不满地说，“一点战技都不会?”

无方苦笑，“你把你的脸遮住，躲到里面去。”

“不。”

“他们要打过来了，”无方着急了，“他们想得到你。”

“不是我，是你。”

“蛮子想吃你，秏子想奸你，国师更想霸占你，你真的看不出来?”无方心中燃烧起莫名的火焰，“我恨不得拧下他的脑袋，砸碎他全身骨头……”

他突然一惊，停了下来。

“接着说。”

无方一脸茫然，“我……怎么这样了?”

“你总是这样，刚有点男人样子，马上就变成了废物。”海瑟冷冷地说。

无方没有说话。战场上人头攒动，烈马嘶鸣，喊杀声、怒骂声、惨叫声越来越大，却都裹在红色灰尘中，显得有几分不真实。

“给你讲个故事。”海瑟突然说。

无方回过头，看着她。

“很小的时候，我喜欢骑着大叶鸢在森林里飞来飞去。整个世界都很和平，没有战争，也没有悲伤，”海瑟说，“直到有一天，父王被英风人杀死了。我们牺牲了几百人，才抢回来一具无头尸体。他的头颅被送到朝歌，放在最大的庙宇里。英风人告诉他们的孩子，魔鬼就是这个样子……从那时候起，我就开始练箭术，练魔法，练各种杀人的本事……”

她出神地看着窗外。她的眼里是一片天蓝，还有些波光在流动。

无方默默地看着她。

“你总觉得我残忍、暴躁、为了杀人不择手段，可是，不那么做，又能怎么样?”海瑟淡淡地说，“如果郡主骗了我们，一到朝歌，你就被关起来，我就被英风皇帝抓去，像我父亲一样，被砍下头，放出来展览……”

“郡主不会。”无方说。

“你这么肯定?”

无方一下子想起，郡主差点就出卖了海瑟。

“如果我真的被他们害死了，你会不会变成我这样，不惜一切，也要多杀几个英风人，为我报仇?”

“不许说这个。”无方抬起头，厉声地说。

“你害怕我死，你更害怕你变成那样，对吗?”

无方呆了一下，慢慢低下头。

“有我在，谁也杀不了你。”他低沉地说。

外面突然一阵鼓噪。

一群悍勇的死灰不知从什么地方钻了出来，朝黑甲们扑去。

他们专门对战马下手。一时间，悲嘶阵阵，战马噗噗地跌倒，肠子肚子流了一地。黑甲们也跟着掉下来，被耗子和蛮子很快分尸了。

“李多来了，”海瑟说，“你的郡主完了。”

“‘我的’郡主?”

“不是你的，难道是我的?”

无方笑了笑，“她不是那么容易对付的，她很厉害。”

海瑟哼了一声，“李多更厉害，他们两个人太像了。”

“你听我的，”无方说，“现在这么乱，我们正好逃走。”

“不，”精灵说，“我要利用这种混乱，杀了他们。”

“你被禁制了，怎么杀?”

“郡主本来占着上风，死灰一来，局面扭转了，”海瑟说，“李多还没有出现呢，目标不是郡主就是那个假小子。你去帮郡主打，让他们互相残杀。”

“我要保护你。”

“你不要这么废物好不好?”海瑟修长的眉毛扬了起来，“你口口声声保护我，其实，你就是胆小，就是害怕。我瞧不起你。”

无方皱起了眉头。

“你可以瞧不起我，”他说，“但是，我一定要保护你，你不明白，你对我有多么重要。”

海瑟愣了一下，“我讨厌只会献殷勤的男人。你这种胆小鬼，连杀个人都不敢，真是个窝囊废!”

无方摇了摇头，“我不是给你献殷勤，你不明白。”

“我当然明白，你就是小孩子脾气，”海瑟说，“你也不要生气，我说话就这么直。”

“我不生气，”无方说，“你没有醒。你的记忆都是精灵的。可是——”

“可是，我是个精灵，不是你盼望的什么主灵，”海瑟眼神灼灼地盯着他，“你的幻想，会一次又一次地破灭，我和我的同胞会在你的胆怯、犹豫和等待中，被他们蹂躏，被他们虐杀，被他们尽情地践踏。”

兰焰越打越觉得不对劲。

普通蛮子和耗子根本不是她的对手。一群蛮子干翻了几匹黑甲，连人带马吃得正欢，她飞身过去，剑光爆闪，很快，地上就多出一堆头颅和断肢。几个耗子不知怎么冲了进来，又被她一通狂劈，斩成了一堆滚地葫芦。

突然，她身边的空气扭曲起来。

她一惊，刚想躲闪，一个大骷髅在她身边炸开。她一声闷哼，整条右臂顿时抬不起来了。

国师微笑着慢慢凝聚出身形。他的护罩更黑更亮了，整个人变得硕大而浑圆，完全不是当初那副竹竿样子。

兰焰不断地运功想让右臂恢复。但她察觉到骷髅是散了，却有许多无形的锯齿，在她手臂上不断地咬啮着、撕扯着。

她咬紧牙关，剑交左手，跟国师缠斗。她的每一剑都像劈中了对方，但却被护罩一一吸收，造不成什么伤害。周围的黑甲都来相助，但因为她战力突然下降，那些黑甲都被国师一个个拧断了脖子、砸瘪了胸腔、撕开了头颅，或者喂养了骷髅。

兰焰剑光连舞，怒叱连连，却不能扭转局势。国师一脸慈祥，却一招紧似一招，还故意让骷髅去亲一下她的胸脯，碰一碰她的屁股。兰焰气得七窍生烟，却正好被国师抓住漏洞，放出两个骷髅，在她腰间狠狠咬了几口。她全身的伤口都开始发麻。她知道，这是因为国师的黑气带有死亡属性，可以通过伤口侵蚀她的经脉。国师有一种转化法术，如果得逞，她就将变成一个活骷髅，保持着武功，却要听从国师的一切吩咐。

兰焰无奈，发出了短促而尖厉的呼救。

郡主听见立刻跳下马车，飞掠过去。

猛然间，她身形一顿，旋即用同样的速度闪回原地，警惕地注视着前方。

突然，她身后的几个黑甲脑门正中喷出一道血雾，身子朝两边分开，血浆四溅，内脏抛洒了一地。

一个人影冲天而起，重重砸下。郡主双手相托，跟他对了一掌，顿时如遭电击，几乎喘不过气来。

李多来了。

和以往的谦卑恭顺不同，他一开始就下重手，偷袭了七名贴身黑甲。顺利得手后，他可以和郡主一对一了。

"李大统领，"郡主沉声说，"现在住手，还来得及。"

李多打了个哈哈，"长亭，这句话李某要原封不动地送还给你。"

郡主迅速调整着真气，"敢对皇亲贵胄下手，李家的千秋忠义怕是要毁在你手上了。"

"李某不怕，倒是威德一裔，需要想一想后路啦!"李多一招手，从他身上散出几道真气，在周围迅速凝结成几个一模一样的李多。

郡主吃了一惊，"你已经练成了化身傀儡?"

"长亭见笑了，"李多的大圆脸上漾起了标志性的微笑，"小的们，还不快去与郡主大人亲热亲热?"

几个面无表情的李多拳带风雷，招法凌厉，朝郡主围攻过去。

黑甲在飞快地减少。他们要正面迎击蛮子和耗子，还要被周围不断出现的死灰们偷袭。一个黑甲刚刚挡住蛮子一下重击，马上被蛮子身后闪出的死灰踢爆了脑袋。另两个是他的好友，悲呼而上，两把利剑扎穿了死灰，却被身后另外两个死灰一刀剜下首级，血柱冲天而起。

第一队迎战蛮子和耗子的黑甲，在死灰加入后很快就所剩无几。保护郡主的两队分出一大半迎了上去。守卫力量顿时空虚了，战场离无方和海瑟的马车越来越近。但见地动山摇，飞沙走石，沉重的砍劈、尖厉的惨叫不断传来。不时有血浆飞溅到马车上，被血红的天光一衬，变成一种死气沉沉的乌黑。

无方正想把海瑟拖走，突然眼前一亮，半边帘子被一道刀光砍得飞了

起来。

“心肝！来！我！嫩嫩！肉！”

一个毛茸茸的狰狞狼头龇着满口獠牙，扯着一副破锣嗓子，喊得震天响。

“大爷！来！我！白脸！小！死！滚！”

无方一把拽住海瑟，将她掩在身后。他认出来了，这是狂化后的胡大少。

局势已经相当严峻。

场中的黑甲越来越少，剩下的都被死灰们围住，两边纠缠在一起，黑甲人数有限，但死灰却像是越来越多。

郡主和兰焰被李多和国师分别困住，一边挑逗，一边殴打。郡主浑身尘土，身形已经有些狼狈，李多挑走了她的面纱，还出言不逊，恣意地羞辱着她。兰焰更惨，一条右臂几乎废掉，只能用左手举剑，勉强抵挡着国师花样百出的攻击。看样子，两个人都支撑不了多久了。

耗子和蛮子也没有剩下多少。金耗子也想杀向海瑟，却被五六个黑甲缠住，气得哇哇大叫。其他耗子跟着胡大少，面露狰狞朝马车围了上来。

无方浑身一凛，突然涌起一阵熟悉的暴戾。一个声音在他脑子里狂喊：杀了这些人，用最残忍、最惨厉的方法，杀死他们——

他觉得周围的一切变得缓慢起来，就像千生大典上那个幼小精灵和他对视的一瞬。周围砍杀的人群，狰狞的面目，血肉的脖颈，战马的嘶鸣，都越来越缓慢，几乎静止下来。只不过，面前不再是死死盯住他的幼小精灵，而是一头口涎横流的禽兽。

无方突然狂喊一声，扑到胡大少怀里。

胡大少吃了一惊，一拳砸向他的脸。

无方鼻子一热，鼻梁大概是断了。但他浑如未觉，嗷嗷大叫着抱住胡大少，一口咬住了它毛茸茸的脖子。

浓烈的野兽体臭熏得他几乎呕吐。他却不管不顾，狠狠地咬了下去，体味着牙齿割断颈肌那种略带阻滞、饱含穿刺的快感。他突然很想喝干胡大少的脑髓，吸干他的血，吃掉他的肉，把他砸成一摊血污肉泥。

胡大少无论怎么挣扎，怎么摔打，无方还是死死咬住他脖子，不断地喝着他的兽血。他已经感到有些晕眩，急忙朝另外的蛮子做手势，要他们来援救。

几道刀光向无方招呼过来。

无方的意识一片混沌，就像沸腾的岩浆一般。一股股血液被他飞快地吸走，一阵阵绿色的精灵原力从胡大少周身渗出，飘向他，钻进了他的眉心。

周围正在砍杀他的蛮子中有一个看到了，顿时吓呆了。“他！他！他他!”他指着无方，浑身筛糠一般抖起来。突然，他丢下兵刃，拔腿就跑。

其他的蛮子也都发现了，愣了片刻，马上怪叫起来，飞快地逃掉了。

耗子们却不在乎，继续砍杀着无方。但他们谁都没有注意到，无方身上刚被砍出来的伤口正在慢慢愈合。

胡大少的脸色变得惨白，整个身体也在逐渐萎靡，终于轰然坠地。

顷刻之间，一条魁伟凶悍的银狼变回了人形，躺在一地血泊中，手脚微微抽搐着，只剩下了最后一口气。

无方咂巴几下嘴唇，大笑了两声。那些腥臭的血浆此刻却有一种奇异的鲜美味道。他浑身是劲，刀剑砍伤全都愈合了。他回过头，嘴角滴血，冲着那几个耗子狰狞地一笑。

耗子们愣了一下，哇哇大叫着想跑，被他扑上去，抓住一个，一扭脑袋，又抓住一个，一脚踩在脊椎上。他又捡起不知道谁的长戟，脱手飞出，一个逃跑的蛮子被扎得飞起来，远远地钉在地上，痉挛个不停。

从这些人身上，都飘起淡绿色的烟雾，涌向无方全身，把他包裹起来，浓浓地沐浴着、浸润着。

无方意识到，这些都是精灵原力，是这些畜生背负的血债。他突然理解了海瑟。他的力气暴增，杀意更是无限膨胀，只想去杀遍天下，不放过任何一个敌人。杀、杀、杀，杀个精光，这就是他活着的意义。什么使命，什么主灵，什么醒不醒，都不再重要。令他吃惊的是，他居然很高兴变成这样，而没有丝毫的犹豫和惶恐。

海瑟突然发出了一声尖叫。

无方回头一看，奄奄一息的胡大少居然爬了起来，扑向马车。他身后还有几个粗壮雄伟、鼻穿金环的蛮子，也跟着他扑向了海瑟。

无方立刻一纵身，狂奔而回。

胡大少不知道哪里来的勇力，狂嚎一声，踹开了其他蛮子，抓起海瑟的一条手臂就要咬下。

海瑟的叫声更惨烈了，带着凄厉的绝望，又像在对无方说，你是个废物，是个胆小鬼，你什么都干不了，你不是男人……

“啊——”

无方仰天狂叫，感觉眼角、嘴角、耳朵都在撕裂。

他像狂风一样猛扑上去，一把揪住胡大少的毛发，生生地拧了过来。他张开五指，扑哧一声，插进了蛮子粗大的鼻孔，又用力往外一撕。

一声野兽临死前的惨嚎差点把他的耳朵震聋。

胡大少的整个上颚，被无方活活撕开了。这让它的整张脸变得很长、很宽，整个牙床都露了出来，几颗巨大的犬齿几乎有手掌长短，焦黄、恶臭，还挂满了血丝。

无方呀呀大叫着，掰住蛮子的上下嘴唇，用力分开。

胡大少两眼翻白，四肢颤抖，全身都绷得笔直，死命地抵抗着。无方能感觉到它的骨头正吱吱呀呀地裂开，血管已经拉扯到最紧，肌肉张到了极限，双腿一下一下蹬着地面，眼见着蹬出了两个土坑。

一声爆响，胡大少的脑袋裂成了两块，脑浆迸裂而出，一股浓烈的腥臭，令人欲呕。

四周的蛮子发出一阵震天吼叫，作鸟兽散。

无方丢下胡大少，奔向马车。

海瑟本能地往后一缩，差点被自己绊倒。

无方一把揪住她。

“洁净术!”他大吼着。

他听见一阵熟悉的簌簌声，又闻到一阵清淡的花香。他觉得浑身脏污在潮水般地退去，心头那阵暴戾也减退了一些，但还是无法完全消散。

海瑟施完魔法，突然身子一软。

无方急忙把她搂在怀里。

“你怎么样?”他听见自己的声音很暴躁。

“我很好……”海瑟长长地吐了一口气，“你这么厉害?”

无方不说话，两手一抄把她抱了起来，走到那一堆已经不能称为尸体的烂肉前。

“你要干什么?”

海瑟突然住嘴了。从尸体上缓缓腾起一缕绿烟，朝他们飞来。

无方挪动海瑟的脑袋，让绿烟对着她的眉心。

但是绿烟仿佛有灵，躲开了海瑟，总是冲着他。

无方急了，一拳砸向尸体，血肉飞起，又溅了两个人一身。

“死了都是混蛋！就不能给她一点?”

海瑟苦笑，“你是白心人，我又不是。”

无方哼了一声，吸收了那一缕绿烟，然后把手掌贴在海瑟额头，运起自身的原力，轻轻发送过去。

他感觉手上微微一震，似乎海瑟的体内有什么被打通了，原力犹豫了片刻就钻了进去。

海瑟闭上眼，默默接收着。她的脸色逐渐变得红润，呼吸悠长，表情也镇定下来。

无方灵机一动，一边吸取绿烟，一边传输给她。他的身体成了中转站，好几股原力在里面融合，变成另一种能量流给海瑟。这个发现让他非常兴奋。他不仅能吸收天下的原力，还能经过提纯再灌注给别人。这才是救世主的真实威力吗？

“现在怎么样？”

“真舒服……”海瑟迷迷糊糊地说。

“再来。”无方说。

他们又来了一次。这一次顺利得多。无方能感觉到，他、海瑟和力源之间，形成了一个循环，能量周而复始地运转，越来越旺盛，也越来越纯净。他闭上眼，内视了一下，一股鲜艳的明绿正在他们之间穿梭，地上则是淡薄的暗绿，还带着一些橙色、白色和黑色，他试了一下，却吸收不动。

他收起内视，看着海瑟。海瑟眼中又有了神采，还带上了一丝凌厉。

“禁制破除了吗？”

“没有。但是可以走路了，”海瑟点了点头，“我们跑不跑？我听你的。”

无方有些意外。

“你的英勇为你争得了荣誉，白心人。”海瑟说。

无方犹豫了一下，“我想去帮一下郡主。”

海瑟玩味地看着他。

“我很快就回来。”无方说着，飞身而出。

突然，他面前出现了三个长发披肩、飘逸出尘之人。

他急忙顿住身形，打量起四周。一切都模糊起来，打杀之声依然震天，残肢断臂依然纷飞，他却像在一个朦胧的空间里，谁也进不来，谁也出不去。

他想起了青衣人的那个洞窟。看来，这几个人能主动营造空间，应该是青衣人级别的高手了。

“你们——”

三个人默默地打量着他。

“请让开，我有事。”无方说。

三人中，那个眉目如画的女子大袖一扬，一具颈部被劈开的蛮子尸体呼地越空而来，砸在他面前。

“再做一遍。”她脸上没有任何表情。

无方皱起眉头，冷冷地看着她。

“小兄弟，我叫风二，这是云三，这位女侠叫水四。”那个潇洒的男子笑了一笑，“请不要介意，我们看见小兄弟吸纳蛮子的内力，心生好奇，所以——”

“对不起，我没有时间，”无方说，“那边很紧急。”

云三脸色沉了下来。

风二摊了摊双手，表示善意，“小兄弟，我们是虚心求教，只要你坦诚相告，一定会得到我们的报答。”

无方看了看云三和水四，他们竭力镇定，但是眼中有一种强烈的期盼。

“我知道你们想要什么，但是，我给不了。”他说。

“小兄弟，何必如此——”

“我是白心人。”

三人一惊，急忙凝神运气。三道威压顿时袭来，一股祥和，一股冷冽，一股阴寒，转瞬之间又收了回去。

“小兄弟，你明明长得像英风人，为什么有精灵斗气？”风二说，“至于白心人，只是千年传闻，从没出现过。”

无方恍然，“我知道了。”

“知道什么？”水四的声音还是那么冰冷。

“我最初是白心人，但是吸取了精灵原力，所以你们认不出来，”无方说，“只有白心人才能吸取别人的原力。你们找我，算是白找了。”

三人眼中一阵失望。

“小兄弟，能否跟我们去一个地方，仔细切磋一番？”风二还是很客气。

“不行。我很着急。”

“急什么？”水四说。

“我要救郡主，李多在围攻她，”无方说，“我还要救一个精灵回埃尔蒂斯。这两件事，你们要帮我，我就跟你们走。”

三个人你看我，我看你，都沉默起来。

“这件事很简单，但是——”风二沉吟着。

“我们发过毒誓，绝不参与各国的争斗。”水四说。

“那我去帮郡主，你们把精灵送回埃尔蒂斯？”无方说。

云三下巴微抬，“本来是小事，但是，埃尔蒂斯一向为大陆不齿，精灵也乖戾暴躁，一旦牵扯上，有损我们的名声。”

无方一怔，一股邪火顿时升起。

“听说过千生大典吗？见过他们是怎么糟践精灵的吗？”他厉声说，“你怎么不懂是非善恶？”

“请不要放肆，”水四说，“否则，别怪我不客气。”

“你要杀我？”无方冷冷地问。

三人都是一怔。

风二急忙上前，“小兄弟，不要误会，我们没有这个意思。”

“请让开，”无方冷冷地说，“不帮忙，就不要挡着我，不要让我看不起！”

三人眼巴巴地看着他冲过来。

呼的一声，三人张起的屏障居然自动分开，让他穿了过去。

“这，”云三看着风二，“怎么可能？”

“他真的是白心人，”水四并没有动怒，“常人面对我们的合力，站都站不稳，哪里还敢这么顶撞？”

“看来，融合之法不能指望了，”云三失望地说，“其实早该想到，他把内力叫做原力，大陆所有门派都没有这么叫的。”

“我想跟他交个朋友。”风二沉思着。

“你要帮他救精灵？”云三说。

风二摇摇头，“他有原则，我也有。”

“等我回一趟金湾后再来会他，”水四说，“白心人现世，这大陆格局只怕是要变一变了。”

郡主和兰焰都快要扛不住了。她们力扛李多和国师本来就很吃力，又加上了个金大耗子，形势更加凶险。金耗子手上功夫一点不差，一把圆刀舞得风声凛冽，在郡主和兰焰的腿上割了不少口子。

李多和国师却连出杀招，好几次，她们都在须臾之间闪避过去，不然就是筋断骨裂。

“小心点，别搞坏了！”金大耗子大呼小叫，心疼不已，“不要打脸！不要打要害！”

无方一穿过屏障就看到十几个蛮子、耗子、死灰朝他冲来。他一声低吼，冲了上去，扛住刀林剑雨，一把圈住敌人脖子，直接拗断。他不怕受伤，战场上有的是原力，随时修补着他。随着敌人一个个倒下，他的劲力愈发充沛，更加气势如虹。

不大一会儿，这些人就被他料理干净了。

他浑身劲气鼓胀，立刻往李多那边释放了几十个原力团，想了一想，手上又凝聚起很大的两团，然后朝他们冲过去。

李多发现了他，哼了一声，就朝他扑来。无方一抬手，一声闷响，一团原力在李多鼻子前炸开，李多顿时一个踉跄，退后几步撑开了护罩。

李多给国师使了个眼色。国师一直张着护罩，上面糊满了血污，看上去就像一个巨大的血泡。一看李多如此，他也小心起来，一边打，一边离无方远了一些。

“你是个什么东西?”金大耗子怪腔怪调地说着，刀光雪亮，对准无方脑袋劈来。

无方侧身一闪。随着原力一次次融合，他的身体已经相当灵敏，一躲就躲了过去。

但几招过后，他发现不妙。大昊人本就敏捷、狡诈，金大耗子除了这些，还相当警觉，能判断他的攻击方位，总是提前闪开，然后瞅空给他两下。

不一会儿，他身上就带了不少伤。

他的招法只有原力箭、原力团。虽然都很隐蔽，但速度慢，常常是他连射几箭，却连耗子的毛都没沾着。原力团要好一点，炸得耗子披头散发，但耗子很快有了戒备，身形变化更快，常常不等他催发就换了方位。

无方明白了，原力箭也好，原力团也好，都比不上拳脚刀剑，招招真章，立马见红。他发誓，以后一定要好好学习战技和武功。

就在他连续挨了好几刀，脑子开始迷糊的时候，身后突然传来海瑟的叫声。

“白心人——”海瑟从车里跳到地上，扬起手臂跑了过来。她的长发抛散开来，就像黑色的瀑布，在这血红天地之间显得异常醒目。

金大耗子一下子失神，呆了一呆。一道强劲的原力箭击中了他后脑，随后，三发原力团在他胸前连续炸开，炸出了一个巨大的窟窿。

金大耗子喉头呃呃有声，倒退两步，訇然倒下。

海瑟走到无方身边，冷冷地看着郡主和兰焰。

两人顿时后退一步，全力防备起来。

“有进步，白心人。”海瑟说。

“幸好你来了。”无方说。

“再加一把劲，杀光他们。”海瑟怒视着金大耗子。

“你恢复了?”无方低声问。

海瑟微微摇了摇头，“那个禁制太厉害，我还是提不起斗气。”

无方点了点头，走向金大耗子。

金大耗子本已处于弥留状态，此刻却一脸淫邪地盯着海瑟，“好肥的大妞!”

金大耗子喃喃地说着，颤巍巍地伸出手，眼中充满亢奋，下体还耸动了几下，像是到达了某种邪恶的高潮。

无方抬起脚，对准金大耗子的脖子一脚踩下。一阵令人牙碜的咔咔声中，他又有了那种决人生死的快感，似乎他已经高高在上，主宰着一切。

金大耗子一阵痉挛，咽下了最后一口气。

一股浓烈的绿烟，从那对快要挤爆的眼眶中飘出，射进无方的眉心。他感受着熟悉的清凉，又有一丝忧虑。蛮子喜欢吃人，所以他吸了原力就想杀人；耗子喜欢奸淫，难道他以后会变成一个淫魔？

他抬眼看去，郡主、兰焰、李多、国师，都用一种陌生的眼光盯着他。他们刚才还打得不死不休，现在却都罢了手，盯着他，就像他变成了他们的公敌。

他发现，那种无比暴戾的感觉竟然退了下去。他不想再杀人了，只想和海瑟平安地离去。但是，为了防止他们联手追杀，他决定威慑一下四人。

“帮我照看一下她。”他大咧咧地对郡主说。

郡主一怔，立刻点了点头。

海瑟很不情愿，但无方还是坚持着让她走到郡主和兰焰身边。

无方转过身，面对着李多和国师。

他伸开了双臂。周围血红之中，满地的蛮子、耗子、死灰身上都飘起深浅不一的精灵原力，向他飞来。一瞬间，整片天地充满了绿蒙蒙的雾气，和血红的天光映衬在一起，十分迷幻。他干脆闭上眼睛，尽情地吸着，不怕有人敢来捣鬼。普天之下，有多少原力可以让他吸取？他一旦融合了这些力量，会变成何等强大的存在？

他感觉有三道陌生的眼光在窥探，于是打开内视，发现在不远的空中闪动着红色、蓝色、青色的三个亮点。看来，他们都不是英风人，原力的颜色是他没有见过的。他们不帮忙虽然让他沮丧，但只要不插手，他也就不会再记挂他们。他们脱离纷争，鄙视精灵，追求天道；他深陷迷局，一心救人，结束混乱。大路朝天，各走一边好了。

不知道过了多久，无方睁开了眼睛。

他刚想去制住李多和国师，一个声音打断了他。

“小子，再往前一步，我就宰了她。”

说话的人是国师，声音有些发抖。他居然越过郡主和兰焰两道防卫，抓住了海瑟。他一手揪着海瑟的头发，一手卡住了她的脖子。看到无方一脸震惊，他终于没有忍住，桀桀地笑出声来。

第十一章·暗斗

无方反应过来，这一次，他真的被出卖了。

他定定地看着郡主和兰焰。

兰焰扭开了头，望着别处。郡主却优雅地笑了起来。

“为什么？”无方问。

“公子救了长亭和焰儿，这份恩义本该好好报答，”郡主说，“但是你这些招法，实在是…… 与邪魔无异啊。长亭心中斗争再三，终于决定，为了我帝国的大业、百姓的平安，宁可被公子唾弃，也要——”

无方知道她有说辞，但没有想到会这么堂皇。他明白了，只要他不从，刚刚还杀得不死不休的四个英风人，就会立刻联手。

他放出神念，探测在战场上空还有多少原力团。他记得施放过不下五十个，但现在只剩下了九个，还都在慢慢地变小，就像在空气里融化了一样。他即使引爆，也不可能同时让四个人中招。更何况这个招法太稚嫩，偷袭还不错，一旦摆开阵势，很难说能有多大的作用。

他痛恨自己。明明可以带着海瑟逃跑，他却失心疯一样把她送到了郡主手里。他也很奇怪，那种滔天的暴戾驱使他残杀了蛮子和耗子，为什么不让他去杀死这四个英风人。他们身上，难道就没有精灵的血债？

“你们想干什么？”

郡主愣了一下，“公子如此坦荡，事情倒是容易了……请公子随长亭回到郡府，慢慢商榷。”

“不去朝歌了？”无方有些奇怪，“死了这么多人，都白死了？”

兰焰的脸色沉了下来，怒视着李多和国师。

“我应该早点帮你。”无方对她说。

国师轻柔地笑起来，“白心人，没有用的。我四人同为英风子民，一些小小的摩擦决不会影响大局。”

“兰大将军，我栽培多年的灰衣，不也完了吗?”李多肃然说道，“至于蛮子、耗子，逃掉的几个回去一上报，这事后的安抚还都麻烦着呢。”

“各位都少说两句，”郡主说，“先回郡府。至于公子，只好委屈一下了。”

“放开她。”无方冷冷地对国师说。

国师一笑，抓在海瑟脖子上的手紧了一紧。

“公子真是用情至深。大国师，把人交给长亭吧。僵持着没用。”

“你想占尽便宜，也不是不可以。”李多嘿嘿一笑，“只不过，刚才的事一笔勾销，不许上报朝廷。”

“休想。”兰焰沉声说。

“就这么办，”郡主说，“公子和精灵只是暂住郡府，大统领、大国师可以随时前来，监督问讯。”

“姐姐，你——”兰焰气得直跺脚。

郡主回头，审视着无方，“公子，你要是保证不再反抗，长亭就不下禁制了。”

“把海瑟交给我。”无方说。

“公子，你武功日进千里，对长亭又有了成见，长亭实在不敢——”

“把她给我!”无方吼了起来。

他刚才趁人不备，已经把原力团集中到了李多和国师这一边。一旦翻脸，他要先灭掉这两个人。

四个英风人迅速交换了一下眼色。

“大国师，长亭有个不情之请，”郡主轻声说，“这个精灵，不如就先——”

无方看到李多眼中闪过一丝精光。他刚想提起神念，引爆原力，就见四人的身影在他眼中齐刷刷地放大，每个人，包括郡主和兰焰，都充满了一种凌厉和狰狞。

他失去了知觉。

无方做了一个梦。

迷糊之中，依然是烈风荒漠，红雾，迷障，拼死的打斗，满地的尸体。

“白心人，别来无恙?”

那个潇洒的男子风二翩然出现在他面前。

“我……在哪里?”

“梦里。”

“你找我……做什么?”

“想跟你交个朋友。”风二郑重地说。

“我还会有……朋友?”无方愣了一下,“那两个人,是你的朋友?”

风二点了点头,脸上掠过一丝温暖。

“你们不是一个国度的,”无方说,“你们的原力,颜色不一样。”

“你看得见?”风二激动起来。

“你是蓝色,云三是红色,水四是青色,”无方说,“你真的要和我交朋友?”

“当然,”风二认真地说,“只要不违反原则,不去干涉……”

“英风人抓了我,你还来见我,这不是干涉吗?我就不信,为了你的国度你能做到不干涉。”

“我的国度?”风二苦涩地笑起来,“风二没有国。”

“你们是吟游诗人?”

“不,我的族人不多,受到全大陆的歧视,还没有立国。”

“精灵也是被天下欺负,你们都一样,”无方说,“你为什么不帮她一把?”

风二低下头,又抬了起来,“各有各的不幸吧,不能混为一谈。”

“云三和水四呢?”

“云三属于一个隐秘的种族,他自己从来不说。水四妹子很幸运,有一个强大的祖国。”

“在哪里?”

“金湾。”

“我听说过,”无方说,“据说那是个人间天堂,很强大,很富足……所以,她才不干涉?”

“风二见过千生大典,不止一次,”风二淡淡地说,“我也痛恨这种恶习,但是百年以前,我以种族之名发过毒誓,只能置身其外……”

“你们为什么在一起练功?”

“水四妹子是个天才,”风二说,“引来了雷电的力量,锻造我们的内力,果然进阶快捷,而且——”

“我是说,你们不同种族,为什么会在一起,还成了朋友?”

“这个……都是机缘巧合,各种隐情暂时不能相告。”

“我认识一个人,跟你们一样强。”无方说。

“谁?”风二急忙问。

“你先帮我一个忙。”

“不在话下，”风二突然收了口，“但是，不能干涉……”

“那个精灵女子，你肯定见到了，”无方有些火了，“她的同伴，两个那么弱小的精灵，一个被吃光了脑髓，一个被煮成了肉羹。你们追求天道，什么是天道？天地间总该有点公理吧？都这个份儿上了，你帮一下才顺应了天道！明知惨剧发生却袖手旁观，问问你的良心，过得去吗？”

“这——”

“那两个英风恶棍，马上就要去蹂躏精灵，”无方沉声说，“你去制止他们，总可以吧？”

“光天化日，竟敢如此放肆！”风二也愤怒起来，但又是一怔，“你是说，英风的大国师和大统领？”

“算我求你，好不好？”无方额头青筋直冒，身上却提不起半点力道。

风二低下头，思忖着。

“你护着她，不要让她受到侵犯，”无方无力地说，“就这一点事，不行吗?!”

“风二也有苦衷，且让风二斟酌斟酌……”

“来不及了！你这个呆子！”无方大吼起来，“你要救了她，你和你的种族全都是我的恩人！这个情分，我发誓，一定报答！要是不救，你就从我面前消失，我没有这么假惺惺的朋友！”

风二咬紧了下唇，皱着眉头，显得矛盾之极。

四周依然充满了血色。穹庐倒扣在大地上，就像一只巨大无比、暗红明灭的眼珠。

国师很高兴。因为他的得意门生，那十几个峨冠博带终士乘着一辆巨大的四驾角马车与他们会合了。他当时急于奔赴战场，一个化雾术就冲了过来，没有叫上他们，结果差点折在无方手里。现在好了，白心人被制住，精灵被擒获，黑甲死伤殆尽，郡主二人也受了不小的伤，真要翻脸，就得面对大国师、大统领，再加上这十几个修习过大悲欢术、大转化术、大采集术的怪胎。

他跟李多略一商议，就决定改变最初的策略，先挖出无方身体的秘密。那种吸取内力的惊天之秘，比什么精灵的战术战技要强上太多了。这就意味着，不能把郡主逼急了。只有她才有一种独门的手法，可以破解内力的运行之道。

但是，无方动不得，不意味着海瑟动不得。郡主似乎想保她，但他老脸一黑，一副要拼命的样子，让郡主和兰焰都犹豫了。他这种花丛老手，早就看出郡主对精灵不爽。毕竟，精灵不仅是绝代佳人，还有一种强烈的异族风情，体态又妖娆，眼神又勾人，是个女人就忍不住会嫉妒。他下定决心，回弱水这一路上，要尽情地修补她、炮制她，让白心人哭爹喊娘，最后神志崩溃，乖乖地屈服。

国师一步三摇，登上峨冠博带们包围的角马车，却发现李多正对着精灵发呆。

“怎么了？”他心里咯噔一下，以为李多已经下手了。

“不对劲，”李多说，“这个精灵有古怪。”

国师凝神看去，精灵静静地望着他们，脸上是一种恬淡的表情，既不恐惧，也不仇视。

他愣了一下，“你用了催情之物？”

“堂堂李某，怎么可能用那种下三滥的东西？”李多说，“当心有诈！”

“安德鲁的法术正好克制这些邪恶的异术。先修补，再转化，直到彻底折服她。”

“奉劝你以大局为重，一旦失策，着了她的道儿，你我这大逆不道之罪，哼哼。”李多说。

国师也觉得精灵反常，但要他撒手，绝不可能。一想到精灵马上就要被剥成小白羊，任凭他上下其手，大行绝技，他就什么都顾不上了。

“统领尽管放心，不到郡府安德鲁就将这妖精调教得服服帖帖，绝不会出现任何差错。”

“国师，听李某一言，”李多耐心地说，“用禁绝术封闭她——”

“不用了，统领，安德鲁有绝对的把握。”

“你连李某的话也不听？”李多阴森森地说。

国师突然脖子一梗，“孩儿们！请大统领回到自己车上。”

“你！好你个安德鲁，你——”

李多的话戛然而止。堂堂大统领，竟然被一帮峨冠博带突然出手点了各种穴道，包括哑穴。李多大怒，却只能听凭这帮人抬手的抬手，扛脚的扛脚，乱哄哄地把他抬下了马车。峨冠博带中有两个胆子大的，边往外走，边直愣愣地看着海瑟，口水都快流下来了。

“都滚出去，给老夫好生护法！”国师嘎嘎地笑起来，“老夫完事后，你们也有份！且让这埃尔蒂斯尤物纵情享用我英风大好男儿，传为大陆之美谈！”

车外顿时传来了一片欢声。

国师拉上帘子，转过身，解开外衣，哼着小曲儿朝海瑟逼了过去。

“小心肝，知道老夫想你多久了？居然落在那小崽子手里……你们是否干下了苟且之事？老夫要修补多久，才能驱散那劣根之气——”

海瑟看着他，一言不发。

国师警觉起来。海瑟的眼光，没有丝毫的痛恨，却像是一种期盼。就算他自我感觉再好，也不认为精灵看得上他这把老骨头。

“你跟那白心人，都玩过什么花样？”国师低声说，“照原样给老夫一一玩来，否则，老夫只把你修补一半，让门外那帮青皮壮汉来把你细细修补，尽数填满——”

国师呼地一下甩掉了所有衣服，又现出那身油光黑亮的骨头架子。海瑟眼中闪过一丝惊悸。他不由得笑了起来。

“你这个妖精！老夫这身行头看着吓人，其实宝贵得很，普通人根本无法修炼。这叫金刚骷髅体，如墨玉青钻，百补不停，百战不泄，管保你死了又活，活了又死，苦苦哀求老夫将你立即转化——”

海瑟终于往后缩了一缩。

“害怕了？后悔了？晚矣！老夫要与你行那十全契合之功，以老夫全身内力，化作肉棍水柱，钻定你七窍八孔，占据你所有明暗之穴，定叫你成为老夫的贴身小肉肉，也是大陆第一个精灵小傀儡，为老夫趟平富贵路，搞定天下人，永留英风和鬼岛青史，哈哈哈——”

国师抓起海瑟的一只手就往自己下体抚去。

“小心肝，你要知道，老夫虽然硕大，却是相当的怜香惜玉——嗯——”

国师淫荡的声音突然一顿，变成了一种压抑的嘶嘶声。海瑟并没有什么动作，他的咽喉、肩头、胸口、肚脐、下体却不知道被什么东西同时刺了一下。他只觉得一阵焦热，不是欲火的炽热，而是毒辣辣的灼热，似乎一瞬间就点燃了他的心肺，要把他烧成焦炭，化作飞灰。

他怪叫一声，甩开海瑟的手掌，仔细查看周身，却没有发现什么异常。他决定不再被她吓倒，要立刻开始修补，出一出这口恶气。

突然，他发现自己肚脐里冒出了一团小黑肉。

他还以为内脏不服管教，想要先他一步来品尝海瑟，但仔细一看，有些不对劲。小黑点越来越大，渐渐长成了一团蓓蕾，眨眼的工夫，一朵黑亮得几乎透明的大花开在了他胸腹之间。花瓣就像混沌海的极品鲜鲍，肥厚湿润，伸展着、开合着，宛如一张怪异的大嘴。

紧接着，他的咽喉、肩头、下体被刺过的那几个地方，各自开出了类似的黑花，一朵大过一朵，最大的竟然盖满了他的小腹。他的骨架和内脏挤作一团，一阵阵闷痛散发到全身，让他越来越感觉窒息。更可怕的是，一丝丝黑气正从花蕊里往外倾泻。那是他修炼多年的幽灵真气，是他所有功力的结晶。

他大吼一声，想施展几个驱散术，却发现魔力虽然放出，却没有什么反应，就像他从未修炼过那些术法。他惊慌起来，连续施展大甘霖术、大骷髅术，想去除负面影响，但除了加快幽灵真气的外流，没有起到丝毫的作用。

国师惨叫起来，声音越来越大，也越来越凄厉。他浑身的力道都在散失，身上除了这些花，还有更多的花蕾、花苞正孕育着，一簇簇、一丛丛、一片片地绽放起来。他突然觉得脑袋也有异，伸手一摸，整个头颅竟然变成了一个干枯的树疙瘩，而他的四肢，则变成了几截干树枝。更多的蓓蕾，就像瘰疬、脓疱、肿瘤一样，在上面层层堆积，不断有黑花绽放，黑气发散，黑光闪烁，黑云笼罩。

角马车的四周，一群峨冠博带贴耳倾听着，脸上满是敬佩的表情。

随着国师秽语戏弄，众人都心痒难耐，恨不得冲进去，和敬爱的师尊一同分享。但是马上有人提醒，若是坏了师尊的好事，只怕无数骷髅要伺候终生。于是谁也不敢乱动，只是两眼放光，听着国师在里面号叫，忽而长，忽而短，忽而高，忽而低。

“老师果然人杰，那么妖媚的女魔，居然战到现在也不泄身。”

“老师这床笫怒吼，宛若九天行云，了无痕迹，却令我等心神俱爽——”

“照这架势，老师战完，妖女还有足够余力应付我等——”

“大家一起来唱个小曲儿，给老师助助兴，让妖女也哼哼起来，如何?”

众人一阵淫笑，捏着嗓子，柔情万端地唱起一首小调：

蕙花儿香——雪晴池馆如画
春风儿飞——宝钗儿楼——笙儿箫儿——琉璃儿射
不是暗尘明月——心懒意怯
那时元夜——羞与蛾儿争月——

李多也听见了歌声，更是羞愤难当。峨冠博带们把他扔上一辆角马车，稍加禁制，就急急慌慌地跑去听热闹了。

李多沉下心神，片刻之间，就集中了功力破禁脱困。

他立刻蹦下车，朝他们冲过去。他想好了，即便是翻脸，也要把这帮混蛋杀个精光，然后狠狠地参上一本，把国师全家、门下桃李，乃至亡灵一族在帝国的所有势力连根拔起，清除干净。

他已经看到了那辆巨大的角马车，以及蹿来蹿去的峨冠博带们。他运足了内力正要杀过去，突然想起了一件事。

他的身形突然止住了。

“大殿下都不敢动她，你一个小小的国师——”

李多喃喃地念叨着，扭转头，望着道路前方。那里应该有另外一辆大车，郡主、兰焰、无方都坐在上面。但是现在，车子不见了。

李多纵身飞到半空，只见血红的天光中有个隐隐的小黑点，正带起一溜尘土，朝弱水郡疾驰。

他望了望国师的马车，大圆脸上又浮现出那种招牌式的微笑。

“安德鲁阁下，这一次，可不能怪李某不救你了，嘿嘿……”

李多展开身形，朝前方追过去。

国师倒在地上，不停地扭动着、抽搐着。他的全身变成了一朵巨大的黑花，脑袋是花蕊，两只眼睛是花蕊上的粉团，骨头架子变成了毛刺，胁下长出肥厚的翅膀，把手脚连成了两片硕大的花瓣。他引以为豪的胯下巨炮已经变成了枯干的花萼，渐渐结成一块干硬的死木。他浑身的知觉正如潮水一般泄去，任凭他全力催动功法也无法挽回。

——该死的精灵，竟然如此恶毒，帝国危矣——

国师嘶嘶地说着，却发现根本没有声音，只有一缕一缕黑气从脑门直冲出来，袅袅地飞出了角马车。

他的上下眼皮变成了木头，脑浆似乎也在凝结。他拼命地睁眼，也只能撑开一条缝。他惊异地看到，海瑟也变成了一朵花，不过不像他这种死花，而是一朵鲜活伶俐的淡绿之花，俏脸变成了花心，黑发变成了蕊丝，手脚变成了洁净的花瓣，托着她，缓缓地飞到半空，慢慢变淡，终于不见了。

国师长长地吐出一口气，准备受死。

无方再有知觉时，还是在梦里。四周一片血红，风二潇洒依旧，颇有意味地看着他。

“我再求你一次，”无方咬紧了牙关，“不能碰她……绝对不能……”

“我是花族人，我族都是花草林木所化，”风二突然肃穆起来，“白心人，后会有期。”

无方还在发愣，风二已经在他的眼前消失了。

接着一阵强烈的颠簸，无方身子一痛，醒过来了。

还是那个车厢，还是那种被禁制的感觉，但他的背后贴着一个温热的身

体。他心神一颤，马上知道，是海瑟，她获救了。

他顿时松了一口气。

车外已经不是那种肃杀的铁红，而是暗绿的山石、斑斓的山花。看来，快到弱水了。李多和国师不见人影，透过车帘，能看到郡主和兰焰，一边一个，骑着角马，紧紧看护着他们。

无方碰了碰海瑟，发现她还在昏迷。

能把她救到这里，却不惊动郡主和兰焰，风二的功力可想而知。青衣人或许掌握了四大超法，风二却有一些更加独特的招法。花族，究竟是个什么样的种族？眼前的这些山花，就是他们的化身吗？

无方悠然地想。

他闭上眼，开始内视。除了已经融合的原力，还有一大片深绿隐藏在各条脉络中。他试着驱使它们，却引来一阵反射的钝痛。仔细一看，在重要的关节处有很多黑线白线紧紧缠绕着。他知道，这些是郡主四人的内力。他试着化解它们，但是很难，就像涂满了油的双手去拿东西，总是不断地打滑。空有一身原力，却不知道如何使用，这让他很是沮丧。

青衣人唤醒了他的本源之力，衍生出一种强大的功法，但不到生死关头，他不会知道那是什么。地龙坑中，海瑟给了他一滴精灵原力，让他能吸取、融合别的原力，他借此创出了原力箭和原力团。这两种招法都很隐蔽，但是速度慢，威力也不够。除此之外，他还有些说不清楚的能力，比如那种滔天的暴戾，发作的时候很恐怖，但也有坏处，一是太过嗜杀，二是时灵时不灵，有可能在关键时候出差错。

这些招法让英风几大高手吃了亏，但他们一旦熟悉，恐怕就没有什么用了。郡主有雷音，兰焰有大剑，李多有利掌，国师有骷髅，风二云三水四，就更不必说了。相比之下，他就是一个咿呀学语的孩子。他必须赶快增加实力，才能保护好海瑟，想办法唤醒她，继续下一步的使命。

好在他吸取的原力也会夹带一些战技，比如地龙坑里的那些。他便试着召唤，想借机修炼一番。但是郡主四人的功力禁制着他，让他的体内处处堵塞，无法让原力流动起来。他尝试了好几次，都一无所获。

他又想起青衣人说的，他可以拯救世界，也可以毁灭它。要做到其中任何一点，没有本事怕是很难。看来，只是时候未到，他的将来还是值得期待的。他突然发现，从来没有像现在这样渴望强大，渴望横行天下。

无方兴奋地一挺身子，却忘了自己已被捆住，于是一晃、一歪，带着海瑟，就要栽下车去。

他大叫一声，被一只手抓住了。

他一看，居然是兰焰。

兰焰没好气地把他推回车中。

“谢谢。”无方说。

兰焰愣了一下，关上车帘，不答理他了。

但没过多久，她又掀开车帘，想说什么，又说不出来。

“有事？”无方说。

“帝国利益，至高无上。我必须那么做。”

无方沉默着。

“不仅是为了帝国，”郡主突然出现在另一侧，“也是为了公子。”

无方转过脸，看着她。

“公子要成长，总要经过各种磨难，”郡主说，“这一次，也算一个考验。”

“我应该感谢你，是不是？”

“感谢就不必了，只希望公子念着长亭的好，将来长亭有求于你的时候，仗义一些。”

无方说不过她，只能闭嘴。

突然，郡主脸色变了一变，眼神戒备起来。

“你们？！”

“怎么，不欢迎？”一个圆润、厚实的声音说。

“郡主是不是觉得，老夫和统领都已经粉身碎骨了？”另一个枯涩、嘶哑的声音说。

车帘被掀开了。

一张大圆脸，挂着那种招牌式的微笑，盯住了无方。

无方扭开脸。

李多突然扬起手。一条青光，在无方脖子上掠过。

一阵辛辣的刺痛突然在体内爆发，像是要撕开皮肉，冲出脑海。无方忍不住闷哼了一声。

“这么热闹啊？”

国师也出现了，他的五官有些扭曲，脖子不停地伸缩着。几个小小的骷髅在他手心跳动着，慢慢朝无方飘来。

“白心人，这种小玩意叫做剔骨之宝，一般人是享受不到的。老夫今天就慷慨一把，都送给你。”

骷髅入体，一开始还没有感觉，过不多久，浑身就是一激灵，刚才的刺痛突然变成了一阵强过一阵的痒麻，就像一直痒到骨髓里、灵魂中。

“啊——”

无方低抑地吼叫着，很快就嘶哑了，叫不出声来。但他不敢乱滚乱动，怕压到海瑟。海瑟还是昏迷着，只要她没事，他再怎么受罪也算不了什么。

“不错不错，这么能忍。”李多笑眯眯地说。

“你们……只会……玩这些……”无方艰难地说。

漆黑的罗网砸上他的脑袋，立刻没入身体。连续三个禁声术以及一些令他僵直、呆滞的法术，纷纷朝他飞来。一时间，他连眼珠子都动不了了。

但是他并不害怕。他感觉各种能量在体内交错、挣扎、互斗，让他疼痛、麻痒，但它们也在中和，也在消耗。

他屏住呼吸，试着用原力去化解、去吞噬它们。他相信，只要有时间，他就能把它们化为己有。

国师突然看见了无方背后的海瑟。

“妖精！”

国师的身子一缩，差点从马上栽下去。

众人都诧异地看着他。

“一定是出了内鬼，否则，她早被老夫修补、转化了，怎么可能跟白心人在一起？”国师强作镇定，慢慢伸出爪子，犹豫着。

“你要是……敢动她……”

无方咬住下唇，每个字都像是从牙缝中崩出来。他觉得那阵暴戾又来了，又在他周身运转，几乎就要冲破四人的禁锢。

“哈、哈、哈、哈！”李多狂笑起来，“都到这步田地了，还敢这么放肆！李某这辈子杀的人没有十万也有八万，比你狠的大有人在，到头来，还不是一个个全都跪下，给李某舔脚指头？”

无方抬眼过去，怒目直视着李多。

李多眼神一凛，刚要发作，郡主挤了进来。

“适可而止吧，”她轻言说道，“有什么事回到弱水再理论，如何？”

李多和国师哼了两声，慢慢退了出去。

突然，海瑟呻吟起来。

“你……醒了？”无方哆嗦着问道。

“是你啊……”海瑟长长地出了一口气。

无方劲气一松，身上的痒麻和疼痛突然就减轻了许多。

“刚才……他没有碰你吧……”无方说。

“他露出了那副骨头架子……后来，我就什么都不知道了。”

“都是……我不好。”无方说。

“我死了就死了，”海瑟淡然地说，“只是，那个人不是你，有点遗憾。”

无方一呆，心神一阵激荡，直直地看着海瑟。

“你干什么？你又没出息了，白心人。”

无方傻乎乎地笑了起来。

“你被他们打傻啦？”海瑟说，“还是那个郡主把你勾引了？”

“我不会再相信她了。”无方说。

“公子还在记恨长亭呀？”车外传来郡主的声音，“什么时候你才能理会长亭的一片苦心？”

无方冷笑不语。

“公子，你是如此的悍勇，如此的强大，不把你抓在手里，帝国怎么会放心呢？”郡主痛心地说。

“你们不懂……”无方喃喃说道，“你们控制不了我，你们都是我的人……”

“普天之下，莫非王土！”国师的声音传了过来，“你再了不起，也是皇上的子民，就要服从，就要跪拜，就要——”

“就要去当奴才？”无方叹息了一声，“你也只能这样了。”

呼啦一声，车帘又被掀开。一个巨大的惨绿骷髅突然张开獠牙大口，朝无方咬去。

一声轻叱，兰焰已经闪到无方身前。剑光连闪间骷髅就噗噗地散去了。

“年轻人，不要狂妄！将来有得苦头吃——”

国师阴阴地看了看兰焰，又看了看海瑟，才狠狠地抖下帘子，离开了。

“大家加紧赶路，”郡主松了一口气，“天黑之前必须赶回郡府。”

一进弱水，立刻有大队黑甲前来迎接。和战死的那一批不同，这些人充满了铁血杀气，一上来就排开阵势，把郡主、兰焰、无方、海瑟团团护住，李多和国师的零星人马顿时被挤到了一边。

“长亭，这是什么意思？”

李多脸上有些挂不住了。

“烈风荒漠上被你们祸害的只是些新兵，”兰焰冷冷地说，“郡主本以为有圣旨在手，谁也不敢斗胆造次，没想到有人丧心病狂，犯下了灭族之罪，却什么都没有捞着。”

国师怔了一怔，“你是说——”

“弱水留下的全都是百战精兵，黑甲的底子不过是十去其一，怎么，大国师、大统领失望了？”

李多突然咧开嘴，笑了起来。

“何必呢，长亭，”他诚恳地说，“李某虽然有错，但也是一心为帝国，不会掺杂进个人恩怨。就不要让外人看笑话啦！”

国师还有些犹豫，被他轻轻拉了一把。

“我二人先回汉轩楼，稍后再去你那里拜访。”

说完，李多和国师带着手下急匆匆地离去了。

兰焰示意几名精悍的黑甲缀了上去，然后扭过头向郡主微一请示，便举起右拳朝前方一指。

“全体，立即整队，回府。”

汉轩楼。李多密室。

国师和李多各怀心事，冷冷对视着。

“大国师，请告诉李某，到底发生了什么？为什么要把那个精灵弄到白心人那里去？”李多皱着眉头问道。

“当时很乱……”国师支吾着说，“安德鲁也不清楚，糊里糊涂的……或许精灵有一种独门自保大法？对！一定是她早就暗蕴魔力，意图戕害老夫，一看老夫神勇无敌，便狼狈而逃……”

李多嘿嘿一笑，“这番话，国师自己相信吗？”

“说句实在话，老夫还怀疑统领呢……”

“算了吧，国师，你想过没有？”李多讥讽地说，“国师的功力比起大殿下又如何？妖精的自爆大法连大殿下都不敢招惹，国师却勇猛而上，传出去怕是要贻笑大方呀。”

“你——”国师额头青筋一冒，急忙按捺下暴怒，“怎么，大统领要拿老夫治罪？”

“怎么会呢？”李多说，“李某一向宽宏，只要是朋友的事，绝不会背后捅刀子！这件事太过古怪，日后慢慢查明吧。只是……”

“统领在担心郡主？”国师说。

“荒漠里的事总是要想个由头，不能让她拿来说事……”

“不好办，”国师摇着头，“这个女人不简单——”

一阵很轻的敲门声传来。

李多制止了国师。两个人迎了上去。

“大师，快请进！”

来人相貌清奇，刚正而平和，恬然一笑间颌下三缕长须飘然欲飞。

“统领，国师，在下有礼了。”

“哎呀！原来是宋大师！久仰久仰！”国师急忙说道。

“大师，大殿下有什么指示？”李多恭顺地问。

“五十万大军已经部署到西线，粮草辎重也都准备齐全，”宋吃一副指点江山的模样，“皇上把十殿中的三殿交给了大殿下，用作侦察、渗透、暗杀、乱敌，又指派得力人手善加协助，这次大战，帝国已经占据了七分先机。”

“那帮精灵要是都被转化，该是多么宏伟的一幕……”国师神往地说。

“但是，皇上一直在念叨白心人。”宋吃说。

李多和国师对视了一眼，“那——”

“越是这样越要慎重，”宋吃说，“二位，你们想想，真要让他到了朝歌，会掀起什么风浪？别忘了，这可是三殿下的计策，要是讨了皇上的欢心，年底的册封会不会推迟？会不会有什么变故？”

李多面色凝重起来，“朝中流传，三殿下结交非人，迷乱宫墙，只怕不是谣言啊。大殿下却是勇猛决断，机智隐忍，是我英风之福、社稷之根！李某誓死跟随大殿下，绝无迟疑！”

“大统领忧国忧民，安德鲁看在眼里，敬在心里，”国师说，“我英风要都是这样的治世良臣，何愁不能上下一心，一统天下啊！”

“嗯，本大师这次来，也有考察密谍的任务，”宋吃倨傲地说，“二位如此团结，让本大师相当欣慰。回京之后，一定会据实禀报。”

“啊！差点忘了——”

李多站起来，伸手一抹，墙上便开出一个柜门。李多轻轻打开，取出一个华丽的大礼盒。

“大师，”李多握着一支泛着浅绿荧光的细长瓶子，“这是新近酿得的十瓶‘埃尔蒂斯之梦’，醇美清新，不可方物。这样的绝品，必须大师亲自品尝才能万古流芳……”

“‘埃尔蒂斯之梦’！这……太贵重了吧？”

“李某只留下了两瓶，其余的全都献给大师。望大师襄助大殿下早日登上大宝，重振帝国雄风！”

宋吃连连点头，“很好！这份心意本大师领了。这些天，本大师又悟出了一套大法，将精灵关押十天，挤出体内秽物，施展紫英神功‘生’字诀保存完整的皮肉、毛发，再用‘灭’字诀将其内脏细烹，佐以名贵的调料，镂空文身，雕花绘彩，一上桌，只见那鲜花簇拥，锦衣包裹，缓缓揭开，满屋都是异香，中人欲醉……”

“太好了。打下妖精国度，咱们就可以一边品尝，一边吟风弄月，光大我灿烂文化……”国师摇头晃脑地说。

李多瞥了他一眼，“只是，那个精灵和白心人一起，都被长亭弱水把持着，死活不肯松手。”

“哦？”宋吃的双眉皱了起来。

李多叹了口气，“长亭太过跋扈，看在威德亲王份儿上，我一直忍让她。不如这样，大师和我们一同前往郡府，把那精灵抢回来，要杀，要烹，还不是一句话的事？”

“安德鲁愿打头阵——”国师眼中鬼火连闪。

“嗯……不，本大师还有要事，”宋吃正色说，“上次那个魔族又在南方兴风作浪，等我追杀下去，把她们抓回来，到时候，希望你已经得到那一具鲜美食材……”

“那是必须的，必须的！”李多急忙说。

“好，言尽于此，本大师告辞了。”

李多和国师把宋吃送出门。一转回身，李多脸色就沉了下来。

国师小心凑上去，“一个厨子就这么嚣张？”

“你以为呢？”李多冷哼一声，“我这个统领的位置可不止一个人盯着。”

“那……你我该如何应付？”

“只要白心人去不了朝歌，就算给大殿下交差了，”李多说，“我的死灰、你的学生，天天去骚扰，先把他稳在郡府，再参上一本，说长亭吃独食——”

“大统领真是机智无双。可是，这位姓宋的骑在咱脖子上两头通吃……”

“他现在风头正旺，”李多又微笑起来，“只不过，他那点家底，真要跟魔族干上，呵呵！”

一个时辰以后，李多和国师带了数名跟随连夜来到郡府，要求接见。兰焰亲自出门把他们迎了进去。随从们都留在外院，李多和国师则被带到后院郡主的住处。

这是一座遍布着亭台楼阁的院子，雕梁画栋都十分精美，但放眼看去，隐隐有一种森严的气势。回廊间穿梭着几袭粉色衣衫，那是端茶送水的丫鬟，个个都有几分功夫。谁也想不到，手握重兵坐镇边陲的郡主，竟然住在这么一个幽静的地方。

“二位请放心。白心人关押在一个很隐秘的地方，绝不可能出什么差错。”郡主换上了一身天青色宫装，气度雍容，笃定地说道。

“李某想见一见他，”李多笑眯眯地说，“难道说，他已经暗度陈仓，离开了弱水……”

“放肆，”兰焰冷声说道，“郡府的看守何其严密，哪里像你们汉轩楼，居然让人杀了出来。”

李多淡淡地瞥了一眼兰焰。

郡主展颜一笑，“回府之后，长亭用了一点手段让他昏睡了过去，到现在都没有醒来。”

“那小子骨头硬，必须严刑重刑才能让他开口，”国师轻柔地说，“那位精灵很是邪门，让老夫亲自来调教——”

兰焰冷笑起来，“又像上次，把你吓得那样？”

“上次，是老夫不愿意辣手摧花，”国师说，“这一次，哼哼。”

“白心人还是长亭来审问，有了进展再告诉二位，”郡主说，“至于精灵，不能交给国师。长亭不想刺激白心人，以免再出意外。毕竟他是皇上要的人。”

“两个俘虏你都要独占？”李多眼皮一翻，“长亭啊，你胃口也太大了一点吧？”

“李大统领，你犯下了四条重罪，”郡主轻轻说，“第一，勾结外奸；第二，残杀边军；第三，陷害朝廷命官；第四，要不是长亭及早发现，白心人就被你杀了……你就不怕皇上看到这样一道折子？”

李多依然笑看着她，笑容里有种说不出的阴沉。

国师摇了摇头，“郡主阁下，大殿下正在备战，急需精灵俘虏来堪破敌方的战术，你要是抗命不从，就是贻误军机，将来——”

“需要我提醒吗？国师大人，”兰焰说，“你和大统领狼狈为奸，他犯了四条重罪，你也一样跑不了。”

“长亭，刚才我一不小心放出去几个化身小傀儡，”李多打了个哈哈，“不知道你那些丫鬟会不会中彩？那些看守白心人的精兵会不会——”

郡主扑哧一笑，“大统领，这种小孩把戏都要用来吓唬长亭？”

“太可悲了。”兰焰嘲讽地说。

国师腾地站了起来，“你就不怕老夫一怒之下——”

郡主身形突然凭空消失，再出现时，已经站在门外。

“你……练成了瞬移？”国师喊了出来。

李多的额头也见了汗。他辛苦炼制的八个傀儡全都放出去了，竟然只有一个还保持着联系，其他的都不见了。

“长亭如此坦诚，二位却这样不堪……”郡主一边叹息，一边摇头。

国师冷笑着，身子一动已经飘过了门槛。

半空传来一阵闷响，黑夜突然变成了白昼，雪亮的天光刺得李多和国师睁不开眼。精致的院落变成了陡峻的山峰，闺房变成雪窟，狂风呼啸，雪花如刀，一个巨大的漩涡在两人眼前转动，一阵强烈的吸力让他们几乎站立不稳。

“大周天寒冰阵……”

国师惊叫着缩了回去，大口喘着气。

“长亭，你够狠，”李多拍了拍手掌，“李某远远不及。”

“以大统领大国师的功力，要破这个阵大概需要三天，”郡主轻声说，“长亭也只需要三天。”

她拉住兰焰的手，两个人发出一阵银铃般的笑声，消失了踪影。

第十二章·权衡

四下里很静，静得有些反常。

听不见虫鸣鸟叫，也没有风吹木叶，更没有流水潺潺、鼓乐袅袅。床帷、门窗、珠帘、吊饰都毫无声息，动也不动，只有满天满地的乳白雾气，迷蒙，恍惚，涌动着，翻腾着。

雾气从窗外涌进，从墙上淌下，从手上流过，又缓缓逸出门外。有时它稀薄如轻纱，似乎拽住几缕，就能从云中扯出一个仙子；有时又浓稠如玉液，随便掬起一抔，便能品尝到馥郁的琼浆。久而久之，时光似乎也停下了，一切都凝滞不动，只有这些云雾，无风而生，无心而舞，缥缥缈缈，自在逍遥。

无方一进郡府，就觉得浑身一软，像是进入了某种虚幻的空间。同行的人全都消失了，只剩下他一个，身子越来越重，眼皮也越来越沉。他还能意识到一些事：兰焰带着两个高髻长腿的清秀丫鬟把他抬起来，穿过重叠曲折的回廊，进了一个房间。然后，他就失去了知觉。

等他醒来后，就沐浴在这些乳白的雾气里。

两个丫鬟面色恬静，为他打理着一切。洗漱、喂饭、如厕……一开始，他还不好意思，但看到她们的举止都很自然，也就安然承受了。

“你们二位请带我去见郡主。”

“回公子，郡主大人和将军大人都出门去了，这两天无法回府。”

高一点的丫鬟微微躬身，道了个万福。

无方顿时急了，“她们还带着别人？还有一位——”

另一个丫鬟抿嘴一笑，“大人要婢子转告，精灵小姐已经安置妥当，公子不要挂念，一心养伤便是。”

“她在哪里？”

“就在附近，”丫鬟说，“具体位置婢子也不知。”

无方想了一想，觉得她并没有说假话。郡主既然有求于他，就不会为难海瑟，更不会把她丢给国师和李多。

他决定静下心来，好好想一想，修炼一番。

无方来到这个世界后，第一次感觉到了放松。洞窟太冷清，酒楼太喧嚣，只有这里，才算有几分安宁。他又一次相信了郡主。他总觉得她不是真正的敌人。丫鬟们的周到自不必说，每天的饭菜更是颇为讲究。没有大鱼大肉，几样小菜荤素得当，让他胃口大开，不用担心里面混杂着怪异的食材，比如精灵肉、耗子骨。

他享受着宁静，但也没有丧失警惕。郡主城府极深，这种看似不设防的院落一定是外松内紧，有足够的把握不让他造次。最直接的证明就是，两天过去，他还是提不起一丁点原力。

他并不着急，而且习惯了这种氤氲的氛围，喜欢上了这些浓稠的雾气。雾气中蕴含着大量的水分，呼吸起来很顺畅，所到之处却不留下水渍，有些像这世间的万物，虚幻、荒诞，却又充满着诱惑。

他发现，除了海瑟，这个世界的任何人、任何事物，都不能让他全心投入。这个世界并不属于他，他只是来帮助苍生，唤醒他和他的主灵，然后就会离开。当然，那些原力，那些一见到他就如同见到亲人的能量，也是真实可感的。他可以触碰，可以淬炼，感受它们在血液和经络里流动，渐渐和他融为一体。

无方坐在床上，慢慢进入了冥想。

他发现效果不错。原力不能直接调动，却能在禁锢下逐渐融合。这个速度很慢，他从凝成一大团的浓绿上轻轻剥下一点，小心地吞噬，仔细地炼化，直到它自然而然地融进血肉中。

他不断地重复这个过程。身体的外伤愈合了，一些内伤还是很顽固。李多那张黑网灌注着特殊内力，原力一活动到它的控制范围，就跟它撕扯起来，血肉筋骨都绞成一团，让他疼痛难当，几次都差点昏过去。国师的小骷髅则变成一群淡淡的灰影，在他的体内逡巡着，哪里有原力活动就去哪里堵塞，他要花费很大的力气才能把它们驱散。

他用了整整一天，终于融合了一小部分原力。他觉得，可以试着摆脱禁锢了，它们已经不能阻碍他提纯自己的身体。他便让原力顺着血管和骨骼一层一层地滤过去，一丝丝清凉在全身游走，黑网越来越淡，不甘地隐现了几次，终于全都不见了。骷髅们徒劳地挣扎着，一个一个地碎开，又被吞噬得干干净净。

他顾不上休息，立刻结合内视，从更多的原力团中搜寻起来。他眼前展开了一片浓绿的丛林，一些影子在上面飞驰着，彩光闪耀，十分绚丽。看来，这是精灵们在施展魔法。他想用神念去感悟，脑海却一阵猛胀，大片大片的记忆冲了进来，几乎把他的脑袋挤爆。他赶快咬住舌尖，脱离了冥想状态，才发觉出了一身大汗。

他休息片刻，又开始搜寻。第二次好了一些，但还是无法感悟到那些法术。总是有大量记忆冲击着他，让他不敢贸然迎接，只能逃走了事。

他一次一次地尝试，终于网罗住一些轨迹，把它们拢进了脑海。他很激动，但仔细一看，又有些哭笑不得。精灵拥有天生的美感，一旦觉察到魔力波动，就马上去赞美自然、抒发情感。那些珍贵的原力被他们用来在天空上书写金绿灿烂的诗篇；又用来搬运石材，累叠成巨大的神殿。他们把各种树叶堆在一起，变成一件件锦衣华服，又用原力去修饰墙角屋檐，雕琢他们的弓箭和刀枪。他们甚至用原力求爱，幻化出各种美丽的鲜花、礼物、光影、宠物，一方诱惑，一方抵御，非常的缠绵动人。他不知道这些魔法的名字，但他知道，一旦遇上敌人，它们不可能派上用场。

也有一些魔法比较实用。比如，利用原力，把荒野铺上地衣垫、种植成草原和森林；把原力抹在箭头上，一旦入体，立刻爆炸。

这些魔法，无方都用心记了下来。他不知道能不能学好，但是，记住总是没有错的。他更想看到的，是精灵的战技。

他不断搜寻着，终于发现了一些拳脚和刀剑的画面，就像海瑟在地牢里施展的那样，快捷而敏锐，有种草木摇曳、落叶飘零的肃杀感。这样的招法并不多，他准备身体一恢复，马上就去学习。

随后，就是各种各样的箭技。

那些矫健的身形，抓起一把弓，立刻就变了个人，浑身都是杀气，电光石火间嗖嗖不绝，尾迹划满了整个意识空间。无方看得悠然神往，突然想起那些遭难的精灵。他们是如此的强大，为什么会落败，被掳掠到英风？他又想起那个被地龙吃掉一半的银发暗精灵，一看就是个领头的，只可惜，他还不会定点剥落他的战技，否则一定会很有收获。

他左看右看，几乎每个精灵都有不同的技巧。他发现，真要修炼的话，需要一把强劲的好弓。但是他没有。还有一个遗憾，这里面没有他最想要的内功心法。青衣人说，精灵只会斗气和魔法，英风人只会武功和术法。世上功夫万千，但都有种族的限制，或许，只有他这个白心人才能打破这种壁障。

突然，他心头一亮。

——用精灵箭技，结合他自身的原力，会创造出什么呢？

两个丫鬟在门口静静等候着。

这位公子自从进入偏房，就一直很安静，从来也不闹事。一位美若天仙的精灵就在不远处，据说是他的女人。丫鬟们很奇怪，精灵对英风人来说，就像宠物食物一样，打骂凌辱都很常见，为什么公子这么看重她，郡主也吩咐好好伺候她，不得怠慢？

她们不敢去问，尤其是当兰焰冷着一张脸，专门叮嘱了她们以后。

她们只能按捺下好奇，小心地伺候这位公子。当然，茶饭里有某种特殊药物，可以让公子心气和顺，不至于突然发难。但一天过去，又是一天，公子总是紧闭着房门，不知道在干什么。屋里似乎传来呼呼的风声，又闪现着金光和绿光，她们也不敢过问。将军说了，只要公子不逃，就不许去管。事实上，公子也不可能逃掉，进了郡主府，她们还没见过谁能逃得出去。

突然，四周变得灼热难当，风声大作，夹杂着沉闷的爆炸声。她们紧张起来，运起防身的招数凝神以待。难道公子已经恢复了功力，要大闹郡府了？

她们的脑中一阵轰鸣，只觉得整个偏房飞了起来，把她们远远地震了出去，随即就人事不知。

无方终于在意念之中结合了自身的原力箭和一种凌厉的精灵箭技，创出了新招。他打开内视，以脊柱为弓，以经脉为弦，绷紧四肢百骸蕴含的力道，对准房顶，猛地射了出去。

他并没有睁开眼，却听到一声巨响，感觉天空亮了许多。浓浓的雾瘴被他震开，又合拢过来。这支箭虽然射得有些生涩，却是速度奇快，威力相当巨大，超出了他的预想。更重要的是，这是他结合他人的战技创出的第一招，走出这一步，下一步就更让人期待了。

无方发现，这种箭技需要改良。首先，以脊柱为弓，就必须背身射出，这会增加隐蔽性，但必须打开内视，万一内视受到遏制，比如在水金木密室中那样，就看不见目标。所以，他试着反转过来，正面射出。一开始还有些别扭，但是几次过后，他就成功了。

他又发现，原力经过这样的调试，居然可以像一根坚韧的绳索，射出去之后，只要意念一动，又可以飞回身上。他的想法更多了。可以把箭头做成弯钩，射出去，勾住什么后马上扯回来；又可以把箭头分成若干个，用来袭击多人。他突然想起精灵有类似的魔法，比如控物术，便立刻回想，准备结合进来，形成更好的绝技。但这一次却失败了。看来，精灵的魔法和箭技，可以分别和他的技巧结合，但两者却宛如水火，彼此难以融汇。

他也不贪心了，决定好好练习这种战技。他给它取了个名字，叫做离回之箭。比起原力箭和原力团，这一招更加灵活，杀伤力也强了许多。它也有缺点，比如需要两三息的时间来拉抻、蓄势，但是他相信，只要多加苦练，一定会大大缩短准备时间，甚至做到瞬发。

无方心中突然一凛，泛起一阵不安。

他答应过青衣人，当命运来临，他要选择拯救，而不是毁灭。所以他只想救下海瑟，让自己苏醒。但是，他却遇上了千生大典。他厌恶打打杀杀，但自从吸取了精灵原力，他已经杀了二十七个人，包括六个死灰，十二个蛮子，九个耗子。从地龙坑出来，他把一个死灰丢进去，让地龙们生生吃掉。在烈风荒漠，他活活踩死了金耗子，又掰开了胡大蛮子的脑袋。虽然蛮子和耗子对精灵做过更可怕的事，但这种残忍的杀戮是他一直反感的。

他觉得有些不对。要是没有精灵原力来引发暴戾，他纵然有了力量，也只会把敌人打得半死，然后交给郡主发落。但是，他不杀人，耗子就要糟蹋海瑟，蛮子就要吃掉她，没有什么可以阻止他们。他开始担心，原力吸收越多，暴戾也会发作得越厉害，再加上海瑟用她的杀性来推波助澜，他最终会变成一个杀人魔王，所到之处血流成河，赤地万里。

他明白，要解决这个问题，并不是单纯地救下一个人，而是要牵扯更多国度、更多势力，从上至下一点一点地灌输和平反战的思想，尊重这世上的每一个生命。以白心人的名义征战八方一统天下可能很有效，却不是他想要的。他必须配合郡主，去朝歌会见英风皇帝，以救世主的身份相劝，再去埃尔蒂斯劝说女王。先让两国的战争停歇，再让其他国家停战，让一切慢慢归于有序。

他激动起来。如果真的可以做到，那他这一趟也不算白来了。他发现周身一阵通泰，原力也顺流直下，好些阻滞的地方通畅了，连内视都明亮了许多，离回之箭也熟练了几分，紧紧绷在他的脊柱上，忽明忽暗，忽张忽驰，百步之内，谁要中上一记，恐怕就不是挨上几颗原力团那么简单了。

但是，另一个疑问又来了：他如此陷入大陆的恩怨，会不会忘记他真正的使命，再也无法醒来，无法回去？

两个丫鬟悠悠醒来，发现房门大开，空中散发着奇异的焦电味道。她们急忙进门，却吓了一大跳：床上、地上，到处是黏稠的污泥，夹杂着暗黑的血污。公子两天前还病病歪歪，此刻却神光飞扬，随便往窗前一站，便有一种无形的威势，让她们心跳耳热，呼吸也急促起来。

沐浴之后，无方换上一套合身的武士长袍。原力滋润过的肌肤摩擦着浆洗干净的棉布，让他浑身都洋溢着活力，似乎要喷薄而出。

他走出房间，朝其他院落搜寻过去。没有人来阻止他，丫鬟也不吱声，只是远远地跟在他身后，见他回头，又落远了一些。

周围的景物都很雅致，每一片山石，每一棵花草，都相当讲究，不仅色彩鲜丽，错落有致，还遵循着似有似无的规律，让他感觉到方寸间的机巧。尤其是那些白雾，看似浑不在意，却像拥有灵智一样，只要他想看远一点，那雾就轻轻聚拢过来，挡住了他的视线。

无方闭上眼，打开内视，却只能看到脚下，四周都是混沌的一团。他知道，这一定是郡主有意布置的。他放出几丝感念，让它们顺着地面探测。他相信海瑟就在这附近。他要用同源的原力来发现她、呼唤她。

在一道爬满青苔、开满黄花的围墙外，他站住了。

他有一种直觉：海瑟就在墙内。

他试着爬上去，但墙面太滑，好几次都失败了，还把他的长袍弄得一片狼藉。

他有些愤怒，立定、吸气、双手齐推，三发原力箭猛烈射出。

哗啦一声，围墙垮塌了。

他看到海瑟在一个精致的小院里，像他一样到处寻找着什么。她看上去很精神，她的肤色依然雪白，姿容依然绝美，眼神锐利，手脚敏捷，整个身体非常轻盈。

“喂——我在这里！看我！”

无方大喊着，连喊了好几声，海瑟却像什么都听不见，只是回到院子中央，闭上双眼半跪着，似乎在祈祷什么。过了一会儿，她站起来，疑惑地看着四周的白雾，眼神倔强，却显得很孤单，很无助。

无方立刻朝她跑去。这么近的距离，再跑几步，就能把她拥到怀里。

怪事出现了。

不管他怎么跑，怎么冲，怎么挥开白雾，怎么横冲直撞，都总是和她隔着十来步，不能到达她的身边。

“海瑟！是我啊——”

无方又喊了几声，边喊边冲，边冲边喊，却只有他自己手脚乱舞，海瑟依然迷惑着，就像什么也看不见，什么也听不到。

无方累得浑身大汗，停了下来。他明白了，有人在捣鬼。

“长亭弱水，你这个贱人……”他跳着脚大吼，“你给我出来——”

“真是罪过，把公子急成了这样……”

背后传来一声幽叹。

无方顿时扭过身，想一把揪住她。

但是，当他真的看到郡主，又下不去手了。

郡主换上了一套藕色长裙，玉色云肩，垂珠步摇，皓齿朱唇，星眼晕眉，和上一次不同，少了几分刚健，多了几分柔弱。她一看到无方，两眼就是一亮。

无方定了定神，“你把她放出来。”

“长亭终于跟公子单独相处了，”郡主的声音充满诱惑，“以前，公子都风尘仆仆，满脸都是胡茬，怎么才两天，就这样的光彩伟岸，让长亭心跳不已呢?”

“放了她。”

郡主粲然一笑，“公子一旦走出郡府的大门，天下女子就会多一个梦中之人。”

“不要废话了，快放了她，不然——”

“怎么样?”郡主狡黠地眯起眼睛，“长亭不信公子能下杀手，因为——”

“什么?”

“公子没有发现吗?”郡主一扭身，侧转头说道，“公子早就感觉到，长亭不是公子的敌人。”

无方默然。

“公子要是早一点遇上长亭，恐怕呵护的人就不是精灵，而是长亭了。”

“不要说这些!”无方有点不耐烦，“先把她放出来!”

郡主飞给他一个幽怨的眼神，柔荑在空中轻轻一挥。

一阵咔咔的细响，就像薄冰化开的声音，在白雾之中弥散开来。

“海瑟！你听得见吗?”

无方朝海瑟大喊。

海瑟一惊，朝他望过来。

“白心人——”

她惊喜地奔过来，却像被什么挡住了，只能离开五步远，隔着一层白雾，和他对望着。

“这是什么意思?”无方盯着郡主。

“公子是明白人，不妨也为长亭想一想，”郡主摘下断墙边的一朵小黄花，轻轻闻了一闻，“敌我未分，长亭这样对待你们，也算仁义了吧？别院还有两个人，正对二位虎视眈眈呢。”

“放她出来。”无方说。

“白心人，你竟敢跟这个妖女鬼混！”海瑟冷冷地说。

郡主扑哧一笑，显得十分的娇俏。

无方冲着海瑟又是摆手，又是摇头，却不知道如何解释。

“怪不得这两天见不到你，无耻的白心人！鬣狗一样的货色！还有你，你也是禽兽！”海瑟说。

“大剑师，长亭没有监禁你，只是尽心伺候，生怕公子不快活。”

“是吗？”海瑟淡淡地说，“我应该感谢你两次出卖我，还是感谢你把我抓起来，准备送给那两个恶棍？”

“大剑师，你太激动了。要是没有战乱，长亭真想和你成为朋友——”

“我和你，只能是死敌，”海瑟冷笑着说，“你对我客气，是因为你想得到他。我不喜欢你。”

她恶狠狠地瞪了无方一眼，转过身，朝院子深处走去。

“好有个性的女子，”郡主喃喃地说，“长亭喜欢——”

无方吃了一惊，“你喜欢女人？”

郡主回过神来，“公子说笑了……还是谈正事吧，长亭想要什么，公子应该很清楚了？”

“我当然清楚。”

“那就好，”郡主的美目瞟了他一眼，“纵观整个大陆，也没有见过公子这样的武学天才，所以——”

“你要我献出功法，让你们更强大。”

郡主点了点头，凝视着他。

“那你就能放了我们？”

“恐怕很难，”郡主展颜一笑，“不过，你可以变成贵族，带着她生活在帝国的土地上。”

“你觉得我会同意吗？”

“公子，你要知道，这个世界上，纯粹的自由是没有的，”郡主耐心地说，“但是，我英风万年昌盛，皇恩浩荡，只要公子愿意赐教，皇上就可以裂土封侯，让你身家亿万，至于美女嘛……你要想换个口味，比如妖媚的暗精灵，昊族、海族、血族，甚至幽灵族的女子，也可以帮你找到——”

“你还真是很无耻。”无方有些生气了。

“公子俊朗豪迈，一身正气，非人间绝色不能相配。要是公子志向远大，看上了长亭……”郡主低下头，脸上掠过一阵晕红，“也可以前去朝歌，向我的父亲威德亲王提亲，一定会不虚此行的。”

无方嗤笑了一声，“你？谁敢娶你！”

郡主幽幽一叹。

“长亭在公子心目中，就这么不堪？”

两人都沉默下来，任凭湿润的雾气在身边流动。郡主玩味地看着无方，无方几乎能听到她怦怦的心跳。

“不可能的。”

“什么不可能？”郡主说。

“只有我才有那种能力，别人不可能有。”

“就这么肯定？”

“是的，”无方盯住郡主的眼睛，“这是白心人独有的能力。”

郡主垂下睫毛，思量起来。

“公子，你最想要什么？”她抬起头，一脸严肃的模样。

无方犹豫了一下，“我即使告诉你，你也不会懂。”

“这样的公子更让长亭着迷，”郡主轻笑着说，“在公子看来，天下万物，都是你的掌中之物，是不是？”

“是的。”

“公子想做这世界的王，是不是？”

“不，”无方摇了摇头，“这么大的宇宙，这么大的世界，我又算得了什么？你们的目光只放在战争和利益上，却从来没有想到，人与人之间，完全可以相亲相爱，可以集中你们的能力，从大自然获取足够的经验，让你们生活得更好，更安全，更快乐……”

郡主定定地看着他，眼里充满了仰慕。

“公子果然天人，这样的话，长亭是闻所未闻……如果有人可以帮公子实现这个愿望，公子会不会——”

“谁？”无方有些惊喜。

“英风皇室三殿下，飞扬公主。”郡主说。

无方顿时失望了，“宫廷争斗，我是不会参与的。”

“公子不要误会，”郡主激动起来，“三殿下也和公子一样怜悯世人，早就想终止英风和周边各国的战争。但是大殿下生性残暴，总想用武力挟持天下，却不顾百姓死活。当初帝国和精灵只有战争，并没有虐杀和糟践，大殿下却把持着皇家天机院，将精灵的人皮、骨殖和肉油都一一精炼，又命令那些能工巧匠全力开发精灵用品，终于造成了今天的惨状……”

“大皇子，”无方沉吟着，“又是他。”

“他把海瑟大剑师抓回府里，想要用强，被大剑师的法术威慑才没有得逞……公子，这么多年，长亭一直反对千生大典，从来也没有参与过。李多对此很是不满，参了长亭好几本，长亭也没有屈从。”

无方沉默下来。如果郡主说的是真话，一个崇尚和平的女皇上位，跟埃尔蒂斯的战争就有了平息的希望。

“怎么帮你？”

“去荒漠之前，精灵大剑师被长亭下了独门禁制，长亭以为她不可能挣脱，没想到，她竟然——”

“你都看见了？”

“当时战场一片混乱，海瑟跳下车，冲着公子大喊大叫，所有人都亲眼见到了，”郡主眯起眼睛说，“长亭推断，一定是公子使出了某些秘法，化解了禁制，才让她自由了。”

“你很厉害，要是我，就想不到那么多。”无方说。

“既然如此，就请公子大展神威，为三公主、长亭、焰儿，以及十位贴身高手，使用同样的秘法，提升我们的功力，”郡主热切地盯着无方，“一旦兵变，我们就会在册封之前，拿下大殿下。英风大地，旷世大陆，兴许就太平无忧了。”

无方心里很乱。郡主虽然说得有理，但也不乏蛊惑和挑拨，要他马上做出判断，并不容易。

“给我两天时间，我要考虑一下。”

“公子一定要尽快答复长亭。李多和国师正被长亭困在别院，但是，他们功力深厚，随时可能脱身并叫来援兵。”

“你是个阵法高手，”无方说，“困住海瑟的这个是什么阵？”

“云中阵，”郡主轻声说，“云中漫游，飘然若仙。”

“这么多云雾，也是你弄出来的？”

“正是。”

“你的阵法全都这么厉害？”

“公子有兴趣？”

无方点了点头。

“那要看公子拿什么来换……”

“我想学这个，”无方说，“再加上一条，不许把我和海瑟分开。”

“教公子布阵是举手之劳，可是另一条，恕长亭无法办到。”

“那要让我们相互看得见，还可以说话。”

“这个简单，”郡主嫣然一笑，“我会吩咐下人，公子和精灵交谈时，她们都会躲开，不来打扰。”

“好，两天以后，我给你答复。”无方笃定地说。

郡主告辞后，身形略微一闪，就隐入了白雾。

她的脚步并不快，却暗含八卦，倒踩七星，很快就脱出了迷雾，步入一个宽敞的回廊中庭。

“你真的喜欢他……”

一个愤怒的声音在她耳边响起，“他有什么好，你……竟然想嫁给他?!”

郡主一回身，出了口大气，“你要吓死我呀?”

兰焰柳眉倒竖，一脸怒火，气势汹汹地盯着她。

郡主拍了拍胸脯，“你也是统兵一方的将军了，不要这么小气，好不好?”

“你要是敢嫁他，我就——”兰焰声音带上了一丝哽咽，“我就割下精灵的脑袋，挂在你们的新房门口。”

“不得妄动!”

郡主厉声喊道，就见兰焰身形一展，几个起落就消失在假山花草之间。

郡主呆望半晌，才轻轻地一叹，敛衣，收襟，思忖起来。

无方费了很大劲才把海瑟从屋子里喊出来。

看来她是去练功了，脸上红扑扑的，额头还有些汗珠。她舒展着腰肢，两手虚引，似乎在拉开弓箭瞄准他。

无方心头一动，想把离回之箭告诉她，但犹豫片刻，又忍住了。这种功法，练得纯熟了再去炫耀更好一些。

“你的伤怎么样了?”

“你还知道关心我?”

“快回答我。”

“我又不是你的女人，你没有资格命令我。”海瑟冷冷地说。

“我……不是命令你，只是——”

“没出息的男人，连句话都说不清楚，”海瑟眉毛扬了起来，“跟着英风鬼，你只能越来越没出息!”

“好吧，那我走了。”无方说。

“站住。”

无方停下来，看着她。

“你们都说什么了？”海瑟说。

“你……在吃醋？”

“就凭你？”海瑟冷笑着说，“是她把你搞得这么油头粉面的吧？我最讨厌这样的男人。”

无方又好气又好笑，“你……”

“说吧，你是准备杀我，还是把我献上去？”

“献给谁？”无方忍不住说，“大皇子？”

海瑟的脸色沉了下来，“他没有占到便宜。”

“我会亲手杀了他。”无方说。

海瑟一怔，凝目注视着他。

无方一惊，刚刚才决定不乱杀人，怎么一到海瑟面前就变了？他暗自警惕起来。

“你们说什么了？”海瑟说。

“英风三公主，你知道吧？”无方有些兴奋，“郡主说她想要和平，所以让我帮着夺取皇位，事成之后，英风和埃尔蒂斯可能会停战。”

“不可能，”海瑟打断了他，“那些仇恨，怎么可能——”

“难道你想永远这么打下去，永远有精灵被杀、被吃、被羞辱、被糟践？”

海瑟怔怔地看着他，“就算你说得有理，光靠一个皇帝，也无法停战。”

“事情总要有人去做。”

海瑟低下头，用力碾着地面的小石子，“我很难接受，但是，这件事对埃尔蒂斯有利，我可以帮你。”

“他们有一种办法，就是让我……帮他们，让他们变得更强，然后夺取皇位。”

海瑟的眼睛一下子瞪得溜圆。

“你，什么意思？”她喃喃地说，“你要把我们的魔力和斗气送给英风鬼？”

“他们发现我可以给你灌注，所以，也可以给他们。”

“绝对不行，”海瑟一个字一个字地说，“这是个圈套，白心人。”

“为什么？”

海瑟竭力平息着情绪，“他们用了三千名最精锐的禁卫军越过边界，才杀了我们两百人，抓住了我，你知道为什么？”

无方茫然地摇了摇头。

“旷世大陆的每一个国家之间，总有些天然屏障。我们和英风，是大森林；英风和桃源，是大峡谷，”海瑟急促地说，“不管是谁，只要越界，功力就下降一半，谁也不能例外。”

“你本来功力深厚，到了英风才变成这样？耗子和蛮子，也是因为到了英风，才被我那么容易就干掉了？”

海瑟点了点头。

无方感到身上有些寒意，“如果我帮了他们，他们即使越界，功力也不会下降，就可以大肆杀戮精灵？”

海瑟定定地看着他，“现在，你还要帮吗？”

“可是他们只要我灌十三个人，郡主、兰焰、十个卫士，还有飞扬公主，这一点人，就能颠覆埃尔蒂斯？”

“飞扬公主是绝世高手，紫英功已经修炼到顶峰，如果再提高一倍功力，我不知道我们能有几个人能抵挡，”海瑟凝重地说，“郡主也是皇亲国戚，也修炼紫英功，还有这么厉害的阵法……至于十个‘卫士’，更是一派胡言！真要去夺皇位，他们会用普通卫士吗？”

“可是，精灵起码有百万军队，怎么会——”

“长期以来，英风鼓励生育，不断征兵，军队越来越庞大；埃尔蒂斯的精灵一向生育困难，人口一直在锐减，军队的战力一直在下降，”海瑟说，“他们要是得到了你的秘法，培养出更多高手，全都冲过国界，以一换一地杀害精灵，那会是什么景象？”

无方慢慢地摇着头，不知道说什么了。

“你想让埃尔蒂斯沦为地狱，让精灵一族灭绝吗，白心人？”海瑟厉声说，“那么，请你先杀了我，再从我的尸体上迈过去。”

无方心里很乱。他告别了海瑟，回到住处，就往床上一躺。

两个丫鬟送上晚餐，他也吃不下，挥了挥手，让她们走人。

他知道，不管做出什么选择，都会对英风，对埃尔蒂斯，乃至整个大陆，造成深远的影响。郡主和海瑟好像都有道理，又都有漏洞。郡主的确深沉狡黠，但是海瑟也很干练机警。她们都在笼络他，都在劝诱他。从他的使命角度，当然要救助海瑟，但牵涉到国家之间的冲突，他又该怎么做，才是最好的呢？

他越想越烦躁，干脆从床上蹦了起来，走到院子里。白雾依然笼罩着，好像比白天淡了一些，可以看到天上隐约的星辰。那里有他的故乡和亲人吗？他到底要做多少事，才能回去呢？他有些伤感，因为他发现，在这个陌生的地方，竟然没有任何人，可以让他倾吐心事，言谈无忌。

突然，他听到一丝歌声，如轻烟，如魅影，悠悠荡荡地飘了过来。

那肯定不是海瑟，也不是郡主和兰焰，更不是那些丫鬟，她们都哼不出这么诡异，又这么凄清的声音。

他推开院门，循声而去。

第十三章·伊芙

小院外道路依旧，断墙依旧。雾霭之中，一溜黄灯笼闪着朦胧的微光。无方越过两道院墙、一座假山、一个小池塘，看到有两个府兵在一扇黑铁门前守卫着。

他停下来，放出神念，探测过去。

突然，他的心神一阵波动，脑海里现出一片淡淡的红光。看来，秘密就在黑铁门后面。

他捡了两块石头，朝池塘扔了一块，少顷，又扔了一块。

水花飞溅的声音接连传来。两个府兵对视一眼，朝池塘奔去。

无方趁机蹿到黑铁门前，拉开，钻了进去。

眼前是一个黑黑的地洞，有点像青衣人的洞窟，但要阴森得多。一股形若实质的黑暗缓缓弥散到无方周身。这种感觉很奇怪，对他的原力并没有影响，但却让他沉入了一种晦暗，觉得一切都浸泡在其中。他想起有一天，丫鬟偶然提到郡府有个地牢，应该就是这个了。

洞里的空气很浊，但比起汉轩楼要好一些，没有那么多尸臭，只有一些霉味和血腥味，还有一种说不上来的味道，又黏又腻，他从来没有闻到过。

洞壁由大块的石头砌成，他随手敲了几下，听上去比较空，但找来找去也没有发现机关。他继续摸下去，发现坑道的尽头有一间小屋子，被浓浓的白光笼罩着。

他走到白光边缘，试着往里闯，却触到了一层屏障，怎么也挤不开。这种感觉很熟悉，看来，又是郡主的云中阵。他想起郡主可以用一种奇怪的步法离开这个阵，就回想着她的姿势，乱闯了几步，居然身子一空，朝屋里栽了进去。

黑暗更浓了。无方勉强看到嶙峋的墙壁、低矮的木床、破烂的被褥、残缺的锁链……他的视线像被束缚住了，只有小小的一圈，想多看一些地方，却很难办到。这种束缚不是什么禁锢的功法，他的身体并无异状，行动也还自如，只是感受到某种无形之压，就像在一汪墨汁中漂浮着，游走着。

突然，他吃了一惊。

他看到一对巨大的眼珠，嵌在一个暗黄透亮的骷髅头骨上。再一看，这并非纯粹的骷髅，而是一副包着一层薄皮的骨架，白里透黄，就像一只正在风干的死鸟。这个怪物瘫在墙角，眼神涣散地盯着他。

无方大气不敢出，只是盯着它。宋吃用了一个鲜活的人头来骗他，大灶里却是一锅鲜汤。这个骷髅呢？谁知道郡主又会玩什么花招？

“你是谁……小白脸……”骷髅的牙床微微咬合，气若游丝地呻吟着。

无方顿时松了口气，“你活着啊……你是谁？”

他怀疑这是一个亡灵族奸细，被郡主抓住，困在这里，准备慢慢耗死。

“我是……”骷髅说不了半句话就要喘口气，“高贵的……伊芙……”

“亡灵为什么来这里？”

黑亮的大眼睛狠狠盯着他，语气变得严厉起来，“你，你说什么？你说伊芙是……亡灵族？”

“是啊。”

“你为什么要侮辱伊芙，该死的小白脸……又想怎么来折磨伊芙……”骷髅似乎想扑过来，但刚刚一动，就哗啦一下瘫在地上。

无方发现它后脑上有几片很长的黑发，披散着，就像个女鬼。

“该死的小白脸，你动手吧……”骷髅梦呓般地说，“你们就非要折磨死伊芙才甘心吗……”

“你说什么？我听不懂。”

“你侮辱了伊芙，必须付出代价……”骷髅喃喃地说，“高贵的女伯爵，居然被你辱骂成下贱的种族……”

“女伯爵？”无方一怔，“亡灵也有伯爵？”

骷髅突然抬起头，冲着他龇出一对长长的獠牙。

无方脑子突然一亮，“吸血鬼！你是吸血鬼！”

骷髅眼珠转动着，显得愤愤不平，“伊芙被你们这些该死的下等人骗了……我血族隐藏千年，洞察世事，感受天地之间的美丽，从来没有任何种族能与我族媲美……听说英风也推崇这些，伊芙就想来交流，但是，刚到天南港，就被你们这些混蛋发现了……”

“交流？就是吸血吧？”无方说。

关于血族，他听青衣人说过一些。在他心目中，一个以鲜血为食的种族，比英风银蚕大昊也好不了多少。

“你们这些小爬虫，能得到伊芙的初拥，是无上的荣耀……”骷髅努力挺起胸，长长的指骨抚摸着嶙峋的颧骨，“你将拥有高贵的灵魂、漫长的生命、不灭的肉体，成为无所不能的黑夜王者……”

“他们怎么……把你变成这个样子的？”无方说。

骷髅的表情很丰富，先是恼怒，最后忧伤，然后沉吟不语。

“不说就算了。”无方转过身，作势要走。

“请留步，美丽的少年，”骷髅突然变得彬彬有礼，“或许，你可以帮伊芙完成一个心愿。”

无方转过头来，“你不要这么叫我。”

“忧伤的古堡王子，叛逆的诅咒者，浪漫的黑衣之尊，优雅的午夜之灵……你喜欢哪一个？”

“算了，都不要，”无方赶紧制止它，“我为什么要帮你？”

“伊芙可以赐予你漫长的生命，无论怎么挥霍都不会用完的生命……”

“我不信。”

“除了让你高贵、强大，伊芙还能传授给你绝技，”骷髅喃喃地说，“让你领悟到黑暗的伟大、生命的奇妙，让你脱离小爬虫的境界，升入永恒的层次……”

“永恒……”无方喃喃地说。这个骷髅很奇怪，但他没有心思跟它逗趣。他有更要紧的事。

无方走到门口，想用进来的方式出去，却发现不行。不管他怎么学着郡主的步法，白雾总是不远不近地抵挡着他。他一次次地撞过去，却一次次弹了回来。他听到旁边似乎有一阵沉闷的隆隆声，但很快又消失了。

“有人吗？来人——”

没有任何反应。

无方扭回头，“你在捣鬼？”

“俊美的公子，愤怒蒙蔽了你的心灵，你居然冤枉无辜的伊芙，”骷髅慢慢地呻吟着，“要不是这种怪里怪气的东西挡住，伊芙会变成这样吗？”

无方突然想起一件事，“刚才那一阵歌声，是你发出的？”

骷髅一震，大眼珠子猛地盯紧了他。

“你，你居然能听见《灵魂之舞》？”骷髅的声音有些发抖，“怎么可能，只有血族才能听见啊……”

“你都这样了，还能唱歌吗？”无方说。

“伊芙是想碰运气，如果附近有血族，一旦听见，就会前来援救……好多天了，一个人也不来，没有想到，竟然是你……”

无方沉默下来，观察着屋子的结构，寻找逃脱办法。

“俊美的公子，”骷髅殷切地说，“既然你能听到《灵魂之舞》，并且找到了伊芙，那么，就更应该让伊芙托付了。因为，你是夜的使者，是灵魂的伴随，你和黑暗是息息相通的……”

“托付？”

骷髅从身子下面掏出一个怀表样的东西，“英风人想抢走这个，但是绝不能给他们。这是一枚血之纹章，有我族千年高贵的血统滋润，谁要是得到了它，自身能力会立刻放大，要是血族，还能在月夜晋升等级，最终达到修炼的顶点……这简直是一件半神器……”

无方朝那个纹章看去，只一眼就被吸引住了。那股暗黑中透出的红光，既媚惑又邪恶，让他很难拒绝。他觉得自己的意志在一点点融化，浸润到那浓黑的质地中。

他急忙咬了一下舌尖，清醒过来。

骷髅意外地看着他，“公子真是强大，居然可以不受诱惑，伊芙更放心了……公子，请到银蛮帝国南部的达克诺尔，那里有个佣兵工会，把它交给一个叫做露比的女神官……”

“神官？”无方诧异地说，“那不是神族吗？你们……”

“当然不是，”骷髅说，“公子不要多问了，把它交给女神官，你就将得到许许多多的财富以及灵魂再生的能力。”

“灵魂再生？”

“即使你的灵魂被震散，肉体被毁灭，也能在我族的神奇魔法指引下，获得重生。”骷髅自豪地说。

“你不怕我是郡主派来骗你的？”

“前路遥远，但神祇会庇佑你我，光明只是暂时，一切终将沦入黑暗……”骷髅吟诵着说，“俊美的公子，伊芙能听见你的心灵，它是纯净的，是无瑕的；伊芙能看到你的眼睛，它就像月亮旁最亮的星星，照耀着我族的未来之路……”

无方有点脸红。被一个骷髅这么赞美，太离奇了一点。

“公子不要担心，你虽然与纹章有奇特的感应，但是，绝不会堕入黑暗，因为伊芙封印着它的能量，只有露比才能解开，”骷髅眼眶里有一丝淡淡的血红闪过，“怎么样，公子？答应伊芙了吗？”

四周的黑暗依然浓烈。无方看着墙上的血迹，看着可怜巴巴的骷髅，犹豫了起来。不远千里来到这里，等待它的却只有痛苦和迷茫，这样的命运，让他想起了另一些人，比如精灵，比如他自己和他的主灵。

“拿过来，我看看。”他伸出手，去接那个纹章。

突然，他觉得自己像踏进了一个巨大的漩涡。一阵巨力推得他歪歪斜斜，几乎站立不稳。

骷髅用他意想不到的速度，一把抓住他手臂，往自己怀里一带。

无方栽倒在骷髅的胯骨肋骨之间。他暗叫不好，正想挣开，突然看到骷髅眼中红光大现，顿时，一种灭顶般的晕眩袭来，犹如一座大山，把他的灵智死死压住了。

“觉悟吧——忏悔吧——接受伊芙的馈赠，接受永恒的献礼——”

骷髅亮出獠牙，一口咬在无方脖子上。

无方浑身一麻。一种陌生的威压在他的意识里纵横着，似乎在狂喊大叫，要他臣服，要他跪拜，要他献出生命，沦陷进永远的黑暗……

他两眼呆滞，四肢僵硬，浑身热血都冲到了脖子上，顺着骷髅入肉的獠牙，就要喷涌而去。

就在这个时候，他眉心突然一亮，一道炫目的光明炸开，把房间照射得如同白昼。几息过后，光亮消失了，黑暗马上合围过来，但他身上又腾起一片明绿的光芒，把骷髅的威压迅速吞噬了。

骷髅一声惨叫，猛地放开无方，连滚带爬地逃到了角落。

“你……你你你你你……”它浑身哆嗦，指着无方，手臂上那层薄薄的皮肉不停地颤抖着。

无方回过神来，抬眼盯着它。

骷髅的眼里红光直冒，充满了震惊，“不可能，你不可能……”

无方摸了一把脖子，摸到两个血洞。血流得不多，伤口也在迅速地愈合。他看了看手，都是骷髅的口水，黏黏的，带着热腾腾的怪味，很是恶心。

“王八蛋——”

无方猛运原力至双臂，脊柱绷紧，四肢向后极力伸展，一发饱满的离回之箭直射而出。

空气发出裂帛般的怪响，噗！骷髅的几根肋骨就像脆生生的树枝炸了开来。它刚要倒下，又被无方扯过来，一甩，狠狠砸在墙上。刚要掉下，又挨了一脚，飞到另一个墙角，就像一块破布，里面塞满了折断的木柴。

“你……杀了我吧……”骷髅拼命爬到无方面前，垂下头。

“打不死你，对吧？”

无方冲过去，一把揪住骷髅的头发，往后一掀，把脖子伸到两排牙床前面，“你吸！吸啊！”

骷髅嘤嘤地呻吟着，动也不敢动。

无方跳起来，又是一顿暴揍。骨头架子一阵怪响，大概是断了不少。他一脚踹在骷髅脸上，又抢过纹章。

“就这个破玩意儿，就来骗我？”

他突然觉得不对。纹章似乎有生命似的吸在他的手心，甩都甩不掉。他吃了一惊，发现它放着微微的红光，似乎要把某种能量传递给他。

他急忙把它扯下来，塞进衣襟。

骷髅艰难地仰起头来。

“请不要这样，高贵的白心公子，伊芙触怒了您，请你立刻降罪，让伊芙遭受最可怕的惩罚……”

无方心头微颤。这个骷髅如此虚弱，又被他一番暴打，神志却仍然清明，竟然认出了他的身份。

“你怎么知道？你这个丑八怪……”

“伊芙虽然要死了，但也不丑，”骷髅哽咽着，“非但不丑，而且神秘而高雅，美艳绝伦，是无数贵族子弟的梦中情人……”

“你？”无方冷笑了一声。

“伊芙没有骗公子，”骷髅止住了哭泣，“伊芙被抓来以后，他们不但不给吃的，还天天都来抽伊芙的血，说要拿去破解血族的秘密……几个月下来，血都抽干了，诅咒也一一应验，伊芙才成了这个样子……要是伊芙有五成法力，早就认出了公子，何至于这样误会……”

“你接着编吧。”

“古老的预言说，伊芙若是不能遇到贵人，就要沦落地狱，永无出头之日，这就是命运，谁也无法改变……”骷髅渐渐平息下来，“公子如果有可能，还请把纹章送到达克诺尔的露比那儿，就算是可怜一下伊芙……”

“你们跟神族，到底什么关系？”

“公子请不要逼问，伊芙死也不会说的。公子心地善良，纯白一片，自然不敢面对如此美貌，所以还是杀了伊芙吧……”

无方气得笑了起来，“好，我倒要看看你是什么样子。”

“公子不可能帮伊芙恢复容貌，你我不在一个阵营，即便公子救助，伊芙将来也会与公子作对，还是杀我了吧，让伊芙重归黑暗和安宁……”

骷髅凄凄切切地说着，慢慢梳理着一头黑发，流露出一种莫名的娇柔之态。

无方一把揪住它的头发，把它拽了起来。

骷髅惨叫着，“公子，请不要折磨一个高贵的血族……要杀要剐，就请直接动手，伊芙死在公子手里，也能得到解脱……”

无方伸出手，贴在骷髅头顶。

从稀疏的黑发中升起一点淡红雾气，渐渐聚拢到他手掌里。他试着吸了一点，体内的绿色开始排斥，但慢慢地，红雾找到了一块地方，小心地栖息下来。

骷髅不停地抖动着，咔咔作响，像是在忍受着巨大的痛苦。

无方沉下心来，继续吸取。红雾越来越浓，一时间，屋内红光大盛。他一只手不够用，就两只一起上。体内的红色也越来越多，逐渐开始和绿色交融，令他感觉十分舒坦。

骷髅喉咙里发出咯咯的声音，似乎痛苦到了极点。

无方又吸了一阵，骷髅已经一动不动了。

“我不会杀你的。”

无方一边说，一边把融合的那一部分反灌到骷髅体内。

他遭到了强烈的抵抗。骷髅似乎很排斥外界的能量，那些红绿交织的雾气很难进入。但他不断催动原力，还放出了威压，终于，有一丝原力钻进了骷髅的头顶，又有两丝从深深凹陷的眼眶中飘了进去。

无方加快了速度。他体内原力十足，到现在也没有炼化完烈风荒漠上吸取的一半，输一些过去根本不在话下。他感到周围的黑暗又慢慢围拢过来，包裹住他们，但并不带恶意，而是轻柔地触碰着他，就像在向他示好一样。

骷髅仍然在颤抖，但他能察觉到它的经脉正在扩张。随着他的灌注，骷髅的红色原力也泄得快了一些，让他吸起来更加顺当。他再次充当了一个通道，吸取、融合、淬炼、回灌。他明白了，这个世界上，所有生物的原力他都可以吸取过来，转化为他的原力，再灌注给任意的生物。

无方闭上眼，透视着骷髅的血脉，发现跟人类没有什么不同，就是很多地方淤塞了，很多地方干枯了。他便一点点地梳理过去，该疏通的疏通，该滋润的滋润。他发现体内的本源之力更加精纯，乳白的更洁净，鲜绿的更活泛，而角落是的那些红色也逐渐鲜艳起来。

他开始炼化另一半精灵原力，发现随着更多红色在周边运转，它们也有解冻的迹象。他便加快了速度，不知不觉又入定了。他觉得手掌下有些变化，骷髅的每滴血液，每寸肌肤，都在微微膨胀着，头骨似乎变得圆润了，整个身体也变得沉甸甸、热乎乎的。

不知道过了多久，精灵原力几乎被炼化干净了，他也灌注不动了。他内视了一番，只见体内华光流溢，星之力跃跃欲试，有种焕然一新的感觉。

无方睁开眼来。

“你——”

他甩开怀里的人，跳到墙边，说不出话来。

一个浑身血污、黑衣破碎的女子面朝他跪着，隐隐透出妖娆的体态，诡异而又肃然。

“伟大的白心公子，请接受幽灵群岛血族隐秘同盟第三领地世袭伯爵伊芙·特瑞多尔·图玛拉的致意，是您给了伊芙重生和力量，伊芙以鲜血和尊严宣誓效忠于您，永不背弃，永不离散——”

无方呆呆地看着她宣完誓，站起朝自己走来。

刹那间周围的黑暗更加浓黑，唯一清晰的是一张苍白美艳的脸庞，一对勾魂摄魄的眼睛，一抹润泽丰满的红唇。无方的脑中一激灵，就像很多年前见过她，跟她一起做过些什么似的。这种奇异的感觉只有在见到海瑟和郡主时才出现过。

伊芙往前一动，四周的浓黑便跟着散开，就像是她的守护神。无方想起郡主，身边也有这种守护，只是颜色不同，是一片片雪白的浓雾。这两个女子，一黑一白，善恶难辨，也算是相映成趣了。

“公子……”伊芙眯起眼睛，蛊媚地打量着无方。

无方深吸了一口气，“你……你是这样的？”

伊芙把仅剩的几缕黑衣往下褪了一褪，“公子看到伊芙身上这些伤、这些血了吗？”

“是我打的，”无方有些内疚，“但是，是你先惹我的。”

“公子对伊芙做出任何事都理所应当，伊芙只能以鲜血和肉体回报……”

无方一看她还要褪衣服，急忙抓住她的手，“不许乱动。”

“不动就不动。”伊芙轻轻说着，突然，那些黑衣像退潮般落了下去，堆在她的脚下。

“公子……伊芙很冷，怎么办呢？”

她的胸膛起伏着，一对乳房几乎顶到他脸上，晃得他眼前一片雪光。

无方急忙闭眼，想蹲下去寻找衣物，她的风光却更加一览无余。

他只得从原力上想办法。

他突然想起青衣人讲的物质法术。虽然那是一种超法，他还没有到领悟的时候，但他已经融合了这么多原力，不妨先试一试。

他屏住呼吸，把原力覆盖上她的肌肤，想象着它们凝成细丝，绞织成线，编缀成网……突然间，原力像是有了生命，居然依着他的想象，交织着、穿梭着，很快织成一片细密而光滑的布料。他大喜过望，又照着当初青衣人描述过的血族着装，试着用意念控制布料的颜色、质感和样式。布料变得粗糙了一些，款型却慢慢显现出来，最后凝成一件宽肩立领、潇洒大气的黑色风衣，就着伊芙曼妙的线条，十分合体。

他看到她光着的两腿，又催动原力，先凝成坚韧的皮革，又修成一双黑色的过膝高跟长靴，和风衣搭配着，把她的身段衬托得更加高挑。

他打开内视，看到一片氤氲的红光，很是浓烈。风衣和长靴却是一层乳白，轻轻贴在上面。他又修了修风衣的领口和下摆，又把靴跟的弧度修得圆润了一些。

他放开手，退后两步，欣赏着。

伊芙痴痴地抚摸着这套装束，右手一挥，一扇荡漾着银色波纹的镜面出现在屋子中央。她下巴微抬，高傲地顾盼着，双手不停地比划起来。

一阵红黑光芒闪过，她额头上现出一个黑色火焰文身，脖子上多了一条精金项链，手上也多出几枚造型奇诡的戒指，其中一枚用金链织着五颗绿宝石，覆满白皙的手背，看上去十分奢华。

“我族的智慧和传说从来都是如此精准，你是黑夜的先知，你是灵魂的翅膀……公子就是公子，普天之下，无所不能……”

伊芙眼波盈盈地盯着无方，向他逼近。一阵浓烈的体香扑来，和海瑟的异香不同，更肉感，更肆无忌惮。

无方有些慌乱，背转身去，想躲开她。

一个饱满的身体贴住了他的后背。他能清晰地感到她胸前的两点已经变硬，和下面的耻骨一起，正慢慢地、一下一下地摩擦着他的身体。

无方心头猛跳，胯下也一阵火热。他想转过身，把伊芙摁在墙上，狠狠冲进她的身体，彻底迷失在那片邪异的黑暗里。

他咬着牙，运起原力来抵挡。欲望似乎在退潮，但下体已经坚硬，他只得夹紧双腿，想掩饰一番。刚有了一点效果，忽然半边身子一麻，原来是伊芙含住了他的耳垂。

“公子，请尽情享用伊芙……”

“走开。”无方缩了缩脖子。

“公子何必拘束，请让伊芙为你……”

“够了！”无方沉下脸来，呵斥着。

伊芙停下手，一脸无辜地看着他。他发现她的风衣上出现了一些若隐若现的五角星，还有一些翅膀和圆圈。

“这是什么？”

“这是特瑞多尔家族的族徽，”伊芙正色道，“我族是美的守护者，也是灵感之火的传承者。我们涵盖了雅致与华丽，才华与幻想，认为每种事物都有独特的审美存在，永恒的生命应该尽情享受……所有血族中，我们是最羡慕人类成就的，所以伊芙才会来到这里，被他们抓住……怎么，公子，你不信吗？”

“你接着说。”

“伊芙没有想到，公子不仅功力强大，超脱于世，在审美上也有如此造诣……”她激动地看了看风衣，“这套优雅的服装，公子毫不费力化成，简直无与伦比……公子真是上天派来拯救我族的使者……”

“那只是些原力幻化的，”无方说，“你要尽快换上真衣服，否则，说不定什么时候就散掉了。”

“公子吩咐，伊芙必定从命。伊芙还有一个请求……”伊芙右手指甲在左腕处轻轻一划，一股鲜血冒了出来。她伸出舌头舔了一舔，回望着无方，“公子只要品尝一下，就会拥有伊芙的初级技能，可以对情人们初拥，让她们只属于你一个人……”

无方摇了摇头，“我不需要，你们都是我的人……算了，说了你也不懂……”

“公子的意思是，伊芙在冥冥之中得到了指引，必须来到英风，找到公子？”

“我也不知道……”无方有些出神了。海瑟是他的主灵，他深信不疑。但是，长亭弱水，还有这个伊芙，为什么也让他感觉到灵魂层面的亲切？

“公子，请接受——”伊芙假装嗔怒，把手腕朝他凑来。

无方只觉得那片血红在眼前放大，那种淡淡的腥味竟然让他有了一些渴望。他不知道这是伊芙在捣鬼，还是他内心本来就有嗜血的潜质。

他突然想起在烈风荒漠遇见的三个高手，其中一个的原力也是红色。

“你认识一个叫云三的人吗？应该也是血族的。”

“我族没有这么短的名字……”

“我见过他，”无方说，“他是个圣级高手。”

“不可能！”伊芙连连摇头，“那相当于公爵级别！我族公爵只有一人……”

“他长得很俊美，左边脖子，这里，有三道黑色火焰……”

伊芙两眼圆睁，“他，他在哪里？”

“他应该在找你。”无方说。

伊芙的脸色愈发苍白了，“他是我家族的死敌……杀了伊芙好几位家人，现在要来杀伊芙了……”

无方皱起了眉头，“真的吗？”

“是真的，”伊芙凝重地说，“伊芙虽然只是伯爵，但是不怕他。无非是来自黑夜，归于黑夜……”

她从手指上摘下一枚戒指，戒面有点像一个小军鼓，周边是珐琅和白金的雕饰，浸在一片血红的底色里。

“这是一枚血色三叶草戒指，”她小声说，“它将给公子带来幸运，也将成为公子和我族的信物……”

“不用了，”无方说，“我跟他们有一面之交，我去说一说……”

“这件事，请让伊芙自己来处理，”伊英正色说，“这枚戒指，公子一定要收下。经过公子的灌注，伊芙很快能升到高位伯爵，甚至侯爵，将来还能成为血族第一位女公爵……拉森巴想杀伊芙，伊芙就要与他死战，要为伊芙的家族，为整个隐秘同盟夺回荣誉！伊芙不会给公子丢脸……”

无方想了想，掏出血之纹章，递给她，“这个还是你拿着，你用得上。”

“人鬼殊途，为什么能勾搭成奸呢——”

门口突然传来一个清冷的声音。

无方和伊芙顿时一惊，急忙退了几步，戒备。

一阵白雾涌进来，顿时和黑暗裹在一起，涌动着，扭打着，变成一种狂乱的灰色。

白影一闪。郡主换了一身宫装，不戴任何首饰，面若寒霜地站在伊芙身前。

两个都是大美女，但郡主矮了半个头，伊芙那种入骨的性感是她怎么也比不了的。

郡主哼了一声，绕着银波荡漾的镜面转了一圈，伸出一根玉指一点，水波噗的一声化作了水滴，消散在空气里。

“这样的小技也敢来长亭的府中招摇——”

无方看到伊芙强自镇定，但手脚都在发抖。显然，郡主让她深感畏惧。他突然想，郡主用什么来放伊芙的血呢？天天放血，还要破解血族秘密，一定有某种厉害之极的刑具，某种隐秘的手段。看来，郡府并不像表面那样洁净。

“真不好意思，打搅二位了，”郡主平静地说，“这位美丽的……吸血女鬼，在天南州闹得天翻地覆，终于被长亭收服，现在，又骗得公子为你如此灌注，长亭真是羡慕啊。”

“你要干什么？”无方站到伊芙身前，挡住了郡主有意释放的威压。

“呦，这不是无方公子吗？丢下苦命的小精灵，跑来跟吸血鬼打得火热，玉成了好事，传下了佳话——”

“胡说八道，”无方气得哼了一声，“我只是偶尔路过，你把她——”

“公子，请让伊芙维护我血族的尊严。”

伊芙挺起胸膛，身上慢慢漾起一片红光。

郡主也冷笑了几声，手上很快聚起两团紫光，迎了上去。

两个人都是赤手空拳，用魔法打来打去。但见紫光一闪，伊芙惨叫着飞了出去；又见红光耀眼，郡主趔趄着窜了出去。一通怒骂中，两人分开，都是云鬓散乱，气势汹汹地盯着对方。郡主的宫装被打乱了，伊芙的手链也被打散了，绿宝石掉了一地。黑雾和白雾也在拼斗，屋子里尽是热腾腾的灰色，闪烁着紫光和红光，发出一阵阵的闷响。

无方感受着两种原力的对抗，又试着去吸取那些紫色，但是很奇怪，紫色似乎很警觉，不等他靠近，就飞快地飘走了。他还想凑近，却看到烟雾之中，郡主冷冽的目光正严厉地盯着他。

“你想对公子做什么?!”伊芙两手一展，几道血红的爪印向郡主飞去。

郡主身形连闪一一躲过，回身抖出两道巨大的紫色月牙，砍向伊芙的脖颈。

伊芙忽然纵身而起，手脚齐下，郡主没躲开，肩头中了一记。

“无方！你这个没良心的东西——”

郡主一边后退，一边嘶嘶地说。

“你这个卑贱的英风女鬼，”伊芙不紧不慢地掸了掸风衣，“派那么多人暗算我、折磨我！我以黑暗的名义，初拥你，同化你——”

“妖魔鬼怪，人人得而诛之，”郡主正色道，“就算长亭杀不了你，也有的是人来杀！”

伊芙又扑了上去，身形越来越快，双手红光连舞，风衣飞得呼呼直响。郡主的紫光也不断使出，却沾不到她的身体。突然刷的一声，郡主的发髻被伊芙割断了，满头青丝都披散下来，看上去十分狼狈。

郡主大步后退，随即发出了几声呼啸。半空中突然响起一阵雷鸣，朝洞外滚滚涌去。

伊芙还要扑，无方上前拦住她，“不要打了。”

“都是你！宁肯给她，也不给我——”郡主瞪着他，气得浑身发抖。

无方一把搂过伊芙，把纹章塞到她手里。

伊芙愣了一下，一双美目怔怔地看着他。

“你快走。”

“你呢？”

“她不会杀我。”

伊芙摇着头，“伊芙不能丢下公子——”

“你不是要效忠于我吗？”无方有点发怒，“赶紧走！”

“伊芙要守卫公子，血族有重任必须托付于公子，哪怕伊芙身亡，也——”

“你怕云三，是不是？”无方吼了起来，“滚！滚出去！”

伊芙红着眼睛，深深地看了无方一眼，又拢了拢头发，高傲地扬起下巴。无方突然发现，给她缀上那么高的风衣领是一个很正确的决定。

伊芙把血色三叶草戒指套在无方的中指上，又把纹章嵌进自己的项链，两眼顿时变得血红晶莹。

四周突然一片漆黑，郡主身边的白雾几乎都不见踪影。猛然间暗中飞起几双金红亮丽的翅膀，扑向郡主。

郡主惊呼一声，手上的紫光只抵挡了两下，就被劈碎了。

伊芙的脸颊上现出一片紫黑文身，背后也长出了一对黑色翅膀。她扑扇了两下翅膀，浑身似乎燃烧着，一下子冲开白雾，飞了出去。

屋子里安静下来。

那片浓烈的黑暗随着伊芙的离去消失不见了。无方心头微微一颤，似乎一些亲切的暖意也跟着离开了。仙境般的白雾围绕着郡主的身体发散而出，越来越浓厚，却越来越寒冷。

郡主慢慢调匀呼吸，“不好意思，长亭打扰了公子的好事……”

无方沉默着。

“长亭对公子一向宽厚有加，”郡主忧伤地说，“公子却对一个下贱的吸血鬼如此疼爱，伤了长亭的心，也伤了别人的心……”

无方看了看手上的戒指，上面还带着伊芙的体温。他不明白，这么一点时间伊芙就和他心意相通，这是因为他灌注了她，还是有其他的原因？

郡主脸上又恢复了平静，“那件事，公子想好了吗？”

“不是说两天吗？”

“已经两天了。”

“什么？”无方很惊讶。

“公子居然忘却了时光流逝……”郡主叹息着说，“你抱着妖怪不停地温存，直到她袒胸露怀，脱了个精光……你不会想到，你的小精灵就在你身边，看了两天的春宫好戏——”

郡主伸手一挥，一面石墙顿时倒塌。薄薄的白雾后是另一间屋子，里面一个女子半跪在地，呆呆地盯着他们。

“海瑟！”无方震惊地说，“你怎么在？”

海瑟咬住下唇，一句话也不说。

“你把她抓过来，让她一直看着？”无方转头看向郡主。

“长亭怎么知道吸血鬼会如此的放浪……”郡主说，“竟然猖狂色诱，差点让公子采阴补阳，酿成了大错……”

无方盯着郡主，眼神越来越冷。

“你的小精灵凄苦万分，长亭心中更是哀怨无比啊，”郡主一脸的天真无辜，“亲眼看你抱着、摸着、贴着她的小肉儿，织出一套漂亮衣装……白心人啊白心人，长亭真是不懂，你究竟是见一个爱一个，还是撒谎成性，以偷心为乐？”

无方越听越不对，急忙望向海瑟。

“你千万不要上当——”

海瑟的目光很陌生，似乎在告诉他，说什么都无济于事了。

无方回身，望着郡主。

郡主静静地看着他，眼底有几分得色。

“何必这么算计我？”无方说。

“算计？呵呵，公子自己——”

“你用伊芙的歌声把我引过来，因为你要查明，我能不能给你们灌注其他种族的原力。”

“哦？”郡主目光闪烁着。

“伊芙也是你故意放走的。”

“为什么呢？”

“你要让她和云三斗，要把水搅浑，然后你得利。”

郡主的脸色变了一变，又恢复了正常。

“小孩子家家，懂得什么……”她拢了拢云鬓，“那件事，公子同意了？”

无方又看了看海瑟。海瑟脸上又是愁苦，又是焦虑。

“不同意。”

郡主脸上的妩媚渐渐退去了。

“为什么？”她轻声问，“你不是要和平吗？”

“你在骗我，”无方说，“我不会伤害海瑟，也不会伤害精灵族。”

“你怎么知道长亭骗你？”

“你已经骗了我三次。”

“公子要不要……再考虑一下？”

“不。”无方说。

“公子，虽然你有时候拙于言辞，但从来都心明如镜，你什么时候变得这么冲动呢？”

“刚才。”

“刚才怎么了……”

“你告诉我，你让她在旁边看了整整两天，”无方说，“那一瞬间，我就决定了。”

郡主低下头，沉默着。

好一阵子，她慢慢抬头，凝视着无方。

“公子……”郡主一字一句地说，“你是这么独特，又是这么单纯，长亭平生第一次，对一个男人动了情……要是你我同族，或者是长亭先遇到了你，该有多好……”

她左手一扬，一道逶迤的紫光刷地升了起来，朝洞外飞去。

无方走向海瑟，伸出手，贴在那团云雾上。海瑟立刻伸出手，和他贴在一起。她一眨不眨地盯着他，眼里充满了担忧。

“我不怕他们，我只是怕，没有人懂我……”无方直愣愣地说，“所以，我永远也不会让你失望。”

海瑟抿住嘴，慢慢点了点头。

“各位，别来无恙？”

洞口传来一个中气十足的声音。

无方心头一跳，望了过去。兰焰一脸寒霜，分开白雾，走进了屋子。在她身后，是肥壮的李多和枯槁的国师。两个人都笑眯眯地盯着无方，眼中却像是要喷出火来。

第十四章·凝光

郡主。国师。统领。将军。

无方做梦也想不到，会对上这四个人的联手一击。

国师的威压，李多的恐吓，郡主的雷音，兰焰的拳脚，都曾经让他胆战心惊。但他就是再畏惧，也必须挺过这一关。海瑟就在身后，他再也不想把她的命运交到别人手里了。

他立刻放出了二三十个原力团，就像浮雷一样，飘荡在他和四人之间。

奇怪的是，浮雷居然不能靠近他们。他们没有撑起护罩，但白雾就是最好的屏障，让浮雷只能在中间一小块地方飘着，即使引爆，威力也会受到限制。

但是无方感觉，自己并不是没有一点希望。他虽然弱小，刚刚领悟到一点战技，却有一种隐隐的优越感，是上位者对下位者的睥睨和俯视。郡主拿他没有什么办法，才把李多和国师从阵中放出，这一点或许可以利用。纵使离间不成，挟持郡主，兰焰就要忌讳一些；抓住李多，国师大概也不敢造次。

他的眼神从他们脸上一一扫过。

郡主还是那样，目光复杂地看着他。兰焰则警觉地瞪着他，神色捉摸不定。李多微微眯起眼睛，精光四射地盯着他。国师又恢复了死气沉沉，但是他知道，只要一动手，这个亡灵怪物绝不会袖手旁观。

“大掌柜，听说你让长亭关起来了？”无方说。

李多冷哼一声，饶是他城府很深，脸色也阴沉了下来。

“公子啊，你学起坏来简直比长亭还厉害，”郡主丢给无方一个白眼，“你要知道，我等都是帝国重臣，这一次联手，不会考虑个人得失，所以，就不要挑拨了。”

“你们想怎么样？”

“老夫要你身后那位妖精，”国师说，“生命在于修补……老夫这次一定要把她修补成一件精品……”

“精灵献给大殿下，白心人先下傀儡蛊，再实施转化。”李多说。

兰焰皱了皱眉头，“制住他就是了，用这么多花招干什么？”

“前敌将军心有不忍？”国师瞥了她一眼，“还是想独占精灵，满足你的古怪嗜好？”

兰焰柳眉倒竖，“你再说一遍？”

国师阴阴地一笑，“又不是什么见不得人的事，老夫就男女通吃，等这小子还剩一口气时，各位都停手，让老夫亲自修补他的另一元窍——”

“国师，请听长亭一句话，”郡主打断他，“这些伎俩，长亭是无法采纳的。无方公子虽然顽固，却并不是英风大敌，也从未犯下死罪。所以，还是给他一个机会，只要他把那种法术拿出来，与你我分享，一切就都好商量……公子，你看……”

无方不答理她，只是让原力在四肢百骸运转起来。他头上飘起一层淡绿的辉光，眼中释放出一圈无形的威压，迫得白雾连连后退。他发现，不仅脊柱可以发射离回之箭，胸前、腰腹、肩窝，甚至手指，都隐隐有原力涌动，只是脊柱的力量最强，准度也好。要是修炼到任何部位都能发射，那他就多出了无数手臂，对抗群敌也不在话下了。

“公子，不要反抗了，”兰焰说，“只要你听从郡主的，我就保你平安。”

“前敌大将军，你这是什么意思？”李多诧异地说，“莫非你要换换口味，连个白心人都不放过——”

兰焰身上腾起一阵淡紫色的斗气，就要朝李多扑去。

郡主一把拉住她，“请各位以国事为重，否则，长亭就要翻脸了。”

“谁先上？”无方冷冷地说，“还是一起上？”

众人都是一怔。

郡主两手放到胸前，不断变换着手诀。兰焰板着脸，只是把大剑握得更紧。李多和国师互相递着眼色，满脸阴鸷，但并没有出手的意思。

无方朝前跨了一步。

四个人顿时退了好几步。

突然，一件墨绿色的轻甲从无方脚下往上蔓延，很快就包住了他整个身体。

四人都是一惊。

“这是什么？”国师急促地问。

“他的内力，”郡主轻轻说，“这才几天哪，就奇招迭出，各位，千万小心——”

“到底打不打？”无方厉声问着。他身上涌起一阵熟悉的暴戾，但他并不想控制。被他们这样逼迫，只有下狠手，才能保护海瑟。

他突然一纵身扑向兰焰。兰焰吃了一惊，急忙挥剑来架。他却一扭身，冲向了国师。

两个巨大的骷髅刚冒出来就被他生生撞开。国师冷哼着，正要唤出更多骷髅，突然眼前一花，两个浮雷爆炸开来，国师顿时满脸是血，双手乱舞着，被无方一把揪住了脖子。

国师吓得哇哇大叫，几声怪响中，两个大骷髅扑到无方背上，狠狠咬啮着。但是盔甲很结实，无方能清晰地听到骷髅的利齿咬在上面，却不能咬烂咬穿。

他一拳砸在国师鼻子上，差点把整张脸砸扁。紧接着，他运起原力，狠狠吸将起来。

国师惨叫着，一些黑气从他脑门上升起，向无方飘去。

半空中一道青光掠过，狂风扑面，无方只好侧头躲过。风力就像刀子，刮得他脸庞一阵刺痛。他回手一把抓去，顺势引爆了两个浮雷。

李多一声惊叫，胸前和小腿各吃了一记，一个踉跄，几乎栽倒在地。

无方左手抓住国师，右手猛砸，同时吸取黑气。

“长亭丫头！再不出手，大家都得死！”

李多狂呼着，又冲上来，一掌印在无方背上。

无方就像被铁锤砸中，喉头一甜，一股血喷在国师脸上。

“他吐血了！”李多有些不敢相信，“我能伤他！我能杀他！”

无方狞笑一声，同时引爆了四个浮雷。李多连连后退，身上紫光大盛，护罩刚支起来，就被爆炸打断。

一时间屋里绿光大盛。无方一边引爆，一边又放出二三十个浮雷。但这些雷比刚才的小了不少。他恨不得把整间屋子全都布满，来一记离回之箭，带动大爆炸，然后趁乱逃掉。

一声剑啸，兰焰出手了。

无方急忙侧转身，闪了过去。大剑砍在地上，一溜火星呼啦啦带起来，一直撞到墙头。娇叱中，银光连闪，他再躲，肩膀上却挨了一记，盔甲发出咔咔的声音，就像要裂开一样。他知道必须加紧吸取国师，只要干翻一个，剩下三个就好对付了。

但是，他刚吸进去一点黑气，就觉得强烈的气闷，原力一滞，整个胸口都在发麻。他暗道不妙，想把黑气驱赶出去，却见国师满脸狰狞，不断催送着黑气往他身上罩来。他挥起一拳，又打中了国师的鼻梁。国师一口污血喷出，连门牙都掉下了几颗。

他还要再砸，李多的狂风又来了。这次是和大剑的紫光一起。他尽可能地把原力运到背上，硬挺了一下，同时两指用力，朝国师的眼睛插去。

两声闷响中，他哇的一声，又吐出几口血。国师惨声大叫，一只眼珠被他捅破，流出了黑色的液体，另一只眼伤到了眼角，流了一脸的血。

无方决定，即使是多挨几下，也要先把国师收拾掉。

他一顿重拳，夹杂着原力，打得国师的老脸变成了烂泥。他趁机飞起一脚，踢在国师肚子上。

国师哇的一声，苦胆水都几乎吐出来。

他连续猛踢，国师在地上翻翻滚滚，身上不断涌现着黑气，还在扑向他。但他再也不吸了，黑气拿他没办法，就在周围逡巡，一会儿变成骷髅，一会儿变成另一个国师，但都沾不到他的身体。

国师渐渐不动了，连呻吟都没有了。

无方站起来，抹了抹嘴角的血迹，冷冷地盯着其他三人。

三个人都有些慌乱起来。

“公子，请不要逼迫长亭，”郡主有些凄婉地说，“什么都好商量，你我也并不是死敌……”

无方大吼一声，突然扑向李多。几个飞拳凌空而至，他虽然低着头，只砸在盔甲上，却也让他头晕眼花。

他咬咬牙，再次抡拳砸去，撞上了李多的拳头。

咔嚓一声爆响。

无方大喊一声，觉得指骨已经被撞断。再看李多，整个手腕都折了，软软地托在另一只手上。

无方一阵狂喜。他的原力竟然如此强劲，可以对抗修炼多年的内力。他心头大定，继续运起原力，一路引爆着浮雷，朝李多冲去。

李多不停地后退，完好的一只手法度谨严，把爆炸一一挡住。但即便如此，也被炸得披头散发。他一直退到墙根，一个狼狈的懒驴打滚，朝郡主那边躲去。

无方闷着头继续引爆浮雷。他的眼前金绿闪烁，白雾狂卷，雾中隐隐有风雷之声。郡主刚要朝他冲过来，却被几颗浮雷炸中了肋下和肩膀，立刻飞开几步，站定不动。她雪白的衣衫上渗出了几团血渍，发髻也散开了，眼神十分幽怨。国师则瘫软在地，身上不断冒出有气无力的黑光。无方死死盯住李多，决定以硬碰硬，砸得他骨断筋裂，再来对付其他人。

大剑一闪，兰焰挡住了无方。

无方不敢用拳头直接对上剑锋，决定给她来一支离回箭。

但是，原力突然变得不受他控制，怎么也凝聚不起来。

他又试了一次，还是不行。

他心头一紧，明白了，他少得可怜的两种战技，居然互相克制。比如现在，他的身体一旦被暴戾控制，那些原力技能就不能充分施展。怪不得浮雷的威力远不如他预想的大，而且越到后来布的雷越小。他还以为是被郡主的白雾遏制，没想到是他自身的原因。

但是他并不担心。国师已经失去了战斗力，他要面对的只有三个人，虽然都是高手，却对他有一种本能的畏惧，对他的奇招也相当顾忌。

他想起海瑟说过，兰焰的下盘是软肋，于是注意了一下，发现还真是这样。兰焰无论是纵跃，还是闪挪，都非常灵活，但是根基不牢，腿脚并不是很稳，可能是将军当久了，习惯于马上作战。

无方集中起附近所有的浮雷，在兰焰的胸前连连引爆。

兰焰惊叫着挥剑格挡，却没注意到无方伏下身子，突然来了个大回环扫堂腿。

兰焰猝不及防，被扫得飞了起来，刚跌到地上，无方一个箭步冲上去，一脚踩住她的胸脯，用力一碾，同时伸手抓住了半空中掉下的大剑。

他感觉兰焰的身体一下子绷得很紧，胸口两团饱满的大乳已经抵挡不住他的脚力，正在被踩扁，几欲爆裂。

无方双手握住大剑，高举起来，对准她的脖子就要扎下去。

突然，他从兰焰眼中看到一种熟悉的眼神：恐惧、委屈，还有一丝不甘的绝望。这神色竟然有点像千生大典上那个惨遭分尸的幼小精灵。

他顿时呆住了。他知道兰焰一死，四去其二，他立刻能大占上风，但是这一剑他怎么也扎不下去了。

突然，他听到两声惊呼。

回头一看，郡主居然趁此机会撤开了云中阵，冲到旁边那个密室，揪住海瑟的头发，把她拖了出来。他第一次见到她的独门兵器，竟是一把凤翅般的发簪，散射着淡金色的荧光。

“公子，长亭实在不想这样，但是公子神武过人，长亭无奈，只好——”

无方朝前扑了一步，郡主立刻将凤翅抵住了海瑟额头。不小心手一抖，一下子划破了皮肤。

一丝鲜血顺着雪白的脸庞淌下。

“不要管我，”海瑟艰难地说，“杀了她——”

“公子请住手，否则，大剑师会因你而死——”郡主大喊起来。

无方捏紧了双拳，指甲几乎都要掐进肉里去。

眼前身影连闪，他身上一痛、一麻、一酸、一震，好几处要害同时中招。

他明白过来，右太阳穴大概中了骷髅，整个右半身死气缭绕，一片冰凉。胸口该是中了飞拳，肋骨不知道断了多少根。他的脖颈被李多一只手牢牢掐住，脑袋几乎被扭下来。但是，最让他感觉到痛楚的，是他的小腹。他低下头，看到一截闪亮的剑尖，正在嗒嗒地滴着血。

“放开他——”海瑟哭喊起来。

无方看着她，刚刚张开口，却觉得满嘴铁腥，一口血涌了出来。

“我让你踩我，让你碾我的胸——”兰焰恨声说道，把大剑狠狠一转。

扑哧，一声内脏撕裂的闷响。无方只觉得一阵尖厉入骨的剧痛，魂魄似乎都飞了出去。

“你应该知足了，白心人，”李多倒抽着冷气，发出嘶嘶的声音，“放眼整个大陆，能让李某四人联手的，又有几个？”

“老夫让你几招，你竟然忘乎所以……”国师大概是缓过劲了，挣扎着慢慢爬了起来。

“该死的臭男人。”兰焰冷笑着，手上又是一转。

无方眼前顿时一黑，嘴角、眼角、耳孔同时溢出血来。

国师三把两把扒去无方身上破烂不堪的盔甲，放出几个小骷髅，咬啮起来，“先给你小小修补一下，然后一分一厘慢慢转化，叫你——”

“你现在威风了，刚才呢？”兰焰沉声说。

国师吃吃笑着，“要是安德鲁跟这小子独斗，怎么会缩手缩脚，施展不开神技呢？”

“先说好了，谁都不许独吞，”李多说，“找到内力之源，大家都有份，一个一个来。”

“放心吧，”郡主的声音还是那么平静，“既然本郡答应过，就一定会做到，希望大统领和大国师不要出尔反尔，再像以前那样掣肘……”

无方只觉得浑身力量像泉水一样流失而去。他急忙咬紧牙，坚守着一点灵智，想积蓄一支离回箭，一分为四，同时袭击众人。

眼看着原力渐渐聚拢，国师却冲着他森然一笑。

哇啊！一声怪叫，一道花花绿绿的光柱从国师嘴里发出，打在无方胸前。

无方全身上下一片火辣，就像被扔进了滚开的油锅。他想大声喊出来，却再也听不到自己的声音。刚刚鼓起的原力就像烈阳下的雪块一样，飞速融化了。

“你再狠啊，再猛啊！”李多嘿嘿笑着，狠毒的飞拳专门砸他的关节，砸他的脏腑。

兰焰倒转大剑，用剑柄狠狠砸在无方后脑上。

无方终于倒了下去。

郡主微笑着放开了海瑟。

海瑟立刻飞奔过来，扑在无方身上。

“白心人——”她拼命摇晃着他，不见动静，便慢慢抬起头，饱含怨毒地盯住众人。

四大高手对望着，都有些余悸。

“这小子不会是装死吧？”国师抹了抹脸上的血迹，狠狠甩在海瑟身上，“这个妖精先交给老夫修补修补……”

李多不耐烦地瞥了他一眼，“长亭，下一步看你的了。”

郡主正出神地看着无方，闻言一怔，“焰儿，把两具升断之台运过来。”

兰焰点了点头，领命而出。

“卑鄙的恶棍，无耻的贱人，”海瑟一字一顿地说，“四大高手，围攻一个白丁，打不过，就挟持我，真是丢尽了英风的脸！”

“大剑师，本郡一向厚待你和公子，这次也只是生擒，并没有杀他的意思，否则，哪里会有这么被动？”

郡主俯下身，擦了擦海瑟额头的血迹。她的葱葱玉指经过之处，伤口马上就不见了。

“他那几招到底是什么功法？”国师说，“无形无影，差点废了老夫一对招子——”

“不说这些了，”李多打断了他，“先拷问他的路数，再慢慢炮制他。”

“你们放了他！放了他！”海瑟喊出声来。

“那要看他是不是听话了，”郡主眼神迷离地看着她，“大剑师，你眼圈一红，这番风情，真是令人怜惜——”

“滚开！无耻的英风女鬼！”

郡主一把揪住海瑟的头发，把她的头生生拧了过来。

“要是把你让给焰儿，无方公子就能成为长亭的禁脔?”郡主一边笑着，一边紧了紧手掌，让海瑟痛得皱起了眉头。

“亏你还是郡主……居然……如此龌龊……下贱……”

啪！

一个耳光狠狠抽在海瑟脸上，打得她脑袋一歪，黑发扑散开来。

“贱、婢！”国师龇牙咧嘴地说。

呸！海瑟一口血痰直接吐在他鼻子上。

国师又是“哇啊”一声怪叫，但见阴风四起，一个大骷髅凭空出现，一口叼住了海瑟的脖子。

海瑟顿时两眼发直，浑身颤抖起来。

“唉，要是每个精灵都像她一样冥顽强硬，这西方的战事还真是胜负难料啊。”郡主叹息着说，“二位，你们说呢?”

无方再度醒来，感觉自己浑身冰冷，正平躺着。四周依然白雾缭绕，却带着一种针刺般的阴寒，让他提不起半点原力。

“公子，你的身子下面是一座升断之台，”郡主的声音远远传来，“帝国有着灿烂的文化传统，各种刑审之法也有深厚的传承。但是长亭一向悲悯，所以，郡府中不会有大辟、炮烙、车裂、凌迟、宫刖、梳洗、木驴，只有这种升断台，将公子轻轻捆绑，略微拉拽，让公子从迷茫中警醒，变得自省而诚实，淳朴而专一……”

“你太虚伪了。”无方笑了一笑。

“有一件事长亭始终不明白，”郡主说，“为什么公子总是喜欢那些妖精、妖怪，却死活看不上正常的女子?”

无方哼了一声，动了动四肢，没有知觉，又转了转头，总算看到了满脸青紫的海瑟，也看到了她身下的升断台。这种刑台龙首蝎尾，龟身鼋背，把海瑟的四肢牢牢固定着，绑成了一个大字。台下有若干曲管用来放血，台身不断掠过几丝电光，看上去一派森冷。

“你怎么样了?”无方问。

海瑟不说话，静静地看着他。无方突然从她眼中读出了某种意味，顿时紧张起来。

“不。你不要这样。”

海瑟偏过头去，不再看他。

“各位，千万要警惕，绝不能大意，”郡主的声音又传了过来，“可以多加几道禁制，免得公子暴起发难——”

“他想动？得问问我的大剑！”兰焰咬牙说道。

“升断之刑在李某看来还是不妥，”李多说，“不如直接锯割或者腰斩，叫他没有任何翻本的机会。”

“他的内力很可能蕴藏在四肢，”郡主冷静地说，“只能先护住他的性命，再割开皮肉仔细搜寻。各位要记住，精灵的内力是绿色，血族的内力是红色，不要和骨血脏腑混淆了。”

“老夫的眼皮怎么跳个不停？”国师突然说。

“大国师，你一世威名，千万不要被妖魔邪怪吓住了啊！”李多殷切地说。

“这件事，不是这么简单，”国师重重地叹息着，“安德鲁纵横一生，还没有过这样毛发悚立的时候。”

“那你的意思呢，放了他？”

“恰恰相反，”国师阴狠地说，“一不做，二不休——”

“杀？那还不容易？可这内力，这功法……到哪里找去？”

“那可未必，”国师阴恻恻地说，“他的骨血，未必就不可交差。”

“到底动不动他？”兰焰冷冷地说。

“动，”郡主发话了，“要是找不到内力，再想其他的法子。”

无方听着众人的话，心中更加焦急。他不断地运气，原力却像石沉大海，怎么也无法唤醒。他还想再试，却听到海瑟的声音。

“白心人，你对我好，我记住了。”

“不要那样，”无方额头渗出了汗珠，“不要那么做。”

“那是最好的结果。”海瑟说。

“不是。”无方说。

“你要是先死，不要害怕，”海瑟说，“我很快就去找你。”

“不要！”无方几乎吼了起来，“就是死，也要有尊严！”

海瑟愣了一愣，眼中渐渐凝起晶亮的水光，“可是，那就白死了。”

无方凝视着她，“你要相信我，还没有到放弃的时候……”

“长亭还是犹豫啊……”郡主两手举在胸前，感叹起来，“公子，只要你发下毒誓，真心悔过，长亭就力保公子不会受到伤害……”

“你已经看透了你，”无方冷笑着说，“不要再装了。”

郡主闭上眼，娇躯颤抖起来，“开始吧。”

兰焰呵斥了一声，俯下身来。

两道剑光一亮，无方两手两脚都是一寒，旋即一阵阵剧痛舔遍了周身的血脉。他知道，四肢的肌肉都被割开了。他看着兰焰，发现她面色狰狞，正收回大剑。剑身尽是浓稠的血浆，嗒嗒地滴下。

海瑟也短促地叫了一声，原来李多走到了她那边。

“住……手……”无方艰难地喊出声来，“我……”

他的声音突然停止了。国师连续施展了三个禁声术，两个给了他，一个给了海瑟。

李多举起海瑟伤过的那条腿，仔细看了半天，把她的皮裤割开，又从自己怀里掏出一把精致的佩刀。

“白心人，长亭爱才，李某也是，”李多满脸诚恳地看着他，“再给你最后一次机会，哪怕只为了这个妖精……你看如何？”

无方牙床连连咬合，却发不出丝毫声音，只能怒视着李多，猛烈摇头。

李多的大圆脸上，五官倏地舒展开，露出了招牌式的微笑。他转过身子，抓起海瑟的腿，一刀割了下去。

两个人都在痉挛，在挣扎，却发不出声音，只能一口口倒抽凉气。这边是郡主、兰焰和国师双手插进无方的血肉，捻动血管，捏紧骨头，掰开经脉，仔细搜寻着，那边是李多哈哈大笑，举起了右手。手上那血里糊拉的一团，是海瑟的左脚，已经被他割了下来。

李多把断脚放到鼻子前闻了闻，皱起眉头，往身后一丢。

“真是下贱的生灵！这么污秽腻烦、恶臭难当！”李多不满地说，“不知道你的小手会不会清甜一些？”

他拎起海瑟的右手，吭哧咬了两口，突然一甩头，扯下了两块肉。

“啊——呸！”他甩头吐掉，干呕了两声。

“这……就是传说中的精灵肉？这么难吃！那帮蛮夷，竟然喜欢吃臭烂腐肉？都是在屎尿粪坑中长大的吗？”

李多擦了擦一脸的血，挥起佩刀，猛地剁下去。

一声闷响，海瑟的整条右臂被他生生斩了下来。

李多拎起它，走到无方旁边，用断臂上那几根惨白的手指，一下一下划拉着无方的嘴唇，“白心人，既然你那么喜欢她，为什么不来上几口？”

“统领真是悠闲，只顾自己玩乐——”郡主说。

李多看了看海瑟，又看了看郡主，诡异地笑了起来。

“长亭，你真的看上了这个妖精?”

“一派胡言!”

“这等佳话，一旦传出，全天下都会被长亭感动，把长亭奉为情中圣手……”

“别给脸不要脸，”兰焰冷冷地说，“赶紧干正事。”

“统领也是好心嘛，”国师翘着兰花指，慢慢撕开无方的大腿根，“白心人一急，说不定内力狂吐，尽归咱们的彀中——”

“怎么回事？这样搜寻，还是见不到半点内力?”郡主有些焦虑了，“真的要开膛吗？公子，你一定要忍住，不要昏厥，更不能死去……焰儿，尽量小心，不要伤他的性命……”

“这种小白脸，留着有什么用?”李多把海瑟的手臂往后一扔，顺手揪住无方的左肩，“长亭啊长亭，你用妖精敷衍你的焰儿，自己与白心人双宿双飞，这如意算盘打得可真是响亮——”

雪亮的剑光一闪，李多飞身便退。

但听一声爆响，李多顺手扯下了无方的左臂。

血泉喷涌之中，无方刚晕过去，一道清凉的绿黄水芒洒在他身上，顿时换来一阵闪电般抽搐的剧痛。

甘霖术。

他立刻想起来，国师在千生大典上就用过这个，不让他昏，不让他死，而是要让他活受罪。

国师一只手救助着他，另一只手却不闲着，把他从下巴到耻骨，轻轻划开了一道长长的口子。

但见血浆翻涌，腥气扑鼻，内脏争先恐后地挤了出来。

“姓李的，你要再敢胡说，别怪本郡翻脸，”郡主冷峻地说，“一个寒冰阵就困了你三天，七八个大阵一起上呢?”

李多眼皮一翻，一对死鱼般的眼珠冷冷盯着郡主。

兰焰停下手，盯着他。

李多突然哼了一声，抓起无方的脑袋，对准了脖子，一口咬了下去。

“大统领，这样很难吸到内力，”国师阴柔地说，“安德鲁怀疑那些东西并不是在骨血里，而是藏在了别的地方。”

“别的地方？哪里！你藏到哪里去了!”李多猛地抬头，怒视着无方。他满脸是血，一张大口更是冒着浓烈的腥气，“白心人，你要是继续顽抗，李某就一滴一滴喝干你的骨髓，一节一节吃掉你的肠子，管保让你活上百日，每日被李某吃掉一丁点，煎炸烹炒，无所不为……你家妖精，也跟你同吃同住，李某要把你们两人心口相对，捆绑在一起，一人死去，另一人还活着，直至腐烂为脓，零落为泥——”

“恶心。”兰焰甩开手，扭头朝门口走去。

“将军，请站住，”国师冷冷地说，“你要走，老夫就与统领联手，到时候，你家郡主——”

“焰儿回来，”郡主叹了口气，“你虽然出手狠辣，但还是心有怜悯。可是，白心人实在是难以驯服，将来一定是帝国的公敌啊!”

国师阴笑起来，“那小子对将军动了色心，那一剑才没插下去……将军知恩图报，现在才不忍心……”

“谁也不许跑，都来与李某一起食其肉、寝其皮!”李多吼叫起来，“已经到了这地步，还有后路吗？我等不是在杀人，更不是在取乐，而是在护佑伟大的帝国，护佑全体英风子民！自古以来，为求大义不拘小节，何罪之有？哪怕李某遗臭万年，也无愧于天地，无愧于祖宗!”

他的脸上充满了狂热和庄严，“让我等振臂高呼：帝国万岁，皇上万岁！大殿下万岁!”

“疯子……”郡主摇着头，有些失神地说。

无方咳了几下，突然咔咔地笑出了声。

四个人抬起正在滴血的脸，直愣愣地看着他。

“你们……害怕了……”

四个人你看我，我看你，又一起盯着他。

“吃得很过瘾吧，我也想吃……”无方的声音十分空旷，“可是，我做不出到……我比你们高级，下贱的爬虫，永远匍匐在我的脚下……”

他感觉这声音不是他自己发出，而是冥冥中有种力量，操纵着他的喉管，指挥着他的措辞。

“他疯了，不要理他!”国师突然嚷嚷着，一口接一口地咬下去。

其他人犹豫了一下，也凑了上来。

“把我的肝吃掉，还有我的心，我的肺……还有骨髓、脑浆，想吃什么，就吃什么……”无方的语气变得冰冷，就像他正君临高空，冷眼看着这一幕惨景。他恍惚觉得，这并不是他真正的身体，他的灵魂已经粉碎，散落到许许多多的角落，只是其中一缕，找到了这个寄托之处。

“你们……要快一点……我要开始了……”

几个人又对视了一番，不再理他的话。他们吃的吃，挖的挖，撕的撕，扯的扯，一片片血肉被带起，被抛撒一地。国师还不断施展着甘霖术，让无方一直保持着清醒。

无方的血肉渐渐消失在几个人手里，铺天盖地的剧痛已经让他麻木。一些东西离他越来越远，另一些则越来越近，那是什么？死亡？湮灭？彻底的虚无？终结的清醒？

他安静地想着，几乎出神了。

“找没找到啊，各位？”李多不耐烦地挺起腰。他的上半身被鲜血浸透了，就像穿上了一件诡异的大红袍。

其他三人也都一样，血糊糊的目光互相对视，都充满了愤怒和失望。

众人都望向无方。

无方正侧着身，望着海瑟。两个人头部完好，但是脖子以下一片狼藉，血肉筋骨、五脏六腑都被翻搅得稀烂。无方突然想起宋吃用秘法烹制的那个精灵女子，也留着一颗完好的头颅，身子却被煮得肉烂骨酥。只不过，那是纯白的浓汤，而这里，则是四大高手亲手炮制的血肉酽浆。

两个升断之台突然发出一阵嗡嗡的声音。龙首亮起一大团紫光，蝎尾也射出电光，从两具身体上掠过，似乎在催促着什么。

“罢了……焰儿，给他一个利落吧。”郡主幽幽地说。

兰焰反手一剑，插进了无方的心脏。

就在这一刻，无方猛然感到，临界点到了。

他终于要领悟那个超级术法了。

——“只有把生命消耗到极致，你才能领悟到那个功法。”

——“极致？就是奄奄一息，命若游丝吗？我能把自己搞成那样吗？”

——“不能，你无法掌握尺度，只有敌人能够帮你。”

而现在，英风帝国的郡主、统领、国师、将军，终于来帮他了。

“不对啊，”兰焰狐疑地说，“他的眼珠还在动！”

“不会吧？”郡主说着看了过去。无方的脸上一片死气，眼珠却在隐隐转动，身体也抽搐着，却不像是垂死，而是在孕育着什么。

“不好，他眼睛睁开了！”国师狂叫。

“这是怎么回事？长亭，你们搞什么鬼？”

“老夫说得不错吧，这小子……千万当心……”

“李某知道他为什么咽不下这口气……”

李多狞笑着，抄起放在一旁的佩刀，噗！反身剁下了海瑟的另一条腿，又把断腿拎起来，扔到无方身上。

“这样做有意思吗？”兰焰冷冷地说。

“李某考虑不周啊，”李多叹息了一声，“说好了要把这具食材留给宋大师，唉——”

“如此美女，老夫不能亲自修补，亲身享受，真是痛心——啊！他……他在动——”

兰焰皱着眉头，刚要上前，国师已经伸出了爪子，搭在无方喉管上，用力一插、往外一撕。

哧啦一声，无方的意识立刻萎缩，眼看就要沦入黑暗。

突然，一种非常弱小却非常凌厉的能量，从他灵魂深处涌了出来。他只感觉浑身一紧、一空，各种原力，本源的、精灵的、血族的、融合的，瞬间被抽得精光，向着不知名的所在发射出去。

一片血红漫上无方眼帘。他被一股巨力拉拽着，拖向一个未知的深渊。他刚想抵抗，突然福至心灵，放开了身心，任凭巨力挟裹着他，飘荡而去。

忽明忽暗的苍茫过去，他发现自己失去了身体，只有一点灵智，漂浮在无边的空间。漆黑的背景上是蓝宝石般的星宿，淡淡地散发着辉光。

他看到这些星宿旋转着汇成了三道明亮的银河，突然倒挂而下，如经天长虹、万仞白练，朝他倾泻而来。

他不由自主地迎了上去，眼看着越来越近，马上就要撞在一起。突然，他感觉到身旁有谁在呼唤着他。

海瑟。

他急忙回身，用意念包围住她。她似乎有些惊慌，挣扎了两下，但很快安静下来，任凭他紧紧地搂住，朝飞驰而来的银河扑去。

三条银河，本来平分了天穹，飞来的路线也很规整，被他这么一搅，顿时发生了扭曲，有一条突然打横，远远地飞走了。另外两条却贴着他的身躯，一掠、一擦，竟然笼住了他的身子，冲刷着他，洗濯着他。

他浑身一震，一种陌生而雄浑的力量冲进脑海，顿如醍醐灌顶，让他几乎狂叫起来。

青衣人决然想象不出，他因缘际会，同时拥有了两种超级法术。

郡主四人身子一软，几乎跪倒在地。一种沛莫能御的威压，超出他们所有的抵抗，像齐天的巨浪一般砸了下来。

他们看到无方睁开眼睛，对他们微微一笑。

无方破碎的身体，带着海瑟残缺的躯干，慢慢站了起来，漂浮在半空。那些血液、内脏、骨骼、皮肉，纷纷从地上升起，从李多和国师口中流出，从郡主和兰焰手上飞去，围绕着两个躯干，开始旋转、升腾。海瑟的断臂和断腿，从地上飘了过去，接到她的身体上。无方的身体则渗透出一道雪光，很快就是十道、百道、千道，用肉眼可及的速度，填补着周身的伤口。

四个人都想去阻止，却像陷入了坚硬的泥淖，空气突然变成了固体，他们的手脚再也无法移动分毫。

郡主咬破舌头，想施展紫英神功，却发现那口血倒灌回来，堵在她的嗓子眼里。兰焰的大剑抡了起来，还没有砍出，就再也不能移动半分。李多的飞拳被反弹回来，眼看要砸到自己脸上，却猛然停住。国师想念动咒语，却只听见自己的声音越来越粗，越来越慢，终于，什么也听不见了。

四个人的一切动作都被彻底打断，视觉却留存着，还能看到发生的一切。

他们满头青筋，血脉贲张，却只能眼睁睁看着那团飞速旋转的雪光，那两个已经成为尸体的男女，在雪光中、残骸中，一点一点，复原如初。

——“前辈，怎么还不动手？”

——“我很犹豫，你的力量太可怕，我真该唤醒它吗……”

——“你不也拥有那些法术吗，而且，还不止一种。”

——“我付出了难以想象的代价才控制住它们，而你，突然从一个白丁变成一个顶级高手，只怕……”

——“什么？”

——“跳转空间，支配时间，操控万事，解构万物……这么大的力量，会带来多么大的责任，你想过吗？”

此时此刻，无方体会到了这种力量。他的神志苏醒了，原力被抽得一空，但是他并不慌乱。他和海瑟在银光璀璨中对视着，海瑟痴痴地看着他，满眼都是崇拜和震撼。他只觉得天地之间没有什么值得畏惧，也没有什么能够将他阻挡。

他看了看那四个人，他们空有一身功力，却满脸惊骇，充满了对未知力量的疑惑。

青衣人天才绝伦，却没有想到，因为有了海瑟这个变数，无方领悟到的第一层法术，不是四种超法之一，而是糅合了空间和时间两重威力。他可以在濒临死亡时让时光停滞，甚至倒流，让空间跳转，受伤的一切自动复原，毁灭的一切完好如初。

他还能给伊芙制作大衣，给自己覆上盔甲，那是物质法术的雏形吗？几次遇险前，那种不祥之感，是否又说明，他对预言术也有某种感应？

跳转空间，支配时间，操控万事，解构万物……无方心神激荡，一时间，只觉得怀揽云天，无所不能。

两个人慢慢落下地来。

血肉模糊的升断之台已经洁净如初，地面也是光亮如新，四大高手表情狰狞，就像四尊剑拔弩张的雕塑。

无方还在回味，海瑟却去抢夺兰焰手里的大剑。剑刚扯出来，哐啷一声掉在地上。他急忙拉了她一把，她身子一软，倒在他怀里。他才发现两个人都相当虚弱，几乎走不动路了。

他突然有种感觉，功法随时可能失效，必须赶快逃掉，不然敌人一醒就很危险了。

他用力搀起海瑟，朝洞口走去。

“我要杀了他们。”海瑟挣扎着。

“不行，”无方说，“我们要找个地方恢复一下。”

“我要亲手报仇，我——”海瑟说。

“赶紧走，不然他们就醒了。”

“要走你自己走。”海瑟说着，还想去抓大剑。

无方一把搂住她，跌跌撞撞地奔向洞口。

海瑟嘤咛了一声，突然乖巧起来，也搂住他，慢慢挪过去。

“我看见了，我都看见了，”她出神地说，“那些星星，那些银河……那是另一个世界，对吗？”

“管它是什么，只要能救你。”无方说。

“是你说的那个世界吗？”

“那也是你的世界，”无方急忙说，“我不知道为什么有三道银河，但是，我们要一起回去。”

海瑟眼波流动，浸满了深深的莹蓝，“白心人，我应该相信你的话，是不是？”

“一定要相信我，”无方眼眶有些发热，“你不信我，我就不知道怎么办了。”

他们爬到洞口，那些浓密的白雾就像真正的雾气一样，消散了。

“你刚才用的是什么魔法？”海瑟说。

“那不是一般的魔法，我不知道怎么说，”无方回望着那四个人，“但是，我叫它——凝光。”

第十五章·异村

白云缭绕，花草空寂。所有的丫鬟、卫士、花鸟、鱼虫，都保持着静止，就像一大片诡异的群雕。

无方和海瑟互相搀扶着，高一脚低一脚地冲出了郡府大门。

一群身披坚甲的角马正焦躁地刨着地，打着响鼻。

海瑟愣了一下，“它们……怎么能动？”

无方却松了一口气。看来，超法虽然强大，波及的范围却是有限。刚才他还在担忧，他真要被牵涉进大战，精灵肯定会央求他，让他施展凝光，把英风军团定住，然后尽情屠杀。那并不是他想要的结果。

“我只会第一层，威力太小了。”他含糊地说。

海瑟看了看，似乎想读出他的心思。少顷，她抱起他，放到马鞍上。角马愤怒地嘶吼着，想把他甩下来。海瑟把右手贴上它的脑门，嘴里念叨了几句，角马就垂下头，还舔了舔她的手心。

“这是什么魔法？”

“管它是什么，只要能救你。”海瑟学着无方刚才的腔调说。

无方有些发愣，海瑟得意地笑了笑，纵身上马，把他往身前一横，两腿一夹，角马嘶鸣着冲了出去。

走了没几步，无方心念一动，对海瑟说，“能不能先往南？假装去大昊，再转向北，进贝戎，从光辉海回埃尔蒂斯。”

“为什么绕一大圈？”

“迷惑敌人，让他们抓不到我们。”

“你没有下过海，”海瑟说，“你根本就不知道，那些怪物有多可怕。”

“那怎么走？”

“向西，再向西，”海瑟坚决地说，“一直向西就是埃尔蒂斯。”

两个人纵马奔向弱水郡南门。

一路上，没有遇到什么麻烦。黑甲守卫着东边的万胜门，死灰损失惨重，剩下的都藏进了汉轩楼。峨冠博带也不见踪影。只有些无聊的路人，发现海瑟是个精灵，胆子就大起来了，有的冲着她打呼哨，有的面露淫邪，更有几个大汉，一直缀在他们身后。无方让海瑟去路边小摊上抢来几块布料，把两只尖耳朵包上。海瑟飘飘下马，身形连闪，把后面的人镇住了，不敢再妄动。她扯了一截蓝白花布，三下两下就把耳朵裹上，两颊还垂下两条带子，显出一种别样的风情。

快到南郊了。

“我们去见一个人。”无方说。

“那个人很重要吗？”海瑟说，“不怕耽误时间？”

“凝光就是他教给我的，”无方说，“他说，你是我的主灵，我必须救你，才能一起回家。”

海瑟打断了他，“你是说，你那些魔法……他也会？”

无方点了点头，“他很强大，比我强多了。”

海瑟的眼睛亮了起来，有一种不加掩饰的渴望。无方有点不舒服，却说不上什么原因。

他带着她，走到那片枯树林，找到了石狮后面的三角形石头。他让她指挥角马去踩了好几下，没有反应。他挣扎着下了马，也踩了好几下，还是没有动静。

无方闭上眼，放出内视。却见脚下茫茫一片，分辨不出任何东西。他明白了，青衣人不在，还给这里下了某种禁制。

“走吧。”

“再等等？”海瑟说，“要是我们一走，他就回来了……”

“不会，”无方说，“我感觉得到。”

海瑟还在犹豫，无方不知道哪里来的力气，纵身上马，搂住了她的腰肢。

“走！”他大声说。

海瑟怔了一下，但还是听从他，朝南门奔去。

城门很冷清，看不到几个守卫。两人也不减速，呼啸着冲了出去。

跑出小半个时辰，身边的绿色多了，民居少了，木屋变成了草房，甚至土洞。无方紧张起来。上次在这里就遇上了蛮子和耗子，还有心怀不轨的李多和国师。这次他们只有两个人，还都没有恢复功力，要再遇上恶人，会很凶险。

黑石城墙直插向前，就像一条青黑色的巨龙脊背，消失在库齐山脉脚下。越往前走，植被越茂盛，森林也越多。

无方抱着海瑟，一直忍着绮念，但随着角马一颠一颠，他下身还是起了反应。

海瑟不断回头，白了他几眼。他急忙扭头望着别处，假装没有看到。

在一条清澈的小溪旁，海瑟停下马，把无方放到一棵小树下，然后取下水袋，灌满水，递给他。无方一仰头，骨碌碌灌了一肚子。

“饿了吗？我去打只野兽？”

“我不饿，”无方说，“你想吃，我给你烤。”

“我不吃肉。”

“那就不要打了，”无方说，“你吃什么，我就吃什么。”

海瑟又白了他一眼，席地而坐，闭上眼，开始念诵起来。

“天风吹过，绿意盎然……以女神的名义，为我带来美味的食物，延续坚韧的活力……”

四周升腾起一片绿雾。地面的小草、苔藓和藤蔓像是有了灵智，蔓延过来，顺着海瑟的身体爬上去，在她手臂上结成了几个很大的蓓蕾。海瑟凑过去，哈了几口气，蓓蕾绽开了，是几朵雪白如玉的奇花，花瓣微微张合着，就像在说话一样。很快，花瓣开始收缩，凝结成几个水灵灵的深绿色果子。

海瑟折下两个，递给了无方。

无方还在发愣，海瑟示意他，把果子放到唇边。

无方照做了。果子一沾唇，就往他嘴里一钻，像冰片雪团一样融化了。一阵甘洌弥散开来，满嘴都是余香。

“真好吃，”无方由衷地说，“还有吗？”

海瑟把手上的都递给他。

“一人一半。”无方说。

海瑟看他又吃完两个，才慢慢吃掉剩下的几个。

“这也是自然魔法？”

海瑟点了点头，“要是在埃尔蒂斯，一次施法能结出十几个。”

“我也想学。”

“休想，”海瑟没好气地说，“只有精灵族才能学。”

“不会的，”无方说，“我可以从原力里学到精灵战技，还有魔法——”

他一下子住嘴了。海瑟神色严峻，定定地看着他。

无方一笑，想扯开话题，却被海瑟按住了肩膀。

“白心人，你贵为救世主，一定不会出卖我族的绝技，对吗?”

“嗯。”

“你学了我们的，你的呢？为什么不教给我?”

无方刚想说什么，胸口却是一阵憋闷，好像同某种亲密的事物一下子失去了联系。

“他们醒了，”他沉声说，“我的法术失灵了。”

角马驮着他们奔跑着，海瑟在前，无方在后，两人的身体依然在摩擦。他搂着她浑圆的腰肢，却没有心思再动绮念。海瑟一直沉默着，情绪也有些低落。无方想哄哄她，却不知道该怎么开口。

突然，无方听到海瑟在哼一首曲子，低回轻柔，似有似无。他听不懂词，但舍不得打断她。这曲子带着浓浓的异域风情，每一句的末尾都一悠、一颤，十分的悱恻。

海瑟哼着哼着，停了下来。

“白心人，你在偷听?”

“你唱的是精灵语吧?”无方说，“这是什么歌?”

“《爱之虚无》，精灵的离别之歌。”

“离别?”

“我能变成飞鸟，但找不到你离去的长路，我能化作微风，却吹不到你遥远的国度……”

无方凝视着海瑟的侧面，白玉般柔润的轮廓，长长的睫毛扑闪着，嘴角精致得令人心痛。

“我问你一个问题，你不要生气。”

海瑟点了点头。

“为什么你以前很凶，现在却不凶了?”

“我很凶吗?”海瑟说，“你认为我很凶?”

两个人沉默下来，只听得马蹄嗒嗒的声音。

“我再问你。”无方说。

“说。”

“精灵一族，可以……跟外族相好吗?”

“不可以。”

无方沉默了。

“白心人，你不要胡思乱想，”海瑟说，“我们不会沉溺于男欢女爱，我们爱的是大自然。我们的伴侣都是精心挑选的，灵神合一，绝不能有任何瑕疵……”

“很多精灵想跟你好，是吗？”

海瑟沉默起来。

“他们很强？”

海瑟还是沉默着。

“很强，但是你不喜欢。”

“白心人，你什么时候变得这么唠叨？”海瑟烦躁起来，“你要是真的喜欢我，就把他们一个一个打败，成为精灵一族的大英雄！否则，以我的身份……”

“身份？”无方奇怪起来，“什么身份？”

海瑟摇了摇头，不说话了。

天色渐晚，四野苍茫。

他们来到一处荒无人烟的丘陵。这里是森林和草原的交界，一旦发现敌人，可以马上退到林中，不用担心追兵。

一轮血红的夕阳映照着芳草丰美的大地。这一边的森林很浓郁，林涛哗哗作响。另一边的草原很辽阔，一波波草浪从天边漫到脚下，又从脚下漫向天边。

海瑟停了下来，把马拴在一根枯树桩上。

无方去捡了不少干树枝，拢起一堆枯草，又找来两块石头，架了起来。他到处找，没有生火的工具，就掰下一根粗一点的枝干，挑了一块尖利的石头，坐下来，试着钻木取火。

海瑟一开始不答理他，只是呆呆地望着夕阳，后来看他吭哧吭哧钻个不停，也好奇了，偷偷看他。

等他真的钻出一点烟，裹起落叶往草堆里一扔，让火苗慢慢燃起来，她吃惊地张开嘴，样子非常可爱。

无方对她一笑，她却转过头去，不答理他。

夜晚很安静，偶尔有淡紫色的光在地平线尽头闪动，还有些萤火虫，围着火堆跳舞。

火烧得越来越旺。海瑟的脸变得红扑扑的，眼里水色欲滴。

“你离火太近了，热不热？”无方说。

海瑟白了他一眼。

“我说错了吧?”无方喃喃地说,“你有原力,不怕的。”

海瑟扭过头去,不理他了。

无方有些无趣,只能闭上眼,准备冥想。

刚要入定,无方突然感觉有动静。

他睁眼一看,海瑟放平身子,背对着他躺了下来。他正在吃惊,海瑟又挪动了两下,距离他近了一些。

他想去抱她,但她挣开了,还是背对着他。他扳了好几次也没有扳动,只好作罢。

海瑟贴着无方的腿,蜷缩着。她的软甲破了不少地方,露出雪白的肌肤。已经是初秋了,地上隐隐生出露水,湿漉漉的。无方碰了碰那肌肤,只觉一阵寒凉,让他心痛起来。

突然,一种熟悉的香味浮起来。无方顿时想起,这是海瑟第一次施展洁净术时带来的那种气味。四周的原野变成了田园,轻风柔缓地吹动着,却不是冷冽,而是一种温和的抚慰。地面的苔藓和地衣逐渐变厚,变成了绵软的毡毯。一些矮小的灌木和枯树桩以肉眼可见的速度抽枝发芽,越来越高,越来越茂密,开出了白色的小花,在风中摇晃着、绽放着。

“多好的花。”无方说。

“这些花很快就会凋谢,”海瑟轻声说,“所以,我从来都不喜欢花。”

“怎么会呢?你们不是热爱大自然吗?”

“我们热爱的是森林,而不是鲜花,鲜花是用来迷惑人的,”海瑟说,“我不喜欢短暂的事物。”

两人都沉默起来。

海瑟又开口了,“我在想一件事。”

“什么事?”

“如果我很丑陋,你不会这么对待我。”

无方叹了口气,“你——”

“你不会。”

“你还是不信我,”无方说,“你明明知道,我肯定会救你。”

“真的?”

“嗯。”

海瑟扭转身来,看着他,“你有时候很聪明,有时候就是个蠢蛋。”

无方有些沮丧,“算了,你睡觉吧,我练功。”

“不睡了。”

无方不解地看着她。

“你爱和平，是不是？”海瑟说，“你对所有人都恨不起来，是不是？”

无方想了想，有些费劲地说，“你的仇人，和你的亲人，还有你，都是我们的人，你信不信？”

“你自己信吗？”

无方茫然了。他自己信吗？他是真的相信了，还是无路可走，所以必须相信？青衣人暗示他，海瑟是他的主灵，他信了。但是，当长亭弱水和伊芙出现后，他为什么要产生怀疑？他的初衷是唤醒主灵，回到家乡，但是，他却被海瑟牵引着，一步步走向战争和铁血。他真的是在完成使命，还是在被这个世界玩弄和欺骗？

“给你讲讲我们是怎么跟英风人结仇的。”海瑟说。

无方点了点头，往火堆里加了几根柴。

“最早，我们是用精灵文，不用英风文字。”

“就是你唱歌的那一种？”

海瑟点了点头，“我们的祖先来到这里时，英风人已经在这儿生活很久了，他们把西边的土地划给我们，帮我们建城，还邀请我们的王子和公主去他们的国都。这些人一去就不回来，我们问起，他们就说，都送去一个仙境修炼更深的武功了。我们很羡慕，因为他们描绘出的，简直是人间天堂……”

“很多年过去了。有一次，一个英风高官来到埃尔蒂斯，突然得了重病。几天之后，他周围的人全都死了，只剩下他一个，陷入了昏迷。有一天他醒来，要烧掉他居住的树屋，说他得了一种可怕的疾病，会把整个精灵族灭亡。说完后，他也死了。长老们赶紧烧掉了树屋和周围一大片屋子。我们的王觉得不对，就从火中抢了一本册子出来，上面用英风文记载着很多东西。”

“是什么？”

“我们不懂英风文，只能拿去向英风官员请教。他们很吃惊，有的说这是英风机密，有的却说这是春宫小说，要拿回去销毁。我们不肯，当天晚上，册子就不见了……”

“然后呢？”

“王在此前偷偷留下了一个摹本，分成很多部分，请一些英风商人翻译。他们不愿意，但是我们给了不少珍珠和宝石，他们同意了。王拿到那些译文，马上召集所有的长老，封锁了议事大厅，在里面足足待了一个月……”

“后来，他们走出大厅，下达了一道最严厉的命令：从今往后，从王开始，所有的精灵子民都必须学英风文，讲英风语，除了撰史、歌唱、祭祀、念咒之外，不许使用任何精灵文字。违者将遭到惨烈的酷刑，甚至被终生流放。”

“为什么？”无方惊讶地问。

“那个册子，是一本菜谱。”

“菜谱？”

“它上面写着，怎么用我们的肉、我们的血、我们的骨髓、我们的乳汁烹调出各种人间美味，弘扬英风的灿烂文化。”

无方头皮发麻，“他们……怎么能这样……”

“所以，我们要学他们的文字，说他们的语言，他们是我们的生死之敌，永生永世，我们必须警惕，必须防备，绝不能有丝毫松懈。”

无方长叹了一声。

“我们只想敬奉女神，安静地生活，可是，他们却要杀我们、吃我们、把我们做成各种玩物！”海瑟说，“那个遗失册子的高官叫李衮，是李多的祖父，也是英风的太子太傅。现在的大皇子就是他一手教出来的。”

“李氏家族这么庞大啊！”无方沉吟着。

两个人都沉默下来，盯着越烧越旺的篝火。

“为什么这样，为什么……”无方说。

“我不想为什么，”海瑟说，“我只想复仇。”

“这件事没这么简单，”无方说，“或许，罪魁祸首还不是英风人。”

海瑟顿时恼怒起来，“身为救世主，你竟然为他们——”

“你不要着急，听我讲。”

海瑟冷冷地盯着他。

无方抓起一根木柴，在地上画起来，“青衣人说，旷世大陆是这个样子。英风周围，有埃尔蒂斯、桃源、大昊、银蛮、贝戎五个国家。英风是大陆上最古老的种族，那么，它应该向周围辐射出它的文化、传统、人种，不应该像现在，国与国之间都是死敌。你们精灵族和英风族相比，不管是长相还是生活习性，都很不相同。银蛮和大昊，完全就是不同的生物……”

“你想说什么？”

“你告诉过我，国家之间，都有可怕的天堑。”

“埃尔蒂斯和桃源之间是无影河，任何东西都会沉下去；桃源和大昊之间是硫磺谷，是个活物就会被毒死；大昊和银蛮之间是大雪山，银蛮和贝戎之间是赤泽泉，都是很凶险、很神秘的地方，谁都不敢去……除了天堑，从一国到另一国，功力还会下降一半。”

“对。”

“所以，我有一种感觉，”无方说，“就像有人在操纵着一切，故意把每个种族隔离开来，不让他们交流和融合，只许他们仇视和战斗。”

海瑟的脸色凝重起来，“创世神的意旨是不可违背的。他想怎么造我们，想让我们受苦受难，我们就必须那么去做。”

“你们不是信奉生命女神吗?”

“创世神是主神，生命女神是守护之神，”海瑟说，“我们信奉后者，得到生命和力量；信奉前者，得到真理和智慧。”

“真理?真正的真理，应该是传播生命吧?应该是相亲相爱吧?为什么非要杀来杀去?千生大典上，楼下在屠杀精灵，楼上却在唱赞美歌!那些曲子，那些文采，和他们正在做的事，简直是天差地别!你这么美，又会唱这么动听的歌，可是，你活着就是为了杀人，为了复仇!”无方激动起来，“这个世界，为什么会这样扭曲?为什么?”

“你……你不信神吗?白心人?”海瑟眼睛睁得很大，直视着无方，“或许，你本身就是神?不，不会的……”

“我要找到那个幕后的黑手，我要阻止他，才能帮你，你才能帮我。”

海瑟凝视着他，“那……我能做什么?”

“不要轻易杀人，”无方说，“你做得到吗?”

海瑟慢慢垂下眼帘，“我累了，白心人。”

无方也感到一阵困意，于是点点头，拢了拢火堆，躺了下来。很快，他就迷糊了，但似乎感觉到海瑟并没有睡，还坐在那里，一直看着他。

第二天，他们继续上路。

天色阴晦，空气很潮湿，似乎随时能捏出一把水来。雾霭中的树林很有几分狰狞和灰暗。

快到正午时，前方出现了一个村庄。

无方发现，角马又累又饿，已经快跑不动了。他们可以吃海瑟用魔法凝出的果子，但是它不行。

他便让海瑟停下来，挖出马鞍上镶嵌的两颗宝石，想去换些饲料。

这里的房屋很古老，村民们很质朴，也很强壮。几个年轻人见到宝石，再一看海瑟，就慢慢围了上来。有两个还很轻浮，不断说些闲话。海瑟眉毛一扬就要发作，无方劝住了她。他们换了饲料，正要离开，却被几个壮汉手持棍棒拦住了去路。海瑟大怒，冲上去就是一通拳脚。她恢复得快，收拾起这些山野村夫更是不在话下。壮汉们倒在地上惨叫，一些老人只得出面求饶，又奉上烤肉和干粮。海瑟还想打，无方急忙过去，拉住她。

“忍一忍。”

“妖孽啊！”那几个村民哼哼着，“哪来这么厉害的女人？简直是女匪！”

“你们看，她像不像个精灵？”有个横眉瞪眼的村民突然冒出一句。

气氛紧张起来。

无方觉察到，房前屋后、树丫、房顶、山坡，都有阴沉的目光投过来。那几个最强壮的村民更是握着钢叉和柴刀，向他们逼近。

无方想劝他们不要惹事，突然脑子一凛，一种感觉涌上了他全身。正是这种感觉帮他学会了那些原力招法，又驱使他残杀了蛮子和耗子。

他很奇怪，于是闭上眼，打开内视。

他看到整个村落，连同周边的树林，都被一层隐约的绿雾笼罩着。

他心头一跳，双拳握得咔咔直响。这是精灵原力，和他吸取过的不太一样，只有大量精灵死去，才会释放出这么多的原力。村民们蛮横、彪悍、乖戾，一定他们干的，不可能是别人。

无方的眼中布满了血丝。那股暴戾在周身涌动，让他充满了力量，只想冲上去扭断村民的脖子，掰开他们的头骨，捏碎他们的喉结，踩断他们的脊梁。

海瑟扯了扯他的手臂，“你怎么了？”

无方咬住舌尖，忍了又忍，突然吐出一口血，把那些人吓得退后了几步。

“拉我走，快——”

海瑟恨恨地看了看众人，一把将无方拎起甩上马，朝山后奔去。

走出不远，无方让海瑟停下来。

“你怎么会这样？”海瑟沉声问。

“他们身上是绿色的……整个村子，都是绿色的……”

海瑟反应过来，跳上马就要冲回去。

无方抱住了她，“不要，不行。”

“为什么？”海瑟大喊，“你这个窝囊鬼！”

“窝囊？”无方也喊起来，“我可能说错了，不一定是他们杀的，他们可能是普通村民，或许受了欺骗……他们也是受害者……”

“他们是受害者？”海瑟说，“他们要怎么对付我，你没有看见？”

无方沉默了。

“说呀！”

“那也不能杀人，”无方费劲地说，“听我一次，好不好？”

海瑟缓缓摇头，“你不是说永远不让我失望吗？知道我现在什么感觉？”

“总有一天你会明白，”无方气喘吁吁地说，“将来到了埃尔蒂斯，等我恢复了，一定能阻止……”

“你是说，你会用救世主的力量来阻止我们复仇？”海瑟的声音一下子变得很冷。

“我吸取了精灵原力，就要为精灵复仇，血族呢？英风族呢？其他种族呢？”无方喃喃地说，“有多少仇人要我去杀？我杀得光吗？大家都这么杀来杀去，哪一天才能结束混乱？”

“你后悔了？”

“你要这么杀下去，跟那些人有什么两样？”

“为什么每次都这样！我刚刚喜欢你一点，你就这么没出息?!”海瑟痛苦地喊叫着，“你为什么要让我瞧不起你！”

无方愣住了。

“我的男人，会是一个纵横天下的英雄，会是一个史诗般的传奇，”海瑟盯着他，眼神一片痴狂，“他要拯救埃尔蒂斯，他要带上几百万精灵大军去扫平英风，打下亚塔，灭掉银蛮和大昊，统一全天下……”

“我再强大，也不会那么做，”无方说，“我只想平息战争，让你醒过来，我们一起走，一起回家……”

“我的家，在埃尔蒂斯！”海瑟几乎是吼了起来，“不要老是骗我！”

无方想去搂她肩膀，被猛地挣开。

“我们不稀罕你！”海瑟往后连退几步，“你多伟大，你多纯洁，你多荣耀！你是高高在上的大神！你帮了我们，就玷污了你的灵魂！你走吧，我不会乞求你，我们不是一路人……”

“你听我说，这件事……”

海瑟猛跳起来，一把按住无方肩胛内侧，劲透指尖。无方顿时浑身酸麻，动弹不得。

海瑟把他扔上角马，自己也跳上去，收紧缰绳，朝村中奔去。

半空响起一个炸雷，雨哗哗地下了起来。

无方连叫喊的力气都没有，只能看着海瑟在闪烁的电光中变成了一尊怒神。她放开了头上的蓝白花布，露出两只尖尖的耳朵，冲进村，朝惊慌失措的村民们走去。

那几个握着钢叉和柴刀的家伙本来有些害怕，但一见海瑟果真是精灵，顿时欢叫着扑了上来。

海瑟身形一闪，一脚踢翻一个，抢过钢叉一挥，惨叫声中，那人被扎了个对穿。她抽出钢叉，顺手一格，一把柴刀飞上天，落下时又被她稳稳抓住，嚓嚓连砍，很快，就倒下了四五个。

她抹了一把脸上的血，继续朝村中杀去。

村民惨叫着，大人小孩满地乱跑。她追上去，专门挑着年轻人来杀。没有人能够抵挡她。那几个看上去强壮一点的也哭喊着跪下来求饶，却被她一刀一个抹了脖子。

一群青壮簇拥着一个老者，要朝后村逃窜。她几个纵跃赶上，虎入羊群一般，左手钢叉右手柴刀，很快放翻了一地，然后拎着老者朝村头走去。

五六个妇孺跟在她身后，不断哭喊着，用石子砸她。她回过头，冷冷看了一眼，那些人顿时跑得没影了。

雨越下越大。空气中弥散着血腥和尘灰混合的味道。有残余的青壮村民不停地扑来，不停地飞出、倒下。满地都是浓浓淡淡的血水，和着瓢泼的雨水，整个村子都像浸泡在血河中。

无方木然看着，海瑟几步就冲到他面前，把老者扔在地上。

不远处，又有些老者围了过来，还有些妇人，但是却看不到什么青壮，大概都被她杀光了。

“你们杀了多少精灵？”海瑟面无表情地说。

老者吓得直哆嗦，“老夫一概不知，一概不知啊……”

刷！

柴刀挥过，老者的一缕头发飞了出去。

“我说，我说！”老者吓得连连叩头，“本村是燕云州著名的英雄村，当初与妖精，不，与你们埃尔蒂斯作战，不少青壮从军，带回来一些俘虏，就，就……”

“就什么？”海瑟脸上浮起一个令人心悸的微笑。

“别伤我祖父！”一个清秀的小男孩满脸是泪地扑了过来，“打死你这个妖女！你害了我父亲，还要害我祖父吗?!”

海瑟一把揪住小孩的脖子，像抓一只小鸡似的举了起来。

围观的人群顿时哗然，有的拉住她裤脚，有的跪在地上央求。

海瑟浑如未觉，“接着讲！”

“这个么……那些俘虏，男子自然是做了苦力，女子么，女子——”老者突然脖子一挺，“放眼我英风大地，自古以来都是如此习俗，姑娘怎能单怪我英雄村一处呢！再说，你杀了这么多人，再有仇怨，也该了结了吧？为何不放下小山儿，为我留一口男丁……”

“你们每一个人，都应该被处死。但是，我可以不杀！只要你们——”海瑟突然指着无方，“把这位英雄捆起来！”

村民们一听，顿时一哄而上，抓起各种草绳麻绳，把无方捆了个结结实实。

海瑟一把丢开小山儿，朝无方俯下身来，“白心人，我杀不了你，但绝不会让你去埃尔蒂斯，阻挠我族复仇。”

“你要相信我，你不能这样——”无方无力地说着。

“你不是自诩高尚、仁慈吗?”海瑟轻蔑地说，“这些人会把怒气发泄到你身上，你要想活命，就请施展你的杀人魔法吧!”

她扭转身去，对着村民们狞笑起来。

村民们吓得直哆嗦。几个小姑娘抱住母亲，哇哇大哭起来。

“各位，多亏这位英雄带我前来，了却了一桩恩怨。再见!”

她跳上角马，双腿一夹，头也不回地飞奔而去。

无方刚想喊住海瑟，就见村民们发狂般地扑了过来。

各种拳脚、石块、杂物、垃圾劈头盖脸地砸向他。小山儿捡起一把菜刀，带着一帮顽童也朝他砍过来。从老人到妇人到小孩，都怒骂着要杀了他、剁碎了他。

一瞬间，他脑子反而清醒了。

如果这么扛下去，他只能被活活打死。海瑟至少杀了二十个青壮，这些账要都算到他头上，实在太过冤枉。他有两个选择，一是吸取这些飘散出来的精灵原力，然后发力制服村民；二是纵容暴戾，挣断绳索，杀光所有人，再放一把火，把村子烧得干干净净。

他心头充满了酸涩，很想找个地方大声喊出来。不仅是因为劝慰未果，反致海瑟杀人，还因为她让他寒心。他想起自己说过一句话，对她来说，那些美好的东西已经死去了。他想恨她，但怎么也恨不起来。如果没有他的保护，就她那个性子，只怕走不出多远就会被包围，被抓获，被蹂躏，被……

无方突然大喝一声跳了起来。

雨水越下越大，不断打在他的脸上。他面目狰狞，扑向小山儿。小山儿吓得哇哇大叫，把手上的菜刀舞得像个水球。无方身上被割了好几个口子，雨水一浸，痛得要命。但他梗着脖子，硬挺着把身子不断往刀口上凑。几个妇女冲过来，用钉耙、锄头和铁锨使劲砸他、捅他，他一一扛住，也不知道挨了多少下，终于，两手一松，绳索被割开了。

无方扯掉绳索，跳开几步，看着村民们。

村民们吓得愣住了，不敢动弹。

只有那个老者，颤颤巍巍地朝他跪下来，“英雄，要杀就杀老夫，请放过他们……”

“我不想杀你们……”无方刚说了一句，就觉得浑身无力，一阵痉挛般的剧痛袭来，他差点痛昏过去。

他哆嗦着身子跪到地上，一手撑住，不让自己倒下，同时开始吸收原力。

雨水被无形的巨力驱使着，挟带着绿雾，慢慢朝他飘来。很快，他头顶上形成了一个漩涡，旋转着，越来越快，就像一道小小的龙卷风，从他头顶，一直卷向天空。村民们看傻了，谁也不敢再上前。

无方发现，这些精灵原力很老旧，很脆弱，没有什么活力，到了他身体里，也无法凝聚成原力箭，更不要说浮雷和离回箭。他只能用它们来疗伤止血，效果也不好，半天才封住伤口。

他睁开眼。村民们一看，顿时呼啦啦后退。他摇了摇头，朝村口跑去。

还没跑出几步，他就惊呆了。

地上躺着一匹死去的角马。旁边蓝白的一团，竟然是海瑟用来裹头的花布。

“海瑟——”

无方大叫一声扑上去，抓起那块布。雨还是很大，四野都是灰色的浓雾，根本看不到任何东西。他闭上眼，想打开内视，才发现刚才吸取的原力几乎消耗殆尽了，他身心交瘁，实在催动不了，什么也看不到。

他“啊啊”大喊着，朝各个方向疯狂奔跑，试图发现海瑟的踪迹。他只觉得心头酸楚之极，脑中却是一片癫狂。如果真有人抓住海瑟，那么，他一定会杀人，一定会发疯，他不管用什么手段也要把她救出来。

他不断地奔跑着、扑腾着、翻滚着，爬起来又跌倒，倒下又爬起来。他浑身都是泥泞，满嘴都是泥水，还呛了几口进去。他觉得自己已经被风吹透，被雨浇透，一颗心空空荡荡，再也没有着落。

一个闪电炸响，直接击中了他的背部。他眼前一片雪光，以为自己要死了，但身子却麻木僵直，却是电流在四肢百骸流转，让他抖索了半天，才惊魂稍定。他突然想起那三位高手，也是引电练功，一直练到了圣级。天上真有那么多的电让他们随意引用吗？它们为什么不一起打下来，把他打成焦炭，炸成飞灰呢？

天色渐渐黑了。四处的风呼啸着，就像有人布下了一个诡异的大阵。无方跑来跑去，不管朝着哪个方向，最终都回到角马旁边。他一次一次地在雨水、泥泞和雷电里打转，最后终于精疲力竭，一屁股坐到地上。

他的神志开始恍惚，似乎看到海瑟被殴打，被扒光，被轮奸，被蹂躏，被分尸，被割下头颅，被煮熟了送到一张张毛扎扎的大嘴里。她那对莹蓝的眼珠在这些画面后静静凝视着他，就像这一切都是他的谋划，都是他想要的结果。

他就像丢了魂，身子瘫软下去。他终于明白，他喜欢海瑟，喜欢得要命，但是，他最怕的，并不是她不喜欢他，也不是她瞧不起他，而是一旦失去了她，在这个世界上，他就再也没有任何同类。他觉得已经彻底失败，他的使命也提前终结了。

突然，他听到背后有动静。

他急忙回头。

浓重的暮色里，隐隐现出一个高挑的身影。

他不敢相信地揉了揉眼睛，的确是海瑟。

他猛地冲上去，想抱住她，脚下却一滑，顿时摔倒在地，成了一个泥人。

海瑟一愣，咯咯笑起来，“白心人，你疯了?!”

“他们没有抓住你！太好了……”

无方狼狈地爬起来，仔细端详着她，突然鼻子一酸，擦了一把眼泪，没忍住，又擦了一把。

“伟大的救世主还会哭鼻子?”海瑟不屑地问，“居然去挨那么多刀，真是够笨的！你就不知道先吸收魔力，免得受伤吗?”

“你是在关心我?”无方傻呵呵地问。

“自作多情。”海瑟冷笑着说。

“你去哪里了?”

“我一直在这附近，就是要看你干什么。”

“你……你去屠村了?”

“废话！当然要杀光！要不然让你见我干什么？又听你啰嗦吗?”海瑟歪着头，审视着无方，“怎么样？你要训斥我，还是要替他们报仇?”

无方怔了片刻，摇摇头，“下次，我跟你一起杀。”

精灵吃惊地看着他，“什么?”

“你要杀，我也杀，比你杀得更多。”

“你为什么要这样?”

无方不回答，低下头，“角马是雷打死的?”

“我也差点被打死。”

“你哪里伤了？我看看。”

“不。”海瑟说。

无方扑上去，握住海瑟的双肩。

海瑟挣扎不开，只得任无方抓起她的手指，放在自己眼前。

“当时，李多一刀砍下你的手臂，把手指头在我脸上划来划去，就这样。”

无方让海瑟的手指轻轻划过他的面颊。

“这种事，再也不会发生了。”

海瑟哼了一声，把手抽了回去。

无方又蹲下去，翻起海瑟破碎的皮裤，看着她的左腿。膝盖处有些乌黑的灼伤，一直延伸到大腿。他把手放在上面，努力运起原力，灌注过去。

海瑟的声音在发抖，“身为救世主，为了一个女人就这么没出息，是很让人看不起的。”

“随你怎么看。”无方摇了摇头。

“你觉得这样，我就会在意你？”海瑟说。

无方站起来，凝视着那双凄美的眼睛。

“没有人比我更在意你，”他嘶哑着说，“我可以去杀人、放火、下地狱。杀光全世界，留下你一个，我也做得出来。”

海瑟愣了一下，猛地把他推开。

“少来这一套！”她的声音有些走调，“我对你没有任何好感！你知不知道，多少轻浮之徒死在我手里？”

无方不说话了，只是默默看着她。

“你以为我会感动吗？你以为我生下来就喜欢杀人？你以为我真的愿意骗你一起死？”海瑟抽泣着，带上了一丝哭腔，“你要唤醒我，你自己醒过来了吗？你是救世主，你有本事，倒是拿出来啊！你说我是主灵，你给我证明啊！我讨厌你这副伪神的样子，我讨厌你对我好，讨厌你什么都要管我！我恨你们，我恨这个该死的世界……”

她转过头，望着苍茫的远方。那边雾气朦胧，树木杂乱。泪水和着雨水从她绝美的脸上淌下来。无方紧张地注视着，不敢去劝，也不敢去哄。他知道她很伤心，但是，她也在苏醒。

第十六章·神弓

雨渐渐停了，空气中透着一丝清爽。

无方抬起头，发现天上出现了一个巨大的月亮，上面有很多阴影，像是重峦叠嶂，又像是神灵的脸孔，正观赏着大地以及所有的生灵。

远处传来几声狼嚎，久久回荡着，听上去很是凄凉。

两个人站了半天，身上都有些冷了。海瑟擦了擦脸颊，走到角马旁边，把马鞍上剩下的几颗碎宝石扯了下来。

“我们去村里，白心人。”

无方质询地看着她。

“我们要找两匹马，”海瑟说，“不然，逃不了多远。”

一走进村子，无方就吃了一惊。

昏暗的夜色中，居然有一堆很大的篝火正在熊熊燃烧。十几个白衣人坐在火堆边，就像一群诡异的幽灵。

他浑身毛发都竖了起来。

“看什么？”海瑟在旁边说，“过去啊。”

“他们……不是被你杀了吗？”

“你再看看？”

无方仔细望去，火堆边上是那个领头的老者。老者身旁，竟然是一个早就被海瑟杀死的青壮村民。

他不由得“呀”了一声。

几个人扭头看到了他们，顿时惊叫起来，逃命的逃命，找家伙的找家伙。

“他们不是鬼！他们没死？”无方吃惊地看着海瑟。

“他们当然是鬼，”海瑟冷笑，“万恶的英风鬼！”

无方定了定神，走近那些人。他们确实没死，身上都被白布缠得严严实实，透出一片片血渍。那个最强壮的汉子抓起一根钉耙，一边发抖，一边对他比划着。

“你没有杀人，我错怪你了……”无方喃喃地说，“可是，明明看到他们倒下去……”

“那是我精灵一族的迷惑战技，”海瑟说，“敌人昏迷半个时辰后就可以苏醒。只要不是流血过多，都能活过来。”

无方有些激动地看着她。

“他们不值得我杀，”海瑟淡淡地说，“一群蝼蚁，杀了有什么意思？”

“你也不是真的要离开我？”

“离开你？便宜别人？”海瑟白了他一眼，“等到了埃尔蒂斯，再慢慢跟你算账！”

村民们看到他们并没有动手的意思，胆子也大了，渐渐围了上来。

“妖女……还我公道……”有的人抖抖索索地说。

还有的人抄到他们身后，形成了包围之势。

海瑟一个箭步奔到火堆边，铿的一声，抽出一条烧得正旺的木头，指着当先的几人。众人急忙后退，有的还绊倒在地上，叫出了声。

那个老者颤巍巍地走到二人面前。

“二位郎才女貌，武功高强，真是大大的好人啊……老夫代表全村老小，谢过二位不杀之恩……”

“老人家，没事就好，太好了。”无方尴尬地说。

海瑟不说话，只是盯着老者。

“二位请坐下，容本村老小奉上一点食物。”

“不用，”海瑟说，“谁知道有没有下药？”

“呵呵，二位神勇过人，我们岂敢……”

“老人家，有没有马匹，我们……”无方和气地说。

“公子，不用这么客气，”老者说，“眼看夜色已深，不如让他们腾出两间干净上房，二位歇过今晚，天亮再走。”

无方有点动心，正要说什么，海瑟拉了他一把。

他扭头一看，她脸色严峻，示意他拒绝。

“老人家，不用了，我们要赶紧上路。”

“既然如此，甚是遗憾……”老者说着，缓缓走到火堆边，拿了些东西放进一个布口袋，“多谢二位手下留情，我等毕生难忘……这里是一些火折子和干粮，请二位带上，这里还有十几两碎银子，公子请不要拒绝，路上或许有用。”

无方犹豫了一下，接了过来，扛在肩上。

“大运，过来!”老者说。

那个强壮的汉子握着钉耙，一瘸一拐走了过来，恨恨地看着二人。

“去，把大红二红牵来。”

“啊?”

“快去。”

大运扭着头，假装没听见。

“二运，你去!”

一个精干的小伙从屋后牵出两匹高头大马，一匹枣红，一匹花白，不断地撅着蹄子，打着鼻息。

“二位，还请带上这两匹马，算是村人一点心意。”

“爹！你疯了?”

“住嘴。”

“既然你给，我们就带走。”海瑟说着掏出那几颗碎宝石递给无方，示意他交给老者。老者本来不收，但无方一再坚持，也就收下了。

无方觉得，这是个很好的结果。和滥杀无辜相比，牵走两匹马，实在算不了什么。

“那，告辞了。”无方说。

突然，无方眼前一暗，有什么飞快地闪了几闪，又不见了。他猛然感觉到，这个场景，他似乎很熟悉。湿漉漉的石板，毕剥的火堆，白布缠身的人群，目光闪烁的老者，甚至海瑟脸颊上映出的反光，皮甲上的木叶花纹……他一定在什么地方见到过，现在只是重复，绝不是第一次。

他朝天上望去，依然是那个巨大的月亮，几乎占据了小半个天穹。他用力掐着虎口，痛得吸了口凉气。他看看海瑟，她正好回过头来，眼光像是颇具意味。他马上知道接下来会发生什么：他熟练地跳上马，一夹马肚子，飞奔出去。

他脑子一激灵：难道有人对他和海瑟施展了凝光一类的法术？在他们静止的时候，有什么已经发生，并且改变了一切?

“走啊，你怎么了?”海瑟说。

无方皱着眉，一个转身，果然很熟练地上了马。

但是他记得很清楚，自从忘川醒来，他没有学习过任何马术。

他一夹马肚子，和海瑟一前一后快速离去。

众村民呆呆地看着，动也不敢动。

老者看着两人消失的方向好一阵，脸色沉了下来。

“大头什么时候出发的？”

“半个时辰前。”健壮的汉子说。

“很好，”老者沉吟着，“你和大江、大俊、大海分头出动，向四方报讯。弱水郡、狂浪郡、天人郡，统统都去。再派出两人去天南州。路上要是遇到官兵，就说全村惨遭屠戮，被洗劫一空。”

“可是，最好的两匹马都给了他们……”

“蠢货，不是还有十来匹吗？每人两匹，昼夜兼程，尽快找到官家，”老者的脸色越来越阴森，“不做了这两人，难消老夫心头之恨……”

无方和海瑟出村之后，便朝前方飞奔。

无方一边疾驰，一边梳理着头绪。他心头很乱，不知道跟海瑟说什么。

“往哪边走？”海瑟问。

无方打开内视，黑暗中浮现出两条隐隐的道路。他指了指其中一条，“走这边。”

“这是什么法术？”海瑟问，“你用了好几次了。”

“我不知道。”无方说。

“你累了吗？要不要休息？”

“不……你呢？”

“再扛一扛，”海瑟说，“趁着夜晚赶路，天亮再找个山洞。”

无方点了点头，跟着她，加快了速度。他骑着枣红马，海瑟骑着青骢，两匹马都很强健，跑得很轻快。他看着两旁的黑暗被甩在身后，前方的黑暗又围拢过来，觉得自己正在一个浓黑的梦境中，怎么也醒不过来。

远方闪烁着白茫茫的夜光，大地一片寂寥，夜狼也不再嚎叫了，只有清脆的马蹄声一路嗒嗒响过。刚才那种疏离的异感让无方很不舒服。他费了很大劲儿才让自己相信，他是一个真实的存在。但是一转眼，这个信念就被剥离开去，再也不见了。他的心神，他的灵魂，就像被割裂成了很多份，却不能慢慢聚拢，回复一个完整的自我。

“你的骑术不错，白心人。”海瑟说。

无方沉默着。

“什么时候学的？”

无方摇了摇头。他很想告诉她，这一切都是梦境，他根本不知道，醒来后等待他们的是什么。他甚至不清楚，青衣人究竟是什么人，是在帮助他，还是在坑害他。

他突然看到前面有些光亮。

海瑟也发现了，向他略一示意。两人慢下来，仔细一看，发现是个哨所。几个兵士正瑟缩着烤火，不远处是一排围栏，还有些零星的帐篷，围成一个不大的军营。两边都是河沟，军营虽小，却正好挡住了他们的去路。

“不是追兵，”海瑟说，“是军队在围猎，就地宿营。”

她又直起身子，观察了一阵。

“他们人少，可以直接冲过去。”

“冲?”

“你怕撞死他们?”海瑟说。

无方没有说话。他还在想着那件事，没有心思顾及这些边军。

“他们很弱，不用怕。”

海瑟说着，指引无方控制着马匹，慢慢行到距哨所不远，突然一紧马缰，呼叫着冲了过去。

几个兵士正围着火堆，哈着双手，哼哼着什么，突然一阵劲风，两匹烈马闪电般地冲过来。兵士们哇哇大叫着朝旁边滚了开去，眼睁睁看着两人跑远了。

无方突然觉得很过瘾，也很刺激。

“还想再来一次?”海瑟问。

无方点了点头，又摇了摇头。

“你怎么了？丢了魂吗?”

无方强自打起精神来，“没有，我们走。”

他们一口气奔出好几十里，终于走不动了。

天上亮出熹微的晨光，不像是从地平线上升起，倒像是从天穹正中亮起，朝四方散开的。无方觉得奇怪，想问问海瑟，却见她找到了一个山洞，正在砍下周围的树枝，开始遮掩洞口。

山洞很大，两匹马都可以牵进去。洞口位置也好，藏在一个斜坡下，可以从里面望见外面，外面却什么都看不出来。

无方进洞，找来一些枯枝枯草在地上铺好，又把老者送的包裹打开，翻出了一个火折子。

海瑟在另一头照料着两匹马。突然，她“嗯”了一声，伸出两只手，贴在马的脑门上。两匹马似乎有些不安，不断地蹬着地，打着响鼻。

“怎么了？”无方问。

海瑟慢慢把手拿开，“那个老鬼有问题。”

“啊？”无方说，“是马告诉你的吗？”

“这世上的生灵，比你想象的要聪明，”海瑟说，“它们知道我们要去哪里，它们也想去，它们在提醒我一些事。”

“什么事？”

“晚上必须改道，”海瑟说，“布下疑阵，让敌人追不到我们。”

无方没说什么。他拿起火折子，轻轻一晃，着了。他把火堆慢慢拢起来，招呼海瑟坐下。

海瑟打量着他，“你有心事。”

无方摇摇头。

“说给我听。”

无方把英雄村那一幕讲述了一遍。

“我肯定经历过，”他身上有些冷，“不知道是什么时候，或许是前世，或许是我正在苏醒，感觉很不好。”

“这种事我也遇到过，”海瑟沉吟着，“你太累了，白心人，好好睡一觉，就没这么疑神疑鬼了。”

“我担心。”

“什么？”

“如果这一切只是个梦，”无方定定地看着她，“那么，梦醒之后，你还存在吗？”

海瑟沉默下来，凝视着他。

“怎么会是梦？”她轻声说，“难道，我一口气做了一百八十年的梦？”

“你不懂我的意思。”无方说。

“我当然懂，”海瑟的声音有些颤抖，“我虽然有这么多年的记忆，但只能存活在你的梦里，一旦你醒了，我也就没有了。”

两个人对视着，身上都有些发寒。

“如果一切都是假的，那么，我们的历史，我们的国度，我们的仇恨……”海瑟喃喃地说，“所有的血都白流了，我们都是造物主的玩物……”

她的眼圈慢慢红了，眼里有一些晶莹荡漾着。

过了好一阵，海瑟擦了擦眼睛，笑了起来。

“你知道吗，我也梦见过一些奇怪的事。”

“什么?”

“我梦见……我是创世神。”

无方一愣。

“我一个人，在黑漆漆的天地间，手忙脚乱地创造着。我忘记了很多东西，也搞错了很多顺序，所以，大陆这么乱，都是我的罪……”

“你是说，这个世界这么混乱，全都是你造成的?”

“对，”海瑟静静地说，“都是我的罪孽。”

无方哑然失笑，“胡说。”

“是吗，”海瑟失神地说，“可是，那些梦很像是真的……我也不知道……”

两个人都长长地出了一口气。

“你梦见过有人帮你吗?”

“梦见过。那个人亲口对我说，他要帮着我完成所有的事情，”海瑟低声说着，眼睛亮了起来，“可是，我看不清楚他的模样。”

“那个人……是不是我?”

海瑟神情复杂地盯着他，“跟我在一起，你真的很快乐?”

无方定定地点了点头。

“如果……我是说如果……”海瑟有些支吾，“不是我在你的梦里，而是你在我的梦里呢?”

无方的心一下子收紧了。

“我吓你呢，”海瑟笑着说，“别害怕，白心人，我会保护你的。”

无方很想抱住她，两个人紧紧抱在一起，只有这样，才能让他有一丝真正的存在感。

无方让海瑟紧挨着自己，然后闭上了双眼。

他渐渐入定，只觉得身化清风，几欲飞去。一切都扑面而来，苏醒、遇险、红颜、血肉、魔法、逃亡……短短几天，竟然是如此的惊险。如果一切都是梦，怎么会这样布局宏伟、精细入微?

他想到，海瑟说老者有问题，她会不会趁他正在练功，又回去找村民麻烦?为什么那种古怪的感觉恰恰会出现在那个村子?如果他只是这个世界做的一个梦，那么，海瑟一旦醒来，他会不会灰飞烟灭，不留下任何痕迹?

他的表情狰狞起来，脸孔开始扭曲，身子颤抖着，摇晃个不停。

他感到右手在发光。用内视一看，竟然是伊芙送的那枚戒指。从血红的珐琅渗出一丝丝红雾，应该是血族原力。他有些惊讶。为了发动凝光，他的体内消耗一空，这股红光却在戒指里蛰伏了下来。

他引导着它进入体内，围绕四肢百骸运转起来。红色并不多，却比他的血液更有活力。它们一路奔驰着，呼唤着，渐渐地，一股本源之力从隐藏很深的血脉中钻了出来，带着更多的深绿加入了这个阵营。不久前它们还半死不活，现在却活蹦乱跳，一起扩展着他的经脉，也搜索着其他的潜力。

他发现，村里吸取的那些原力很快就融合了，但国师那股浓黑死气，还是缩成很小一团，躲在一个角落。他让红绿大军去围剿它，但没有奏效。死气相当顽强，赶不走，也炼化不了。

他决定先不管，等功力逐渐深厚，再来慢慢对付它。

他调匀呼吸，放出一股更强的神念，感知着百步内的动静。炽热的火堆，冰冷的夜露，拔节生长的小草，飞掠地面的昆虫，都一点点地清晰起来，仿佛伸手可及。他知道，只要坚持淬炼下去，这股神念就会探测到更远的地方。

他继续唤醒各种原力，让它们运转到全身，在血肉中游荡，直到再也没有阻滞，才停了下来。他发现，他的原力全都回来了，还多出了不少。这让他有种水到渠成的感觉，虽然还不能步入本源第二层，但他的功力，已经比施展凝光之前深厚了许多。

他摊开双手，心念一动，几个浮雷顿时飞出手心，悬在半空。他展开四肢，绷紧脊柱，感觉一发发原力箭、离回箭已经搭在看不见的弓弦上，随时听他一声号令，就要激射而出。

无方睁开眼，周围很黑，大概是傍晚了。这一次运功竟然用了整个白天。

他看了看，两匹马还在，海瑟却不见人影。他跳起身，走出洞来。

几条熔金般的晚霞镶嵌在满天深蓝中，显得十分凄清。他想起青衣人说，最美的天光莫过于金湾极光，只不过，那是在夜里。那些轻柔的纱帐在整个天穹飘荡着，会让人迷幻、痴狂，忘记一切烦恼。

海瑟闭着双眼站在不远处，她的身姿挺拔，两腿微微分开，双手平举，嘴里还念念有词。

无方觉得，她像是变了一个人，浑身透着淡淡的金芒，比以前更加凛然。他感到一股强大的威压，虽然不是冲他来的，却让四面八方都变得十分肃杀。

他顶着压力走上去，把两手搭在她肩上。一股巨力闪电般袭遍他全身，几乎把他弹开。

海瑟猛地睁开眼，警觉地看着他。

“我，我恢复了，”无方有些结巴，“我想……给你做衣服……”

威压立刻消失了。

无方闭上眼，运起原力，铺上海瑟的身体。

这是一套轻甲战装，灵感似乎来自于残存的记忆，那些战火纷飞、万箭齐鸣的场景。它的底色为黑，在胸前和腰肢勾勒出墨绿的荧光，映衬着衣襟、护腕、下摆的流线型花纹，显得古朴而灵巧，英挺而威严。

无方轻轻拥住海瑟，把战甲一点一点铺到她身上。海瑟的身体有些僵直，两臂似乎还抗拒着，防备着无方。

无方沉下心思，试图凝聚更多的原力，让这个雏形般的法术更进一层。他发现，他只能制作衣装，却不能做出其他东西，比如戒指、项链、头饰，或者周围的山石草木。他和它们无法沟通，也就无法了解质地和结构。但他并不着急，他相信，那种解构万物的境界已经朝他打开了一扇门。

无方终于完成了战甲。他放开海瑟，站到一旁欣赏起来。

海瑟找了一个水洼，往里面一探头，顿时尖叫了一声。

她歪着头，换着各种角度，变着各种表情，看了好一阵才回过头来。晚霞比刚才更亮了。她脸上身上都是一片金红，再配上这身战甲，就像一尊飒爽亮丽的女神。

“白心人，你还是不要做救世主了，去给人缝衣服吧，也能混饭吃。”

“是吗。”无方笑着说。

“你想得美，我能这么放过你吗？”海瑟白了他一眼。

“你不要太得意，这套战甲不能穿。”无方说。

“为什么?!”海瑟扬起了眉毛，就要发飙。

“前面有城镇，不能让人认出你是精灵。”

“那……走人少的地方啊！”

“这条路最近，我测过。”

海瑟沮丧起来，“那你想怎么样？把它毁了，让我光着？”

无方想了想，“我把它弄得破烂一点，到了埃尔蒂斯，每天都给你换新的……”

“这是你说的！”海瑟哇哇大叫，“你说的！”

无方一愣，“我……”

“哈哈哈……”海瑟忍不住欢笑起来。

“你笑了。”无方说。

“是啊，你不许啊？”海瑟笑得十分开心，“我偏要笑！”

“我一直想看到你这么笑，”无方说，“今天才第一次看到。”

海瑟愣住了，就像被人戳穿了秘密。

“你又来了，白心人，”她咬着嘴唇，好像很不高兴，“总是这么温柔，女里女气，不像男人，你知道吗?”

“我不在意。”无方说。

“寇斯特早就说，男人不能惯着女人!”

“寇斯特，谁?”

“你打不过的一个男人。”

无方沉默了一阵。

“你怎么知道……我打不过?”他低声说。

“因为——”海瑟提高了声音，“他是我精灵一族唯一的——黄金剑神!”

“那怎么了?”无方说，“我就该怕他?”

“你不怕?”海瑟的睫毛扑闪着，“真的?”

无方不说话了。

海瑟瞥了他一眼，走到一旁，又哼起那首低回悱恻的曲子。这次带上了一丝欢快，听上去味道完全不同了。

无方木然地看着她。

“你又怎么了?”海瑟捅了捅他。

“该出发了。”无方说。

海瑟把他的身子扳过来，面对着自己。

“你在生气。”

无方摇了摇头。

“寇斯特是我埃尔蒂斯皇族的长辈，比我父亲的年龄还大，今年五百二十岁了，你还吃他的醋?”海瑟冷冷地说。她本想在无方脸上看到惊讶、狂喜和欣慰，但是，他什么表情也没有。

“你这个小气鬼——”

“以后，不要开这种玩笑了。”无方说。

海瑟愣了一下，扑上去，把头埋在无方怀里。这两天她历经大愁大惊，大悲大喜，却被一种陌生的滋味包围着，又是甜蜜，又是酸涩。这种滋味，她活了这么久，还是第一次感觉到。

她想起了什么，慢慢推开无方。

“你真讨厌，本来要给你说一件很重要的事。”

“什么?”

“你看——”

海瑟退后几步，两臂一展。

半空中嗖的一声，一把巨大的金色长弓突然出现在她手上。精美的造型，漂亮的突刺，华美的花纹，森严的杀气，都让无方大吃一惊。一支晶莹的箭，初看宛若实质，近看却忽隐忽现，对准了他的眉心。

无方急忙退后几步，“你怎么了？这是——”

“这支箭，是我用斗气凝成的，寻常兵器和护体魔法无法抵御，”海瑟凝重地说，“这把弓，叫做灭英，已经有三百多年历史。这是我族十位大长老用试炼之地的万年云玉木制成，上面刻了十二个强力魔法阵，十二个斗气引发漩涡，传到我手上的时候已经灭杀了上千的英风恶鬼。”

“太美了，”无方赞叹着，“好美的弓。”

海瑟一抬手臂，刷地拉成了满月。她眯起眼睛，神情一凝，右手一放。

一声啸叫，一道金色划破天际，在云层深处爆炸开来。白光闪过后，天穹似乎被炸出了一个缺口，能看到漆黑无垠的天幕深处。

无方呆呆望着，直到云朵又重新合到一起。

“有了这把灭英，哼，那些英风鬼！”海瑟冲着无方得意地一笑。

“你是怎么变出来的？”无方问。

“我会储物术，”海瑟说，“这是我的使命之器，可以收在灵海里。他们一直想抢，但怎么可能？”

“你恢复了？”

海瑟紧盯着无方，“不仅恢复了，而且，我晋升为剑圣了！”

“什么？剑圣？”无方一把抓住她。

海瑟轻盈地挣开了，“自从你施展了那个法术，我们逃出来，我就一直在恢复。今天早晨，你一边修炼，一边把魔力灌注给我，我就和你同时修炼着，等我醒来一看——”

她左手握弓，抬起右手，顿时亮出一道绚丽的绿芒。她信手一挥，刺啦啦一阵脆响，一块山石碎成了沙砾，垮塌下来。

“我是白精灵的第十三位剑圣了，”她轻轻地说，“白心人，我不知道该怎么感谢你。”

“你还会更强大的，一直强大到谁都伤害不了你。”无方愣愣地说。

海瑟眼里渐渐漾起一道波光。她克制了一下，看无方盯着灭英，就笑起来，把神弓递给了他。

“你也来试试。”

无方接过弓，手上顿时一沉，同时，一种亲切的感应立刻流转在他的手臂，乃至全身。

他急运原力，绷紧了背脊，试着把离回箭的箭意搭上弓身。他一点一点拉开弓弦，朝着天空猛射出去。

突然，他身子一紧，居然跟着飞了上去。

他一惊，立刻明白了，刚才勒得太紧，箭技还连着全身原力，并没有分开。也就是说，他竟然把自己当做一支箭，射了出去。

一声惊天惨叫在天地之间回荡。无方一边狂呼，一边看到大地在飞速变小，云层在飞快接近。他心头大急，手脚狂舞着，眼看着升到了一个高度，似乎能透过云层看到漆黑的天幕了。

突然，他感觉自己静止了。他明白，这是他这支人箭能到达的最高处。

天穹开了个口子，却不像刚才被海瑟射开那样，而是自动张开，露出的也不是漆黑，而是一片紫白绚烂的电芒，竟像是有灵一般，刺啦啦爆响着，伸出几条枝丫，朝他抓了过来。

无方心头狂震，生发出一种强烈的恐惧，似乎这些闪电是他的死敌，与他有着刻骨的仇恨。而他，却是如此弱小，根本没有对抗的能力。

眼看电芒越来越近，他身上一麻，毛发都耸立起来。他急忙屏神静气，绷紧了背脊，用离回箭对准电芒，射了出去。

电芒忽地一亮，爆发出一阵闷响，把他弹向地面。

无方低下头，只看到苍茫的原野，嶙峋的山石，整个大地都在朝他飞扑而来。

无方惊叫着，再次运起原力，对准地面射出一箭。

一声巨响，烟雾腾空而起，气浪迅疾上涌，他坠落的速度总算慢了一些。

地面上突然升起一个淡绿色的气泡。

梆！无方砸了下来，掉在气泡上，弹得老高，又蹦跳了好几下，才狼狈地滚下地来。

他觉得自己被摔成了十七八瓣，整个魂魄都悠悠荡荡，回不到原位。他嘴里全是铁腥味，身子却像一块石头，麻木无比。

一个身影飞速奔来，抱住了他。

“白心人！你怎么样了！”

无方看到海瑟脸上流着血，大概是刚才被石子溅到了。

无方想对她说没事，但一张嘴就咳出一口血来。他望向天穹，云层依然浓厚，晚霞变得十分暗淡，几乎隐入了夜幕，根本没有什么紫白电芒，刚才那一幕，难道是他眼睛花了，臆想出来的？

他感觉能动了，急忙举起右手，把灭英递给海瑟，“你看，它没有摔坏……”

海瑟一怔，嘴巴一扁，两手狠狠地抱住他。

"白心人，你这个混蛋，到底是救世主，还是我命中的魔鬼……我刚才，都吓死了……"

海瑟的声音颤抖着，伴随着一阵清香的气息扑向了无方。

无方只觉得，什么都不重要了。那些电芒，那些恐惧，看着很可怕，其实根本就不存在。海瑟是他的主灵，她一定是，他再也不会有任何疑问。他本来要救她，但是现在，不仅要救，还要拥有她，永远这样拥有下去。

弱水郡。

汉轩楼，顶层贵宾雅间。

一大群峨冠博带肃然盘坐，面朝着里屋。里屋的门关着，似乎有光亮在闪动，还有一丝压抑的惨叫，很小，不注意听几乎听不见。

突然间，黑光大起，整个顶层都颤动着，笼罩在一片灰黑的雾气中。

呼啦！房门被猛地冲开。一具不成人形的女尸飞了出来，砸在地上。仔细看去，血水脑浆都已经被吸干，浑身煞白，透着大块的青紫，显然是被淫虐致死。

峨冠博带们立刻迎上去，有人扯掉手臂，有人扯开胯骨，有人拧下头颅，仔细地去掉皮肉毛发，加工起来。

"生命在于修补，在于更新，在于不停的转化——"

一个苍老的声音响了起来，"孩儿们，好好雕琢，必须制成完整的骷髅大阵，不然，她，就是你们的下场！"

峨冠博带们浑身哆嗦，忙不迭地加快了动作。

苍老的声音继续回荡着，"分出一半人手，把那剩下的十七人，统统带过来。老夫要为她们点燃心灯，配好座次，达成圆满——"

汉轩楼。

地牢三层。绝字号地龙坑。

一群死灰围挤在坑沿上，紧张地注视着坑中。

一群成龙嗷嗷大叫着迎向一头龙王。这龙王的身形十分雄健，比一般成龙要长上一丈，皮如坚甲，刺如钢刀，两只血红的眼珠恶狠狠地瞪视着。

忽然，后面钻出几条小龙，蹦上它的脊背，咬啮起来。龙王一扭身，小龙惊叫着掉下来，被它一口一个咬成了两截，甩到一旁。

周围的地龙大吼着又逼近了一步。

龙王猛然冲入龙群，巨尾狂甩一气，带着啸叫的风声、濒死的惨嘶。地上很快就淤满了污血和碎肉。烈犬在狺狺哀号，毒虫在呜呜飞舞，整个绝字号变成了一片血海。

最后一条成龙也被咬掉半个脑袋，轰然倒下后，龙王吭哧了几声，突然撑起脑袋，仰天长啸。

它浑身鳞片都绷紧了，血管爆凸着，背上的尖刺也断裂开，露出黑红的筋肉。它不停地晃着脑袋，整个身子在急剧膨胀。

噗！噗！两个拳头般大小的眼球飞射而出，不知去向。

一声巨响过后，漫天血雾中，龙王竟然凭空炸开，碎成无数的肉块骨渣。一个硕大的血球宛如洪荒怪卵在空中漂浮着，缓缓落到坑边。

众死灰齐齐跪下。

“恭迎大统领！大统领功力精进，天下无敌！威——武——”

血球缓缓退去，青光一敛，现出李多昂然的身形。他的双手背在身后，眼中紫电连闪，大圆脸上又露出了那种亲切的微笑。

“此番杀意，尽归我心，白心人，让你久等了……”

郡主府。

云中大阵。兰焰闺房。

层层的白雾中，依稀传来一声声喘息。

纱影重重，香烟袅袅。透过古朴的龙爵，雕梁的床架，散乱的锦衣，能看到一个巨大的人体，四手四脚，正在卧榻上蠕动着，忽而快，忽而慢，忽而刚，忽而柔。

再仔细看，原来是两个白嫩女体，双腿交剪相接，痛苦地呻吟着。

两声尖叫先后响起，变成了一阵长长的哀吟。好一阵，两个人才安静下来，收敛了声息，瘫软不动了。

白光一闪，其中一个飞下床，一转身，一扬手，已经披上了一身玉色裙裾，显出一派庄重和沉稳。

另一个，还是侧卧在榻上，眼神迷离地看着她。

“姐姐——”

“焰儿，有件事，很可怕。”

“哦？什么？”

“两个女子，到了这个岁数，不去嫁人，反而好到一起，也就罢了，”长亭弱水淡淡地说，“但是，这床第之乐，竟然甘美如饴，从来不让人厌倦，为什么？”

兰焰先是一惊，旋即哀怨起来，“姐姐把焰儿当成什么了！焰儿早被姐姐破瓜，姐姐却从不让焰儿得手，总是假凤虚凰，叫人心里那个痒啊……”

长亭弱水深吸了口气，“本郡时常怀疑，你是不是修炼着某种秘法，让本郡多年来食髓知味，不肯与任何男子接触——”

“姐姐不要焰儿了吗?”兰焰跳下床来，双峰如雪，肉香袭人，死死抱住了长亭弱水，“你！你还想着那个王八蛋……”

“满心都是那个冤家，”长亭弱水柔声说，“总是要将他纳入怀中，遂了本郡的心愿……”

“那就让焰儿去死!”

“住嘴!”长亭弱水容色一肃，“何必非此即彼?他跟本郡相好，你不也能分得一杯羹吗?”

兰焰还要说什么，空气一阵抖动，长亭弱水浑身白雾涌起，连连吞吐着，整个人几欲透明，看上去十分怪异。

半空中，隐隐传来几丝人声。

长亭弱水的眼神一凛，“前哨报告，白心人和妖精正在往西南方逃窜，很快就要抵达天南。焰儿，马上去通知那两个杂碎，整顿所有兵力，连夜出发!”

第十七章·同盟

燕云州和天南州边界是人口稠密、商贾云集的小镇群落，其中最富传奇色彩的一处名为好吃乡。

这是整个英风帝国的第一美食之都。据说五十年前，皇帝一路巡游至此，但见山明水秀，地气丰润，就招来天下一百零八位名厨，大宴宾客达半年之久。等他回了朝歌，这里也留下了几十座大大小小的酒楼。

五十年弹指一挥间，好吃乡早就兴旺起来。各国游客闻风而至，又带来其他产业的兴旺红火，可谓吃喝嫖赌一条龙，成了有钱人的极品享乐窝。当然，最主要的还是吃，已经吃出了风采，吃出了情操，吃出了英风文化的灿烂篇章——饕餮学。不管是死是活是公是母是香是臭是老是少，也不管贵的贱的美的丑的偷的抢的蒙的骗的，天上飞的，地下跑的，水里游的，空中飘的，打着王八拳直来直往的，驾着筋斗云嗖来嗖去的，含泪的哭鬼的拆屋的超速的贪污的做艰难决定的放高利贷的卖灵魂的，普罗天下，放眼大陆，只要你出得起价钱，再签个保密之约，好吃乡就能搞来食材，烹调得味道鲜美，令人一咏三叹，献于你的面前。

时过正午，在好吃乡历史最悠久、品位最独特的簪花楼大堂里，一大群人蜂拥而坐，满脸虔诚地凝望着戏台。台上有一位清癯俊朗的书生，一边朗声而谈，一边轻捻着三缕长须，更显得满腹诗书，文雅之极。

“所谓美食，一定要美，不美，即不为食。”

众人正疑惑，又听他说，“如何是美？貌美？形美？才美？味美？否！本人以为，都不是真正的美。真正的美，在于食客与食材间一种真切的感应，相互倾慕，灵肉合一——”

“大师，请问，什么叫做‘相互’吸引？”一位精壮的中年人问道，“食材对食客也有这样的需求？”

“那是自然，”大师清了清嗓子，“一流食材，在于鲜活生猛。既然是活物，就有生命，也有灵魂，对要吃掉自己的食客定会有某种好奇，甚或期待。此刻，便需食客深切理会食材的心绪，想食材之所想，急食材之所急，并请来手艺过硬的厨师，依据天时地利人和，逐一烹调，抑或不烹，以相应情感缓缓代入，徐徐品尝，才能达到完美境界。”

众人都听得懵懂，又不敢多问，只能眼巴巴盯着。

大师举起手，向门口示意。

几个大汉牵来一个十岁出头的小姑娘。小姑娘金发碧眼，体态轻盈，轮廓异常秀美，只是神情有些呆滞。

“各位，这是本人从金湾高价求来的金族孤女，可作女奴，可作暖床，亦可作——食材！”大师爱怜地看着她，“唯一不美，在于一旦下嘴，便只能享用一次，不复再生。如此毁灭一个美好事物，怎不令人黯然神伤……但！你我此生，不也如白驹过隙，去而不返吗？吃了她，便可以男女风采尽收心底，犹如活了二世！这，就暗合了在下说的‘完美’二字——”

他一把扣住小姑娘的肩膀，曲指如钩，抚弄着她全身。

“各位还请注意，此女初长成，浑身鲜美灵动，细嫩无比，乃是上等之食材。但要达到本人要求，还差得很远——”

他环顾台下，眼中精光一闪，“却是为何？因她此时恐惧，肌肉必然分泌出紧张之物，导致肉味发酸，非碱物不能中和，但碱又伤舌、伤胃、伤肝，不可多用，因此须细细养育此女，待她发育更甚，择一良辰吉日，割下嫩肉，配以雕、切、批、划各色刀工，盛于翠玉之盘，佐以辛辣之料，再以急火爆之，亮油浇之，定会满口余香，回味不绝——”

台下有人已经砸摸着嘴，两眼放光了。

“各位，金湾食材虽轮廓鲜明，体健貌美，但皮毛略糙，体味略重，须得清洗多次，直至毫无异味，方可入口——”

一个肥头大耳的富公子忍不住嚷了一句，“这么美的女子，你们下得了手吗？还不如让我领回家狎玩！”

大师脸色变了一变，“如此盛会，竟有大俗之人煞了风景，来人！把他送囊膪楼，与流氓猫地老鼠一并烹之烤之，分发乞丐，施舍野狗。”

富公子一愣，随即杀猪般地惨叫起来。几个大汉冲上，揪住他四肢，把他连拖带拽地扯了出去。台下听众微微喧哗，有几个站起来，刚想发话，一看大师的目光利剑般掠来，又乖乖坐了下去。

“各位切记，”大师轻捻长须，“若你抑郁憋屈，当寻找阳光灿烂小美人，细切为片，蘸酱而食，定会心花绽放；若你心气平和，则应寻得内心闷骚、情欲绵绵之熟妇，慢火细炖，定可大补全身；若你急火攻心、暴躁易怒，当寻找体质偏寒之食材，如处女、如寡女，以冰对火，可见奇效；若你略感风寒，或性寒发冷，不妨寻些热情似火之猛女，人尽可夫之粉头，以大火爆炒，荤油炙烤，可令你暖暖洋洋，如坐春风——"

突然，他神色一凝，转头望向了侧门。

"上天开眼啊，正当本人内腑发寒，急需猛女进补，就凭空送来几副美材，即便天天食用，也不减分毫，反倒助其功、增其魅……小春春，躲有何用，还不出来照个面，叙个旧？"

门口款款转出一位娇媚的大美女，冲着大师矜持一笑，"二娘跑了这么远，宋大师还是紧追不放，真是令人敬佩呀！"她顿了一顿，瞥了一眼隔壁房门，"这另一位功力深厚、杀机暗藏，又是哪路神仙呢？"

房门被推开，一位臃肿恶俗的大嫂缓步而出，"婊子，几天不见，你倒是更迷人了呀……"

"小蛮蛮！你也来了？"

春二娘的笑容变得生硬起来。

大师冷哼一声，"徒儿们，还不来点见面礼？"

屋顶仿佛飘下一片灰云，一个瘦削的汉子轻轻跳落到台上。却听一声闷响，场中众人被震得仆了一地。

汉子狰狞一笑，咬了一口手上的肉干，"师尊在上，今天得让小三过过宰杀之瘾了。"

两扇窗口同时出现了两个黑衣人。一个满脸沧桑，手握一把雪亮的大片刀；一个彪悍精壮，两手却拢在袖子里，阴阴地盯着春二娘。

春二娘看看这个，看看那个，再也笑不出来了。

三条汉子向大师抱拳垂头，随后奔向另一侧小屋，一脚踹开，冲进去，拽出三个血里糊拉的女子，往春二娘面前一扔。

"小秦！"春二娘乱了方寸，扑将上去，"宝儿！红崖！你们……"

她抬起头，眼中厉光一闪，"几个大男人，竟然偷袭女子，还下此狠手！"

人影一闪，一股异香缓缓散开。一个千娇百媚的女子手持一柄软鞭，站到了春二娘身后。

"麝儿，大事不好了，"春二娘低声说，"你先走，去通知散落的族人——"

"麝儿这条命，早就是姐姐的，要走姐姐走，麝儿纵然葬身于此，也要拉上几个陪葬！"

妙龄女子死死盯着三条汉子，一字一句地说。

簪花楼背后是一大片乱坟岗，白天阴风惨惨，夜里鬼火荧荧。没人能想到如此光鲜的大酒楼竟挨着这么一片荒地，簪花楼老板却理直气壮，觉得对那些被吃掉的食材来说，这样做已经是恩同再造。

“放眼好吃乡一百零八家店，谁能像我鹿小三，吃了他，还给他个床！让他想睡觉就睡觉，想搞女鬼就搞女鬼！”

此时此刻，在宋吃师徒眼里，弱水五大红姑已经是地道的佳肴美味了。

秦仙姑、宝中宝、苏红崖，被抛到一座大坟上，都只剩下了半口气，看上去就像几摊没骨的碎肉一样。

麝儿软鞭狂舞，和宋吃的三位徒弟恶战着，也是娇叱连连，落尽了下风。

春二娘功力最高，却要面对宋吃和小蛮蛮的联手。如果一对一，她至少能全身而退，但这一对男女的招数竟然有奇正互补之意，令她处处被动，很快就左支右绌，疲于招架了。

宋吃的龙骨手很是凌厉，被他夹杂上娴熟的御膳手法，更是强劲非常。

“丁！”春二娘的一条触手顿时变成了肉丁。

“片！”半边肩膀几乎被削成水煮鱼片。

“丝！”结果可想而知了。

“剔骨！”

“飞勺！”

“挂糊！”

“花刀上浆！”

更令她烦躁的是，宋吃每使一招，就要唠叨不停，说她哪个部位比较嫩，哪个部位比较老；乳房褶皱多了点，蒸的时候要多加点水；肚子上有赘肉了，可以用来炼炼油；屁股蛋有几个痦子，涮的时候必须剜掉；脚底有几个茧子，油炸出来可以做臭豆腐。

那个小蛮蛮就更加阴毒。她最擅长的是无影神腿，当年号称夹死人不偿命，现在更是快捷如电，每踢出一脚都带着罡风般的呼啸，踢得春二娘满嘴牙血，只能把八十一根触手舞成一把大伞，才堪堪敌住。

她虽然有再生之技，但每次使用都要消耗一些内力。小蛮蛮一踢下她几根须须，宋吃立刻就片、就丁、就丝，痛得她一阵阵晕眩，几乎昏死过去。看来，这两人的算盘打得很精，要用持久战消耗她，让她脱力而亡。

突然，几滴血水溅到她脸上。她不用看就知道是麝儿身上的。

麝儿在床榻上温存之至，性子却相当坚毅，伤了多处都一声不吭，招招都是拼命。宋吃的三个徒儿一开始想轻松擒下她，却中了好几招，只得全力对待，久而久之，功力便现出了高下。麝儿左腕中了大徒一刀，脖颈和腰间各中了三徒一鞭，脸上又被二徒吹了一口气，一块肉霎时凹陷下去，几乎现出了颧骨。

春二娘拼着被斩掉十几根触手，身形一纵，把麝儿拉了过来。两个人贴背而立，不住地喘息着，面对着五名敌手。

“宋吃！你真想赶尽杀绝吗？”

“把春春还给本人，把麝儿送给本人做食材，就放你一命。”宋吃一脸严肃地说。

“找死！麝儿是我最好的姐妹，你——”

“不要让本大师为难！”宋吃叹息着，“自古圣贤训示：妖魔鬼怪，人人得而诛之！你就认了吧，下辈子不要投错了胎，生错了种族——”

“天下如此之大，我族就没有一席生存之地？”

“当然没有！”小蛮蛮怒斥，“丑陋的妖魔，去死吧！英风万岁！帝国万岁！”

宋吃轻轻拦住她，“要想活命，只需乖乖从了本人。本人定和徒儿一边奸你，一边吃你，你也可一起享用，吃多少，你便长出多少。先吃你的麝儿，再吃你的仙姑、宝儿，该是何等快活！”

“大师高见，”小蛮蛮吃吃地笑起来，“蛮蛮我对付女人也有些路数。”

春二娘眼前一黑，急忙咬紧牙关，捅了捅麝儿，“准备绝招，要死，一起死！”

麝儿点了点头。

两人身上忽然现出五彩斑斓的光华，就像一片花海，要在这狞恶的乱坟岗上盛开。

突然，春二娘停下了手。

“麝儿，看——”她喊了一声。

麝儿一怔，望着她指的方向。

不远的大路上，一对高挑的男女正骑着两匹骏马缓缓行来。

春二娘拉起麝儿腾空而起，朝那对男女落去。

无方和海瑟连续奔驰了好几天，终于逃到了天南州地界。无方天天吃果子，吃得有些烦了，身后又一直没有追兵，也没有别的凶险，他便好说歹说，让海瑟裹上耳朵，来到了好吃乡。

突然，两个极为妩媚的女子冲着他纵跃而来。她们身后竟然是久违的汉轩楼三位师傅，还有一个凶蛮的中年妇人。一看到她，无方就想起那个怪诞的肉铺、那凶狠的一脚。

“公子！请稍等——”当先的大美人拦住了无方。

无方不认识她，也不想招惹是非，只想赶快离去。他很想还给三师傅一个搜魂术，也想再领略一番无影腿，但他知道，一旦牵扯进这些恩怨，就会对逃亡不利。好在众人都没有认出他，经过那么多血与火的洗礼，他已经从一个孱弱的男子变成了一个刚劲的男人。

他低下头，想要走开。

“你就是白心公子！对不对？”大美人眼巴巴地说。

三位师傅和小蛮蛮一惊，目光齐刷刷地投了过来。

无方摇了摇头，“你认错人了。”

“姐姐才不会认错，前些日子一直在弱水等你！”那个浑身是血的小美人说，“一个大男人，这么胆小！”

“关你什么事？”海瑟不高兴了。

无方拉了海瑟一把，“我不认识你们，请让开，我们要赶路。”

他眼角一展，看到大师傅皱着眉头紧盯着他，二师傅和三师傅则贪婪地盯上了海瑟。

“想走？只怕没那么容易，”三师傅笑眯眯地开口，“待我先拿下这两个魔族妖孽，再来慢慢拷问于你——”

“我们不是魔族！更不是妖孽！”大美人猛地扭身，怒视着三师傅，“我们是天下最美、最重情义的花族子孙！身为大长老，岂能容你们一而再、再而三羞辱我族，玷污我族？”

无方浑身一震，“花族！你是花族?!”

“花个屁！花言巧语罢了！待我将你擒下，花心点刺，辣手摧花——”三师傅调笑着大美人，目光却在小美人和海瑟身上转来转去。

小美人神色黯淡，拉了拉大美人，“姐姐，这人就是个好色如命的小白脸，不能寄望于他。”

无方闭上眼，用内视一看，身前是两团鲜亮的蓝色。烈风荒漠上，那三位高手的原力分别为红、蓝、青三色，云三为红，水四为青，风二却为蓝。这两个女子还真的是风二的族人。

“你们是花族，太好了！”无方兴奋起来。

大美人有些诧异，“怎么，公子和我的族人有交情？”

“当然有，当时很危急，幸好他帮了我……”无方激动地说。

“公子明鉴，我们的族人，千百年来四处流浪，受尽了凌虐，”大美人目光凄切，嘤嘤地说，“只盼公子高举救世主大旗，前去桃源整合我的族人，救花族于水火。二娘与麝儿就是死也要拖住英风鬼，为公子争得时间。”

无方扭头转向海瑟，却发现她神情剧变，死死盯住了不远处那个清矍刚正的书生。

“我要亲手杀了他。”海瑟嘶嘶地说。

“先不要管他，”无方低声说，“还记得救过你的那个风二吧？这两位女子就是他的族人，我们必须救。”

“不！”海瑟跳下马，几个纵跃奔到路中间，呼啦一下扯去头巾。

“宋吃！你这个禽兽，滚过来受死！”

所有人都吃了一惊。

无方这才知道，这个书生竟然是宋吃。

他眼前顿时现出那个头颅鲜活身子滚沸的精灵女子。

滔天的暴戾猛然充满了他全身。随即，一阵凶残而狂暴的威压忽地发散出来。

周围所有的人，大美人、小美人、三个师傅加上小蛮蛮都抵挡不住，噔噔噔退后了好几步，惊惧地望着他。

一瞬间，原力流遍了他的四肢，只想寻找一个出口发泄出去。和上一次不同，他能感应到原力可以和暴戾合而为一，不会再度掣肘了。

他迅速放出十几个浮雷包围住面前的敌人。

“请问，你怎么称呼？”无方对大美人说。

大美人双目一凝，“公子，奴家叫做春二娘，这是奴家的妹子，叫做麝儿，还有三位姐妹，都被打得半死，扔到了那边的坟头。公子要能带她们逃走，二娘愿与麝儿——”

“我不走，”无方指了指海瑟，“你去帮她拖住宋吃，这位，请过来。”

春二娘急忙把麝儿推向他，但还不放心，不肯离开。

“快去！”无方有些不耐烦。海瑟虽然已是剑圣，但他还是怕她受到伤害。至于这边几个人，他要亲手来解决。

“不许这么跟姐姐讲话！”麝儿喊着。

春二娘冲她一笑，“相信公子。”旋即，她腾身而起，飞向海瑟身边。

无方一把拉住麝儿。麝儿刚要挣扎，一股雄浑的原力涌进她体内。她周身就像进入洪炉，暖暖洋洋，竟然像被烈焰蒸腾了一番，内伤外伤都在飞快地痊愈，战力和斗志迅速拔升。

无方收回手掌，面对着四个敌人。

“你们，一起上吧。”

宋吃两眼放光，贪婪地盯着海瑟。

“真是幸会，小精灵，小美人，”他连连捻动长须，“这么一块肥肉，居然撞到本大师手上！你那些同伴都被老夫一一烹制，遂了食客的口腹啦！放心，不管是把你献上去，还是本大师自己留用，都会让你舒舒服服，回味永久——”

海瑟一脸铁青，手上慢慢亮起了尺长的绿芒，还有两把黑亮的短剑。

刷地一声，春二娘落在她身边。

“你来干什么？”海瑟冷声说道。

“公子让我来帮你。”

“去帮他。”海瑟冷冷地说。

“这——”春二娘走也不是，不走也不是。

“去啊！”海瑟厉声道，“保护好白心人才是重中之重！”

“什么?!”宋吃一下子呆住，“那小子真是白心人？”

海瑟冷笑了一声，并不搭话。

“好！太好了！”宋吃激动得长须乱颤，“长亭弱水发出全境追杀令，白心人勾结外敌，杀我百名边军，拐带帝国重犯，沿途一干官员、军队及平民均可便宜行事，抓住一人，赏银五万，抓住两人，赏银十万，爵位晋升一级——”

海瑟摆开了架势，准备开打。

“你二人已山穷水尽，不如乖乖就擒，”宋吃笑着说，“否则，休怪老夫的凌厉手段，让你后悔来到这世间——”

海瑟怒叱一声，两道黑绿之光闪过，和宋吃打成一团。

小蛮蛮扭扭身子凑了上来，“小白脸，还记得老娘的无影腿吗？”

无方还没有说话，大师傅却不敢相信地嚷嚷起来，“你！你就是——”

“我是那个堂倌，”无方说，“大师傅，你照顾过我，我不杀你。”

“臭小子，真不长记性，”三师傅狰狞地一笑，“先来会会老相好——”

一条黑乎乎的毛虫就像千手千足的巨型蜈蚣，猛然从三师傅背后飞起，朝无方扑来。

麝儿娇喝一声，挥鞭就上，被无方拦住。

“公子——”

“让我自己来。”无方说。

蜈蚣堪堪飞到无方头顶，却听“噗！噗！噗！”几声闷响，竟从头部、腰部、尾部，齐齐炸了开来，腥臭的汁液满天狂洒，几个人急忙退后好几步才得以避开。

“你！竟敢伤了本座的法宝！”三师傅怒哼一声，团身扑来。

无方一动不动，就见绿光一闪，空间似乎扭曲了几下。三师傅的两条手臂齐肩炸开，紧接着胸膛一瘪、一鼓，咔嚓几声，骨断肉飞，居然现出一个巨大的空洞，透出身后惊怖万分的大师傅、二师傅和小蛮蛮。

三师傅扭了几扭，咣当！直愣愣地跪到地上，但还没死透，还在不甘地看着无方。

无方走上前去，“你也尝尝我的搜魂术，三师傅。”

他一手虚按，就见三师傅一阵痉挛，一股浓浓的雾气，混杂着紫色、绿色、黑色和灰色，朝他手掌涌来，很快就被吸了个干净。

他放开手，三师傅就像一条干瘪的口袋，扑倒在地上。

“畜生！还我——老——三——”

二师傅悲鸣着飞了起来，整个身子就像一头大鸟，手脚全都撑开，朝无方猛击而下。

突然，这苍鹰搏兔般的身影，被一股看不见的大力击中，呼地朝天上飞去。

众人都眼巴巴看着，连激战中的宋吃也急使数招，把海瑟逼退两步，然后望着天空。

嘭！一声爆响，二师傅在空中炸成了十七八块，鲜血碎肉呼啦啦掉下，连着热气腾腾的脏腑、残缺的头颅落到地上，摔成了豆渣一般的烂糜。

“这、这是什么道法？”麝儿吃吃地说。

无方掸去手臂上溅到的一块头皮，朝大师傅和小蛮蛮逼过去。

“大师傅，你走吧，不要跟他们混了。”

“闭嘴！食君之禄，忠君之事！你这个妖孽，何时修得如此魔功，毫无人性，老天不容啊——”

无方扭过头，“你帮我拿下他，不要伤他。”

“公子放心。”麝儿冷笑一声，迎向了手脚发抖的大师傅。

“大嫂，你店里的那些东西，都从哪里来的？”无方问小蛮蛮。

小蛮蛮神情紧张地看着他，突然怪叫一声，扭过头就朝宋吃跑去。

海瑟和宋吃打得难解难分，春二娘在一旁掠阵。但无方能看出来，再打下去，宋吃要是没有什么新奇绝招会很快落败。

宋吃忽然使出一记虚招，跳出圈子。

“白心人！枉为救世之主，竟然如此糊涂！”宋吃痛心地说，“居然跟这世上最邪恶的妖魔怪物联手，也不怕丢人！想我英风，浩瀚伟大，能人奇士无数，怎容得你这贱人来拯救？长亭真是瞎了眼——”

“你们才是怪物！”无方冷冷地说，“花族怎么了？像你们一样到处杀人吗？干了那么多坏事，还说是浩瀚伟大？禽兽！”

“公子——”春二娘说，“公子仗义执言，令二娘感佩……这些年来，我们的族人饱受各国陷害，只想得到一块生存之地，就这样，也被英风人利用，把我们抓去，变成苦力、玩物，然后大量吃掉——”

“哈哈哈哈！”宋吃仰天大笑，“这就是命！那些牛马猪羊为什么被吃？也是命！我英风背负天命，就该吃你们，玩你们！江山是老子们打下来的，你们要不服，就来打啊！成天到处哭诉有个屁用？你们倒是造反啊，起兵啊！”

“宋大师，”无方冷冷地说，“你还记得烈风荒漠吗？”

“怎么？”

“胡大蛮子和金大耗子都被我杀了。”无方说。

“小混蛋，吓唬谁啊！”宋吃狞笑起来，“今天一个都跑不掉，来人！”

一群大汉不知从哪里钻了出来，围住了三人。

“小蛮，你马上通知各地驿站，向郡主和统领发出集结信号！”

小蛮蛮正要离开，春二娘扑上去缠住了她。

一对一，小蛮蛮立刻处于下风，无影脚刚踢出一记，马上就有十根触手来捆住她的腿。好不容易挣脱开，二十根触手又迎风而上，缠住了她的脖子。

小蛮蛮双手齐上，想掰开它们，却只是徒劳。她满脸通红，眼珠鼓了出来，喉咙里发出咔咔的声音。

宋吃急忙上前，想替她解围。

海瑟的黑剑一闪，迎上了宋吃。几招过后，宋吃大叫一声，胸前被割了两道大口子，血肉翻卷，看着十分可怖。

“白心人，不要插手！”海瑟大声说，“我要亲手杀死他！”

无方看了一阵，有些放心了。海瑟并没有用上箭技，光凭两把短剑以及一套灵动的身法，就把宋吃压制住了。看来，晋升剑圣后，她的整体战力也提升了许多。

无方又看了看麝儿。大师傅一把刀舞得呼啸生风，但腿脚很是不便，麝儿却是身法轻灵，几个虚招便让他踉跄不止。幸亏她看在无方面子上没有下狠手，否则，大师傅恐怕早就伏诛了。

无方回过头，迎向掠阵的大汉。大汉们都想去帮宋吃，但被几发原力弹打中鼻梁，都大怒着涌了上来。无方也不客气，打脸，打眼睛，打太阳穴，打得他们一个个倒在地上惨叫着，随后就痛昏了过去。他很矛盾，不想杀死这些人，但又怕留下后患，为追兵指路。

突然，宋吃发出了几声怪叫。无方回头看去，海瑟化成两道黑绿之光，从宋吃身旁一掠而过。宋吃两个肩窝鲜血淋漓，显然是受了重创。

海瑟冷冷地看着他，并没有追击。

宋吃躬着腰，吃力地喘息着。“小娘皮！既然你找死，老夫就成全你——”

这位天下第一烹饪大师，眼中精光大盛，身上升起一团紫色火焰，一副要拼老命的样子。趁着无方和海瑟一愣，他拳脚齐发，狂攻而来。

海瑟有些准备不足，奋力抵挡了几招，退了好几步。

“白心人，不准上！”她大喊。

“我要他的原力。”无方说着，把本源之力运向全身，朝宋吃漫卷而去。

宋吃趁机躲开海瑟，朝无方攻来。他的双眼紫芒连闪，拳脚却被无方硬生生地架住，竟然无法动弹。

两个人开始抗衡。

无方很吃惊，没想到宋吃的内力这么霸道。他觉得自己悬在半空，正被一阵强过一阵的烈火烧灼。朦胧中，一些远古的情景漫卷而过，似乎有两种巨大的势力恶斗着，持续了几千年。一种应该是紫英神功，另一种却不清楚。这种功法相当阴损，可以吞噬血肉，腐蚀经脉。要不是他的原力已经相当精纯，还带有生生不息的属性，只怕已经吃亏。

他勉力扛住，开始试着同化。紫色原力很难吸收，也很有侵略性，一入体内，就和绿色原力互相吞噬着、抵消着。但是，宋吃的内力储备远不如他这个可以吸取一切外力的白心人。

另一头，春二娘把小蛮蛮缠得越来越死。

小蛮蛮五官扭曲，突然念叨了两句，从顶门发出一声嘶吼，居然挣开了春二娘的控制。春二娘轻飘飘地贴了上去，被她发狂般地踢出几脚，只得避开。

小蛮蛮惊魂稍定，两手扶膝，警惕地盯着春二娘。

突然，地面伸出几根触手，先是缠住她双手，又把她的两只脚腕死死捆住。

小蛮蛮一声悲呼，终于倒了下去。

更多的触手涌上去，绕住她脖子，把她的四肢捆了一道又一道，裹成了一个人形粽子。

“公子，杀不杀？”

“先不要杀，我要问她几句话。”

“要不要废掉武功？”

无方刚要回答，突然，小蛮蛮惨笑两声，呻吟般地念出一句话。

“哈——利——路亚——”

她的额头发出噗的一声，血肉脑浆一起炸出来，差点溅了春二娘一身。

“哈利——路亚——”

宋吃竟然也冒出了一声。

他浑身紫光大盛，笼罩住无方，又蔓延到海瑟身上。一股巨大的能量把两个人震了出去。他们跌倒在地，嘴角溢血，都受了一点轻伤。但对无方刺激最大的并不是这个，而是宋吃那句话。他想起来了，很久以前，他一定听到过，那是某个势力极大的宗教用来呼唤神明的祈祷。

又有一些记忆在苏醒，在纠缠着他，让他的脑子一片混乱。无方猛然发现，这些天，拯救世界、唤醒主灵的使命，似乎越来越淡薄。他不知不觉跟随着海瑟的心思，为她复仇，为她杀人，还很享受这样的生活。从某种角度看，这样做未尝不对，但是他知道，肯定出了什么差错，而且凭他一己之力，还很难改变。

宋吃跪了下来，面朝北方，双手抚在血肉模糊的胸前。

“神圣之主！你的一切都已更新，你欲做我等之上帝，所有胆怯之人，不信之徒，可憎之心，谎言之谋，叛逆之道，都将在硫磺燃烧之火湖，第二次死去，不复重生——”

“装神弄鬼！”

春二娘娇叱一声，飞到半空，放出十几条触手，宛如一束凶悍的长鞭，啸叫着朝宋吃招呼而去。

啪啪啪啪！一阵爆响，宋吃身上顿时溅起好几朵血花。

春二娘继续抽打，宋吃却不还手，满头满脸都被打得血肉一团，几乎辨认不出来了。

“公子不用出手，二娘一人足矣——”

春二娘见无方和海瑟关注着自己，就更加抖擞，一招紧过一招。

“你看她那个招摇劲儿，”海瑟冷冷地说，“打一下，就飞一个媚眼，比那个吸血鬼还风骚！男人都喜欢这种女人，是不是？”

“没有吧，”无方说，“她有求于我们。”

“什么‘我们’？明明是你！”海瑟说，“你真风光，那么多美女，都为你倾倒，还把我的仇人抢走，连吭都不吭一声！”

“她是花族，你是精灵，你们之间应该很亲近。”无方说。

春二娘大概也听见了，又飞过来一个媚眼。

她手上一慢，宋吃突然十指如戟，抓向了她。春二娘惨叫几声，触手竟被抓下了好几根。宋吃凄厉地大叫着，以此为暗器，朝众人射过来。众人急忙躲闪，宋吃身子一晃，化作一道紫色长虹，向远处冉冉飞去。

春二娘怒叱着飞身追了过去。但是宋吃意在逃命，速度极快，眨眼间已经奔出上百步，眼看就追不上了。

铿的一声，金光一闪，巨大的灭英神弓出现在海瑟手上。

一声响亮的呼啸似乎把空间撕成了两半。巨响之中，宋吃应声倒地，没命地翻滚起来。

几个人奔到他跟前。

宋吃的两条大腿都被炸掉了，整个人变成了一个侏儒，两手狠命地挠着地，不让自己昏迷，两眼却凶残地盯着海瑟。

“该死的贱人……早知你有这等神器……本大师在青州……就烹了你——”他嘴里呼呼吐着血泡，“死……不……瞑目啊——”

“杀了你，也不能解我之恨，”海瑟冷声说，“我要杀光你的禁卫军，毁了你的朝歌，灭了你的帝国！”

宋吃大喝一声，突然蹦起，朝海瑟扑来。谁都想不到，他丢了两腿，居然还能蹦这么高。

“噗噗”几声，春二娘的触手分别穿过他的眼窝、脖颈和胸膛。宋吃的身子被架在半空，猛烈地痉挛起来。很快，他就一动不动了。

春二娘慢慢抽出触手，宋吃就像一摊烂泥，滑到地上。

一股浓绿的烟雾，夹杂着明亮的紫色，从宋吃怒睁的两眼冒出，朝无方飘来。这股紫色很特别，隐约有一种沉滞的霸气，和他吸取过的任何原力都不相同。

无方闭上双眼，一边深呼吸，一边用力吸取。

绿色原力吸得很顺，紫色原力却很别扭，他费了半天劲儿才把它们吸完。他发现，这股原力进入身体后，跟谁也不答理，找了个角落钻进去，浓缩成紧紧的一团，颇有些针扎不进、水泼不入的意思。

他心头冷笑，决定到晚上入定的时候一定要炼化了它们。

无方睁开眼，望见大师傅倒在地上，麝儿却在远处一个坟头上喊着什么。

春二娘急忙道了个万福，“公子，二娘去去就来。”

无方走向大师傅。

“还理他干什么？杀了。”海瑟说。

“他一直对我不错。”无方说。

海瑟皱起了眉头。

“孽畜！快杀了我！我变成厉鬼也要找你算账——”

无方犹豫半天，提起大师傅，走向那一群昏迷的大汉，把他们放在一起。

“大师傅，再见了。”

无方向大师傅鞠了一躬，然后回到海瑟这边，却见她满脸不豫，看着不远处。

他也望过去。

春二娘和麝儿各自抱着一人，还合力搀扶着一人，朝他们奔了过来。

“公子，请帮帮二娘的姐妹！”春二娘急促地说，“麝儿说公子的内力有疗伤神效，二娘斗胆再请公子相助，不管她们获救与否，二娘都愿意为公子鞍前马后，充当前驱……”

“白心人，你真厉害，”海瑟幽幽地说，“一惹就是一群。”

春二娘尴尬地看了看海瑟，然后回过头，殷切地望着无方。

无方发现，海瑟虽然在使小性子，目光却不断瞟向那三个女子，显然也很关切。他很欣慰，他一直念及风二的出手相助，这次机缘巧合，让他还了这么大一个人情。

小半个时辰后，三个血衣褴褛的女子已经能够站起来了，神采也在渐渐恢复。

春二娘一一介绍，这是秦仙姑，这是宝中宝，这是苏红崖。

无方有些意外。她们一点也不像青楼女子。秦仙姑端庄，宝中宝机灵，苏红崖英挺，明明就是三个女侠。他接好了她们的断骨，梳理了血脉，愈合了伤口，还让她们的原力相互循环，一边淬炼，一边提纯。他慢慢感觉，他已经可以主宰这些人的生死。

得知他认识风二，五个女子都欢叫起来。

“那是我族的第一高手，没有想到和公子有交情。”春二娘说。

“感谢公子和剑圣，”苏红崖大方地说，“请允许我们跟随。”

无方动心了。

他拥有威力强劲的浮雷和箭技，海瑟也是剑圣，两人对付宋吃这种级别的高手已经没有太大的问题。但是，花族众女更是强助。春二娘的触手可以幻化为各种兵器，而且还能再生。另外几个女子，即使功力不如她，也差不到哪里去。有这么一队高手护卫着，这一路就更加安全了。

“那就谢谢你们了。”无方笑着说。

春二娘顿时一笑，如春花般绽放，“公子要再这么说，就折杀二娘和姐妹们了。”

“你救了我一命，我将来还给你。”苏红崖干脆地说。

“你要是想学旁门左道、奇技杂术，尽管开口！”宝中宝说。

“你到底用的什么功夫？能不能告诉我？”麝儿好奇地问，“身子一动不动，敌人为什么就爆炸了？”

“小秦有一招奇门威压，公子或许有兴趣，”秦仙姑说，“一旦施展，几丈之内凛如寒冰，功力要是不够根本无法动弹。”

海瑟冷眼看着众女，脸色越来越沉。

春二娘看了出来，急忙拉住姐妹们，对着二人盈盈下拜，“公子，剑圣，二娘先带姐妹们去探路，要是有什么情况，马上来报告。”

说完，她带着众人脚不沾地地飘远了。

“你不该叫白心人，”海瑟怔怔地说，“该叫花心人。”

无方笑了起来。

“这些花族人，真的没有栖身之地？”

“风二以前就说过，”无方说，“他发过毒誓，绝不干涉别国的事务，但还是救了你。他们这么善良，这个世界就容不下他们吗？”

海瑟叹了口气，“看来，处境艰难的并不只是精灵一族。”

“你以前听过宋吃和小蛮蛮念叨的那句话吗？”

“哈利路亚？”海瑟说，“这不是天路的歌谣吗？很好听的，你听，哈利路亚——哈利——路亚——”

海瑟慢慢哼起一个调子，很简单，就像是一首情歌。

“青衣人对我说，天路有很多天使，长着雪白的翅膀，头上还有光环，一旦灾难降临人间，他们就会出来拯救。”

"拯救?"海瑟神色黯然,"我们从来就不信,但是亚塔的人都信,说只要信奉什么主,就没有人敢欺负他们。可是我们信奉生命女神,不会去崇拜什么主。"

"英风的高手怎么会信奉神教呢?"无方皱着眉思忖起来。

傍晚时分,春二娘探路回来,报告一切正常。她只带回了麝儿,说其他三人遇上要事,赶去处理了。

无方向二娘问起哈利路亚,没想到她神色大变。

"那是邪教,千万不要相信!仙山才是救苦救难的神仙……"

"仙山?"无方说,"和桃源隔海相望的那几座海岛?"

"对,左仙山、中仙山、右仙山,"春二娘脸上放光,"那里都是神仙,还有马上要成仙的人。"

"他们救过你?"

"花族受过他们很多恩惠,"春二娘沉吟着,"先祖遗训,后代一定要信奉仙山,只要信仰他们,花族就有复兴的一天。"

"一个天路,一个仙山,在唱对台戏,还是在抢崇拜者?"无方说。

春二娘脸色变了几变,"公子,有句话不知道该不该说。"

"你说。"

"公子神威无敌,目光远大,但我们的种族能够生存,就已经满足了,"春二娘神色凄泫地说,"二娘会这么一点道法,全靠修炼仙山功法,花族的高手也都是如此。要是没有这种福分,花族早已灭亡了。"

"我明白了,"无方诚恳地说,"我会尊重你的信仰,不乱说了。"

"公子不愧是救世之主,"春二娘颇为感激,"为人坦荡,心胸宽广,令二娘情难自已——"

海瑟冷哼了一声。

"剑圣请不要怪罪,二娘顺口说说,唉,公子如此俊杰,多几个美女,也是应当的。"

海瑟一扭身,走到一旁去了。

"公子,二娘这副皮囊早已是残花败柳,二娘的本相公子又不会喜欢,所以,二娘是没有什么奢望的了,"春二娘说,"但是我族有位绝代佳人,跟剑圣相比也差不了多少,将来陪伴公子,一定会……"

"不用了,"无方苦笑起来,"一个就够我受了。"

"白心人,你说什么?"海瑟的声音远远飘来。

"我……我唱哈利路亚。"无方急忙说。

二娘扑哧一笑，放低了声音，“每一代花王都要培养一个花族圣女，她将穷尽毕生的美貌和智慧，陪伴救世主。她一定会来找公子的。”

“很好，先来受我一箭吧。”海瑟沉声说。

“剑圣，我族均为花草林木所化，自古崇尚自然，热爱生命。你我两族一定是朋友，不是敌人。二娘要是得罪了剑圣，请剑圣务必大量。前路凶险，我们不妨结成同盟，共同对敌。剑圣，请三思——”

春二娘深深一礼，不待海瑟答话便闪身向前，继续探路去了。

无方有些怔忡地望着她的背影。

“白心人，你真以为她是一朵花?”海瑟凑到他耳边，低声说，“那些触手，那些招法……肯定是个怪物！你去抱她，去亲她吧……”

无方打了个激灵，“我融合了她们不少原力，一会灌注给你。”

“我不要，”海瑟说，“精灵一族的原力才最纯、最精!”

“是吗?”无方说，“你成为剑圣那一次，我给你灌了很多血族原力……”

海瑟一愣，一把搂住无方脖子，又一口咬住。

“我吸死你，”她嘶嘶地说着，“看你还去勾引别的女人。”

无方反手一抱，海瑟便瘫软在他怀里。

无方一边拥着海瑟，一边也在思量。这件事会帮助他完成使命吗？春二娘她们真要是花草林木，会是些什么花，什么草？风二呢？他们是如何与神仙结缘，修炼那么另类的功法的？他们和精灵一族真的能成为同盟吗?

第十八章·追杀

几天过去，众人走到了天南州和林州边界，再有个三四天就能到达埃尔蒂斯边境了。

麝儿来向无方告辞。春二娘说，因为英风长期打压，花族无法在弱水容身，只能全线撤退。麝儿要去会合流落的族人发展势力。

“还要做青楼女子？”海瑟愣愣地问。

“是的，”春二娘正色说，“天下人看不起我们，但又有几个能设身处地，替我们想想的？姐妹们沦入风尘，不过是为了求生，多些耳目，换取财物与人脉。现在弱水的根基被毁，姐妹们也并不灰心，反倒斗志更旺，剑圣或许是误会——”

“不用说了，”海瑟打断了她，“是我过分了。”

她走到一旁，望着远处，沉默起来。

春二娘怔住了。

“你说的，她都懂，”无方说，“为了精灵一族，她也付出了很多。”

春二娘走过去，拉起海瑟的手，“你我两族灾难不断，更应当并肩对敌。二娘一见到剑圣就非常敬仰，要是不嫌弃，二娘就把剑圣也当做姐妹，祸福同享，甘苦与共。”

海瑟对春二娘并没有太大的恶感，听她说得诚恳，心头一热，不由得伸出手来和她的握在一起。

这一来，两个人的关系缓和了许多。

无方却感觉不妙。因为到现在还没有发现追兵。

郡主下达了全境追杀令，显然是不会善罢甘休了。英风高层都不是善茬，即便被他骗了一道，迟早也会发现他们的踪迹。无方有一种预感，敌人只是在布局，在收网，很快就要见真章了。

大概是因为离家越来越近，海瑟变得很兴奋，跟春二娘的话也多了起来。两个女人经常在一旁叽叽喳喳，时不时瞟上无方一眼，发出几声轻笑。无方却笑不出来。事有反常即为妖，如果追兵不断，他还会踏实一些，现在这样反而让他紧张。

那两匹马跑了几天，更加膘肥体壮。一枣红，一青骢，身旁是春二娘那飘飞的蓝衣，让无方想起烈风荒漠的三大高手。他的心情又舒展起来。海瑟已经是剑圣，春二娘又这么强悍，他也一天天在强大，遇上那四个高手，应该必胜无疑了吧。

越往西走，地形和植被变化越明显。山地和丘陵少了，到处都是大片的平原，零星的树林。春二娘说，再往南走，越过大峡谷，就是桃源——大陆上唯一肯收留花族的地方。那里真的是世外桃源吗？无方问过春二娘，从她激动的表情中他得到了答案。她盛情邀请两人先去避一避。无方很想去，海瑟却归心似箭，一口拒绝。春二娘只好不劝了，只说随时欢迎两人光临，将来某一天，让精灵族和花族结成真正的同盟。

“你失望了吧？”海瑟附在无方耳边说。

“我会去的，”无方说，“我要去见识神仙。”

他看着海瑟黑下来的脸，急忙说，“你先带我游历埃尔蒂斯。”

“我根本顾不上你。”海瑟冷冷地说。

无方想了想，还真是如此。海瑟一旦回去，肯定要忙着布防、练兵、集合更多的高手。他要去拜见女王，取得精灵一族信任，共同抵御英风。他还想去一趟亚塔，看看哈利路亚安的什么心。他已经明白，只有顺着海瑟的心思，消除了精灵族的隐患，她才会慢慢醒来，和他一起去完成使命。

接下来的几天，海瑟和春二娘越来越亲密，连杀人都配合着来了。春二娘对自己人处处回护，对英风兵士却相当狠辣，绝不留下活口。

无方一开始不想让她们滥杀，但英风人却不放过两个美女，经常是军官带头，冲上来就强抢。无方好言相劝，反而被骂成小白脸，还被一些癖好特殊的家伙动手动脚。几次三番都是这样，他再仁慈，也忍不住怒气上冲，便任凭海瑟和春二娘发威去了。

二女大喜。海瑟先给他们几箭，顿时干翻一片；春二娘再上去，一通鞭笞和暴刺。无方想留下个活口来审问，那些人却早成了一地碎肉。

后来，她们觉得这么干没意思，就在无方面前比试绝技，有点像撒娇，又像是争宠。

一个繁华的小镇，有一处热闹的酒楼。三个人被一群公子哥看到了，那些人顿时眼放绿光，围过来调戏。无方刚呵斥了两句，海瑟和春二娘一边一个，拉起他就跑。公子哥们口吐秽语，追了上来。一到镇外，海瑟立刻亮出灭英，春二娘的触手也尽数撑开。那些人呆了一下，怪叫着夺路而逃，跑出去不多远，海瑟张弓一引，三四道金光飞出，但见断肢横飞，一片惨号。

"横箭技：群发。"海瑟抬起下巴，冲着无方说。

春二娘衣袂飘飘，闪到几个人背后，几道白光一闪，每根触手上穿着一个家伙，扯了回来，那些人抽搐了两三下，就断了气。这还是听了无方的劝导，否则不会让他们这么容易受死。

"天女散花。"春二娘抿嘴一笑，看了看无方，又很快收起笑颜。

到了一处阴森的山林，两匹马长嘶着，死活不肯进去。海瑟和春二娘笑了笑，一展身形就消失在林间。很快，两人各引了一堆怪物，大呼小叫地跑了出来。春二娘身后是一群形如疯狗的土匪，海瑟身后却是三个刚刚狂化的蛮子。

蛮子狂化为狗熊，张嘴就咬，灭英弓却抢在他们前面发难，一道亮绿升上半空，又掠回地面，划了一个漂亮的圆弧，噗！噗！噗！几个人脑袋上各开了一个大洞，缓缓地倒了下去。

"立箭技：环绕。"海瑟轻蔑地说，"蛮子竟然能深入英风腹地？这么空虚的防卫，等我们杀过来就方便多了。"

土匪们已经吓呆了，都傻乎乎看着，忘了逃跑。春二娘也不使触手了，只是冲他们吹了一口气，就见土匪们表情一紧，几个肉色的小虫子爬上他们脖子，钻了进去。很快，他们皮肤下面一阵翻涌，然后全身渐渐干瘪、坍塌，到后来地上只剩下几张皮，连骨头都没有了。

"万紫千红，"春二娘有点不好意思，"公子不喜欢这一招吧？"

无方皱起了眉头，"太残忍了。"

春二娘咬住下嘴唇，乖巧地一笑，"二娘以后不用就是了。"

后来遇到一个盗贼，不远不近地辍着三人，用蜻蜓般的身法炫耀着轻功。海瑟看不顺眼，冷哼、拉弓、瞄准。盗贼惊呼一声，身法一顿，就想逃跑。

"你追不上我——"

他的狂叫刚刚传来，却听见"呜"的一声，一抹绿光宛如有生命的灵物，划着螺旋追杀过去。盗贼拐了无数个弯，已经没入丛林，不见人影了，却听到一声惊天惨叫，回荡在层层叠叠的山麓间。

“隐箭技：导引。”海瑟冷笑着说，“他就是跑出千步，也别想逃掉。”

“剑圣真是威风，”春二娘喃喃地说，“二娘不敢望其项背……”

她突然腾空而起，一声娇喝，几十条触手同时朝四周射出，整个人变成了一朵巨大的红花，在阳光下怒放。空气发出炒豆般的毕剥声，就像是被这些鞭子抽打着。春二娘一招使完，依然缓缓飘浮着，红花也变得一片璀璨，七彩流溢。好一阵，她才轻轻落下地来。

“这一招也就是好看，实用性不大。”她笑着说。

“这叫什么？”海瑟问道。

“国色天香。”

“好名字，”海瑟说着，瞥了一眼无方，“也很好用，遇上某些人，先把他迷住，再兜头盖脸一顿爆抽！看他还那么花心——”

春二娘微微躬身，“多谢剑圣谬赞。”

“你我各有所长，”海瑟冷静地说，“平手吧，怎么样？”

“过奖了，”春二娘说，“二娘只有一点小伎俩，剑圣的功力更强一些。”

“你可以再生，这就比我强，我要被砍掉那么多肉，早就完蛋了。”

两人相对而笑，一冷艳，一娇媚，让无方心头一荡。

“你们这么残暴，还互相吹捧，脸皮太厚了。”他叹息着说。

他突然惨叫了一声，抽身就跑。海瑟脚尖点地，一纵一跃就追上了他，抡着弓背轻轻一抽，就是一道红印子。春二娘不紧不慢飘在后面，用触手问候着他的大腿，也有几根很不老实，故意摸一摸他的隐秘之处。他知道她是故意的，因为他根本不敢声张。

三人一阵急驰，撒下一路笑声。

晚上，他们到达一个小镇。这里人很少，客栈也很空。他们简单地吃了些东西，要了三间上房。

一路劳顿，大家都很累。无方回到房里，只觉得眼皮沉重，往床上一倒，很快就进入了梦乡。

这一觉足足睡到了黎明之前。他睁开眼一看，床前竟然坐着一个女子，身形丰满。

“你来了？”

无方以为是海瑟，坐起来想拥住她。这些天，两个人感情急剧升温，搂抱亲热已经是常事了。

一声嘤咛，不是海瑟的声音。

无方大惊，急忙放开手，“你……你怎么来了？”

“二娘坐了大半个时辰了，”春二娘顿了一顿，还想靠上来，“二娘有办法让公子难以自持，但是不敢造次，只是借着夜色，和公子单独待上一阵子。公子要是厌烦，二娘马上就走……”

无方站起来，下了地。

“你回去吧。”他轻声说。

“公子心目中，除了剑圣，真的容不下其他女子？”

“嗯。”无方定定地说。

“我们都是江湖儿女，不会因为这种事情改变大局，公子——”

“我们还是朋友，”无方打断了她，“你们的同盟，我还会帮忙促成。”

“这样就好……”春二娘站了起来，玲珑的身材在薄如轻纱的外衣里隐现，“二娘的本相只是一朵花，红尘之中，归途之外……公子，将来，你在路边，在荒野，见到那些零落的花朵，就像见到了二娘。二娘的心意，唯天可表……”

无方还想说什么，眼前一花，春二娘已经不见了。床帏轻轻飘动着，月光透过窗棂，冷冷地洒了满屋，就像根本没有人来过一样。

接下来一整天，无方都有些恍惚。他的眼前总晃动着那个丰盈的影子。黎明时分那一幕到底是不是真的，他也难以判定。他有些担心，世道这样混乱，这样黑暗，这些钟灵毓秀的女子四处流浪，要是他见一个疼一个，会把海瑟置于何地？

春二娘只当什么都没有发生，一直跟海瑟笑闹着，继续肃清前敌，扫荡道路。身边林木葱茏，骏马嗒嗒而过，无方却总在一回眸、一转眼之间，觉察到她投来的一抹幽怨眼色。

无方想着，是不是告诉海瑟。心中坦荡了，他才会好受一些。他居然当着海瑟的面在想念另一个女子，这是绝对不行的。他怀疑春二娘是不是趁他熟睡给他下了药、施了术，否则，他不会这样挂念着她。海瑟警觉性那么高，也不会任凭别的女人蹿到他房中却丝毫不觉。

他又觉得，海瑟看他的表情也有些不对，似乎什么都知道了。他更想找她坦白了，但犹豫半天，也没有找到合适的机会。

他们又走了一天，进入林州地界。

傍晚时分，春二娘向无方告别。

“这里是密林镇，应该有三个族人前来会合，但是一个也没看到，恐怕情况有变，二娘必须去追查。”春二娘有些焦急，“不如你们二位一起去桃源。桃源人天性善良，从来不杀害精灵，到了那边，就不怕什么追兵了。”

“我也这么想，”无方对海瑟说，“英风人想不到我们会去桃源。”

“不用，”海瑟很干脆地说，“眼看就到家了，不要再耽误时间。”

“你再想想……”无方还想分辩。

“你太紧张了。就算有追兵，也不一定能追上来。真要来了，我们也不用怕。”海瑟坚持说。

无方沉吟片刻，没有再坚持。林州并不大，只要三天就可以到达边境。这么多日子都扛过去了，就扛不过最后三天吗？

“公子，二娘有一件事相求。”春二娘看了看海瑟。

“什么事？”

春二娘掏出一块纯白晶莹的玉牌递给无方，“这块玉二娘养了多年，现在送给公子作为信物。公子到了桃源后，请直奔京畿，在五大镖局任意一家出示此牌，都会有人领着公子去花族总坛，共商大计。”

“羊脂白玉，”海瑟说，“你可真是下血本啊。”

“这太贵重了，我不能要。”无方急忙拒绝。他不懂玉石，看到海瑟的神色，知道这肯定是极品。

“公子身负重任，何必拘泥于小节？”春二娘一闪，把腰牌塞到海瑟手上。海瑟急忙要退还给她，她轻轻一闪，海瑟便塞了个空。

“身外之物，要是计较了，反而显得小气。”春二娘吃吃地笑着，有种妙计得逞后的狡黠。

无方叹了口气，对海瑟说，“收下吧。”

他走上前，看着春二娘，“把你的手伸出来。”

春二娘伸出双手，她的手就像两管青葱白玉，异常细嫩。

无方两手握住她的手腕，默运原力。慢慢地，一副古色古香的淡青色护臂出现在春二娘臂上，和她的天蓝宫装战袍十分相配，似乎还在莹莹发光。

“这个，算是我的信物，”无方笑了笑，“我们一定会去桃源找你的。”

“多谢公子，”春二娘喜不自胜地说，“还有一件事，请公子务必成全。”

无方看了看海瑟。

海瑟嘟起嘴，“这么抠门，才给一对护臂。”

无方无奈地摇了摇头。

“请公子炼化二娘的内力，”春二娘说，“四个姐妹都受过公子恩赐，二娘也求公子一次。”

无方有些犹豫。刚才的举措只是一种礼节，原力这种东西却深入血脉。

春二娘已经和他有一丝暧昧，真要这么做，会不会种下情根呢？

“你还等什么？”海瑟反倒催促起他来。

三个时辰后，无方把春二娘的一部分原力吸收、炼化、融合，又灌注回去。春二娘的原力和其他花族不同，呈现出蓝白相间的温暖之色，少了一些凝重，多了一些轻灵。这是一种很好炼化的原力，很快就和本源融为一体。现在只有黑色和紫色原力不肯就范，死死盘踞在他的体内。他并不担心，到了埃尔蒂斯，他会慢慢收拾它们。

两个人收了功，站起身来。

春二娘就像被甘露滋润过一遍，浑身散发着荡人心魄的妩媚。

“二娘那些年怎么就没有遇上白心人呢，”她忧伤地笑起来，“剑圣运气真好，烟烟也是。”

“烟烟是谁？”海瑟问。

“花圣女的小名。”

无方有些明白了，“难道……你以前也是花族圣女？”

“不说这些了，时间紧迫，二娘应该赶路了，”春二娘深深凝视了他一眼，又握着海瑟的手紧了一紧，“二位，后会有期。”

海瑟眼眶湿润了，“将来到埃尔蒂斯，一定要找我。”

“一定。”

春二娘缓缓道了个万福，一扭头，展开身形，就像一片花瓣，袅袅婷婷地消失在暮色中。

两人目送她的身影消失，都有几分怅然。

“她一走，我好寂寞。”海瑟轻轻地说。

“花族就是花族，”无方说，“随风而飞，没有落脚的地方。”

“你真的喜欢她？”海瑟说，“失魂落魄的……你追她去吧。”

“你又来了。”无方笑着说。

“小心一点，花心人，”海瑟把那块羊脂白玉塞给他，“她不是说了吗，这副皮囊并不是她的本相。”

“她的本相是什么？给你讲过没有？”

“没有，估计是些花果类的东西吧。”

无方想了一想，“这个种族真有意思。”

“告诉我，你怎么让风二救我的。”

“我被国师和李多禁制，动都动不了。我求他，他不答应，我就骂他、激他，我当时急死了……”

海瑟凝视着他，“要是为了春二娘，还有那个吸血鬼，你还会这么做吗？”

“春二娘是风二的族人，他不会不管的。”无方说。

海瑟的眉毛又竖起来了，“没想到啊白心人，还会跟我来这一套，是不是？”

无方忍住笑，望了望四周，“这么平坦的地势，大概找不到山洞了，准备露宿吧。”

两个人找了一片干净的草地，收拢了不少枯枝枯草，准备露营。无方用老办法钻木取火。他现在运用原力越来越熟练，三下两下，柴火就呼呼地燃了起来。

那轮巨大的月亮又出现了，就像是画在天穹表面，没有上次那么明亮，但能清晰地看到周边的轮廓。

“这个月亮很特别啊。”无方说。

“你还真有心思。”海瑟轻轻说。

无方看着她。她的眼睛在火光照耀中，漾起一层令人心醉的波光。

海瑟长长地叹了口气。

“你怎么了？”无方问。

“离家越近，心里越烦。”

“你还有家可想……”无方低声说。

“是啊，我的母王，我的妹妹，”海瑟有些出神，“阿丽娜，她是个魔法天才，很可爱，脾气又很大……”

“她会不会欺负我？”

海瑟扑哧一笑，“当然！而且，我会帮她。”

无方痛苦地看着她。

海瑟瞪了他一眼，“别装了，说点别的吧。”

无方点了点头。

“你说，我会醒过来，会想起我们的世界？”

“是的。”无方说。

“那个世界，你回忆得起来吗？”

无方摇了摇头，“记不起来了。但是我有一种感觉，我就像一个人，裂成了很多块，我只是其中最小的一块……”

“你在那边会不会也是白心人？”

“不会。”

“你怎么知道?”

“我不知道我怎么知道的……”无方说,“我可能很差劲,很坏,很凶……我不想那样过一辈子,所以才来到这边……”

“不,你不会,”海瑟笃定地说,“你有时候很笨,但绝不是一个差劲的人。”

无方有些飘飘然,“真的吗?”

“你上次说什么青衣人,还有那个诗人,都是和我们一起的吗?”海瑟问。

“不是,”无方想了想,“他们和我们不是一种人。”

“那是什么人?”

“不知道,”无方思忖着,“我总觉得,他们有很多秘密,却不告诉我们……”

“不要着急,”海瑟说,“总有一天,你会知道所有的答案。”

“你怎么知道?”

“我不知道我怎么知道。”海瑟又学起他的语气来。

无方搂住她的肩膀。

“那边,你还记得些什么?”海瑟说。

无方想了半天,“大海……群山……天空……无尽的天空……对了,还有城市……灰色的城市,灾难来了……说不定,那边比这里还要恐怖。”

“我只到过埃尔蒂斯和英风,连光辉海都没有去过,”海瑟幽幽地说,“银蛮的雪山,大昊的园林,金湾的极光,无尽之洋的雷电,都是天下美景。可是,银蛮大昊这些地方,一个精灵怎么去呢?”

“我会带你去,”无方说,“想去哪里,就去哪里。”

海瑟笑了笑,靠到他的胸膛上。

突然,她直起身子,像是想起了什么。

“怎么了?”

“我刚发现,整整两天,一个人都没杀。”

“这很好啊。”

“以前,我一看到英风人,就恨不得杀光,”海瑟扭头看着无方,“可是现在,我觉得他们也是命运的弃儿,也和我们一样,受尽了苦难。如果他们不来惹我,我还真的不想杀了。”

无方赞许地看着她。

“我温柔一点好,还是凶狠一点好?”海瑟说,“你喜欢哪一种?”

“都喜欢。”无方说。

两人互相依偎着，似乎能听见彼此的心跳。无方只觉得平安喜乐，没有一丝烦恼和畏惧。天空越来越亮，皎洁的月光让整个天地都亮堂起来。再过几天，她就会回到埃尔蒂斯，一切都将趋于圆满。

第二天，他们更接近边境了。

无方突然有种隐隐的不安，就像是有人在窥视他，算计他。这种感觉他很熟悉。

散兵游勇不见了，强盗却多起来，先是一个两个，后来是一群两群。海瑟遵守着承诺，虽然亮出了灭英弓，但该躲就躲，该让就让，终于没有再惹什么事。

在一个安静的岔路口有一个茶摊。几幅看不出颜色的破布搭在一间歪歪扭扭的屋子上，两位弯腰驼背的老人正在卖着茶水和小食。

两人策马而过，海瑟突然勒住缰绳，回过头去。

“什么事?”

“不对，”海瑟眉头紧蹙，“那些布，那是精灵的衣衫。”

无方一怔，“还是赶路吧，不要管了。”

“不行。”海瑟执拗地说，放下弓，跳下马，朝茶摊走去。

无方刚想说什么，眼前突然一花，英雄村那种怪异的感觉又来了。他察觉到一个极为短暂、也极为微妙的停顿。天地似乎闪了几闪，就像有人对他和海瑟施展了凝光一样。他回过神来，看到海瑟正走向那个茶摊，一个老人正在盛茶，另一个笑眯眯地迎上了她。这一幕，他一定经历过，不知道在什么时候，而且，一定不是什么好事。

他拼命去想，但什么也想不起来。他的胸口发闷，又变成一种强烈的悚然。这倒是第一次，以前都是如芒在背，现在变成正面的刺痛了。

他警觉地看着四周。到处都很空旷，岔路上稀稀落落长着几棵小树，不可能藏下什么人。地面也坚硬如铁，很难挖坑埋伏。但越是这样，他越觉得不对。他的头也痛起来，太阳穴猛跳，心跳也在加快，甚至有些恶心，想干呕两下。

突然，海瑟一声低叱，身形飞了回来。

“弓!”她只发出一个声音。

无方从青骢背上抓起灭英，扔给她。

海瑟在空中一个转体，顺手一捞，弓已在手。她怒喝一声，反手就是两箭，金光连闪，噗！噗！两位老人的胸前，血浆喷射而出。

无方认出这是破脉技，海瑟和春二娘较技的时候用过。这种技法很特别，斗气经过压缩，一旦入体，立刻顺着血脉爆炸，中人立毙，绝无例外。

两个老人软软地倒了下去。

“你怎么又杀人了？”无方问。

“该死的……英风鬼……”海瑟急促地呼吸着。

“他们把你怎么了？”无方急忙问。

海瑟垂着头，一步一顿地走过来，奋力跳上青骢。她的动作很僵硬，双肩和双臂都在颤抖，却看不出哪里受了伤。

海瑟双腿一夹，青骢马开始加速。经过无方身边时，她猛地一抄，把他抓起来，横放在枣红马上，又飞起一脚，枣红马嘶鸣着，跟着青骢飞奔起来。

无方想停下，却发现海瑟那一脚颇有讲究，枣红马一路狂奔，根本不给他下马的机会。

奔出一阵，那种不安的感觉愈发强烈。无方连忙翻过身，坐正了。

青骢越来越慢，逐渐停了下来。海瑟神色恍惚，一只手扯着马缰，一只手捂着胸口。不断有鲜血从她指缝里滴下，在她身上洇开了一大片。

“停！停！”无方大喊，“你在出血！”

无方用力拉住马缰绳停了下来。他跳下地，把海瑟抱下青骢，靠在路边一棵树上。

“你伤在哪里？我给你治！”

“不行，没有用的，”海瑟有气无力地看着他，“替我护法，赶紧，我必须找回一些斗气，不然就麻烦了。”

“那两个混蛋！”无方咬紧了牙，“我怎么就没有看出来……”

海瑟闭上眼，开始运转斗气。

无方在一旁焦虑地走来走去。他有一种强烈的内疚。他一心向善，能不伤人就不伤人，敌人却用尽各种卑劣的手法，要把他们置于死地。

他坐到海瑟身侧，双手贴上她的脊背，猛催原力，开始灌注。

海瑟痛哼了一声，急喘起来。她不再像刚才那么摇摇欲坠，胸口的血迹也慢慢干了。

无方继续灌注，但是不敢循环淬炼，怕海瑟虚脱。输了一会儿，他突然感觉海瑟的身体变成了一个无底洞，正在贪婪地抽取他、吞噬他。

他停下手，脑子一阵麻木。这很奇怪，他给海瑟灌注过好几次，也给别人灌注过，却没有遇到过这种情景。

突然，海瑟两只尖耳朵竖了起来。

“他们来了。”她低声说。

“你好点了吗?”

“赶紧走!”海瑟说。

无方一把抱起她，放在青骢上，自己飞身上了枣红，两人两马，电射而出。

路边小摊。

两具尸体的上方，空间隐隐地扭动着、弯曲着，渐渐凝出了一片黑烟，又凝成了一个人形。

英风帝国大国师，安德鲁·博卡古斯特。

在他身边，现出另一个人影，慢慢地，又是第二个、第三个。不多时，二十来个峨冠博带一一现身，整齐地环卫在国师周围。

国师朝四周审视了一番，蹲下来，研究起尸体来。

远处传来一阵闷响，很快，变成了轰轰的巨响。地面开始颤抖，灰尘也扬起来，散出刺鼻的呛人味道。声音越来越大，先是马嘶，然后是嗒嗒的马蹄声，刀枪和盔甲碰撞着，短促的军令喝斥着，夹杂着几声悠长的呼啸，号令着兵马，约束着阵形。

灰尘中，涌出一片黑甲红巾的兵士。一簇簇枪尖上闪动着雪亮的寒光。当先一人，一身亮银，一把大剑，面容冷冽而英挺，正是前敌将军兰焰。

在她的身后，一群面无表情、眉宇间充满了死气的大汉，正簇拥着一脸肃穆的李多缓缓行来。

两个人慢慢分开队形，留出一片空地。一匹覆着厚铠的豪华角马车，在两排更加雄壮的黑甲拱卫中缓缓驶了过来。

马车旁边，几个满脸风尘的村民一路小跑跟了上来，正是英雄村报信的大运、大俊、大海等青壮。

在他们身后，传来一阵激动的鼓噪。一个神情亢奋的老人连连比划着，却是汉轩楼大师傅，浑身上下装扮一新，颇有点绝世高手的架势。

角马车停在众人跟前。门帘掀开，长亭弱水躬身下马，一步一摇地走到两个老人的尸体前。

“又有两位勇士为我英风壮烈捐躯!”李多沉痛地说，“长亭，你我是不是联手上书，求圣上颁下一笔丰厚的抚恤金，昭告天下，慰藉英雄后人?”

长亭弱水眉宇间也是一片悲痛，“你起草吧。”

“郡主，统领，”国师站起身，肃然说道，“妖精的功力已经恢复，甚至有所精进。这一招以气化箭，射穿了胸骨和心脏，体内已经烂作一团，无法修补，只能转化了。”

四下里变得很静。军士们挺立着，大气不敢出，只有亢奋的角马时不时打出个响鼻。

“幸好，先出手的是咱们的人。”国师弯下腰，轻轻掰开两人右手，掉下几颗亮晶晶的沙砾。

“洗灵砂？”兰焰一惊，怒视着李多，“你不是说千生大典用光了吗？居然给普通暗哨配备？这种事你都要欺瞒郡主！”

李多冷哼一声，“前敌将军，话不能这么说。这两个人可不是普通的暗哨，乃是本人手下最精锐的侦察首领！可惜啊，他们动作稍慢，力道失准，多半没有撒到妖精的头上脸上，不过，她也活不了多久了……”

“精灵的伤有多重？”郡主沉静地问。

国师看了一眼李多，又看了看郡主，“洗灵砂乃是上天用来对付精灵的第一良品，只要挨上几粒，就算她功力再深，一天之内也必然发作。一发作，那就等死吧。”

郡主微微颔首，脸上是一片肃杀。

“命令东方军团及其他参与围困的部众，坚守林州、玉州边境，不许任何人通过。一旦有失，小队、分队成建制坑杀！”

“属下听令！”一队健骑嘶吼着，策马而去。

“命令所有黑甲、府兵和枪兵，五十人一队，必须在日落之前搜遍方圆百里每一处角落。”

“属下遵命！”

队形很快就整肃一新，灰尘四起中呼啦啦地追了下去。

血早就止住了，但是，海瑟却在不停地颤抖，抖得越来越厉害。

“这到底是怎么回事？”无方说。

“我们必须……赶快到边境……”海瑟呼吸急促地说，“否则……否则……”

海瑟身子一歪，从青骢上栽了下去。

无方惊呼着跳下去，抱住她。

“我中了剧毒……”海瑟闭上眼，额头上渗出密密麻麻的汗珠。

“怎么会！血是红色的啊！”

“这种剧毒，是专门，专门，针对精灵的，”海瑟气喘地说，“忘川有一种恶念鱼，分泌的毒汁，让人一沾上，就嗜杀如命……苍澜的邪恶术士收集它，提炼了，制成毒物，洗灵砂……精灵只要中上，就浑身瘫软，出血，找不到伤口……很快，毒性攻心，血脉烂做一团……”

“恶念鱼！”无方说，“青衣人用那种毒汁救了我！能救我，也能救你！”

“你不懂……我们是不一样的……”海瑟说，“没有用……”

无方心头也是一颤，“我再试！我就不信！”

“他们，追上来了，”海瑟的嘴角开始溢血，“你找个地方，我把所有，魔力和斗气，都输给你，你躲起来，练得，强一点，然后，去埃尔蒂斯，找我母王……她有精灵一族最强大的，读心术，会知道你，说的是真的，会帮你结束，战争……”

无方连连摇头。

海瑟艰难地笑起来，“我知道，你喜欢我……因为，我很美……可是，埃尔蒂斯，所有的精灵，都很美，桃源、大昊、苍澜……都有无数美女，像那个花妖，那个吸血鬼……你忘了我吧……”

“不。绝不。”无方喃喃地说。

海瑟抬起手，抚摸着无方的脸，“你要知道，即使我不死，到了埃尔蒂斯，他们，也不会，让我们在一起……我以前不告诉你，是怕你伤心……”

“你是我的，”无方直愣愣地说，“谁也抢不走。”

海瑟吸了一下鼻子，仰起头，“你……不要这样……”她想学他当时的语气，“以后……不要……开……这种……”

话还没说完，毒性发作，她向后一倒，晕了过去。

第十九章·急智

海瑟醒来的时候，发现自己躺在一个昏暗的洞窟里。面前燃着一堆火，无方正窝在火边一动也不动，就像是睡着了。

“我还……没有死吗?”她呻吟着说。

“你醒了?”无方慢慢撑起身子。

“马呢?”

“后面有个大洞，我把它们放过去了，”无方说，“你怎么样?”

“啊，没有出血了，”海瑟活动了一下身体，“你给我灌注了?”

无方点点头。

海瑟站起来，又试着一提斗气，手上立刻现出了两道绿芒。

“太好了，你能克制洗灵砂……”她狂喜地说，“我要告诉母王，还有长老院。走，马上走!”

无方一点一点地站了起来。

“快点啊!”海瑟催促着。

无方朝前走了一步，突然身子一僵，直挺挺地栽了下去。

海瑟一惊，急忙上去扶住，却见他额头摔了个口子，正在汩汩地流血。

她抓住无方的手，略微一探，“你的原力呢?”

无方茫然地看着她。

海瑟突然明白过来。

“全都给我了?你疯了吗!”

“听我说……”

“你为什么要这样!你……”海瑟的眼圈红了。

“你一直流血，就快不行了，”无方说一句，喘一句，“一般的灌注，救不了你，我只能……”

海瑟说不出话，只是定定地盯着他。

无方宽慰地笑了笑。

“你是个懦夫，把什么都推给我，让我来担心你……”

“你快跑，冲过边境，你就安全了，”无方说，“我对他们还有用，他们不会杀我的……”

无方说着说着，迷迷糊糊地昏睡了过去。

丘陵间，几千追兵正分成若干个小队，一点一点搜索过来。所有的山石、沟涧、草丛、坑洼，都被搜了个遍，恨不得连地皮都揭起几层。黑甲、死灰、学徒、村民，一个个强打着精神，不敢有丝毫懈怠。

郡主也下了角马车，在兰焰和黑甲的护卫下一起搜寻着。

突然，几个村民欢呼着朝郡主跑来。

“什么事？”兰焰说。

“报告郡主和将军，小人发现了大红二红的踪迹！”

“大红二红？”

“就是那两个贼人从小人村里带走的两匹健马！”大运激动地说，“小人父亲是老村长，早年在埃尔蒂斯边境作战，托皇上之福，杀死了一对精灵恶贼，并用他们的骨殖制成了这一对灵侣之盘！”

大运拿出一个小圆盘，上面刻满了铭文，散发着隐隐的绿光，“此盘一式两块，若两人各执一块，相隔十里之内，绿光便会亮起，越是靠近，光亮越炽！大红是小人父亲接生的，便将子盘殖于其肚囊，母盘传与小人，这样，即便马儿走远，也能找回。父亲故意牵出两匹马送给那两个恶贼……”

“就是为了追踪？”长亭弱水说。

大运点点头，“郡主明察！此刻母盘隐现绿光，便是大红已在十里之内，绝无差错！”

“很好，”长亭弱水微微一笑，“只要抓住他们，你们全村人都将得到重赏，整个帝国都将知道你们的名字。”

“谢郡主！谢将军！小民感激不尽！”大运、大俊、大江同时叩首。

“帝国之威严与天地共存，”李多豪迈地说，“哪怕白心人逃到天边，也会被民心所指，死无葬身之地！”

“各位，胜利在望，更要谨慎，”长亭弱水说，“焰儿，立刻命令铁楚、周吴、劳之予诸位部将，加快搜索；你等村民，紧随本郡，随时掌控对方动向。”

“长亭啊，”李多慢慢地说，“李某对帝国赤胆忠诚，向来都是冲杀在前，享乐在后。但这件事上，你一手把持着所有线索，莫非是想独占军功，让国师也空手而归?"

"放肆,"兰焰说,"本次行动以郡府为主,你们只是辅助,难道你敢违抗上命?"

"老夫的上司,还真不是你这郡主府。"国师阴阴地说。

"大敌当前,你们还如此争名夺利,"兰焰说,"就不怕皇上怪罪?"

"兰大将军,你恐怕忘了,"李多双手往身后一背,"这里已经不是东部,而是西部边境,是大殿下的地盘了。要是他突然出现……"

"普天之下,莫非王土,"兰焰说,"大殿下还没有登基,你就急成这样?"

"这个话,还是你亲自对大殿下说吧。"李多说。

兰焰还要说什么,被郡主拉住。

"大家都有道理,"长亭弱水说,"统领、国师,带路的村民分给你们一半,大家同时搜索。希望各位以帝国大业为重,严防死守,决不让这两个重犯逃进埃尔蒂斯!"

众人又搜了一两个时辰,直到暮色渐起也没有找到无方和海瑟。

长亭弱水命令黑甲根据灵侣之盘确定一个大致的包围圈,其余人暂时歇息,天亮再搜。

国师担心无方和海瑟会趁着夜色逃离。郡主却认为,海瑟已经受了重伤,他们逃无可逃。国师还想坚持,兰焰表示,到处黑灯瞎火,众人已经疲惫不堪,要是还搜不到,天一亮,无方和海瑟就会全速逃窜,众人也没有余力再追了。

国师看了看李多,李多却不吭声,眼皮半闭,也不知道在想什么。

国师只得哼了两声,转身吩咐学徒们开始扎营。

黑甲军训练有素,很快支好了营帐,又把马车围成营垒,把车辕竖起,搭成辕门。顿时,一个森严的营地出现了。

死灰们就笨拙一些。帐篷摆得很乱,火堆也东一个西一个,主帐半天才支起来。国师的学徒们指挥着村民,在一旁扎下几个小帐篷后,就回到主帐,护卫国师。

郡主望了望,拉着兰焰走进了大帐。

"太嚣张了,"兰焰恨恨地说,"这两个人,迟早是祸害。"

郡主默然思忖着。

"就算大皇子来了,也不能明着对付咱们……"

“你这一次很不冷静。”长亭弱水说。

“我？不冷静？”兰焰说。

“局势这么微妙，更要处处小心，”长亭弱水说，“借刀杀人，背后放冷箭……他们什么做不出来？你我能忍就忍，坚决不打头阵。”

“要是抓住了白心人，会废了他吗？”兰焰说。

郡主秀目微蹙，又沉默起来。

“姐姐的情绪很低落，为什么？”

“这个冤家，”郡主幽幽地说，“不知道功力精进到了什么地步……”

“你总是这么爱才，所以我们才这么被动。他要是逼急了，再来一下那个法术怎么办？”

两人无声地对视起来。

“我恨他，”兰焰靠到郡主怀里，“自从他丢下姐姐跟妖精跑路，姐姐就只疼过焰儿一次……”

郡主疲倦地推开她，独自坐下，闭上眼。

兰焰正想抗议，郡主突然神情一肃，睁开眼。

“怎么了，姐姐？”

“有好戏看了……”

距离大军五百步外，一片山丘后面，海瑟静静地埋伏着。

她已经来了大半个时辰。夜风吹拂，寒意袭来，她刚刚恢复，竟然有些瑟缩起来。她哈了口气，揉搓着双手，耐心地等待着。

她的魔力和斗气已经恢复了七八成。这让她非常兴奋。几百年来，洗灵砂一直是精灵的克星，也不知道苍澜那帮邪恶术士是怎么炼出这种逆天奇毒的。要不是两个国家离得太远，精灵们早就打过去了。救世主就是救世主，竟然能克制洗灵砂，这对精灵一族来说实在是太重要了。但是无方动弹不得，敌人又势大，她只能偷袭，让他们乱起来，她才好带上无方趁乱而逃。

一想起无方，她心里就是一阵暖意，接着又是一阵心疼。从来没有任何男子让她这样的魂不守舍。这些天来，她只要一闭眼，就想看到他英挺的面庞，炽热的眼神；一睁眼，就想去到他身边，气他、骂他、跟他打闹，最后依偎在他怀里。可怕的是，她喜欢这种感觉，她知道这很危险，但越是如此，她越是快乐。

他为了救她，竟然给她灌注了全部原力，把自己弄得不死不活，这样做等于把整条命都交到了她手上。她一定要做出点什么，要让他相信，为了他，她也可以付出一切。

在入睡的一瞬，一丝灵智扶摇而上，笼罩了无方的意识。他发现，就算他把所有原力都灌进了无底洞，也还有一些微薄的本源星力，从几个隐秘的角落里慢慢发散出来。他的血肉变成了天穹，那些星力变成了星星，渐渐连成一片一片的星光，呼唤着戒指和玉牌上的红色和蓝色原力。一时间，他觉得体内着了火，鲜亮的红蓝色彩活泛起来，热闹起来，恢复的速度甚至比原力尚存时还快一些。

他想好好修复海瑟的身体。灌注前他看过，她内伤很多，筋脉似断非断，不少地方还堵塞着，有点像当初的伊芙。但为了救她的命，他仓促间将原力全都灌了过去，让她的魔力和斗气都十分充盈，其实却有不少隐患。他得用原力在两人之间来回循环、淬炼，一点一点理顺她的身体。

他放出神念，去探测海瑟的位置。他想做一种新的尝试：隔开一定距离，也能让两个人同时修炼。

但是，他找遍了整个洞窟，也没有发现海瑟。

他心头一动，明白她干什么去了。

他很着急，想睁开眼，气息却是一跳，那股蛰伏不动的紫色原力，突然像一根钢针一般窜出来，刺向他的心脉。他没有想到它会在这种时候出来行凶，脑子立刻空白，伴着一阵撕裂般的剧痛。本来已经融合的鲜绿、深蓝、嫣红，顿时像脱缰的野马，在他体内践踏起来。梦魇般的巨浪从头顶砸下，让他僵立着，动弹不得。各类原力仿佛在大喊大叫，要挣脱经脉，冲出他的体外。他竭尽全力控制着它们，但它们变得暴虐而陌生，完全不像刚才那样乖巧。要在平时还好，他有足够的时间一点点降伏，受点内伤也不怕。但是现在，海瑟在孤身犯险，他却只能在这里垂死挣扎，越是着急，越是沦陷；越是慌乱，越是失控。

这就是传说中的走火入魔吧?

无方绝望地想。

放哨的黑甲和死灰渐渐减少了。不少人打着呵欠进了帐篷。

海瑟借着夜色快速纵跃着，逐渐靠近了大营。

她很快就探查出对方的实力分布。一群群死灰和学徒簇拥着一个巨大的圆帐，应该是李多和国师的住处。一片小帐篷错落地环绕着大帐，几十名黑甲来回逡巡，应该是郡主和兰焰的住处。那个巨大的辕门附近，还有些零星小帐，门口有几个人放哨，显得相当警觉，是英雄村的那些村民。她听无方的放过了他们，他们却是害人来了。

她半跪在地上，闭上眼，开始召唤四周的植物。她的双手发出暗绿的微光，一片片苔藓、地衣和小草聚拢过来，攀上她的身体，滑过她的皮肤，随即，就像有了生命，朝帐篷蔓延而去。一阵轻柔的沙沙声响过，地衣一点点铺展着，溢过了辕门、营垒、帐篷、旗杆……所到之处，地面变得相当滑腻，几乎站不住人了。

海瑟却如履平地，脚尖一点、一纵，已经蹿到距李多圆帐较远的一个帐篷。她掏出那两把短剑，贴近两个放哨的死灰，闪电般地一抹。两人身子一僵，慢慢软倒。她一手箍住一个，轻轻把他们拖到了暗处。

她摸进帐篷，运足斗气，看清了众人的位置。她在一个角落蹲下，默默念叨了一阵，就见帐篷里暗绿连闪，地面突然拱出若干藤蔓，长满触手般的荆棘，分成许多支，轻轻立了起来，覆盖到熟睡的死灰身上。

突然，她一声低叱。那些荆棘猛然勒住死灰们的脖子，宛如吸血一般，越收越紧。帐内响起窒息的闷哼。死灰们腿脚狂蹬，手指乱抓，挣扎了好一阵，慢慢不动了。

这是她的魔法中极为残忍的一种，她没有告诉过无方。

她调匀了呼吸，两手又亮起微弱的绿光。

一阵刷刷声传来。很快，那些地衣和苔藓，齐齐聚拢过来，包裹住尸体，分解着鲜血和骨肉。

她歇了一歇，又朝下一个帐篷摸去。

无方在死亡线上挣扎。

原力越是暴虐猖獗，他就越是担心海瑟。那种可怕的预感又出现了，就像一个声音在对他说，放弃吧，认命吧，就不会再受罪了。他又一次想起了忘川，那种扼杀他一切的窒息感，那种横扫一切的破坏力，在他身体里奔突、践踏。

他咬紧了舌尖，努力内视，看到血管在崩裂，血液在凝固，经脉里充满了冤魂，正向他龇牙咧嘴，做出各种猖狂的怪样。他知道这不是真的，只是一种怪异的幻觉，但却不知道如何才能摆脱。那些东西死死抓住他，劲道也越来越大，正一点点地把他拖向无边的深渊。

他不能失败，他还有使命，还有惊世的天赋。那个人只是唤醒很小一部分，就让他拥有了凝光，让他走出了拯救世界的第一步。他是超越这个世界的存在，哈利路亚们再邪恶，英风恶鬼们再阴毒，也不能控制他、消灭他。

更何况，为了海瑟，他也绝不能死。

无方静下心来，沉入灵智的最深处。他就像在一片朦胧的海底巡游。他看到一个个山丘般的宝藏，正等待着他。他的意识缓缓游过去，打开它们，顿时，各种画面和声音纷沓至来，就像一种全新的灌注，让他摆脱了原力的约束，开始居高临下审视着自己。那些画面，有的他很熟悉，有的却很陌生，似乎要告诉他一些真相。他来不及多想。他必须理顺体内的原力。他发现绿色、红色和蓝色相当协调，紫色却很不合群，到处乱钻，似乎想逃开他的逼视。他就像一个观看蚂蚁打架的小孩，把它们轻轻拎起，丢到激烈的战场上。它们左奔右突，但还是被围攻、被融合、被吞噬了。他看着它们从深紫渐渐变为淡紫、又分解成隐约的红色和蓝色，最终，融化成了乳白的本源星力。

他借着这个势头，开始整治那股黑色原力。它依然深藏着，不肯屈服，红绿蓝都拿它没有办法。他便用剩下的一点紫色原力去试探。顿时，他的周身震荡起来，却不是两股原力在战斗，而是它们迅速沸腾，燃烧成一团团高热的透明体，又凝炼成乳白色的星力。看来，这两种原力的渊源很深，有一套独特的融合方式，和其他原力大不相同。

下次要对上国师或者亡灵一族，就没什么好担心的了。他想。

终于，白、绿、红、蓝、紫、黑，六种原力，全都融成了本源星力，就像奔流的大河，在他周身澎湃着、鼓荡着。他又有了突破到第二层的感觉。但他并不着急，他决定先稳一下，把它们扎实地安置在这个身体里，再进行下一步。

海瑟料理了七八个帐篷，杀了好几十人，才接近李多和国师的大帐。

大帐前有个火堆，几个死灰摸出几瓶小酒，哼着怪异的小调，对饮起来。

突然，一个死灰眼睛直了：火焰越来越亮，渐渐向四周伸出枝丫，变成一株鲜活玲珑的火树。不多时，上面竟结出了一串串金红透明的元宝，开出几朵极为美丽的水晶之花。

几个喝得晕乎乎的死灰都凑了过去。有人伸出手摸了一下，又飞快缩回，发现并不烫，急忙告知众人，又要去摸。

大火燃烧着，慢慢地，树上的珠宝越来越多，挂在烈火中，光华流转，十分诱人。

死灰们互相看了看，突然嚷嚷起来，争着去摘。

一瞬间，火树光亮大作，从珠宝中射出了无数的光箭。但听嗖嗖不绝，死灰们还没来得及惨叫，就被射成了筛子，倒了一地。

一阵淅沥沥的声音响起。四面的苔藓和地衣都围拢过来，包裹住他们。地面仿佛变得很厚，不住地起伏、蠕动，发出隐隐的压碎声、撕裂声和吞噬声。好一阵，植物再度散开，尸体已经被分解一空，只留下些头发和指甲，以及一些扭曲得辨认不清的金属饰物。

人影一闪，海瑟出现在屋角，不停地喘息着。这个魔法消耗了她近一半的魔力。她有些后悔，应该直接抹脖子，那样能省很多力气。这是她与春二娘交流中学会的新魔法，春二娘施展起来相当轻松，她现在明白了，那是人家的独门秘技，想学好，是要付出代价的。

其他帐篷里有人听到动静，走了出来。

海瑟再运魔力，让火堆越烧越旺，自己闪到主帐边，看看四下无人，于是闭上双眼，全力发功。

刹那间，火焰变成一个足有三五丈高的大火人，又变成一株参天火树，长出了无数尖刺枝丫，朝大帐席卷而去。呼啦一声，大帐被点着了。帐中的人狂叫乱跳，却被海瑟拉开灭英弓，一箭一个，射个透心凉。李多和国师刚要展开身形扑出来，却被她施展连珠箭技，每个人至少中了五六记，踉跄着、抽搐着，倒在了烈火里。

她兴奋地大叫起来。

烈火很快又变成了一个大火人，握住一棵火树，狂扫着其他帐篷。一时间鬼哭狼嚎，惨叫连连，一片大乱，死灰和黑甲都围了过来，有人胡乱朝火人火树进攻，更多人在喊救火救命，谁也没有注意到海瑟。

海瑟出了口长气，瘫坐在地上。这是个高级烈火术，消耗了她所有的魔力。幸好干掉了李多和国师，无方一定会喜欢的。至于郡主和兰焰，只能再想办法了。她虽然魔力用尽，但还有斗气可用，一把灭英足以抵挡千军万马。原力就是这么神妙，无方灌注给她，她就能一分为二，各尽其能。现在，敌人已经大乱，她的目的达到了，该撤了。

海瑟掩身掠进背后的黑暗。

突然，她感觉不对，硬生生刹住，却没有挡住迎面而来的凌厉风声。

一声闷响，她惨叫着飞了出去，跌在地上。

火光乍现中，李多满脸阴笑，站在一大排死灰身前，正收起一双变成透明的青色手掌。

海瑟想开口说话，忽然胸腔一窒，宛如一道巨力卷起五脏，狂乱地抛洒着。她历经无数恶战，却从来没有亲历过如此狠毒的杀意。唯一能相比的是无方的那种暴戾，但他们心心相印，并没有波及她。而现在，她只感觉神智恍惚，在一片汪洋血海中浮沉，灵魂渐渐被磨蚀，身体渐渐被割裂。

她喉头一甜，一口热血喷了出来。

一些人影向她扑来。她反应很快，扭身，呼地拉开灭英弓，几道金光射出。

一片狼嚎般的惨叫，大汉们倒下了好几个。李多急退，腿上还是挨了一箭，狼狈地打了个滚，被死灰们搀扶起来。

“哼哼，叫你尝尝李某的千杀飓风掌……”李多的眼神宛如豺狼，在火光中闪动着，“也只有我浩瀚英风，壮阔神州，才有如此强大的掌法……”

海瑟右肩又是一痛，急闪，却见血光冒起，飞入黑暗。

她哼了一声，再想张弓，却发现两手两脚都不听使唤了。

一丝黑烟扭曲着，飘舞着，在李多身边慢慢凝成了大国师。

“妖精！你的生命竟然得到了修补……”国师桀桀地笑了起来，干瘪的眼袋上下抖动着，“白心人呢？为什么让你一个人来送死？”

更多的死灰扑了过来。幸好她已经快速凝出一点魔力，布好了简单的地衣术。死灰们不断地滑倒、惨叫，很多人都遭到了误伤。但她也发现，随着她伤势加重，对植物的控制能力也在下降。她只能眼睁睁看着一片片地衣被大火点燃，腾腾燃烧着，很快就化成了飞灰。

“一群禽兽！竟然没有烧死你们……”

海瑟咬紧牙关，痛恨自己忘掉了国师的化雾术。这种招法能笼罩两个人，他们早就潜伏一旁，等她送上门来。她只杀掉了两个替死鬼，还把自己置于如此险地。更可怕的是，这两人的功力，似乎比从前强大了不少，而她，已经受了不轻的伤。

背后传来几声马嘶。

海瑟回身一看，一颗心顿时沉到了谷底。

一身荷色宫装的郡主和一身亮银盔甲的兰焰，领着一大群黑甲，目光森冷地盯住了她。

无方在荒漠上飞奔。

原力一恢复，他就狂奔出山洞，四处寻找海瑟。

他走遍了附近，都没找到。他想大喊，又怕惊动敌人。他茫然四顾，深夜的原野一片寂静，地平线上闪动着蓝白相间的夜光，让他不知道该扑向哪一头。他回想起英雄村外，也是这般仓皇的寻觅，也是毫无结果，几欲疯狂。但那个时候海瑟只是躲在一旁，而现在，他预感到她已经面临险境。

他总算静了下来，坐到地上，深吸了一口长气，向各个方向放出神念。

很快，他的脑子里出现了各种画面，就像一张广阔的地图。飞虫，地鼠，露水，花瓣，小草在生长，枝丫在拔节……

终于，他看到左前方一片炫目的亮光，也感觉到了海瑟，她体内的精灵原力依然翠绿一片，却没有那么明亮了。他还看到了几个亮紫色的身影，以及一大群颜色模糊的影子。

“妖女，你现在明白了？”李多倨傲地说，“你们就是一群下贱的生灵，永生永世都要匍匐在我英风子民的脚下！”

海瑟脸色煞白，银牙紧咬，嘴边的血迹十分醒目。她身形有些踉跄，却还坚持着，张开灭英弓，上面搭着一支隐放绿光的斗气箭。

“谁先上，就先死。”她的语调冰冷，却异常坚定。

四大高手带着部属一点一点地合围着。海瑟满头是汗，灭英弓一会瞄向这个，一会瞄向那个。她已经射不出群发和环绕，否则不会这么被动。但她也很庆幸，敌人也在闹内讧，又想抢头功，又不愿送死，否则一声令下，挤也把她挤死了。

“生命在于修补，精灵更是残缺丑陋，需要彻底转化、灭绝！至于你……”国师铿铿地说，“老夫上次被你恣意戏耍，这一次，一定要搞得你浪劲大发，欲仙欲死……”

“龌龊。”兰焰忍不住嘀咕。

“兰丫头，这个妖女杀了几千个英风人，”国师说，“无论怎样糟践她，都是天经地义！难道，你看上了她，想放她一马？”

“你再说一次？”兰焰眉毛立起来了。

“国师，你最好留点口德。”郡主慢慢说道。

“自己人嘛，就不要内斗了，”李多的大圆脸扬起来，现出那种亲切的微笑，“李某先享用她，然后是国师；国师完事，还有死灰和学徒，就不信制不服她！哦，差点忘了，你们两人，也可以狎玩，只是必须由李某监督，免得心肠一软，坏了大事——”

“男人都是这么下流吗？”兰焰不屑地说。

“兰大将军，你一向豪迈奔放，李某很是佩服，”李多笑嘻嘻地说，“尤其是你喜爱女色，不顾众人言，敢为天下先——”

郡主面色一沉，正要开口，身后突然传来一阵惨叫。

几个人急忙望了过去。

狂风四起，尖啸不断。几十个黑甲和死灰就像被一只看不见的大手抓起，朝四人呼呼地砸来。

四人赶紧闪开，同时急令部下冲上去拦阻。

风声很快来到众人跟前。李多、国师和郡主的护罩升了起来，兰焰双手舞出一个巨大的环形护住自己。海瑟没来得及躲闪，被一个狂喊着飞来的大汉蹭着了肩头，痛得浑身哆嗦，几乎站不住了。

一个人影飞掠到海瑟身边，一把抄起了她。

海瑟挣扎了两下，定睛一看，顿时软倒在对方怀中。

一群群黑甲和死灰围过来，正要冲杀而上，却被李多和郡主制止了。

在众人前方，无方一手搂着海瑟，一手握着灭英，冷冷地盯着他们。

郡主拉着兰焰，悄悄后退了一步。

“不要出手。”郡主用极低的声音说。

“怎么?”兰焰不解。

“刚才探了他一下，差点反噬回来。”

“怎么可能?!”

“他居然，有那种威压……”

“什么?”

郡主盯着兰焰，一字一顿地，“皇威。”

兰焰一愣，打了个冷战，“那……怎么回事?”

“各位，好久不见。”无方开口说道。

众人都是一惊，刷地一下拉开了架势。

郡主犹豫片刻，袅袅地走上前去。

“无方公子，也就几天工夫，就变得如此大气潇洒。看来是际遇非凡，收获不小啊。”

“确实不小，”无方森冷地说，“这一路上，人人都在帮我提高功力。”

“放肆，”李多眼中寒光连闪，“谁敢襄助朝廷重犯?”

“白心人，妖精就是你修补的吧?”国师阴柔地帮腔，“但是，谁敢修补你?不怕诛九族吗?”

“公子是在说笑吧，”郡主妩媚地说，“清平世界，朗朗乾坤，我英风国民岂能如此——”

“帮我的，是你们自己人。”无方说。

几个人一惊，你看我，我看你，开始猜忌起来。

郡主最先反应过来，“大敌当前，各位，不要受他蛊惑。”

“到底是谁帮你?”兰焰沉声道。

“一个叫宋吃，一个叫小蛮蛮，还有汉轩楼的二师傅、三师傅，对了，大师傅没来投奔你们?”

众人都倒吸了一口冷气。

“你……你把他们……”郡主小心地说。

无方哼了一声，“我身上，全是他们的内力。”

郡主的脸色一下子惨白。

“别跟他废话！”李多嚷嚷着，“一起上！宰了再说。”

“小心，我看这小子古怪……”

“仗着一点微末手段，有什么好怕的？”李多冷笑起来，“我煌煌帝国，无上威严，还压不住这么一个小丑？”

无方懒得再看他们，低下头，替海瑟擦去嘴角的血迹。

“你太冒险了。”海瑟轻轻说。

无方爱怜地摇了摇头。

“我……只是想……”

“我知道，”无方把她抱得更紧了，“我都知道。”

四个人一步一步围了上来。

“老夫先来顶他两下，统领直接下杀手，你们二人，”国师怀疑地看了看郡主和兰焰，“把精灵的手脚扯下，让他分心，再齐齐攻之——金队齐上，木队掠阵，全都给我冲！”

几个峨冠博带从黑暗中猛然窜出，到了无方身边。一时间，骷髅齐放，阴风惨惨，威势相当惊人。

无方嘴角边漾起了一丝嘲笑。

噗！一个家伙的脑袋突然爆炸了，只剩下身子和四肢，又往前跑了几步才轰然倒下。

紧接着，另一个家伙的下身也发生了同样的爆炸。黑暗中，他身子一矮，凄厉地大叫了半声，突然哑了。

其他几个人，一个被炸掉了两只手，一个半截腰炸没了，另外两人哇哇大叫着，朝黑暗中飞遁，霎时就不见了。

跟他们一起出现的骷髅，发出一阵鬼啸，一个个炸成了灰尘。

“不要让他们来送死，”无方说，“你们自己上吧。”

众人迟疑了一下，还是咬紧牙关，逼迫上来。

“小兔崽子……”国师狰狞地说着，望向四周，却见峨冠博带们全都没有了踪影。

“死到临头还装模作样！”李多厉声说，“我等真要联手，只怕你撑不过一招半式……"

"你们不觉得，我的进境太快了?"无方说。

众人的脚步慢了下来。

"还记得……那个法术吗?"

众人顿时呆住，挪不动半步了。

"那就是个妖法！趁着我等疲惫恍惚才蒙骗成功!"李多咆哮起来。

"那一招叫凝光，"无方瞟了他一眼，"我一施展，你们就动不了。只要我不解除，你们就要任我宰割。"

李多的表情阴狠，身子却颤抖起来。

"我不杀你们……你们都是我的人。"无方脑子一晕，不明白为什么说出了这样的话。

"一派胡言!"李多凛然说道。

"我还没有完全醒过来，但是我知道，我们不是敌人，"无方费劲地说，"整个大陆，都不该是敌人……"

他突然看到郡主在念叨着什么，四周也有些白雾在隐隐涌动着。

"长亭弱水，"他沉声说，"你再捣鬼，我就对你不客气。"

"放肆！再敢猖狂，把你剁成肉泥!"兰焰厉声叫道。

"各位，事到如今，只能拼了。"郡主低声说。

"怎么拼?"国师说。

"全出绝招，不留余力，"郡主用从未有过的狠厉口气说，"就不信他已晋升神级……"

李多凝重地点了点头，转过身，给国师递了个眼色。

四大高手突然一声暴喊，身形一起，朝无方飞扑而去。郡主那把极少使用的凤翅剑划出了几个紫色的大字，每一个都像是夺命的符咒。兰焰的银光大剑舞成了几十团剑花，劲道更加凌厉。国师放出了三五十个骷髅，拦住了上下左右各方位。李多一手铁青，一手亮紫，向前慢慢推出，竟然同时发出了两大绝招。

一阵刺耳的爆响传来。众人的杀招竟然倒飞回来，差点伤了他们自己。四人好不容易躲了过去，又是一阵啸响，一道道尖利的风声袭来。他们一惊，全都趴在地上。郡主的发簪被射飞了，满头秀发披了一脸。兰焰的大剑被射得"当"的一声，差点脱手飞出。李多趴得最快，背部衣衫被割破了，没有受伤。国师动作稍慢，几个骷髅倒飞回来，到他跟前突然爆炸，等烟雾散尽，他才勉强站起身，露出那一身杂碎，好几个地方都炸漏了，花花肠子往下直掉，被他不断捡起，塞回去。

在他们眼前，半空中，隐隐现出几十个亮绿的圆球，如鹅卵，如梨果，晶莹剔透，骨碌碌地转动着。

众人还没有想通，为什么护罩抵挡不住这些圆球，却见其中最小的一个飞出去，砸中了一个趴在地上的死灰。

轰！一声闷响。那个死灰狂叫着满地乱滚。他的两条大腿竟然被炸成了好几截，散乱地飞到几丈外。

四个人脸色惨白，再也说不出话来。

“杀了他们，快！”海瑟气喘吁吁地说。

无方神色凝重，握住她的手掌，却紧了一紧。

海瑟还想催促，突然觉得不对。无方的腿哆嗦着，手臂也在微微发抖，汗水从额头和耳后流出，顺着脖子往下直淌。

“要能杀，我早杀了。”无方低声说着，身子一挺，膝盖却软了一下，差点没有站稳。

幸好，对面的人还都在惊惧之中，谁也没有看见。

四大高手浑身僵直，不敢乱动半分。远处的黑甲也都呆立着，宛如泥雕木刻。只有那些角马不耐烦地打着响鼻，那些亮绿光球还在缓缓转动，以一种肉眼难见的速度，渐渐地变小、变淡。

无方挽着海瑟，慢慢朝后退去。

国师哼了一声，跨前了一步。

无方立刻盯住了他。几个绿球也飞了过去。国师急忙飘身而退，右手却微微一动，一些东西撒了出去。

无方连续退后几大步，带着海瑟，消失在黑暗中。

第二十章·箭雨

天刚蒙蒙亮，三十几骑铁马金戈，驰骋而来。

马上的骑士全都身着轻装战袍，刀枪齐挺，寒光狰狞。当头的两人面目阴鸷，一人胸前绣着三团紫火，另一人则绣着两团。两人一胖一瘦，瘦的那个，跟国师有几分神似，胖的那个，活脱脱一个年轻了十来岁的李多。

众人拐过一个山坳，突然发现草木间有人影闪动。

“二殿首，有动静！”

两旁的侧卫喊道。

胖子举起左拳。三十几匹健马发出一阵嘶鸣，整齐地停了下来。

“呼号，盘道。”

“前面是什么人？”

“官爷！草民乃英雄村村民，正奉长亭郡主之命，前来寻找逃犯——”

胖子一怔，看了看瘦子。两人交换了一个阴狠的眼色。

“有什么发现？”

“报告官爷！已经寻到他们的马匹，就在后面山洞……”

草丛里一阵窸窣声，不一会儿，几个憨直的村民站了出来，正是大运、大俊、大海等人。

“老实招来！究竟是村民，还是逃犯的帮凶？”

“官爷明鉴！草民乃燕云州芦荡郡英雄村人氏，因那二人经过本村，带走了两匹骏马，草民便追踪而至——”

“如何证明？”

大运急忙掏出灵侣之盘，递了上去，“官爷，这是草民父亲当年奋战埃尔蒂斯得到的宝物！共有子母两块，这边是母盘，子盘缝于马匹肚囊之中，相隔不远，便能感知。”

“哦？”胖子伸手接过，露出了一个亲切的微笑，“难得你有这份孝心，本殿暂且收下……副殿首，还等什么？”

瘦子也笑了，却是说不出的难看，“众军，听令。”

刷地一声，三十几铁骑举起一把把漆黑的弓弩，瞄准了村民。

大运愣了片刻，反应过来，“官爷！你们干什么！官爷饶命啊——”

瘦子右手向下一挥。

一片急促的嗖嗖声响起。村民们的哀号立刻变成了惨嘶。这是十殿精锐才能配备的神机弩，每次可以连射十支，专门用来穿透精甲厚铠。这些山野村夫如何能够抵挡？

很快，村民们就被射得像刺猬一般，横七竖八躺了一地。

“二位殿首，敌军已全部身亡……不对！这人还有一口气——”

村民们都是双目圆睁，断了气息，只有大运还活着，四肢不停地抽搐着，嘴里还咕噜噜地翻着血沫，“官……爷……冤枉啊……”

“挡了老子的路，就得全部杀光，”胖子脸色一寒，“十殿之名，岂容你几个下贱货色玷污？赵取！”

一位英挺剽悍的小将冲过来，挥起大剑就要枭首。大运狂吼一声，昏了过去。

突然，一阵嗒嗒声传来。

铁骑几声唿哨，很快就布好了阵形，举起了连弩。

几十匹精壮战骑驰来，当先一人亮银大剑，正是前敌将军兰焰。

“什么人！”兰焰怒喝道。

“你又是什么人？见了殿首，还不下马跪拜！”

“混蛋！”兰焰大骂，“连姑奶奶都不认识——”

十殿中有人大喊起来，“不要打了，都是自己人——”

兰焰定睛一看，竟然是汉轩楼大师傅。黑甲军在天南附近遇到他，让他跟队，却没想到，他去迎了这一队杀神过来。

“怎么回事？”兰焰沉声道。

“奉统领之命，小人前去边境，请来了大殿下的十殿精兵，与你们汇合！”大师傅说。

“既然是友军，为什么要杀害探路的村民？”兰焰厉声问。

“原来是名震帝国的兰焰将军，”小将说，“果然气势不凡，英姿飒爽……”

兰焰不答理他，转过身来，“铁楚，立刻救人！”

胖子和瘦子阴阴地盯着她，不说话，也不阻止。

大运终于醒了过来，“兰……将军，你可来了……”

“本将军会替你讨回公道，”兰焰怒视着十殿们，“白心人呢？有下落吗？”

“灵侣之盘已交给官爷，”大运说着，被血沫呛住，猛咳了几下，“将这母盘对准方向，直接寻去，定能找到大红、二红……草，草民，没死在恶贼手上，倒死在，官爷……”

大运脑袋一偏，断气了。

兰焰怒视着十殿们。

“何必呢，兰大将军？”瘦子说，“几个升斗小民，至于吗？”

兰焰冷哼了一声，“抓住逃犯，再跟你们算账。”

众人顺着母盘指示的方向，慢慢找去，很快发现了一个大洞，以及里面的大红二红。

瘦子飞身下马，冲到跟前，突然十指绷紧，噗的一声抓进了枣红马的腹部。

马儿仰头惨嘶着，侧身倒下。

瘦子在里面摸索一阵，摸出了子盘。

“哈哈，你我二人，一人一个……”胖子一边笑着，一边盯着兰焰。

兰焰面无表情，并不在意这对宝物。

几个黑甲快步过来。

“将军，那边还有个山洞！”

“难道，那就是白心人的所在？”二殿首说。

十殿人众立刻就要冲过去，兰焰却冷冷一笑，“诸位，想去找死吗？”

胖子和瘦子都诧异地看着她。

“白心人杀了六十七名黑甲和死灰，又以一人之力对抗郡主、统领、国师和本人的联手，丝毫不落下风，”兰焰说，“各位，掂量掂量吧。”

“我十殿怕过谁来？”鲜衣小将大喝，“你一个女流之辈，太过胆小——”

铿！

一声大响，他的雪光之剑打着转，呼地飞上了天。

兰焰把大剑扛回肩头，顺手一抄，接住从天而降的雪光剑。

“拿稳点，”兰焰冷笑着扔了过去，“这点本事，就别去丢人了。”

小将刚想发作，胖子突然“啪、啪、啪”拍了几下掌。

“早就听说兰大将军勇猛无敌，今天一见，真是开了眼……”他亲切地笑着，“本人李卫，乃是皇上座前二殿的殿首，也是李多李大统领的表亲。就请大将军带路，前去会见你家郡主吧。”

瘦子也打了个哈哈，“赵取，留下十人看住这个山洞，其余的，一起去会会天下无敌的黑甲神兵!”

兰焰的脸色慢慢沉了下来。

几十步外的洞中，无方几乎陷入了绝望。

他们回来的时候，天还没有亮。他半抱半拽，把海瑟拖进洞里，发现两手都是血，又黏又滑，几乎抱不住她。他找了半天，还是没找到她的伤处。

海瑟摇了摇头，“他们放了两个替身让我杀，我中了李多的飓风掌，国师用黑招伤了我两臂，刚才，又撒了一把洗灵砂……

无方一惊，马上想起国师那个小动作，他看见了，但是没反应过来。

“白心人，”海瑟闭上眼，“我不行了。”

“不可能，”无方打断她，“我一定能救你。”

海瑟勉强笑了笑，脸色越来越惨白，“不，我感觉得到。”

“我已经炼化了紫色和黑色原力，马上灌注给你。”

“你不知道有多严重，”海瑟微微喘息着，“任何一个精灵，挨过两次洗灵砂，都没救了。”

“你说过，我是救世主，”无方说，“相信我，好不好?”

无方抱住海瑟，开始灌注原力。海瑟挣扎了两下，就被他制住了。她身上的血腥味夹杂着她的体香，让他感觉到强烈的疼惜。

他沉下心神，想象着原力化成无数细流，流进海瑟体内。他发现那些桀骜不驯的紫力被炼化后，比其他原力更加活泛灵动。这一次，它们就充当了急先锋，带着大队人马漫卷过去。

山洞里交织着各种彩光，流淌着，汇聚到一起。

灌注的速度加快了。无方想让原力循环起来，却怎么也做不到。海瑟只进不出，而且很贪婪，很急迫，什么都不放过。那种被抽空的感觉又来了，跟上次一样，大概是洗灵砂特有的吞噬作用。但是他不再慌乱，他知道，即使抽空了，过一晚上也能恢复。四大高手已经被他吓住，短时间内应该不敢主动出击。

过了一阵，他觉得不对了。上次虽然也很累，但他能看到海瑟的脸慢慢有了血色，呼吸也一点点平稳。这次却不同，他都要被吸干了，海瑟的脸还是煞白，那么萎靡，呼吸也时有时无，就像随时会停止一样。

他又发现一个严重问题。他从各种人身上吸取了巨量原力，本应让他的功力飞跃。但是没有。那些能量很不经用，几发原力箭、几个原力雷就能消耗掉很多，两次灌注，又一抽而空。对这个身体来说，他似乎只是一个过客，并没有真正地拥有它。

他必须找到正确的方法，把原力炼化成真正属于他的东西。

他想停下来，海瑟体内却发出巨大的吸力，把他所有的原力又一次抽得干干净净。

他的意识一片散乱，很快又陷入了昏厥。

天边刚透出一丝亮色，两人栖身的山洞附近就有了人影。

先是几个死灰，很小心地晃悠了半天，看看没动静，就发出特殊的呼啸。一群拖着角马和帐篷的黑甲掩身而来，聚集在百步之外。十几个峨冠博带也来了，发出功力不一的禁声术，掩护着众人打桩、插地、立柱、拼接……很快，一个圆形的鹿砦拒马圈布置完成了，各种力量也安排妥当，堵死了每一条可能的逃亡路线。

又过了一阵，一队队装束不一的步军、骑兵、弓弩手、道法术士，从西部边境的大营增援而来，还携带着大量的物资和大批苦力。

他们先是扎下营寨，随后集合到第一层拒马圈后面，开始布置第二层。士兵们挥舞皮鞭，吆喝着苦力，营建起更高的鹿砦和工事，又用桶盾筑起围墙。巨大的树木被放倒，再竖起，连成一面面坚固的树墙，后面是无数雪亮的枪尖，再后面，是一层层弹药充足的弓手。四个箭塔立了起来，术士们盘坐冥想着补充法力，准备奋力一战。

天光大亮的时候，山洞周围几百步已经人喊马嘶、水泄不通了。

大帐里，众人商议正酣。

郡主坐在上位，两位殿首、国师、李多、兰焰分坐了两侧。

郡主不停地发出指令，让封锁边境的部队前来汇合，要调集更多人手，布下更多层的包围圈。

“他们就是插上翅膀也别想跑掉，”二殿首李卫傲然一笑，“各位，一个神棍、一个妖精，就让你们怕成这样？”

众人脸色都有些不豫。

“当然了，”兰焰冷冷地说，“哪里比得上你们，杀起平民百姓可真是箭无虚发呀。”

“兰大将军太认真了吧？”李多阴阴地盯着兰焰，“为了帝国利益，牺牲几个小民算得了什么？”

“他们杀我村民，犯我辖令，差点坏了大事。”

“将军太霸道了，”那位枯瘦的副殿首开了口，“大殿下亲口下令，说此次行动将由我十殿统一协调……”

“大殿下日理万机，长亭佩服之至，”郡主微微一笑，“不过，皇上早就下旨，白心人的事由长亭全权负责，这么快大家就都忘了？”

“长亭郡主，你我两家，可是和睦相处好几百年啦。”李卫淡淡地说。

“真要如此，李大统领为何要勾结外敌，半路截击，差点杀了长亭？”郡主看了看李卫，又看了看李多，“这一次，长亭一定要把白心人押解到朝歌，面见皇上，陈清事实。大国师，你说呢？”

国师一直不说话，一听就愣住了，“这个……安德鲁愚钝，对那天的事记不大清楚……”

李卫和李多交换了一个眼色，又看向副殿首。

“公金大人，你也说两句？”

“属下但听殿首吩咐，万死不辞！”公金冷哼着说。

李家兄弟、十殿、死灰、学徒，个个的脸色都变了，场中气氛也紧张起来，似乎一触即发。

“要不，这样吧，”郡主突然笑了起来，“大统领，大殿首，你们亲自动手，抓住那该死的白心人，首功就记在你们头上，如何啊？”

“明知道白心人凶残亡命，还要李某去送死？”李多怒声说。

“这也不难，”李卫手下那位鲜衣小将站了出来，“各位大人明鉴，小将赵取，愿只身前去，将这二人擒获归案！”

“滚回去！”公金怒斥道，“下去自领十鞭！”

“属下遵命！谢殿首恩赐！”赵取倒也光棍，立刻退了下去。

“看来，只有长亭亲自去一趟了，”郡主悠悠地说，“长亭和他们并没有血海深仇，还救过精灵一命，说不定，去劝上一阵，他们就会乖乖降服……”

“你想溜？”李多阴恻恻地说。

“郡主不能走，”李卫说，“这一走，三支队伍，群龙无首……”

“那也好，”长亭弱水说，“焰儿，你走一趟？”

兰焰愣了一下，“姐姐，这一屋子人都没安好心，你……”

“叫你去，你就去，”郡主脸色一肃，“都是帝国栋梁，怎能自伤其类？好好劝说，要是有变故，立刻发出信号。”

“得令！”兰焰紧了紧盔甲，飞身出帐。

一阵急促的马蹄声渐渐远去了。

帐中众人都沉默着。

李多向国师使了个眼色。国师怔了一下，闭上眼，养起神来。

李多望向李卫和公金，打了个哈哈，“长亭，这可是你自己——”

帐篷周围突然传来密集的马蹄声。

几个十殿冲进来，“二殿首！副殿首！他们要造反！”

众人大惊，掀起帐帘。门外人头攒动，灰尘四起，死灰和十殿已经被一大群黑甲牢牢围住了。

“长亭郡主，这是什么意思？”李卫狩笑着，“不怕我三人将你擒为人质？”

“快拿住她！她会瞬移术——”国师突然大喊起来。

“用得着吗？”郡主轻笑着说。

话音刚落，众人眼前一暗，郡主就像花瓣一样飘起来，在空中转了几圈，落在层层黑甲之中。

“二位殿首，大统领，大国师，”长亭弱水展颜一笑，“你们闯入长亭中军大帐，意图行刺皇亲国戚，该当何罪呢？本郡真是为难啊——”

山洞中。

无方又醒了过来。

多次的淬炼起到了效果，在他昏迷时原力自动修复着身体，他的手脚勉强能动弹了。它们虽然很不可靠，但每次都留下了一点火种，这让他深感庆幸。

“海瑟？”他喊起来，“海瑟！”

一双手抓住了他的肩膀，“我在呢，你好些了吗？”

无方长长地出了口气。

“你又担心我了？”海瑟盯着他。

无方扭头看了看，地上是灭英弓，还有两把他见过的短剑，黑柄黑身，溢满了杀气。这就是他们仅有的武器了。

“你要干什么？”

“杀出去。”

“不行。”

“他们又来了好几千人，”海瑟凝重地说，“已经合围了。我必须把他们引开你才能跑掉。”

“我要怎么说你才能明白？”无方声音大起来，“你赶紧跑，没有人拦得住你。他们不可能杀我！”

“我不能把你丢在这里。”

“你想怎么样？”无方说，“等我走远，然后自杀？你又要找个人来——”

海瑟定定地看着他，“我决不会让别的男人碰到我的身体。”

“再说一遍，”无方不耐烦地说，“我留下，你走。”

“你去看一看就明白了。”海瑟说。

两人刚把头探出洞口，就见一个飒爽的身影立在面前。

兰焰。

两人大惊，立刻出手。海瑟左手短剑右手灭英，呼地抽了过去。无方则勉强运起力道，射出了几发软绵绵的原力箭。

几声清脆的笑声，人影飞掠，兰焰挪了个位置，没有受到半点伤害。无方和海瑟却大口喘息着，互相搀扶着，站都站不稳了。

兰焰逼迫过来，一步，又是一步，一直把他们逼到洞里。

“你想干什么？”无方搂紧海瑟，厉声问。

“竟然虚弱成这样，”兰焰玩味地笑着，“郡主被骗得好惨，还有你，水灵灵的剑圣妹子，居然也活过来了。”

“呸！”海瑟冷哼道，“不男不女的东西——”

扑哧！兰焰笑了。

“你再敢挑逗，我真的宰了你。”无方说。

“白心人，我要杀你，那是举手之劳。只是——”

无方紧张地盯着她，连眼睛都不敢眨一眨。

“我要和你谈一笔生意。”

“什么？”无方吃惊地问。

海瑟的灭英弓又劈了过去，被兰焰一把抓住。

“妹子，少安毋躁。”兰焰淡淡地说，眼睛却盯住无方。

“谁是你妹子？”海瑟怒叱，“我两百岁了，你才几岁？”

“行了，谈正事吧。”兰焰四下里看了看，神色一肃。

“什么正事？”无方拉住海瑟。

“我是大昊人，本姓高，”兰焰郑重地说，“已经在英风潜伏了二十年。”

无方和海瑟都是一震。

如此英姿飒爽、美艳刚强的前敌大将军，怎么也和耗子扯不上关系。

“大昊一族有一种转移记忆的秘术，把三十岁的兰焰挪到了三岁的身体里，”兰焰眯起眼睛，“我被丢在威德王府门前，被当时只有五岁的长亭弱水发现了……我们一起长大，后来，她驻防弱水，我也跟过去，进了东方军团。”

“英风鬼就喜欢说瞎话！”海瑟愤愤地说。

“我不相信你。”无方摇着头说道。

"你的存在又有多少人相信?"兰焰缓缓地说,"我想色诱你,但是精灵太美,长亭也对你有意,我只能用别的办法。大昊控制不了你,只能退而求其次,换你一个承诺。"

"大昊这么荒淫,天下无双,"无方讥讽地说,"还用得着我帮忙?"

"我们有苦衷。"兰焰垂下头。

"明明生性淫贱,还来狡辩!"海瑟吼道。

"剑圣,你身为精灵,受到生命女神的眷顾,自然是不知道我们的痛苦,"兰焰正色说,"我们和银蛮,耗子和蛮子,都是……老天的弃种!我们不像其他种族,天生就有内力,我们没有,一丝一毫都没有!我们才是真正的白心人,一出生就被世人歧视、压迫。我们要生存,只能用极端的方式来积攒原力,修炼武功。银蛮是吃人,我们,是与人交合——"

无方顿时明白,为什么在烈风荒漠,他从胡蛮子和金耗子身上吸到的是精灵原力,而不是伊芙和春二娘那种自身种族的原力。

"这一次,我帮你们逃脱。将来,公子要帮昊族解决内力之难,剑圣要在昊族进攻英风的时候开辟西方战线,两面夹击,"兰焰殷切地说,"希望我们成为盟友。"

"你们奸杀了那么多精灵,血海深仇,不可能化解。"海瑟咬牙说。

"剑圣,你的男人在烈风荒漠杀我皇族,毁我尊严,我恨他入骨,可我不会因小失大,放弃合作的机会。"

"我们商量一下。"无方说。

"不行,"兰焰说,"没有时间了。"

两人面面相觑。

"要是我们不同意呢?"海瑟说。

"那就抱歉了,"兰焰的眼中寒光一闪,"我只能灭口。"

"他们围成这样,你怎么帮我们?"无方说。

"我会让他们不敢进攻,然后帮你们找到突围之路。"

兰焰突然一闪,一挪,海瑟的短剑就到了她手里。

"你!"

"借用一下。"兰焰笑了笑,横掠而出。

地面上拱起一个土堆,两个人突然跳了出来,一个狂叫着迎上兰焰,另一个狂奔而逃。无方认出,拦路的那个是黑甲,另一个则穿着一身奇怪的战袍,以前从没见过。

兰焰的刀光划向黑甲。黑甲没有避开,发出长声惨呼,一条腿被生生割了下来,紧接着,当胸又中一刀,胸骨几乎被砍出一个大豁口。

兰焰几个起落，又追到另一人前面。对方一看逃不掉，干脆挥拳砸来，却被她轻轻隔开，又飞起几脚，就像一片巨大的银扇朝对方劈去。那人怪叫着避开了前几脚，再也避不开了，被连续两脚劈中了脖子。

咔嚓一声，那人的脑袋猛地一扭，整张脸几乎扭到背后。

兰焰拖着两个人扔到土堆里，几脚踢去，便掩盖得严严实实。

“你的武技这么强，以前为什么要掩藏?”海瑟皱着眉头说。

“武功再高也不是你家男人的对手，”兰焰微微一笑，“这两个人，是你们杀的。”

两人正在纳闷，兰焰把短剑丢还给海瑟。

“白心人，你对我有过不杀之恩，我将来会报答你。二位，就算我们的盟约起效了。你们等我的音讯。”

她双手抱拳，朝无方和兰焰用力一揖，转过身，展开身形朝来路奔去。

“你觉得，她说的是真的吗?”海瑟盯着她的背影问。

“不知道，”无方说，“我现在谁都不敢相信。”

“他们也知道不是你的对手，”海瑟说，“白心人，你是我的，谁也抢不走。”

“都怪我没本事，”无方说，“要是能驯服一条龙，造出个飞船，我们早就跑掉了。”

“龙?那是龙岛才有的。飞船么，亚塔有，我们就是被飞船抓住的，我们的大叶鸢还没有飞起来，就被它们击落了……”海瑟心有余悸地说，“那简直不像是这个世界上的东西。”

“我也不是，”无方怅然地说，“你也不是。”

“你又来了，”海瑟笑了笑，“我生也好，死也好，都属于精灵一族，属于埃尔蒂斯。这个世界再悲惨，我也不会丢弃我的族人、丢弃女神和信仰。”

无方沉默地看着她。

“你不要这样看着我。”海瑟说。

“你很害怕。”无方说。

“我有什么好怕的?”

“你怕我把你唤醒了，你会发现，你经历的一切都是假的，”无方说，“可是你想过没有，你早就有一个自己的世界，一个真正的——”

“你不要说了，”海瑟做了个手势，打断了他，“你也不能保证，那就是真的。那可能是你的一个梦，我们都只是一个梦，一醒，就什么都没有了。要真是这样，我们还逃跑干什么?让他们抓住，杀了，或者，把他们都炸死……”

“你敢！”无方厉声说。

“白心人，其实你才害怕，”海瑟说，“你不知道怎么唤醒我，也没有把握说服我。你一边保护我，一边在怀疑你自己，你不觉得，这样很受罪吗?”

无方垂下头，沉默了一下，又抬起来。

“不管怎么样，我都不让你死。”他凝重地说。

海瑟动也不动，凝视着无方。那双天蓝色的眼里有一种冰冷的光，让他感觉到了一点陌生。

兰焰回到半路，突然身子一顿，停了下来。

“焰儿——”

一个声音悠悠荡荡破空而来。

“姐姐！你怎么了?”兰焰惊呼道。

“两位殿首想挟持我，反而被困住，”声音慢慢说道，“李多和国师苦苦央求，我也只能放人——”

“这怎么行?”兰焰说，“他们回去，肯定要上报大皇子——”

“有你，他们还回得去吗——”

兰焰打了个寒噤，“焰儿遵命。”

“本郡什么都没说。”

“焰儿明白，如果行动失败，焰儿自戕，绝不牵连任何人。”

“你必须安全归来，”长亭弱水急促地说，“我一个人，睡不着觉——”

兰焰脸上浮起一丝冷笑，“姐姐厚爱，焰儿感激不尽……”

三十几骑十殿乘兴而来，败兴而归。

“这个婆娘竟然这么强悍，出乎本人预料啊！”李卫说。

“哼，等大殿下几十万大军过来，不把这骚货——呃——”

公金枯瘦的脑袋猛然定住，变成了一尊木雕。

接着，他脖子上现出一道细细的血迹，越来越粗，渐渐有血花喷出。突然，咔嚓一声，他的脑袋掉下去，血柱从腔子里冲天而起。

“敌袭——警戒——”李卫目眦尽裂，哇哇大叫着。

他的声音戛然而止，拖下半截余音，回荡在山林之间。

他的脑门到下巴现出了一道血线，渐渐变粗、变长，猛然间，脑浆迸射，整个头颅平分成了两半。

其他人虽然大惊，但很快布好了阵形，紧握弩机，朝四方瞄准。但见山风阴惨，日光晦暗，哪里能看到人影？

小将赵取跳起来，“立刻分成三队！一队殿后，一队策应，一队紧急报告大殿下，就说长亭弱水谋——呃！”

他低下头，胸前穿出一个巨大的剑尖，嗒嗒地滴着热血。

群龙无首，顿时乱了。众多弩箭发射不停，有的甚至伤到了自己人。但是，弩箭快发射光了，敌人还是不见踪影。

“这……该不是仙山那些神仙？”有人狐疑地说。

忽然，眼前一花，一个影子绕着众人飞了一圈。一阵闷哼，外围的十人顿时掉下地，一命呜呼。

影子加快了速度，就听惨叫声不断，夹杂着怒骂和闷哼。一个个十殿摔下马，一匹匹惊马奔向四方。

只剩下两人的时候，兰焰现出了身形。

“兰将军？是你！你、你为何痛下杀手?!”一个十殿在地上拼命朝前爬。他的腰都快断了，肠子肚子拖了一地。

兰焰冷笑一声，一剑把他钉在了地上。

最后一个活着的居然是大师傅。

“将军，你何时变得这么厉害？”

“你们这些英风杂种……杀一个少一个……”兰焰脸上浮现出一抹令人心寒的微笑。

“你！你不是——”

兰焰一脚踏住他前胸，狠狠一碾。只听一阵碎响，大师傅胸腔凹陷，眼珠鼓出，七窍流血而亡。

兰焰走到李卫身边，搜出灵侣之盘，揣进怀里，又深吸一口长气，抡起大剑。但见银光连闪，几声炸响，地面裂开两道交叉的大缝。她把尸体踢了进去，轮到李卫，却剑柄一转，割下一块黑袍，往坑边一搭。

她再度扬剑，地缝转眼被埋平了，只剩下那半截黑袍搭在地面，露出几团精绣的紫火。

夜里，无方正在练功，海瑟突然呻吟起来，开始大口吐血。

他急忙把刚恢复的一点原力灌注过去，两下三下就被吸得干干净净。

他浑身就像散了架，眼巴巴地看着海瑟。要这么持续下去，等不到兰焰，他们就都完蛋了。

外面响起沉重的马蹄声，随即是千军万马发出的呐喊。

“投降——”

“不杀——”

海瑟一惊，支撑起身子，抓住灭英弓。

“不要理他们。”

“他们要冲进来。”

“不，他们在吓唬我们，”无方强挺着说，“他们也怕我们……”

“你怎么知道？”

“我又不笨，我当然知道……”无方搂着海瑟的肩膀，精灵身子滚烫，微微抖动着，“不能等着兰焰了，我们这么虚弱，没有价值了……”

“我们只能等死了，对吗？”海瑟呆呆地看着他。

无方突然一怔，“我怎么这么傻……”

“怎么？”

“凝光！我有凝光啊！”无方不知道哪里来的气力，一下子站了起来，“我只要到了绝境，就能施展凝光，把他们定住……”

海瑟眼里放出动人的光彩，“太好了，可是……你怎么才能施法？”

“太容易了，”无方咬咬牙，抓过海瑟的短剑，扎进自己的左腰。

“啊——”他惨叫着还想继续扎，但手上全是滑腻的热血，痛得他一阵战栗，怎么也使不上劲。

“你来……帮我……”

海瑟挣扎着，搀起他，连连摇头。

“你快帮我啊！”无方有点发怒，哼了一声，却发现伤口在愈合。

“原力，原力在捣乱，”他气得哆嗦起来，“你必须帮我，不然我苦头吃尽还不能施法。”

“好吧……”海瑟拿起另一把刀，“我怎么杀你？”

“随便，杀得狠一点，多开几个口子，不然没有效果。”

海瑟在无方身上比划了半天，突然泄了气，“我下不了手。”

“你就把我当成一个天大的恶人，杀了你全家，你恨不得把我……”

“你先给我一刀，我生气了，才能杀你。”

“好，那我先来。”

无方挥着短剑，在海瑟面前晃来晃去，最后，在那套战装上轻轻划了一下，连个痕迹都没留下。

“这就是……杀我？”

无方咬咬牙，在海瑟脑门上、脖子上比了又比，“这里、这里……可惜没有铁板，不然我一闭眼，一下子就砸下去了……”

海瑟的呼吸变得急促起来，两只眼睛水汪汪的，盯着他。

“我是个废物，我从来不信，可我还是个废物，”无方放下短剑，“我连这件事都做不到，还冒充救世主。”

海瑟咬紧了下唇，“你背过去，我来杀。”

无方艰难地背过身去。

等了半天，没有动静。他刚要回头，海瑟却把脑袋贴在他背上，双手搂紧了他。

“不要这样。”无方低声说，又转回去，面对海瑟。

海瑟闭着眼，用力朝他捅来。他一动不动，眼睛都不眨一下。

短剑在离他心窝毫厘之间停住了。

海瑟一把抱住他，把脑袋埋在他怀里。

无方想捧起她的脸，她却无论如何也不抬头。她颤抖着，死死抱住他，像是要把自己揉进他身体里去。

“大不了是个死，”海瑟颤抖着说，“而且……”

“什么……”

“即使你不成功，也还有我。”

“有你什么？”

海瑟抬起头，凝视着无方。她的眼圈很红，眉宇间有种他看不透的东西。

无方来不及多想了，“你下不了手，我就出去，让他们射个半死，我才能发动凝光……”

无方深一脚浅一脚爬到洞口，刚刚冒头，就听见远远近近，到处都响起了嘣嘣嘣的声响。

天空中，一大片黑点由远及近地飞了过来。

海瑟突然冲出来，挡在无方身前。

“你干什么……”无方无力地吼叫着，要把她拉开，“你回去……”

“不。”

“你不像我，你会死的……”无方骂起来，“你走开……”

海瑟不说话，只是把他压翻在地，自己趴了上去。

无方奋力挣扎，却一点也使不上劲。

箭雨飞来，扎在周围的地上。突然，一声撕裂肉体的哧啦声，海瑟浑身一震，一个锃亮的箭头穿透了她肩膀，差点戳到无方的眼珠。

“你！”无方的心一下子揪紧了，“海瑟……”

海瑟发出一声压抑的呻吟，嘴唇抿得发白，紧紧闭着眼睛。

嗖嗖声不绝于耳，很快变成了风声般的呼啸。几股大力穿过海瑟身体，击打在无方身上。他能感觉，她在痉挛着、拼命强忍着。

突然，一支啸箭发出厉响，扎穿了海瑟的脖子。海瑟大叫一声，热血喷了无方一脸。

“我……你……”无方艰难地说着，猛地一翻，把海瑟压在身下。

他感觉无数根巨木砸在他背上。他的左臂和右胸分别挨了几箭，贯穿的剧痛宛如闪电，让他无法呼吸。他眼前一片殷红，嘴里溢满了血水，四肢都被钉在地上，钉在海瑟身上。

他仅存的原力开始渗透出来，修复着两人的身体，但入不敷出，在一阵猛过一阵的箭雨下，很快就要消耗殆尽了。

“快，快发动……”海瑟发出微弱的声音。

无方一惊。

他又感觉到那种彻骨的疏离感，就像在英雄村外和路边茶摊一样。他明白了，在过去，他一定这样死去过，一定有很多次，和海瑟一起，绝望地死去。所以，他才这么不怕受伤，才这么容易痊愈。这个身体本来就不是他的。他有过自己的身体吗，早就变成泥土和尘灰了吧？海瑟也是这样吗？他们究竟是怎样的生命，为什么要轮回般地受难，却不能得到解脱？

他也明白，这一次他要是死了，还能在另一个地方，以另一种方式苏醒。那个时候，他还能遇见海瑟吗？或许，主灵只是一个引路人，甚至是一种虚幻的存在，一旦失去了，他就必须孤单下去，整个世界，所有的人，都不会属于他，更不会懂得他。

所以，他无论如何也不能失去海瑟。

无方闭上眼，开始全力发动凝光。

他又进入了那种奄奄一息的状态。但他知道，很快就会有一丝纯粹的本源星力，从他的灵魂深处奔出，让他澎湃起来。原力会发散出去，箭雨会停在天上，弓手会变成一尊尊雕塑，他和海瑟筛子般的身体会被一片白光缠绕着，慢慢升上半空。那些失去的血肉会重新回到他们身上。所有的敌人却再也不能动弹，只能任凭他痛下狠手，想杀多少就杀多少。

但是，他失败了。

没有原力凝聚，更没有发射一空的感觉。

无方以为是疼得太厉害，又集中注意力发动了第二次。

他又失败了。风声越来越响，他继续中箭，抽搐。一道道黑亮的钢箭就像一把把长刀，狠狠扎在他们身上。他和海瑟的身体就像被缝在了一起，眼看就要被钉成碎肉，剁成肉糜。

突然，他想起来了。

青衣人说，这种法术的第一层，在一个月内不能使用第二次。

他心头顿时一片冰凉。

“你……你快……”

海瑟微弱的声音在漫天呼啸中显得异常清晰。

无方望着她，摇了摇头。他的眼前一片血红，意识也在崩散，唯一能让他宽慰的，是他还可以抱着海瑟，和她死在一起。

他努力咧开嘴，想对海瑟笑笑，却见她不知哪里来的力气，突然抱紧了他，带着满身箭杆，往旁边一滚，又是一滚。当一根长箭飞驰而来，在他眼里越来越大，占据了整个视野，他才明白，他们已经滚进了山洞。

第二十一章·永生

无方眼前突然一花。

他竟然看到了两个熟人。

青衣人和诗人并排而立，怜悯地望着他。

无方不知道他们是怎么进洞的。这是他们第一次同时出现。正因为他们，他才一步一步落到了这般田地。

无方想说什么，却只是张着嘴，涌出几股血沫。他的力量在飞快地流失，随时都可能殒命。他垂下头，看到了海瑟。她昏过去了，战甲上插满了箭杆，黑黑红红的一片。

“你太分心，”青衣人淡淡地说，“要是一直勤勉，可以使出第二次的。”

诗人叹息着把手伸到无方头顶。

一片柔和的白光笼罩在无方和海瑟身上。两个人的身子都抽搐着，好一阵，才平静下来。箭杆一截一截地断开，化作点点灰尘，消失在空气里。伤口也在一点点地收紧。

无方终于有了些精神。他试着捏了一下拳头，手指能稍稍动弹了。

他又看了看海瑟。她还在昏迷，脸上却有了一丝血色。

“救她……”他定定地望着两人。

“已经救了。”青衣人说。

“送她到埃尔蒂斯——”

青衣人摇摇头，“有些事情，我们也不能逾越。”

无方一急，突然发现身体里充满了原力，正澎湃着寻找出口。

他没有去想原因。他抱起海瑟，就开始灌注。海瑟的身体本来很僵硬，在他持续的灌注下逐渐柔软起来。原力一连上，他就循环淬炼。他没有回避青衣人和诗人。他知道，这对他们来说什么也算不上。

剧痛不见了，眩晕和恍惚也消失了。一股股热流来回穿梭着，他的本源星力在缓缓地膨胀，似乎有了突破的迹象。

“跟我们走。”青衣人说。

无方又灌注了一阵，才收了力道，轻轻放下海瑟。她的呼吸顺畅了一些，身体也有了热度。看样子，命是保住了。

“去哪里?”

一股巨大的力道卷起他，飞出了洞外。他看到远处那些密集的箭塔，那些黑色的盔甲、林立的刀剑。敌人却像是看不见他，任凭他们飞起来，飞到很高的天上。

风很大，不停地呼啸。云彩很薄，飞过来，又飞过去。大地上围成了三四个同心圆，中心便是那个洞窟。无方又担心起来，生怕敌军趁机出动，抓住海瑟。

“海瑟……我要带她出来。”

“不行，”诗人说，“必须确定一件事。”

“让我下去。”无方坚持着。

“那不是你的使命。”青衣人说。

无方发怒了。这两个人竭力压制着他，还不许他有任何质疑。他看看天空，那轮巨大的月亮又出现了，比过去任何一次都要大，占据了整个天穹的一半。在它周围没有任何星星，也没有他见过的那种紫白电芒。

“你不是说，她是我的主灵吗?”无方对诗人说，“我连她都不能保住，还谈什么使命?”

“她死不了。”诗人说。

“为什么?”

“除了她自己，谁也杀不死她。”青衣人说。

无方松了口气，“你能保证?”

青衣人郑重地点了点头。

无方看了看青衣人，又看了看诗人。暮色之中，他们的身影渊渟岳峙，非常伟岸。这一切应该是真的吧？他想。他们说的也应该是真的，包括这个世界，也包括他自己。

无方定了定神，“你们想说什么?”

“你要知道，你是救世主。”青衣人缓缓地说。

“我知道。”无方说。

“救世主不是这么做的。”诗人说。

无方不解地看着他。

“英风帝国，有一万万子民，”青衣人说，“要是你一味偏袒精灵，上百万人就将死于战乱。”

“偏袒?”无方很奇怪，“你说我偏袒?”

“埃尔蒂斯的人口只有英风的十分之一，”诗人说，“你不是偏袒，是什么?”

“你们都是英风人，所以才这样是非不分?”无方大声质问。

诗人摇摇头，“如果你能劝说埃尔蒂斯放弃前嫌，不要发动大战……”

“你搞错了，”无方说，“真正想发动大战的是英风的大皇子，他要精灵永远成为英风人的玩物。”

“精灵只要忍让，大皇子成不了气候，”青衣人说，“前提是，你不能坏大事。”

“你要我牺牲精灵?”无方厉声说。

“想要少死人，这是最好的办法。”诗人说。

“可是，他们有他们的光荣和尊严，谁也不能践踏。”

“如果精灵不屈服，你就会失去你的主灵。”青衣人说。

“你……说什么?”无方问，“你在威胁我?”

“有些事，你要做好准备了。”诗人说。

“你们已经决定了，是不是?”无方嘶声说，“你们要牺牲她?”

“再说一次，不是我们要牺牲她，”青衣人沉稳地说，“如果她不想死，谁也不可能让她死。”

“我不明白，”无方说，“她到底会怎么样?”

青衣人和诗人对视了一眼。

“那要取决于你。”诗人说。

无方急得双手发抖，嘴唇也有些哆嗦了。

“你们觉得，这样很好玩吗?”

“我们只是想……”诗人突然有些吞吐。

“什么?”

“劝你一件事。”青衣人说。

“什么事，说啊!”无方吼叫出来。

两个人沉默了片刻。

“你，放弃使命，”青衣人轻声说，“留在这个世界。”

无方看看他，又看看诗人，脑子越来越蒙。

“你们到底要我……干什么?”无方问，“我要是放弃使命，海瑟……就可以活下来? 对不对?”

“英风人也不全是禽兽，”青衣人说，“你要是不放心，可以入仕为官，亲自监督。”

“我？做英风的官？”无方呆呆地说。

“不做官也可以，”诗人说，“带着你的精灵和你以后的情人四处游玩。我刚从龙岛归来，有条龙竟然被我说动，带着我冲上九霄，俯瞰大地……”

无方沉默了。既然他们这么说，就说明海瑟真的有希望活下来，真的可以不死。

他脑中突然一冰。一种巨大的恐惧抓住了他。

“那就是说，我一辈子也不可能苏醒？”他嘶哑地说，“海瑟……也永远都不会知道，我和她有什么样的从前，来自什么样的世界？”

两个人眼中的悲悯更浓了。

“对你而言，这是最好的结局。”青衣人说。

无方仰起头，看着头顶的大月亮。上面依稀现出了许多山峦，还有影影绰绰的林木。他突然觉得，它就像一盏巨大无比的天灯，嵌在一片无边的黑幕上，死死照射着他。

“你们并没有给我疗伤，对吗？”他一字一句地说，“不服从你们，我和她就都要死，甚至，比死更不如……”

“精灵并非你想象的那么完美，”青衣人说，“你不要太倔强，我能唤醒你，也能让你继续入睡。”

“不能怪我们，”诗人说，“每一次，你带来的只有失败，还有更大的混乱。”

“每一次？”无方失神地笑了起来，“哈哈，每一次，我都救不了她吗……”

他的心一片冰冷，仿佛整个天穹扣了下来，牢牢压住了他。他的意志在迅速瓦解，越来越想臣服，越来越不想反抗。

“每一次，你们都这样吗？”他咬牙说道，“诱惑我放弃使命，却背叛了你们自己……”

诗人叹息着，身上的辉光开始鼓胀起来。

“算了，”青衣人长叹一声，“他非要那样做……就让他去吧。”

无方只觉得天旋地转，一阵撕裂般的剧痛霎时传遍了全身。他想大声狂叫，却发不出声音。但他感觉，自己从一个梦中醒了过来。

洞里的火光暗了一些，有些冷。身上的箭孔也还在，已经不流血了，只是和衣服凝结在一起，变成一团团的瘢痂。无方试着动一动四肢，根本没有反应，就像是别人的肢体钉在了他的身上。

他想调动一下原力，却发现没有丝毫的积存。戒指和玉牌都还在，但都像是睡着了，怎么都无法唤醒。

他慢慢抬起脖子，看到海瑟跪在地上，正从肋下一点点拔出一支箭来。地上已经堆了不少箭头。他有些吃惊，两人明明被射成了筛子，还能活转过来，没有马上死去。

“你……还好吗……”他轻轻说。

海瑟抬起头，“你醒了?”

无方点了点头，“你……看见有人来吗?”

“什么?”海瑟皱起眉头。

“刚才，两个人……”

海瑟摇了摇头，“他们还没有打进来。”

“我做了个梦，”无方喃喃地说，“后来……就醒了。”

“醒来就好了。”海瑟吸了吸鼻子，“你知道吗……我也想醒……”

她右手握着那把黑乎乎的短剑，比划着割向自己左手的虎口。

“你干什么?”

“不要打扰我。”

海瑟闷哼一声，左手虎口被割开了一个大口子，无方有种错觉，好像她的手掌变长了许多。她用血淋淋的食指和中指夹起刀子，又想去割右手。但怎么都用不上力，只好放到嘴边，一口咬住，对准右手虎口，甩头一拉。

海瑟倒抽了几口冷气。她的右手，也被割开了。

她抬起头，看了看无方，眼里闪过几道银色光晕。她手掌垂直，把两个割开的口子紧紧嵌贴在一起，然后闭上眼睛，仰起头，深呼吸。

很快，她身上冒出一些微弱的亮银电光，弥散向全身，又向无方飘来。

无方一震，感觉一股热流从毛孔钻进了皮肤，刺激着他的周身。不多久，一丝原力从脊椎深处缓缓溢出，沿着他的经脉运转起来。

“这也是治疗术?”无方说。

“回天术，比治疗术更有效，”海瑟说，“燃烧生命，换取功力。”

无方觉得海瑟镇静得有点过分。她的战装破烂不堪，全都是箭孔，浑身伤口有的凝成了红黑的几团，有的还翻着肉，还在淌血，但她浑然不觉，好像她也明白，这是别人的身体，而她只是寄居着，随时都可以离开。

“没有人帮我们，只有靠自己。”海瑟说。

无方无奈地笑了笑。除非本源星力提升到第二层，否则，凝光是不可能再度施展的。梦里倒是达到了那个境界，但是一醒过来就什么都没有了。他有些后悔，如果刚才假意答应青衣人和诗人呢？他想了想，觉得做不到。他们的条件实在是太苛刻了。

他闭上眼，想碰碰运气。经过海瑟的电光刺激，各种原力都在聚拢、凝结，变得浓厚起来。他引导着它们在四肢百骸流动，很快转化为乳白色的星力，滋润他的身体，强化他的力量。但是，他太过兴奋，用力一猛，原力突然不听使唤，开始狂奔起来，眼看就要冲破经脉，把他体内搅得一团糟。他气血狂涌，心跳加剧，又到了走火入魔的关头。他心头一沉。这一次如果控制不住，那就真的完蛋了。

他努力克制着每一丝疯狂的念想，但是并没有效果。他眼前一花，看到了无数沉重的盔甲、雪亮的枪尖、狰狞的面孔。敌人已经挤在洞外，正大叫大嚷着放火灌烟。四个高手全身披挂，逼迫了过来。他和海瑟被他们抓住，被暴打、被踩踏、被刀枪叉起，举过头顶，朝洞外传送出去。外面是冲天的大火，那些人要把他们放上去炙烤、肢解，分发给无数饥肠辘辘的禽兽。整个天空一片血红，挟裹着黑云，远方的埃尔蒂斯，每个生命，也都这样被残杀，直至沦入最恐怖的炼狱。

无方大喊一声，猛然睁开眼，苏醒过来。

海瑟正把一只血肉模糊的手掌从他额头上挪开。

又被她救了一次。

海瑟轻轻哼着一首低回的歌，调子很熟悉，刚逃出郡府的时候她就哼过。

“《爱之虚无》，”无方喃喃地说，“我能化成一阵风，一片叶子，找到通向你的路……”

“你改了歌词。”海瑟说。

“我只记住了调子，”无方说，“我不会唱歌……”

海瑟微笑起来，“白心人，你看似粗犷，其实很细腻。大森林一定能接纳你，你将是一个杰出的天才。”

无方苦笑，“天才？”

海瑟眉毛一竖，“你不是？”

“每一次我都失败了，”无方颓丧地说，“我死了没有什么，反正我也是一个人。但是我不想你死，即使你醒不过来，也应该回到森林里，和你的亲人，和你的族人，平平安安过完这一辈子……”

海瑟眼圈红了，“白心人，你……”

无方伸出手，想去搂抱她。但是，他的手一抬起就垂了下来。海瑟俯下身，一把搂住他。她的脸上流溢着淡淡的寒意，从里到外，有一种让他感觉陌生的东西。

“白心人，我骗了你。”海瑟说。

“你说什么?”

“你那个梦，我也看见了。”

“什么?”无方一惊，“他们……真的来了?”

“我也被带到了云上，我能看见你，你看不见我，”海瑟长长地出了口气，“你们说的，我都听见了。”

“对不起，”无方说，“我可能选错了……不，我应该让你自己来选……”

海瑟摇了摇头，“你选得对。我也会那么选。”

无方诧异地看着她。以前，她一直都是以精灵一族为重，从来没有如此盼望苏醒。

“我们只能自己救自己，”海瑟沉静地说，“白心人，我相信你了。”

“相信什么?”

“一切，”海瑟坚决地说，“所以，你绝不会死的。”

她的语调有些奇怪，无方正想问，她又开口了。

“我没有告诉你，我是埃尔蒂斯白精灵一族的大公主。”

“公主?”

“你印象中的公主应该温柔娴静，很有教养，对吗?”

无方点了点头。

“如果不是你，我不会暴露这个身份。”

“我才不在意你是什么公主。”无方说。

“敌人在意，”海瑟说，“他们一旦知道，就会要挟母王，后果不堪设想。”

“他们不会知道，”无方说，“只要有我在……”

海瑟做了个手势，制止了他。

“有些事，我要告诉你。”

她再一次把两手虎口交错着合到一起。电光再起，但是比刚才弱了一点。

无方没有阻止她。他要让她再帮一次，然后尽可能地聚集原力，灌注给她。他要让她突围，只要她能跑掉，他就什么也不怕了。他还有利用价值，还有兰焰暗助，应该很安全。

“埃尔蒂斯分为三大部分，”海瑟郑重地说，“白精灵占据着北方战区，暗精灵占据南方战区，还有一群不知道是神族还是英风族的强盗占据着亚塔。那个地区很古怪，我总觉得和我有关，这是不应该的……白心人，你必须去一趟亚塔，那里应该有我们的秘密。”

“我们一起去，”无方说，“等我升到第二层，再也不会这么狼狈……”

“你比你想象的要优秀很多，白心人，我以前老是骂你，甚至羞辱你，都是为了激励你。其实，我对你非常敬重，甚至还很崇拜。不管你现在怎么样，将来，你一定会很伟大，”海瑟说，“所以，我必须救你。”

无方沉默地看着她。

“我母亲是精灵一族有史以来最伟大的女王，”海瑟自豪地说，“她带领我们和邪恶的暗精灵斗争，在处于劣势的情况下牢牢占据着北方，从来没有丢失过一寸土地。和英风的战争，我们也从来没有吃过亏。即便是这次，他们杀了我们几百人，我们却杀了他们三四千人。你要相信她的智慧和判断，哪怕她一开始并不信任你，甚至刁难你。”

“有你在，我还担心什么？”无方说。

“还有那些暗精灵，虽然和我们为敌，可是，他们也是精灵，也被英风人猎杀、奴役、糟践，”海瑟沉重地说，“你也要去解救他们，答应我。”

“我会的，”无方说，“当初在千生大典，那些暗精灵为了救那个白精灵，全部战死了……”

海瑟点了点头，缓缓抬手，分开那套战装，从贴身皮衣里取下一条流光溢彩的项链。

“这是我刚出生的时候，母王从试炼之地给我找来的玉晶钻，”她带血的手指轻轻滑过项链，一层层璀璨顿时在空中闪掠来去，“全大陆只有这一串，护佑着我一生的平安和幸运。现在，我把它送给你。”

“这是你的东西，我拿来干什么？”无方奇怪地问。

“拿着，听话。”海瑟笑了笑，把项链慢慢挂到无方脖子上。

她双手一翻，两把漂亮的黑色短剑出现在手上。

“这是月神之剑，埃尔蒂斯的另一大宝物，”海瑟说，“本来属于暗精灵，在一次大战中被我的父王缴获。这对利剑有着奇异的魔力，我一直没能完全唤醒它们，或许将来你能够做到。”

她把短剑递给无方。

无方摇了摇头，“我不会剑法，你是剑圣，你才需要这个。”

海瑟笑了笑，手一扬，短剑消失了。

“给你讲过吧，我妹妹叫阿丽娜，是个魔导师，很美丽，也很暴躁，”海瑟微笑着，“你遇到她，一定要让着她，好不好？”

无方点了点头，觉得有些茫然。这个回天术似乎让海瑟变得唠叨起来。他更着急恢复原力，好马上灌注给她。

“你要给阿丽娜做衣服，每天都做，”海瑟轻轻地说，“她很爱美，经常抢我的衣服穿。可是，我是剑师，她是法师，有些她穿不了，就生我的气。”

“可以，但是，你们不许一起欺负我。”无方强笑着说。

海瑟也笑了，回身拿起灭英弓，一翻手收入了灵海，“你记住，进埃尔蒂斯的时候，可以从玉州和青州的交界处，一条很隐蔽的小径进去。英风人对这条路不熟，但我们早就走惯了。我们把它叫做青鸾小径。那里有个很大的哨卡，有很多高手。一位强大的剑圣，凯拉，就常年驻守在那里。她会带你去见我的母王。记住，不要和她发生冲突，她的性子很烈，我不想你们之间产生误会。只要你得到她的信任，她一定会帮你的。”

无方觉得有些不对，“你跟我说这些干什么？”

“第一次见你，你那个样子，”海瑟笑了起来，“我觉得你是个傻瓜……我还说你不是男人，还骂你是猪狗……”

“你还用洁净术诱惑我。”无方痴痴地看着她。

“好几次，我都想拉上你跟我一起死，”海瑟伸出手，轻轻抚摸着无方的脸，“你还恨我吗？”

无方握住她的手，放到自己胸口。

“刚才，我发动不了凝光的时候，我只有一个念头，”无方说，“跟你死在一起，这一辈子，就没有白过。”

海瑟眼圈又红了起来。她低下头，摇了摇，重新抬起来，又收起周身的微弱电光，“你还记得，我给你讲过的那个诅咒吗，帕丽斯？”

无方愣了一下，点了点头。

“那几十个月亮井我都下了诅咒，只要有一个没有解开，那么，跟任何男人结合，我都会自爆，会毁灭。”

一种不祥的预感从无方脚底升起，缓缓地弥散向全身。

“但是，有一点，我没有告诉你，”海瑟吸了吸鼻子，“作为白精灵的公主，我得到了生命女神的眷顾，可以和我的男人……结合，为他造出一个超级护罩。这个护罩比你见过的任何护罩都要强大，因为，那凝聚了我所有的功力，以及一种被女神祝福的、变化天地的能量……”

“那太好了，你赶紧用，”无方说，“那些英风人不会杀我，我对他们有用。”

海瑟抿了抿嘴唇，笑起来，“这个护罩，维持的时间很长。它会在十天之内为你抵抗所有的魔法和武技。白心人，我这么爱你，你千万不能辜负我。即使没有我，你也能到达埃尔蒂斯……”

巨大的幸福让无方晕眩起来，没有注意到她后面的话，“你说……

你……爱我?”

海瑟点了点头,“你知道是什么时候开始的吗?”

无方晕乎乎地摇了摇头。

“第一次,是在地龙坑里,你打我,狠狠打了我一个耳光,”海瑟望着别处,似乎在回想,“你为了维护我的尊严,竟然打我……我想,这个男人真是与众不同啊……”

“我再也不会打你了,”无方说,“我只让你打我,我发誓。”

海瑟摇摇头,“第二次,是在那个荒村外,下着大雨,你像疯了一样找我,生怕我被英风人抓去……”她狠狠地吸了吸鼻子,“我真的不知道,你为什么对我那么好……”

两行眼泪从她雪白的脸庞滑下,她用受伤的手去擦,泪水和着血水,顺着她的手臂缓缓流了下来。

“后来,你一次一次地救我,动不动就把原力全部灌注给我……你是救世主啊,我只是一个精灵,应该是我为了你去拼命、去牺牲,怎么能让你为我……”

“你又忘了,”无方说,“你是我的主灵,我们是一起来到这个世界的,要回去,也要一起回去。”

“不,你要让自己醒过来,”海瑟擦了擦眼睛,郑重地凝视着无方,“你答应我吗?”

无方沉默了半天,点了点头。

“好,我们开始吧。你先灌注我,让我发动帕丽斯,”海瑟说,“等我完成了,所有的原力都会回到你身上。”

无方急忙握住她双手,闭上眼,认真地运起原力,一点点灌注到她身上。

第一股原力刚灌过去,海瑟的两手虎口就以肉眼可见的速度一丝丝合拢着,脸上也多了些血色。

无方毫无保留地灌注过去。海瑟的话就像一剂猛药,让他充满了力量。什么伤痛,什么疲惫,什么走火入魔,他都不怕了。他只要拥有这份信念,就可以战胜一切。

海瑟也闭上眼,吸收着。她虽然在控制速度,但反而吸收得更快了。

终于,无方再一次灌出了全部原力。他浑身瘫软,大汗淋漓,就像进入了弥留之境。但这正是他希望的。海瑟终于说出了那句话,她爱他,甚至崇拜他,这让他感觉,不管他们能不能醒来,他们都在一起了。

海瑟慢慢睁开眼睛，眼中波光晶莹，神采荡漾。

“仁慈的女神，请眷顾你的女儿……”海瑟的脸上闪动着高贵的神采，“请让你的女儿动用逆天之力，换取爱人的新生……亚斯伯格的辉光，生命之湖的灿烂，冰风海的波涛，请赐予我此生最大的力量……我将交还你们，我将在遥远的复活之地，享受你的胜利，闻听你的召唤——”

无方歪歪地躺在地上，失神地盯着她。

海瑟突然做出了一个令无方万分诧异的举动。她站起来，开始慢慢脱下和血块凝结在一起的战甲。

她的肩膀露了出来，然后是丰满浑圆的乳房，然后是平坦迷人的小腹。在无方惊呆的眼神中，她把浑身上下脱了个精光。

“白心人，我多么幸运，遇到了你，”海瑟轻轻搂住无方，脸色晕红，吐气如兰，“能够让你成为我第一个男人，也是最后的一个……”

一种不祥之感顿时笼罩住了无方。

“你……你要干什么？”他听见自己的声音突然嘶哑起来。

“我要告诉你，白心人，”海瑟上前开始脱他的衣服，“这几天，是我一生最快乐的时候，我本来以为再也不会这么快乐了。”

无方的脑子轰然一声，全都明白了。

“不！你不能这样……”无方眼眶一热，泪水涌了出来，“我求你，你要我怎么样都可以，你不要……”

海瑟轻轻吟唱着，蓝白的光晕包围了两个人，花香四起，馥郁扑鼻。

无方知道，她在施展洁净术，然后，就该是帕丽斯了。她骗了他。帕丽斯，依然是一个最最可怕的诅咒，是一个禁咒。英风人的禁咒可以把鲜花原野变成烈风荒漠，海瑟的禁咒又将把一切变成什么呢？他痛恨自己，居然没有从她的话语中发现一点苗头，没有制止她，甚至还帮了她一把。他后悔得想死掉。这已经是两天以来的第二次，跟第一次不同，他再也没有机会弥补了。

“你放开我……我要去求他们……诗人，前辈，你们快来……”无方语不成声地说，“你们要什么，我都答应你们……我全部答应……我要她活下去，我永远也不醒来，我现在就死也可以……”

无方的泪水涌上眼底，淌了一脸，又流进嘴里，他不知道是该呼吸，还是该窒息。

一阵簌簌的轻响过后，两个人身上的血块和污渍都被清理得干干净净。

海瑟雪白的胸脯迎上来，贴在无方身上。然后，她低下头，吻住无方的脖子。

带着清香的体热，混杂着她急促的呼吸，让无方瞬间就有了反应。

但这一刻，他只想做一件事。

他要握住那两把月神之剑，立刻阉割了自己。

海瑟有些笨拙，但却是坚决地坐上无方的身子，探寻着。

大颗大颗的泪珠从无方眼里流出，他却没有一点力气去阻止海瑟。海瑟已经想好了所有的步骤，而且实施得非常仔细，也非常从容。

海瑟发出一声呻吟，似乎感到了痛苦。她仰起头，发出一阵颤音，又垂下头，搭在无方脖子上。无方能感受到她脖子上的血管在跳动，她周身正在发生某种剧烈的变化。

突然，他的身体进入了滚烫的火山熔岩，猖狂的快感夹杂着末日般的绝望扑面而来。

“求你……停下来……我这一生，就是为了救你……你要走了，我怎么办……”

“你会更加强大……相信我……”

海瑟呢喃着，捧起无方的脸，把温热的唇贴在他的嘴唇上。她的嘴唇很烫，还有些细小的干硬的疤，但还是很湿润，很柔和。

天晕地旋之间，无方突然觉得四周发生了一些变化。他的第一感觉是，青衣人和诗人终于听到了他的央求，回来救他们了。但他定睛一看，却是海瑟不知道施展了什么奇术，整个山洞突然长出很多草、很多花。草是晶莹的淡绿和淡黄色，异常鲜嫩，散发着清香。花是洁白的，粉红的，天蓝的，一朵朵都很大，很快就布满了整个洞壁。他看到身下铺满了苔藓和地衣，毛茸茸的藤蔓从洞顶垂下，划着漂亮的弧度，清泉在木叶间流淌，白雾在花朵上盘桓，整个山洞似乎变成了他们的新房。

他突然觉得，这是另一个梦，只要他醒过来，海瑟就能活下去，他们就能一起死。在这个时候，让他们一起死，就是最大的幸福了。

热浪夹杂着烟雾和喧嚣猛冲进来。

敌人终于按捺不住，发动了冲锋。

冲在最前面的是刀斧手，抡着大盾，握着钢刀，哇哇乱叫着给自己壮胆，很快就冲到了离他们不足三十步的地方。

他们马上呆住了，不再上前。有的人先反应过来，大叫着往外面跑去。

海瑟把无方的身体用力拉起来，以一种两人都可以接触到对方最多部位的姿势紧紧地贴在一起。她似乎没有发现敌人已经近在眼前，依然以一种优雅的节奏，缓缓荡漾着，摇曳着。

那些花草也跟着海瑟一起摇曳，散发着莹然的辉光。一种氤氲的氛围包围了他们全身。无方只觉得自己在云雾之中，在仙境之中，跟她永远待在一起，再也不会分开了。

李多、国师、兰焰和郡主先后冲了过来，看到两人，顿时惊呆了。

“如此下贱、荒淫！竟敢在帝国重臣面前宣淫——”

李多咬牙嘟囔着，手上青光乍现，狠狠割断了几条藤蔓，但马上有更多的尖刺围拢过来，他连躲带跳，才逃开了藤蔓的攻击。

国师手上玩弄着几个小骷髅，想凝聚得大一点，却像是被某种力量遏制着，一个个散开，再也凝不出来了。

“这种修补，太过妖邪！精灵必定施展了某种法术，郡主、将军，你们先退开，让安德鲁破解它，做了精灵，再活活转化，彻底填补……”

“闪开！”兰焰怒喝一声，挥起大剑，挽了个剑花。

国师急忙退了一步，“你想怎样？”

兰焰不答理他，只是紧张地观察着无方和海瑟。

郡主阴沉地看着二人，咬了咬下唇，上前一步，又上前了一步。一朵大花垂下来，混着一缕藤蔓，罩在她的发髻上，竟像是为她定做的头饰一般。

突然，郡主停下身，又退了两小步。

从海瑟雪白的背部升起一些金色的小点，凝成了一道道金线，朝四周散射开来。渐渐地，金线越来越多，越来越亮，有的射到四人身上，顿时点燃了衣袍，灼伤了皮肤。

“不好！精灵要自爆！”

国师第一个反应过来，撑起护罩就朝外奔去。

李多也一声惊叫，浑身青光大现，一边撑起护罩，一边奋力逃向洞口。

黑甲和死灰们大乱，闹哄哄地往外猛挤。

李多和国师就像两个巨大的气泡，腾空而起，踩着众人的脑袋和肩膀，窜了出去。

兰焰拉着郡主就跑，郡主跑了几步，又回身看着无方。

炫目的金绿光芒裹住了两人的身体。无方正泪流满面地和海瑟痴痴相吻。

“打断她施法，废了她，”兰焰恶狠狠地说，“把白心人救下来，他还有用。”

郡主的嘴唇颤抖着，眼里闪出一丝狠厉的光，但又渐渐隐去了。

“不。让他去死。”她决然地说。

“我有七成把握。”

郡主猛地摇摇头，“走！”

兰焰还不死心，“你先走，我马上就来。”

郡主突然揪住她的头发，揪得她一声惨叫。

郡主的眼神带着几分狰狞，连拉带拽，把兰焰往洞口拖去。

路上有不少死灰和黑甲挡住了去路。两人毫不犹豫，一阵紫光闪过，只听一片凄厉的惨呼，血柱狂喷，人头乱飞，终于让她们冲了出去。

无方的意识一片模糊，本能地又想施展凝光。

这已经是绝境了吧？他想，任何绝境也比不了这一刻了吧？

他集中所有的心神，猛然发动了。

他很担心会失败，但身子却是一震。原力居然一下子充满，又一下子发散了出去。

成功了吗？他浑身毛发都立了起来，紧接着是狂喜。他要把海瑟定住，只要做到这一点，海瑟就有救了。凝光一旦发生作用，海瑟的时间就会停下来，他就可以不断地恢复原力，快到凝光失灵的时候，他就一遍一遍地重复施展，同时带着海瑟，逃往埃尔蒂斯。敌人已经吓破了胆，谁也不敢来阻拦。他会一路狂奔，逃到亚斯伯格，把海瑟带到女王面前。女王和长老们一定有办法终止这个帕丽斯。他想大笑，他想狂叫，想赞美上天，想痛哭出声……

突然，犹如五雷轰顶，他再一次呆住了。

他没有想到，凝光居然能反噬他自己。海瑟依然在他身上摇曳着，而他，除了还能看到她，还能感觉到他们的每一丝接触，他身体的所有部位都已经凝滞，不能动弹丝毫，连一句爱她的话都说不出来了。他不明白为什么会这样，但在这一瞬间，他突然体察到郡主他们经受凝光的感觉。那是死一般的寂灭，甚至比死更恐怖、更绝望。

无方万念俱灰，再也不知道还能做什么。如果这是个梦，只待禁咒一起，或许就会醒来吧？如果这不是梦，还要让他继续扛下去，那也太可怕了。

“和我一起祈祷，”海瑟低低地说，“这一次，我不是死，我是醒。那个世界，一定比这个美好……我会等着你，你完成了使命，就会见到我……”

海瑟突然一怔，发出一声惊叫。

“不……我要醒了……”她激动地喊出来，“天哪！我明白了……你不知道我们多么艰难，多么艰难……天哪……”

无方听不下去了，只是闭上眼，开始了祈祷。他知道，自己在用心念出那一句祷词。那是所有精灵离去前，都要念出的几个字。

——繁荣昌盛，生生不息。

强烈的酸楚袭来。热泪流进无方的嘴里，让他几乎不能呼吸。

——生生不息，真的会生生不息吗？

海瑟突然神情一振，露出了从来没有过的绝美微笑。无方心头一荡，只觉得整个世界都亮了起来，所有的事物都隐没在无边的光明中，只留下她光润的红唇、如雪的贝齿、澄澈的眼神。她经历了那么多苦难，依然笑得这么欢愉，这么自由，一点也没有悲伤，一点也没有痛苦。

“我多么想陪你……一起啊……”海瑟喃喃地说，“可是，我必须走了……我走了，你才能成功……”

无方说不出话，只能木然地想着。她走了，他不能回去了，也不想回去了。这个世界，就用来为她陪葬吧。

“你要找到他们，一起回去……”海瑟紧紧握住了他的肩头，“看着我，答应我……”

无方两眼眨也不眨，死死地盯住海瑟。他要把她的样子牢牢记住。纵然时空坍塌，迷梦飞散，他也会记住她，永生、永远地记住。

“亲爱的……你是所有的世界里，最了不起的男人……你永远都不会知道，我有多么爱你……”

海瑟的声音低沉而宽广，一刹那布满了无方的整个意识空间、整个梦想和想象所能达到的最远距离。

海瑟渐渐加快了动作。

从她眼里，从她额头，从她的全身，散射出更多雪亮的金光。这些金光洒在无方身上，顿时让他发现，他的原力，他的星力，夹杂着一些莫名的力量，飞快地回涌而来。它们是如此磅礴，似乎整个天地都已经被充满。而那种无法抵挡的快感也在海瑟的拼命动作下，一浪一浪奔向了顶点。

在他终于到达顶峰的时候，一层金绿透明的护罩倏然升起，包裹住了他整个身体。

突然，无方浑身一轻，感觉已经和海瑟分开。他清晰地看到，自己被一团柔和的云朵托了起来，冲破洞壁，飞向了浩瀚的天际。在他的下方，一个金色的半圆冲击波从地下冒出、膨胀、展开，周边的地壳顿时拱起，空间疯狂扭曲，所有元素收缩到一个极点，旋即炸开。

一声巨响，一股撕裂天地的力量把方圆千步内的一切全部炸成了齑粉。

图书在版编目(CIP)数据

天外·壹 / 洛兵著. —太原：山西人民出版社，2011.6
ISBN 978-7-203-07230-0

Ⅰ. ①天… Ⅱ. ①洛… Ⅲ. ①长篇小说—中国—当代
Ⅳ. ①I247.5

中国版本图书馆 CIP 数据核字（2011）第 056279 号

天外·壹

著　　者：洛　兵
责任编辑：梁晋华
装帧设计：李　尘
出 版 者：山西出版集团·山西人民出版社
地　　址：太原市建设南路 21 号
邮　　编：030012
发行营销：0351-4922220　4955996　4956039
0351-4922127(传真)　4956038(邮购)
E-mail：sxskcb@163.com　发行部
sxskcb@126.com　总编室
网　　址：www.sxskcb.com
经 销 者：山西出版集团·山西人民出版社
承 印 者：三河市南阳印刷有限公司
开　　本：710mm × 1000mm　1/16
印　　张：20.5
字　　数：330 千字
版　　次：2011 年 6 月　第 1 版
印　　次：2011 年 6 月　第 1 次印刷
书　　号：ISBN 978-7-203-07230-0
定　　价：32.80 元